Vom Mondlicht gestreift

Château-Nocturne

*magische, geheimnisvolle
Gestaltwandler-/Vampir-Romantik
Buch 1*

Anna Lowe

Inhaltsverzeichnis

Weitere Titel in dieser Serie

Château Nocturne

Vom Mondlicht gestreift (Buch 1)

Vom Mondlicht markiert (Buch 2)

Von Magie berührt (Buch 3)

www.annalowe.de

Kapitel 1

MINA

Die Morgensonne schien durch die Bäume und zerstreute sich in Dutzende einzelner Strahlen. Nebel hing unter den niedrigsten Ästen und die Kiefernadeln knirschten unter meinen Laufschuhen. Ein Vogel zwitscherte über mir, aber ansonsten hörte man nur meine kurzen, gleichmäßigen Atemzüge, während ich joggte.

Es war ein wunderschöner, wenn auch bewölkter Morgen. So schön, dass ich mich fast davon überzeugen konnte, dass es die richtige Entscheidung gewesen war, nach Frankreich zu ziehen. Ein Château in Burgund zu erben und zu restaurieren – die Chance meines Lebens, nicht wahr?

Ich warf einen Blick über meine Schulter und dort stand es, das Château Nocturne, ganz hinten am Ende eines Tunnels aus Bäumen. Aus der Ferne sah das Herrenhaus wunderschön aus, sogar postkartenwürdig. Aber aus der Nähe...

Ich wandte mich ab und versuchte, den Zweifeln, Schulden und Spinnweben zu entfliehen.

Am Vortag hatte es wie aus Eimern geschüttet, so dass ich den größten Teil des Weges Pfützen ausweichen musste. Der erste Kilometer führte mich durch einen tiefen, dunklen Wald, der zweite entlang weitläufiger, hügeliger Felder. Nach dem dritten Kilometer joggte ich durch das kleine Dorf Auberre mit seinem Rathaus, seiner Kirche und seiner *Boulangerie*.

Ich hielt an und streckte mich, bevor mich der Duft von frisch gebackenem Brot und Croissants ins Innere lockte. Das Glöckchen über der Tür läutete und die drei Personen drehten sich um, um mich zu begrüßen.

„Wilhelmina!", rief Madame Martin, die Bäckerin, fröhlich.

Ich bevorzugte Mina, aber meine Großmutter hatte stets meinen vollständigen Namen benutzt, und die meisten älteren Leute im Ort – und somit die meisten Leute im Ort – blieben dabei.

Madame Fontaine, die pensionierte Lehrerin, stimmte mit ein und schüttelte dann gutmütig den Kopf. „Schon wieder am Rennen? Sie haben es immer so eilig."

Es war eher Jogging und die einzige *Auszeit*, die ich mir derzeit gönnen konnte, aber ich versuchte nicht, es zu erklären.

„Und sie ist so dünn", stimmte Madame Martin zu. „Kein Wunder, dass sie noch keinen Mann gefunden hat."

Ich öffnete den Mund, schloss ihn dann aber wieder. Zuhause in Maine war ich diejenige, die kein Blatt vor den Mund nahm und sich nicht scheute, solche Bemerkungen höflich zurückzuweisen. Aber hier in der ländlichen Gegend von Frankreich... Nun, ich hatte gelernt, den Einheimischen etwas Nachsicht entgegenzubringen, so wie sie es mir gegenüber auch taten.

„Das Übliche für Sie?", fragte Monsieur Martin.

Ich nickte. „Ein Baguette und ein *Pain au Chocolat*, bitte."

„Was ist mit der großen Bestellung, die Sie gestern aufgegeben haben? Kommen Ihre Schwester und Ihre Cousine endlich nach?"

Ich zwang mich zu einem Lächeln. Wir drei hatten das Château gemeinsam geerbt, aber die beiden anderen waren immer noch dabei, sich von ihren Verpflichtungen zu Hause zu befreien.

„Leider noch nicht. Aber hoffentlich bald."

Mesdames Martin und Fontaine warfen sich einen Blick zu und ich machte mich auf Gerüchte gefasst. Zweifellos würden sie vermuten, dass wir uns um eine riesige Erbschaft stritten. Zu schade, dass es diese riesige Erbschaft nicht gab. Wir waren die gestressten – ähm, stolzen – neuen Besitzerinnen eines Châteaus, aber das Anwesen war nicht mit genügend Geld verbunden, um die grundlegenden Instandhaltungskosten zu decken, geschweige denn die lange Liste dringender Reparaturen.

Ich deutete auf meinen kleinen Rucksack. „Den Rest kann Madame Picard später abholen."

Madame Picard war die Haushälterin meiner Großmutter – genau genommen *meine* Haushälterin – und gehörte ebenso zum Inventar wie die Kamine, Gemälde und Möbel. In all meinen Kindheitserinnerungen an die Sommer mit der Familie meiner Mutter in Frankreich spielte Madame Picard, damals mittleren Alters, eine Rolle. Jetzt musste sie schon uralt sein, obwohl sie sich immer noch mit der Energie einer halb so alten Frau bewegte.

Das ist die Adlergestaltwandlerin in ihr, pflegte meine Großmutter zu sagen.

Ja, *Gestaltwandler*, also jemand, der sich in ein Tier verwandeln und davonlaufen – oder in ihrem Fall davonfliegen – konnte.

Eine Gestaltwandlerin, so wie wir es früher waren, trauerte etwas in mir.

Unsere Familie hatte vor fast einem Jahrhundert ihr Vermögen verloren. Die Fähigkeit, Gestalten zu wandeln, war etwa zur gleichen Zeit verschwunden.

Ich bin ja für eine gesunde Mischung mit neuem Blut, aber irgendwann haben sich die Kräfte der verschiedenen Spezies gegenseitig aufgehoben, beklagte meine Großmutter immer. Ihr zufolge gab es in unserer Familie eine Mischung aus Drachen-, Wolfs- und Adlergestaltwandlern sowie mehrere Hexen.

Aber die einzigen übernatürlichen Fähigkeiten, die wir heutzutage hatten, waren, nun ja... nicht gerade besonders. Wir heilten schnell, besaßen unglaublich scharfe Sinne und konnten telepathisch miteinander kommunizieren. Aber das war auch schon alles.

Madame Picard hingegen stammte aus einer viel reineren Blutlinie.

Zwei Angestellte zu beschäftigen – Madame Picard und Monsieur Thibault, den Winzer/Gärtner – mochte etwas extravagant erscheinen, aber bei über vierzig Zimmern und fünfzig Hektar Land war es eher eine Notwendigkeit. Doch trotz ihrer Bemühungen – und meiner – verfiel das einst so prächtige Château zusehends. Das Dach war in neunzehn der zwanzig

Schlafzimmer undicht und es gab mehr Nagetiere als Menschen im Haus. Die Fensterläden hingen schief und die Wasserleitungen waren seit den frühen Zwanzigerjahren nicht mehr erneuert worden – den *1920er*-Jahren, wohlgemerkt.

„Dann nehme ich an, Sie erwarten Besuch?", fragte Madame Fontaine.

Madame Martin beugte sich vor. In kleinen Städten wusste jeder über jeden Bescheid und die Bäckerin war immer die erste, die alles erfuhr.

„Keinen Besuch", sagte ich. „Kunden."

„Oh! Haben Sie endlich Touristen oder eine Hochzeitsgesellschaft gefunden, die den Ostflügel mieten wollen?", fragte Madame Martin.

Das war der langfristige Plan – das riesige Anwesen rentabel zu machen, denn ich konnte es mir sicher nicht leisten. Nicht von einem Lehrergehalt und schon gar nicht jetzt, wo ich mir freigenommen hatte, um zu versuchen, das Anwesen zu retten. Château Nocturne war seit elf Generationen im Besitz meiner Familie, und ich weigerte mich, diejenige zu sein, die es aufgab.

„Nicht ganz. Nur eine kleine Retreat-Gruppe. Aber es ist ein Anfang", sagte ich und versuchte, positiv zu klingen.

„Es wird mehr als ein Anfang nötig sein, um dieses Fass ohne Boden zu retten", murmelte Madame Fontaine.

Ich zog meinen Rucksack von den Schultern, bezahlte und verstaute das Baguette und das Gebäckstück. Ich mochte die geradlinigen Dorfbewohner, aber dies war die einzige Stunde am Tag, die ich zu einer sorgenfreien Zeit erklärt hatte.

„Nun, danke. Ich muss los." Ich wirbelte zur Tür herum.

Das Glöckchen klingelte – zu spät, um einen Zusammenstoß mit dem nächsten Kunden zu vermeiden. Ich hatte ziemlichen Schwung, so dass es nicht nur ein kleiner Stoß war. Es war ein regelrechter Zusammenprall, Brust an Brust. Was beschämend gewesen wäre, wäre es Jacques gewesen, der korpulente Bauer über fünfzig, der mich bei jeder Gelegenheit anbaggerte.

Aber es war nicht Jacques und es war nicht beschämend. Ganz im Gegenteil.

„Oh, Entschuldigung", sagte der Mann und packte meine Arme, damit ich nicht rückwärts taumelte.

„Meine Schuld", begann ich und starrte dann in seine warmen, braunen Augen. „Clement?"

Er riss die Augen weit auf und strahlte mich an. „Mina?"

Meine Wangen wurden heiß. Meine weiblichen Körperteile auch.

„Wow. Schön, dich zu sehen", war alles, was ich herausbrachte.

Und doppelt wow. Der Junge, mit dem ich als Kind gespielt hatte, sah in seiner Polizeiuniform wirklich unglaublich gut aus.

Seine Augen strahlten auf unverkennbare Weise und mir wurde auch ein wenig schwindelig.

Er nahm seine Mütze ab. „Schön, *dich* zu sehen."

„Endlich ein junger Mann, der Manieren hat", murmelte Madame Fontaine.

„Endlich überhaupt ein junger Mann", kicherte Madame Martin.

Wie so viele ländliche Städte in Frankreich hatte Auberre eine stark überalterte Bevölkerung, so dass jüngeres Blut stets ein Grund zum Feiern war. Aber *oh là là*. Clement war nicht nur junges Blut, sondern umwerfend attraktives, junges Blut. Sein ordentlich geschnittenes, blondbraunes Haar hatte eine leichte, natürliche Welle. Seine karamellfarbenen Augen wurden von etwas dunkleren Augenbrauen betont und waren hundertprozentig, absolut und vollkommen auf mich gerichtet. Die leichten Grübchen um seinen Mund konnten sich zu einem hinreißenden Lächeln formen, so wie sie es jetzt taten – oder zu einer grimmigen, strengen Linie zusammengepresst werden, nahm ich an. So wie Jacques war auch er der Sohn eines Bauern aus der Gegend – aber im Gegensatz zu Jacques trainierte Clement seinen Körper wie den eines Gottes.

Der französische Brauch, sich zur Begrüßung dreimal zu küssen, kam mir oft wie eine lästige Pflicht vor. Aber nicht dieses Mal. Ich nutzte die billige Ausrede, um nach seinen Schultern zu greifen – schöne, muskulöse Schultern –, während seine Lippen jedes Mal sanft meine Wangen berührten.

Ich atmete seinen Duft ein – Salbei und Lavendel, als wäre er gerade durch die umliegenden Felder gelaufen. Alle möglichen warmen Gefühle durchströmten mich und ich vergaß fast, mich einen Schritt von ihm zu entfernen.

„Ich wusste nicht, dass du wieder in der Stadt bist", brachte ich schließlich heraus.

„Ich bin gerade aus Marseille hierher versetzt worden."

„Tauschen Sie Großstadtkriminalität gegen die Langeweile einer Kleinstadt?", scherzte Monsieur Martin.

„Ich tausche überfüllte Straßen gegen Platz zum Herumstreifen", murmelte er und sah mir immer noch in die Augen.

Ich öffnete die Lippen in Erkenntnis und schnupperte erneut. Dieses Mal nahm ich einen weiteren, unterschwelligen Duft wahr. Den Geruch von etwas Wildem, Loyalem und überaus Beschützendem.

Wolf, sagte eine Stimme in meinem Hinterkopf.

Clements Augen glühten vor Stolz und er plusterte seine Brust ein wenig auf.

Siehst du? verkündete der kleine Junge in ihm. *Ich bin ganz erwachsen. Ich kann mich verwandeln und alles.*

In dieser Gegend gab es nicht viele Übernatürliche, daher neigten wir dazu, zusammenzurücken – oder einander um jeden Preis aus dem Weg zu gehen. Clements Großtante war mit meiner Großmutter befreundet gewesen, daher war ich schon lange in das Geheimnis seiner Familie eingeweiht. Als Kinder hatten wir zusammen im Wald gespielt und während ich immer Ritter werden wollte, freute er sich darauf, eines Tages seine Gestalt zu verwandeln.

Und jetzt konnte er es.

Ich schenkte ihm ein warmes Lächeln, das sagte: *Gut gemacht.*

Sein Grinsen wurde breiter und enthüllte eine Reihe perfekter Zähne.

„Ich habe Clements Mutter schon seit Jahren nicht mehr so glücklich gesehen", sagte Madame Martin. „Ihr kleiner Junge zurück in seinem Elternhaus..."

Ich musste fast laut lachen. Passte er noch in sein altes Bett oder hingen seine Beine über die Bettkante hinaus?

„Nur bis ich eine eigene Bleibe gefunden habe", sagte er schnell.

Ich grinste beim kurzen Aufblitzen des schüchternen kleinen Jungen, der er einst gewesen war.

„Wilhelmina ist auch wieder in der Stadt." Madame Fontaine wackelte mit den Augenbrauen. „Richtig wieder hier, für immer."

„Wirklich?"

Seine Augen funkelten und eine Flut von Hoffnungen – und Bedenken – schoss mir durch den Kopf. Ich hatte alle Hände voll mit dem Château zu tun, und das Letzte, was ich wollte, waren Gerüchte über mein Liebesleben, die in der Stadt kursierten. Aber verdammt. Sie würden ohnehin tratschen. Ich könnte genauso gut ein Liebesleben haben, oder?

Andererseits hatte ich in Clement nie mehr als einen Freund gesehen. So süß – und heiß – er auch war, hatte er eine extrem besitzergreifende, beschützende Ader. Selbst als Kind musste ich um jedes bisschen Freiraum kämpfen. Ein Typ wie er war als Freund in Ordnung und perfekt für den Dienst bei der Polizei. Aber als Partner fürs Leben…

Ich hatte oft mit dieser Fantasie gespielt und sie jedes Mal verworfen.

Andererseits war ich fünfunddreißig und kein Mann war perfekt. Und war er nicht in jeder anderen Hinsicht großartig?

Auch im Bett, spekulierte eine unanständige Stimme in meinem Kopf.

Die Glocke am Rathaus schlug und ich schaute auf meine Armbanduhr. Oha. Wo war die Zeit geblieben? Meine neuen Kunden waren auf dem Weg und ich musste mich beeilen.

„Oh! Ich muss gehen." Ich griff nach der Tür. „Ich schätze, wir sehen uns."

Die drei älteren Herrschaften zwinkerten sich verschmitzt zu, während Clement eifrig nickte. „Das werden wir wohl."

Mein Herz raste – und das noch bevor ich losrannte. Bot mir das Schicksal eine weitere großartige Gelegenheit oder eine Komplikation, die ich mir nicht leisten konnte?

Kapitel 2

MINA

Während ich nach Hause rannte, fing es an zu regnen. Meine Schritte spritzten kaltes Wasser auf, das dann in meine Schuhe lief. Als ein Transporter vorbeifuhr, ergoss sich eine Wasserfontäne über mich.

„Verdammt“, murmelte ich – nur um gleich noch einmal nass zu werden, als ein Sportwagen hinter dem Transporter her raste und ihn dann überholte.

„Arschlöcher“, murmelte ich und schaute ihnen nach, wie sie davondüsten.

Einen Moment später blitzten rote Bremslichter auf und beide Fahrzeuge bogen scharf nach links ab.

Ich starrte sie an, denn das Einzige, was sich am Ende dieser Straße befand, war Château Nocturne.

Ich schaute erneut auf meine Uhr. Meine Kunden sollten erst in zwei Stunden kommen. Aber, scheiße. In einen Transporter und einen Sportwagen würde eine Gruppe von vier Personen passen – die Anzahl, die mir mitgeteilt worden war. Waren sie zu früh oder hatte ich mich in der Zeit vertan?

Ich hatte meine besten fünf Kilometer Laufzeiten ein Jahrzehnt früher erreicht, aber jetzt hatte ich das Gefühl, ich könnte einen neuen persönlichen Rekord aufstellen. Ich folgte der Straße anstatt des gewundenen Pfades durch den Wald. Als das Château am Ende der von Bäumen gesäumten Straße in Sicht kam, zuckte ich zusammen, als ich die zwei dort geparkten Fahrzeuge entdeckte.

Ich sprintete die letzten Meter und stürzte fast gegen die Haustür. Keuchend stieß ich sie auf, riss mir die Mütze vom

Kopf, streifte meine Laufschuhe ab und fluchte dabei ununterbrochen. Anscheinend hatten sich meine Kunden selbst hereingelassen. Ich stellte mir eine Gruppe älterer Geschäftsleute vor, die ungeduldig mit den Fingern trommelten.

Als ich meinen Pferdeschwanz zusammendrückte, tropfte Regenwasser aus meinem langen, braunen Haar.

„Darf ich hereinkommen?" Ein Mann trat aus dem Schatten des Eingangsbereichs.

Ich zuckte und unterdrückte nur mühsam einen Schrei.

Seine dunklen Augen und das nach hinten gekämmte Haar glänzten, als er auf mich herabstarrte. Er überragte meine einen Meter fünfundsiebzig um vier oder fünf Zentimeter.

„Gordon hat mich geschickt", erklärte er. „Und die anderen." Er deutete verächtlich nach oben.

Sein Akzent klang wie der eines Mannes, der ein halbes Dutzend Sprachen beherrschte und vergessen hatte, mit welcher er angefangen hatte. Seine Haltung deutete auf alten europäischen Adel – oder schlichtweg auf Arroganz. Etwas an ihm ließ alle meine inneren Alarmglocken läuten, obwohl ich nicht genau wusste, warum.

„Entschuldigen Sie, dass ich so hereinstürme, aber ich habe Sie erst später erwartet."

„Offensichtlich", schnaufte er.

Fast hätte ich ihm meine Meinung gegeigt, aber verdammt. Ein Kunde war ein Kunde – besonders einer in einem so eleganten, teuren Louis-Vuitton-Blazer und -Hemd. Und obwohl diese Gruppe klein war, konnte sie für meine Hoffnung auf lukrative Geschäfte in der Zukunft entscheidend sein.

Also streckte ich meine Hand aus und versuchte, trotz des Regenwassers, welches eine Pfütze um meine Füße bildete, meine Würde zu bewahren.

„Willkommen im Château Nocturne. Ich bin Mina."

„Henrik", sagte er, schüttelte kurz meine Hand und ließ sie dann los.

Und, verdammt. Seine Berührung war kalt und klamm. Oder, Mist. War ich das nach meinem Fünf-Kilometer-Lauf durch den Regen?

„Bitte kommen Sie herein." Ich winkte ihn ins Haus.

Die Eingangstür öffnete sich zu einer großen Empfangshalle mit einem riesigen Kronleuchter. Zwei Treppen führten an beiden Seiten zu einer Empore hinauf und boten einen beeindruckenden Anblick. Aber Henrik ging die Treppe auf der rechten Seite hinauf, ohne auch nur einen zweiten Blick darauf zu werfen. War er vielleicht an noch prunkvollere Umgebungen gewöhnt?

Ich folgte ihm, während mein innerer Alarm laut schrillte. Einen Sekundenbruchteil später wurde mir klar, warum.

Die Treppe knarrte unter meinen Füßen, jedoch nicht unter seinen.

Mein Herz raste und ich starrte ihn an, als er die nächsten Stufen hinaufging.

Kein Geräusch. Nicht einmal ein Flüstern. Auch seine Stimme war kalt und er roch nach nichts. Dazu kamen seine kalte, blasse Haut und die Tatsache, dass er um Erlaubnis gebeten hatte, das Haus zu betreten, obwohl er sich benahm, als gehöre es ihm.

Vampir. Ich hatte gerade einen Vampir in mein Haus gelassen – ähm, Château.

Meine Großmutter war eine sehr gesellige Person gewesen und hatte riesige Partys veranstaltet, zu denen alle möglichen übernatürlichen Wesen kamen. Als Kinder hatten meine Schwester, meine Cousine und ich die Erwachsenen von unter den Tischdecken aus beobachtet und mithilfe unserer geschärften Sinne und Instinkte, die uns durch die Familienlinie vererbt worden waren, versucht herauszufinden, um welche Art von übernatürlichen Wesen es sich handelte. Allerdings hatten wir nur wenige Vampire gesehen.

Henrik schaute zurück und hob eine Augenbraue, als wollte er sagen: *Haha, was werden Sie jetzt machen?*

Ich gab mir alle Mühe, unbeeindruckt zu wirken. Es gab zwei Arten von Vampiren – *tödliche* und lediglich *gefährliche*. Ich vertraute darauf, dass Gordon mir keinen tödlichen geschickt hätte. Nicht, dass es mich beruhigte, einen gefährlichen Vampir im Haus zu haben.

Ich würde meinem Patenonkel später die Meinung geigen, so viel war sicher. Ja, ich brauchte das Geschäft dringend. Aber

Vampire?

Der einzige kleine Vorteil war, dass die anderen drei keine Vampire waren. Sonst hätten sie sich nicht selbst hereinlassen können.

Aber sie hatten sich Zugang verschafft und sich wie Flöhe, die von einem räudigen Hund angezogen wurden, direkt in das gemütlichste Zimmer des Hauses gestürzt. Das *einzige* gemütliche Zimmer, könnte man sagen – den großen Salon im Obergeschoss.

Eine Sicherung brannte in mir durch und ich ging von geduldig zu wütend über.

Ich drängte mich an Henrik vorbei, der an der Türschwelle stehen geblieben war. Das hier war mein Château, verdammt noch mal. Und ich würde die Kontrolle zurückerlangen.

Ein groß gewachsener Mann pirschte direkt hinter der Tür mit seinem Handy am Ohr auf und ab. Er verströmte eine *Ich habe hier das Sagen*-Ausstrahlung. Hellbraunes Haar, bernsteinfarbene Augen, leuchtend und kühl wie Edelsteine. Ein sorgfältig gepflegter Dreitagebart und kurz geschnittenes Haar. David Beckham mit einem militärischen Hauch und ohne das Grinsen. Oh, und einen olivfarbenen Teint, der auf den Nahen Osten schließen ließ.

„Entschuldigen Sie mich... ", sagte ich knapp und trat vor ihn.

Er hob die Hand, als wäre ich eine Kellnerin, die ihm anbot, seine Tasse Kaffee nachzufüllen. *Nein, danke*, sagte die Geste. *Jetzt verschwinden Sie bitte. Wie Sie sehen können, bin ich sehr beschäftigt.*

Er pirschte an mir vorbei, als wäre ich ein Teil der verdammten Einrichtung.

Der erdige Dschungelkräuterduft unter seinem Rasierwasser schlug mir entgegen und ich musste zweimal hinschauen. Tigergestaltwandler?

Meine innere Detektivin korrigierte *Naher Osten* zu *Indien*, aber nur ein Hauch. Vielleicht von einem Elternteil oder den Großeltern. Das würde den Tigerteil erklären. Aber, hmmm. Der Typ hatte zwar einen zum Sterben schönen Körper, seine abweisende Haltung gefiel mir jedoch überhaupt nicht.

„Roux, das ist Mina", murmelte der Vampir, schlich an uns vorbei in eine Ecke des Raums und begann, die kleinen Ausstellungsstücke zu inspizieren. Eine antike Schnupftabakdose. Eine Porzellanuhr aus dem neunzehnten Jahrhundert. Eine Spieluhr mit einem exquisiten Deckel aus Intarsienholz. Er musterte jeden einzelnen Schatz und stellte ihn dann wieder an seinen Platz – an den falschen Platz, obwohl ein staubfreier Abdruck deutlich die ursprüngliche Position markierte.

Ich stapfte hinüber und riss ihm einen Messing-Kerzenhalter aus der Hand.

„Nicht anfassen."

Er spottete: „Machen Sie sich Sorgen um diesen Schnickschnack?"

Das waren Erbstücke, verdammt, kein Schnickschnack. Da gab es einen Unterschied.

„Nicht anfassen", knurrte ich.

Der Tiger pirschte immer noch auf und ab und war ganz auf sein Handy konzentriert. Tatsächlich konzentrierte er sich auf alles – im Gegensatz zu dem Blondschopf, der mit einer Tasse Kaffee in der Hand und den Füßen auf dem Louis-XVII-Tisch auf dem Sofa lag und aussah wie ein Rettungsschwimmer nach Dienstschluss. Jemand, den ich hinter einer dunklen Sonnenbrille heimlich beäugen würde, wäre ich zufällig an seinem Strand.

Aber ich war nicht an seinem Strand, verdammt noch mal. Dies war *mein* Salon und seine Stiefel lagen auf dem Platz, der für das Teeservice meiner Großmutter reserviert war.

Ich schnippte vor seinem Gesicht mit den Fingern. „Füße vom Tisch. Sofort."

„Seien Sie auch gegrüßt." Er gluckste leise und setzte erst einen, dann den anderen Fuß auf den Boden. Jede seiner Bewegungen war träge und selbstbewusst, was kein Wunder war.

Löwe, sagte mir mein sechster Sinn. König des Dschungels, zumindest in seiner eigenen Vorstellung. Ich kannte seinen Typ.

Wenn Henrik, der Vampir, direkt dem *GQ*-Magazin entsprungen wäre, wäre dieser Typ eine Vision aus einer *Teenager-Fangirl*-Zeitschrift. Roux, der Tiger, passte irgendwo zwischen

Waffen & Munition und *Fisch & Fang*. Sie alle waren ungefähr in der richtigen – ähm, meiner – Altersklasse.

„Bene – kurz für Benedict. Schön, Sie kennenzulernen", sagte der Blondschopf auf der Couch mit einem Akzent, den ich nicht zuordnen konnte. Südafrika? England? Nordamerika? Jede Silbe schien von einem anderen Kontinent zu stammen. Er hob seine Kaffeetasse wie zum Anstoßen, nippte daran und verzog dann das Gesicht.

„Mina", murmelte ich, wurde jedoch von dem Tigergestaltwandler übertönt, der sich bei seinem Gesprächspartner am anderen Ende der Leitung beschwerte.

„Nun, das wird so nicht funktionieren", sagte er. „Wir brauchen doppelt so viel Ausrüstung, wie du geliefert hast. Und ein besseres Fahrzeug."

„Und eine anständige Kaffeemaschine", rief Bene.

Ich wünschte es. Hatte er eine Ahnung, wie teuer die waren?

Ich wandte mich an den vierten Mann im Raum – den großen, geheimnisvollen, der aus dem Fenster starrte, als würde er direkt in die Pforten der Hölle blicken. Ich hatte jedoch den Eindruck, dass er eher nach innen als nach außen schaute. Insgesamt betrachtet wäre er ein guter Kandidat für das Titelblatt des Magazins für *Leder, Räder & Tattoos*, wenn es so etwas gäbe. Definitiv ein Typ mit gequälter Seele. Ich trat näher, blieb dann aber stehen, als ich in seinen mitternächtlichen Augen glühende, wirbelnde Flammen aufblitzen sah.

Dieser Mann war ein Drachengestaltwandler, und er war nicht gut gelaunt. Ich wandte mich ab. Schnell.

„Dieser Ort ist einfach nicht geeignet", schimpfte Roux in sein Telefon.

Ich warf ihm einen bösen Blick zu. Nicht, dass er es bemerkt hätte.

„Außerdem", fuhr der Tiger in rasantem Englisch mit leicht französischem Akzent fort, „mussen Sie diesen Wilhelm-Typen kontaktieren und ihm sagen, er soll seinen Arsch hierher schwingen. Sofort."

Überhaupt nicht belustigt trat ich auf ihn zu.

„Wie bitte?" Roux runzelte die Stirn zu seinem Handy. „Wilhelm – wer?"

Fünfzehn Zentimeter von seiner breiten Brust entfernt blieb ich stehen und verschränkte die Arme, während ich mit dem Fuß auf dem Boden tippte. Sein Blick fiel auf mich und er stieß einen langen, ausgedehnten Laut aus. „Ohhhhh."

Er musterte mich von oben bis unten. Langsam. Missbilligend – und gleichzeitig erschreckend billigend.

„Wilhelmina", knurrte ich.

„Sie nennt sich Mina", rief Bene, als wären wir alte Freunde.

„Oh", sagte Roux. Noch einmal.

Schließlich zuckte er mit den Schultern und sprach in sein Handy. „Ich rufe Sie zurück." Er legte auf, schob es in die Oberschenkeltasche seiner Cargohose – als würden die prallen Muskeln darunter nicht schon genug Profil bieten – und schenkte mir seine ungeteilte Aufmerksamkeit. Endlich.

„Ähm, hallo. Ich bin Roux."

„Man spricht es wie Känguru aus, aber es schreibt sich komisch", warf Bene ein.

„Er behauptet damit, er könne buchstabieren", bemerkte Henrik trocken.

„Natürlich kann ich das, Mr. T-R-A-N-S-I-L-V-A-N-I-E-N."

„Livonia. Das Herzogtum von Livonia", korrigierte Henrik in einem leidgeprüften Tonfall.

Bene zuckte mit den Schultern. „Wie dem auch sei."

Ich behielt meine Arme verschränkt und sagte kein Wort. Zwölf Jahre als Mittelschullehrerin hatten mir geholfen, wütendes Schweigen zu einer Wissenschaft zu entwickeln, und mich mit solchen Typen herumzuschlagen, war nicht viel anders als der Unterricht einer fünften Klasse. Ich war es gewohnt, mit widerspenstigen, unreifen, egozentrischen (und überraschend liebenswerten) kleinen Biestern zurechtzukommen. Der Trick bestand darin, sofort klarzustellen, dass ich mir nichts gefallen lassen würde. Ich konnte später nett sein... wenn ich es wollte.

„Ähm, nichts für ungut", murmelte Roux und deutete auf den ungeeigneten Raum.

Ich war beleidigt, aber das sagte ich nicht. Ich sagte gar nichts.

„Also… ähm… “, stammelte er im Versuch, die Stille zu fühlen.

Ich zeigte keine Gnade und ließ das unangenehme Schweigen weiter andauern.

„Gordon sagte, Sie würden uns erwarten“, versuchte er es erneut.

Ich schaute demonstrativ auf meine Uhr.

Er runzelte die Stirn und schaute dann auf seine eigene – eine dieser massiven Herrenuhren, die einen Weltraumspaziergang oder einen Tauchgang in die Tiefen des Mariannengrabens überstehen würden. Die männliche Version einer Handtasche, wie meine Schwester gern scherzte. Mit dieser Uhr und dem Schweizer Taschenmesser, das er wahrscheinlich in einer seiner Cargo-Hosentaschen mit sich führte, fühlte er sich für jede Gelegenheit gewappnet.

„Ich habe dir doch gesagt, dass wir zu früh sind.“ Bene deutete mit seiner Tasse auf Roux. „Er kommt immer zu früh.“

„Tiger“, murmelte ich, als würden wir uns schon seit Monaten gegenseitig über Roux beschweren.

Roux riss die Augenbrauen hoch. Offensichtlich hatte er angenommen, ich sei ein Mensch. Aber das war ich nicht – jedenfalls nicht ganz. Ich war ein Relikt – oder *vom Mondlicht gestreift*, wie meine Großmutter es gern bezeichnete. Wir konnten uns nicht mehr verwandeln oder zaubern, aber wir hatten noch ein paar mystische Fähigkeiten, die wie der Mond in einer wolkigen Nacht kamen und gingen – flüchtig und unvorhersehbar. Sie tauchten zufällig und in seltsamen, vereinzelten Ausbrüchen auf, so als hätten wir eine Karte aus einem Kartenspiel gezogen. Meistens passierte nichts Außergewöhnliches, nur besonders scharfe Sicht oder die Fähigkeit, ungewöhnlich weit zu springen. Aber alle Jubeljahre zogen wir einmal einen Joker. Etwas Seltenes und Verblüffendes käme zum Vorschein, wie die Fähigkeit meiner Urgroßmutter Linda, Lügen aufzudecken, oder der Trick meines Ururgroßvaters Toby, durch Wände zu gehen. Aber in neunundneunzig Komma neun Prozent der Fälle waren wir einfach nur menschlich.

Bene hob seine Kaffeetasse in meine Richtung, um mir schweigend zuzuprosten, und nippte dann daran. Einen Moment später warf er der Kaffeemaschine einen vernichtenden Blick zu.

„Also, die Grundregeln“, verkündete ich laut und deutlich.

Roux runzelte die Stirn. Offensichtlich hielt er das für seine Aufgabe.

Ich drehte mich leicht zu den anderen dreien um, aber sie waren alle weit verstreut.

„Henrik, bitte.“ Ich winkte ihn mit einer Handbewegung herüber.

Roux' Augenbrauen schossen in die Höhe und sogar der grimmige Drachengestaltwandler drehte sich um.

Ja, ich kommandierte einen Vampir herum. Normalerweise flirtete ich nicht mit dem Tod. Ich flirtete überhaupt nicht, schon gar nicht mit Kunden – vor allem nicht mit dieser Sorte. Aber wenn ich jetzt nicht die Oberhand gewann...

Henriks Augen glühten rot, er glitt jedoch lautlos zu Roux und der Couch hinüber, auf der Bene saß, und stellte sich dazwischen.

„Und Sie...“ Ich deutete auf den Mann am Fenster.

„Marius“, ergänzte Bene, als der Mann es nicht tat.

„Würden Sie sich uns anschließen, bitte?“ Mein Tonfall war nicht so versöhnlich wie meine Worte.

Sichtlich verärgert drehte sich der Drachengestaltwandler langsam um. Als er mir mit seinem feurigen Blick in die Augen sah, drehte sich mir der Magen um. Ich war von jemandem, den er nicht einmal wahrgenommen hatte, plötzlich in sein Fadenkreuz geraten. Der Vampir mochte hier die offensichtliche Gefahr darstellen, aber dieser Typ war regelrecht tödlich – und hatte eine viel, viel kürzere Zündschnur.

Seien Sie vorsichtig, Lady, warnte mich sein brennender Blick.

Meine Knie schwankten, aber ich blieb standhaft. Wenn ich jetzt nachgab, würde ich niemals ihren Respekt gewinnen, und Respekt war der einzige Weg, um in dieser Truppe sicher zu sein.

Endlich knarrten die Dielen. Marius machte einen Schritt nach vorn, dann noch einen, und hatte dabei diese *Rebell, der keine verdammte Rechtfertigung braucht*-Ausstrahlung. Dann blieb er stehen und verschränkte die Arme.

Muskeln spannten sich an. Testosteron schoss in die Höhe. Eine Millisekunde, nachdem er vorbeigegangen war, erreichte mich sein Duft. Und oh, dieser Duft! Fast hätte ich die Augen geschlossen, um die frische, luftige Note zu genießen. Tausend Hoffnungen und Träume strömten mir durch den Kopf und fast wäre ich ins Schwanken geraten.

Dann riss ich mich zusammen und begann mit einer weit weniger freundlichen Version der Rede, die ich in den letzten Wochen einstudiert hatte.

„Also, willkommen im Château Nocturne. Das hier ist mein Zuhause und ich erwarte, dass Sie es auch so behandeln."

Ich wich weit von meinem Skript ab, in dem ich eher etwas wie *Mi Casa es su Casa* hatte sagen wollen. Aber das würde zu einem Desaster führen, und ich wusste es.

„Ich werde Ihnen gleich Ihre Zimmer im Westflügel zeigen. Ich bin sicher, Sie werden sich dort wohlfühlen."

Nun, ich war mir nur einigermaßen sicher und hoffte inständig, dass das milde Wetter anhalten würde, denn die Heizung funktionierte nicht. Aber das musste ich jetzt nicht erwähnen, nicht wahr?

„Der Rest des Hauses ist tabu, außer dem Esszimmer direkt unter uns." Ich zeigte darauf. „Madame Picard wird dort um dreizehn Uhr das Mittagessen und um neunzehn Uhr das Abendessen servieren."

Henriks Blick wanderte bei der Erwähnung der Mahlzeiten zu meinem Hals. Ich warf ihm einen finsteren Blick zu und fuhr fort. „Ich werde um sechs Uhr dreißig ein Frühstück und um zehn Uhr einen Snack für zwischendurch bereitstellen."

Bene gluckste. „Wie im Kindergarten."

„Ja. Genau so", sagte ich mit ausdrucksloser Stimme.

Henrik hob eine dünne Augenbraue, während Roux' verdrießlicher Gesichtsausdruck verriet, dass er es nachvollziehen konnte. Als ihr Anführer wusste er wohl am besten, wie man einen Sack Flöhe hütete. In diesem Fall waren die Flöhe riesengroße, sehr gefährliche Katzen, ganz zu schweigen von Vampiren und Drachen.

„Können wir diesen Raum nutzen?", fragte Bene. „Es ist so ziemlich der einzige halbwegs anständige Raum im Haus."

Ha. Warten Sie, bis Sie Ihre Schlafzimmer sehen, hätte ich fast gesagt. Ich hatte mein Bestes getan, um sie auf Vordermann zu bringen, aber ich hatte keine Zeit gehabt, um mich um die abblätternde Tapete und Farbe zu kümmern.

Bene hob die Hände. „Nichts für ungut."

Ich presste die Lippen zusammen.

Roux warf einen vielsagenden Blick auf Benes schmutzige Stiefel. „Sieht so aus, als wäre er tabu."

„Nein, aber das wird er sein, wenn ich irgendwo außer im Eingangsbereich Stiefelabdrücke finde", schnauzte ich.

Bene zuckte zusammen und beugte sich vor, um den Schmutz vom Teetisch zu putzen. Er schaute auf, ganz strahlend, als würde das alles wiedergutmachen.

Tat es nicht, wie mein Gesichtsausdruck deutlich machte.

Er runzelte die Stirn und fing an, Schmutz vom Teppich zu kratzen. „Entschuldigung."

„Was das... ähm, Erkunden in Ihrer Freizeit angeht... ", Ich suchte nach einer taktvollen Formulierung für *sich in wilde Tiere zu verwandeln*, „können Sie die umliegenden Felder und Wälder nutzen. Jagen ist nur in den Wäldern auf diesem Grundstück gestattet. Die Felder der Bauern und das Dorf sind für solche Aktivitäten strengstens verboten." Ich hielt inne, um meine Worte wirken zu lassen, und auch, weil ich eine nette Formulierung dafür finden musste, zu sagen: *Lassen Sie sich bloß nicht in Tiergestalt erwischen.* Schließlich entschied ich mich für: „Ich erwarte von jedem von Ihnen höchste Diskretion."

Ich warf Henrik einen vielsagenden Blick zu, der sagte, *insbesondere von Ihnen.* Wenn er versuchte, seinen Blutdurst an jemandem aus dem Dorf zu stillen, würde er *tout de suite* hier verschwinden.

Es sei denn, dieser jemand wäre ich. Denn dann wäre ich diejenige, die verschwinden würde – für immer.

Bevor ich sie zum Westflügel führte, nahm ich mir vor, mir einen Vorrat an Knoblauchzehen und Holzpflöcken anzulegen.

„Wenn Sie mir jetzt bitte folgen würden... "

Kapitel 3

MINA

Einen Sack Flöhe zu hüten, passte definitiv zu dem Prozess, diese Männer in den Westflügel zu bringen. Marius schritt voran, während Henrik zurückblieb und jede Vase und jedes Gemälde im Flur inspizierte. Roux ging zunächst neben mir, aber seine langen, geschäftsmäßigen Schritte ließen ihn schon bald mehrere Meter vor mir laufen. Dann schaute er genervt zurück, hielt inne, damit ich aufholen konnte, und wiederholte den Vorgang wie ein großes, muskelbepacktes Jo-Jo.

Bene schlenderte nebenher und spähte in jeden Raum auf der linken Seite. „Was ist das? Und das?"

Ich zeigte darauf. „Musikzimmer. Raucherzimmer. Kartenspielzimmer."

Er pfiff. „Ein eigenes Zimmer zum Kartenspielen, was?"

„Tabu", knurrte ich und stellte mir seine dreckigen Stiefel auf den Tischen und Kissen vor. „Sie alle."

„Ich schätze, das Dach ist undicht, was?", fragte er und bemerkte die Eimer, die ich so gut es ging zu verstecken versucht hatte.

Ich verzog das Gesicht. „Ein wenig, aber ich habe einen Kostenvoranschlag eingeholt und das Dach befindet sich auf meiner Reparaturliste ganz oben."

Bene gluckste leise. „Im wahrsten Sinne des Wortes."

Ich war nicht so fröhlich, denn diese Liste war fast so lang wie die Auffahrt zum Château. Ein Teil von mir sehnte sich danach, stattdessen wieder in einem Klassenzimmer zu stehen. Es war September und zwölf Jahre als Lehrerin signalisierten mir, dass es Zeit war, wieder zum Unterricht zurückzukehren.

21

Andererseits war ich zu Hause langsam in einen Trott verfallen. Die Arbeit als Lehrerin konnte unglaublich erfüllend sein, aber ich konnte mich des Gedankens nicht erwehren, dass die nächsten dreißig Jahre meines Lebens mehr zu bieten haben sollten als den gleichen vorhersehbaren Rhythmus aus Schultagen, Wochenenden und Sommerferien. Etwas Aufregenderes, vielleicht sogar etwas Abenteuerliches.

Ein Château zu renovieren war vielleicht nicht abenteuerlich oder aufregend, aber es war auf jeden Fall unvorhersehbar. Vor allem mit meinen neuen Hausgästen.

Bene deutete auf den langen Raum auf der rechten Seite. „Und das ist...?"

„Die Bibliothek."

„Lassen Sie mich raten. Auch tabu?"

Ich nickte entschlossen.

Meine Aufmerksamkeit galt jedoch nur halb ihm. Der Rest war auf die breiten Schultern gerichtet, die am anderen Ende des Flurs bereits verschwanden. Marius. Der Mann bewegte sich wie eine Gewitterwolke, sowohl faszinierend als auch beängstigend zugleich. Als er um die Ecke bog und außer Sichtweite war, verspürte ich eine seltsame Mischung aus Erleichterung und Enttäuschung.

Erleichterung, sagte ich mir entschlossen.

Die Enttäuschung schrieb ich seiner Bad-Boy-Ausstrahlung zu. Männer wie er hatten eine Art, Frauen um den Finger zu wickeln. Törichte Frauen, wohlgemerkt. Ganz sicher nicht mich.

Ich gab mir Mühe, die anderen zu durchschauen. Bene war neugierig. Henrik war abschätzig und Roux ein Bündel aufgestauter Energie. Energie, die gebändigt und in konstruktive Bahnen gelenkt werden musste.

Ich beeilte mich, ihn einzuholen, und senkte meine Stimme. „Gordon sagte, ich könne mich darauf verlassen, dass Sie diese Jungs im Zaum halten."

Gordon hatte nichts dergleichen gesagt, aber ich war nicht zu stolz, Egos zu schmeicheln, wenn es sein musste.

Roux plusterte seine Brust noch ein wenig mehr auf, und nickte energisch. *Natürlich kann ich das.*

„Gut." Ich flüsterte weiter in geheimnisvollem Ton. „Ich glaube, sie werden es brauchen."

„Glauben Sie mir, ich kümmere mich darum", brummte er. „Wir werden unseren Trainingsbereich noch vor dem Mittagessen aufbauen."

Ich stellte mir einen dieser Parcours vor, auf denen Hunde unter, über oder um verschiedene Hindernisse liefen. Was auch immer nötig war, ich war komplett dafür.

Dennoch fragte ich mich, wofür sie trainierten. Gordon hatte sich über das, was diese Männer für ihn taten, nur sehr vage geäußert. Aber das war typisch für meinen Patenonkel, der Dutzende von Unternehmen in ebenso vielen Ländern leitete. Er hatte etwas von Elite-Leibwächtern erwähnt, die er für verschiedene Geschäftspartner anheuerte. Und verdammt, es wäre schwer, einen Vampir, einen Tiger, einen Drachen oder einen Löwen in dieser Rolle zu besiegen.

„Ausgezeichnet." Ich ahmte den knappen Tonfall eines Militärkommandanten nach. Etwas, womit Roux definitiv vertraut war.

Was die anderen drei anging... nun, *Disziplin* stand ganz eindeutig nicht oben auf ihrer Liste von Stärken.

Wir erreichten den Westflügel – einen kastenförmigen Anbau, der durch einen langen Flur mit dem zentralen Teil des Gebäudes verbunden war. Diese Konstruktion spiegelte sich auf der Ostseite des Châteaus wider, wo sich meine Suite mit vier Zimmern befand. Eine Entfernung, über die ich jetzt doppelt so froh war.

Bevor wir die Wendeltreppe zum Erdgeschoss hinuntergingen, zeigte ich aus dem Fenster.

„Was den Außenbereich angeht, können Sie den Innenhof der Stallungen und das Gelände außerhalb des Westflügels nutzen."

Alle spähten hinaus. Bene zog einen Vorhang beiseite, um besser sehen zu können, und ich betete, dass er nicht reißen würde. So alt war der Stoff.

„Oh! Ein Heckenlabyrinth! Können wir das auch benutzen?"

Fast hätte ich Nein gesagt, aber vielleicht würden sie darin eine Weile verlorengehen.

„Sicher.“

„Was ist mit dem See?“, fragte Roux.

Ich überlegte und erlaubte es dann. „Stören Sie nur die Enten nicht.“ Dann deutete ich über meine Schulter auf das andere Ende des Hauses. „Der Croquet-Rasen und der Pavillon sind tabu.“

„Ein Croquet-Rasen, was?“ Bene gluckste leise.

Ich warf ihm einen Blick zu. Ich war weder ein reicher Snob noch hoffnungslos altmodisch. Aber verdammt. Ein Château war ein Château. Es gab mehr als nur einen Rasen, und einer davon war für Croquet reserviert.

„Was soll ich sagen?“, erwiderte ich und zuckte mit den Schultern. „Das war früher angesagt.“

Wir gingen die Treppe hinunter, wo ich ihnen die untere Etage des Westflügels zeigte, die aus vier großen, weitläufigen Räumen bestand, zwei zur Vorderseite und zwei zur Rückseite des Hauses. Ich deutete auf den ersten Raum, der dem Südrasen zugewandt war.

„Die Zimmer auf dieser Etage sind Ihre Quartiere. Ein gemeinsames Wohnzimmer... “

Eine verschlissene Couch stand vor dem Kamin. In einer Ecke hatte ich eine Kochnische eingerichtet, mit einem Minikühlschrank, einer Mikrowelle und ein paar anderen notwendigen Dingen.

Bene steuerte direkt auf die Kaffeemaschine zu und inspizierte sie, während Henrik aus dem Fenster schaute, um den weiten Rasen und den angrenzenden Wald zu mustern. Ich gab mein Bestes, um sie in Bewegung zu halten, und lenkte ihre Aufmerksamkeit auf die schönen Eichenböden anstatt auf die abblätternde Tapete.

„Die anderen drei Zimmer können Sie nach Belieben gestalten. Ich habe in jedem Zimmer zwei Betten aufgestellt und das dritte als zusätzlichen Aufenthaltsraum belassen, aber Sie können alles nach Ihren Wünschen umstellen.“

Dies war der einzige Teil des Châteaus, der nicht mit Erinnerungsstücken und Möbeln vollgestellt war. Meine Großmutter hatte ihn vor Jahren komplett ausgeräumt, weil sie hoffte, die Räume zu vermieten, aber sie hatte es nie umgesetzt. Ich hatte ihre Arbeit fortgesetzt und mich abgerackert, um diese Räume bewohnbar zu machen. Tatsächlich hatte ich das vierte Bett und die Matratze sogar erst am Vorabend hier hereingeschleppt.

Junge, hatte ich mir einen Kaffee, mein *Pain au Chocolat* und etwas Ruhe verdient. Ich seufzte.

„Badezimmer?", fragte Bene.

Das Château hatte über vierzig Zimmer, aber nur eine Handvoll Bäder. Glücklicherweise hatte meine Großmutter in den 1980er-Jahren zwei davon in diesem Stockwerk des Westflügels einbauen lassen.

„Sie sind ein wenig veraltet", gab ich zu und schaltete erst in einem und dann in dem anderen das Licht ein.

Bene und Roux drängten sich hinter mir, um mir über die Schulter zu schauen, und ich musste zugeben, dass mir bei so viel männlicher Muskelkraft eine warme Röte in die Wangen stieg. Ich hatte ganz offensichtlich zu lange auf Sex verzichtet.

Meine Gedanken schweiften zu Clement, während mein Blick über Roux, Bene und Marius wanderte. Nicht, dass ich meine Optionen abgewogen hätte. Ich, ähm… fantasierte nur ein wenig.

Dann beugte sich Henrik vor und erstickte meine Libido augenblicklich. Sein Blick fiel eher auf meinen Hals als auf die Armaturen im Badezimmer, und ich bekam eine Gänsehaut.

Marius schien weder an mir noch am Badezimmer interessiert zu sein. Und da war es wieder – dieses seltsame Gefühl aus Erleichterung und Enttäuschung.

„Ich habe schon Schlimmeres gesehen", verkündete Roux.

„Ich habe schon Besseres gesehen", seufzte Bene und prüfte seine Frisur im Spiegel.

„Nun, die Renovierung dieser Badezimmer steht auf meiner Liste, und da kommen Sie ins Spiel", sagte ich. „Ich nehme an, Gordon hat Sie über unsere Vereinbarung informiert?"

Roux nickte. „Eine Stunde Arbeit pro Tag von jedem von uns."

Ich erwiderte die Geste. „Genau. Aber ich habe ein Angebot.“

Bene riss die Augenbrauen hoch.

Nicht dieser Art, ließ ich meine Grimasse sagen. „Anstatt jeden Tag eine Stunde zu arbeiten, schlage ich vor, dass sie mir jeweils sechs Stunden an einem Tag zur Verfügung stellen. Wir fangen Ende dieser Woche an, okay?“

Niemand sah besonders begeistert aus, aber sie widersprachen auch nicht.

Gordon war großzügig gewesen – nicht nur, weil er mir doppelt so viel Miete zahlte, wie ich es vorgeschlagen hatte, sondern auch, weil er mir eigene Arbeiter zur Verfügung stellte. Aber mein Patenonkel war stets gut zu mir gewesen und wusste über den traurigen Zustand des Châteaus Bescheid.

„Nun, dann richten Sie sich ein, während ich nach dem Mittagessen sehe. Madame Picard sollte jeden Moment hier sein. Sie wird die Glocke läuten, wenn es Zeit zum Essen ist.“

Ich deutete auf die angelaufene Glocke neben einer Öffnung in der Decke. Das System war in den 1930er-Jahren der letzte Schrei der Technik gewesen und so ziemlich das einzige im Haus, das nicht reparaturbedürftig war.

„Haben Sie noch Fragen, bevor ich gehe?“, fragte ich, als wir zur Treppe zurückkehrten.

Roux und Henrik zuckten mit den Schultern. Marius schaute finster aus dem Fenster. Bene wackelte mit den Augenbrauen.

„Wo wohnen *Sie*?“

Alle schauten mich erwartungsvoll an – sogar Marius.

Ich verschränkte die Arme und warf ihnen meinen strengsten, abweisendsten Blick zu.

„Am anderen Ende des Gebäudes. Und raten Sie mal?“

„Tabu?“, fragte Bene.

Darauf können Sie wetten, ließ ich sie mit einem entschlossenen Nicken wissen. Dann zeigte ich den Flur hinunter.

„Mittagessen um eins, im Esszimmer.“

Damit marschierte ich davon. Das einzige Geräusch war das Klatschen meiner nassen Socken auf dem Eichenparkett – und das Knarren hinter mir, als sich die Männer in Richtung Tür beugten, um mir nachzuschauen.

Nur drei Monate, erinnerte ich mich, während ich vier Paar Augen auf meinem Rücken spürte. Gordon hatte mir glatte fünfzehntausend Dollar pro Monat angeboten, damit ich diese Männer beherbergte und verpflegte. Ich musste nur drei Monate lang mein undichtes Dach mit diesen Fremden teilen – und danach hätte ich genügend Geld, um (das meiste davon) zu ersetzen. Außerdem war das Château größer als viele Wohnhäuser.

Du wirst sie kaum bemerken, hatte Gordon mir versichert.

Und ich, dummes Mädchen, hatte ihm tatsächlich geglaubt.

∞∞∞∞

Madame Picard traf kurz darauf ein – Gott sei Dank – und brachte alles, was man für ein dreigängiges Mittagessen brauchte. Im Handumdrehen füllte sie die Küche mit einem köstlichen Duft.

„Sie sind ja klatschnass", schimpfte sie mit mir. „Jetzt verschwinden Sie."

Ich ging in mein Zimmer im oberen Ostflügel, um schnell zu duschen, und trocknete mich dann ab. Die Fenster meines Schlafzimmers waren auf den hinteren Rasen und den Wald gerichtet, so dass ich mich selten bedeckte, bevor ich mich anzog. Aber meine neuen Hausgäste hatten eine solche Präsenz, dass ich mir ihrer selbst in dieser Entfernung sehr bewusst war.

Sicher in ein Handtuch gewickelt, spähte ich aus dem Fenster.

Wir werden unseren Trainingsbereich noch vor dem Mittagessen aufbauen, hatte Roux gesagt.

Wow. Er hatte nicht gescherzt. Sie hatten bereits einen Bereich zum Gewichtheben mit alten Farbdosen aus der Werkstatt hergerichtet, zusammen mit zwei Reihen Reifen, durch die man laufen konnte. Roux tat sein Bestes, um die anderen anzuleiten, aber es sah eher nach einer Jeder-für-sich-selbst-Operation aus.

27

Henrik hatte eine Reihe kniehoher Pfosten in den Boden geschlagen und Draht dazwischen gespannt, um eines dieser niedrigen Hindernisse zu bauen, durch die man im Schlamm kriechen musste, so wie sie bei der Marine benutzt wurden. Er hielt sich wie alle Vampire so weit wie möglich im Schatten auf. Der Mythos der *Geschöpfe der Nacht* galt nur für frisch verwandelte Vampire. Je älter sie waren, desto besser vertrugen sie Sonnenlicht.

Marius kombinierte mehrere alte Pferdesprunghindernisse zu einer hohen Konstruktion. Hatte er vor, darüberzuklettern oder mit einem einzigen Sprung darüberzuspringen, so wie Superman?

Andererseits war er ein Drachengestaltwandler. Warum sollte er sich die Mühe machen, außer um seinen menschlichen Körper zu trainieren?

Nicht, dass er viel Training nötig zu haben schien. Er hatte seine Jacke ausgezogen und trug nur noch ein enganliegendes, schwarzes T-Shirt, das seine Muskeln und seine breite Brust betonte, die sich nach unten hin verjüngte...

...zu einer Stelle, die mich nicht interessierte, sagte ich mir selbst und wirbelte herum, um mich anzuziehen.

Ich hörte einen dumpfen Schlag und spähte die Länge des Gebäudes hinunter, wo etwas baumelte.

Meine Kinnlade klappte hinunter. Bene stand lässig am äußeren Rand des Daches und schien sich keine Gedanken über den Abgrund zu machen. Er kehrte dem Wald den Rücken zu, griff nach einem dicken Seil und seilte sich ab. Keine Sicherheitsausrüstung, kein Sicherungsmann. Er landete geschmeidig, blieb neben Roux stehen und deutete zurück zum Dach. Hatte er entdeckt, dass es durchhing, oder schlug er Verankerungspunkte für weitere Seile vor?

Ich wich vom Fenster zurück, kämmte mir in Windeseile die Haare, band sie zu einem Pferdeschwanz zusammen und kam in die Küche, gerade als Madame Picard die Glocke zum Essen läutete.

Die Männer betraten den Speisesaal höflich, verschlangen das Essen dann jedoch wie ausgehungerte Tiere – mit Ausnahme von Henrik, der ordentliche Bissen nahm und sich wie ein Gentleman aus dem siebzehnten Jahrhundert die Lippen abtupfte.

Madame Picard schnaufte, als sie meine Gedanken las.

Mindestens sechzehntes. Und das bevor er zu dem wurde, was er jetzt ist. Passen Sie auf sich auf, wenn Sie in seiner Nähe sind, warnte sie mich und flüsterte mir ihre strengen Worte direkt in den Kopf.

Das waren keine echten Neuigkeiten.

Das werde ich, versicherte ich ihr.

Dann seufzte Madame Picard leise. *Ich werde mehr Fleisch auf die Speisekarte setzen.*

Anscheinend konnten Vampire umso länger ohne Blut auskommen, je mehr Fleisch sie aßen. Je roher, desto besser.

Gute Idee, stimmte ich zu. Also so viel Carpaccio und Steak-Tartar, wie wir nur bekommen konnten. Aber im Moment...

Die Mahlzeit begann mit Zwiebelsuppe mit herzhaftem Gruyère, gefolgt von einer ofenfrischen Quiche Lorraine als Hauptgericht.

Und, oha. Madame Picard hatte zwei riesige Quiches gebacken, die jedoch innerhalb weniger Minuten verschlungen waren.

„Gut, dass ich eine kleinere für uns zurückgestellt habe", murmelte sie, als wir aneinander vorbeikamen, während wir geschäftig in der Küche ein- und ausgingen.

Glücklicherweise war das Mittagessen ein voller Erfolg, bis hin zu den Käseplatten, die zum Nachtisch serviert – und restlos verputzt – wurden. Aber das Essen würde einen größeren Teil meines Budgets verschlingen, als ich es erwartet hatte.

„Köstlich." Bene küsste seine Fingerspitzen.

„Ziemlich gut", stimmte Henrik zu und faltete seine Serviette.

„Ich freue mich schon aufs Abendessen." Roux lehnte sich vom Tisch zurück.

Marius nickte leicht mit dem Kinn. Das war alles. Aber hey, er sah etwas weniger missmutig aus als zuvor.

Sie blieben noch lange am Tisch sitzen, nippten an ihren Getränken und versanken allmählich in eine Art nachmittäglicher Müdigkeit, wie Löwen in der Savanne, umgeben

von den blutigen Überresten ihrer letzten Mahlzeit. Marius'
Blick wurde abwesend und Henrik starrte in sein Weinglas.
Selbst Roux sah ein wenig schläfrig aus.

Bene, Gott segne ihn, sammelte erhebliche Pluspunkte, als
er half, das Geschirr in die Küche zu tragen.

„Wow. Das ist ja unglaublich!" Er schaute sich in dem riesigen Raum um.

Ich grinste. „Schön, oder? Es ist der älteste Raum im Haus."

„Hier könnte man eine mittelalterliche Bankettszene drehen."

Ich lachte. „Das haben sie in den 1950er-Jahren auch getan. *Le Fripon de Rougement.*" Leider war das grobkörnige
Schwarzweißwerk heute nur noch meiner Familie bekannt.

Bene nickte und übersetzte den Titel. „*Der Schurke von
Rougemont.* Das gefällt mir."

„Sie sprechen Französisch", stellte ich fest.

Er nickte. „Ja."

„Aber Sie sind kein Franzose?"

Er schüttelte den Kopf. „Meine Eltern sind ständig um-
gezogen. Zimbabwe, Kanada, Frankreich, England... Aber so
eine Küche habe ich noch nie gesehen."

Ich ging zum Spülbecken, das groß genug war, um mehrere
Moorhühner darin zu waschen – etwas, das ich Madame Picard als Kind hatte machen sehen. Eine steinerne Feuerstelle,
über der ein ganzer Ochse gebraten werden konnte, nahm den
größten Teil der hinteren Wand ein, an der noch eine Kette
hing, die Teil eines Mechanismus zum Drehen des Spießes war.
Entlang der Wände standen hölzerne Küchenzeilen, während
Töpfe und Schöpflöffel über der Mitte hin-
gen.

„Ich möchte diesen Raum für Dreharbeiten vermieten", sagte ich. „Filme, Werbespots, was auch immer."

Madame Picard sah empört aus, aber Bene nickte sofort.

„Gute Idee." Dann warf er mir einen schrägen Blick zu.
„Wenn es doch nur eine halbwegs anständige Kaffeemaschine
gäbe."

Ich ignorierte es und nutzte seine vorherige Bemerkung, um
zu einem anderen Thema zu wechseln.

„Wo kommen die anderen her? Roux ist Franzose, oder?“

Er nickte. „Marius ist Schweizer, aber er hat schon überall gelebt.“

Nun, das war eine Überraschung, aber vielleicht auch gar nicht so sehr. Ich liebte die ordentliche Perfektion der Schweiz, aber ich wusste, dass sie manchen Leuten auf die Nerven ging – vor allem denen, die sich nicht gern an Regeln hielten.

„Und Henrik... Er sagte, das Herzogtum von...?“, fragte ich.

Bene zuckte mit den Schultern. „Teil der Polnisch-Litauischen Union, die nicht mehr existiert“, sagte er und schlich sich zu den Macarons, die auf einer Arbeitsplatte abkühlten.

Madame Picard schlug ihm auf die Hand. „Die, junger Mann, sind für nach dem Abendessen.“

„Ja, Madame.“ Er senkte den Kopf und zog sich ins Esszimmer zurück.

Ich seufzte. Ich konnte durchaus herrisch sein, aber Madame Picard konnte geradezu bedrohlich wirken.

„Das kommt mit dem Alter“, gluckste sie und las meine Gedanken. „Jetzt gehen Sie schon und lassen mich in Ruhe.“

Das war eine der vielen Eigenschaften, die Madame Picard zu einem Geschenk des Himmels machten – sie war bereit, die Küche allein zu führen, und ich war bereit, es ihr zu überlassen.

Danach machte ich mich in meinem klapprigen alten Citroën auf den Weg, um Besorgungen zu erledigen. Wir brauchten mehr Lebensmittel, mehr Servietten... mehr von *allem*, darunter genug rotes Fleisch, um eine ganze Armee zu versorgen. Ich schlenderte sogar durch die Haushaltswarenabteilung des riesigen Hypermarché in Auxerre, der nächstgelegenen größeren Stadt. Aber ein Blick auf die Preise der Espressomaschinen ließ mich schnell zu den Gängen mit Sonderangeboten zurückkehren.

Ich legte noch einen letzten Stopp bei der Bäckerei ein, um mehr Brot zu kaufen, und hielt dann auf meinem Weg zum Auto inne.

„Scheiße“, murmelte ich, als ich Clement neben dem Auto stehen sah. Er holte ein kleines Notizbuch heraus und musterte das Kennzeichen. Hoppla. Hatte ich falsch geparkt?

„Das ist meins." Ich eilte hinüber. „Entschuldigung!"

Clement schaute auf und lächelte mich an. Und ich meine, er *lächelte* richtig. So strahlend, dass mein Herz höherschlug.

Anscheinend war er genauso Single wie ich und genauso einsam.

„Mina." Nur zwei Silben, aber sie klangen wie Poesie, als sie über seine Lippen kamen.

„*Bonjour.*" Ich winkte plötzlich verlegen. „Ich schätze, ich hatte es eilig. Hier darf man nicht parken, oder?"

Er steckte sein Notizbuch ein. „Jetzt weißt du es."

„Du wirst mir keinen Strafzettel geben?"

„Was wäre das denn für ein Empfang in der Heimat?" Seine funkelnden Augen deuteten an, dass er mich genauso herzlich in seinem Zuhause willkommen heißen würde.

Verlockend, aber ich hatte ein Haus voller Gestaltwandler – und einen Vampir –, um die ich mich kümmern musste. Und Clement war Polizist, während meine Gäste definitiv eher zwielichtig erschienen.

Mein Magen zog sich zusammen, als er die Einkaufstüten im Kofferraum musterte.

„Erwartest du Besuch?"

Ich schluckte und versuchte, es abzutun. „Nur eine kleine Gruppe, die ein paar Zimmer gemietet hat. Du weißt schon, um die Kosten auszugleichen."

Er nickte und strahlte jetzt etwas weniger. Das war das Problem mit Wolfsgestaltwandlern. Sie waren sehr loyal und überaus territorial. Das war ziemlich unpraktisch, vor allem, weil sich *territorial* sowohl auf Orte als auch auf Menschen bezog.

Die Art, wie er mich ansah, ließ meinen Unterleib heiß kribbeln. Das war eine weitere Eigenschaft von Gestaltwandlern – sie zogen einen in ihren Bann, besonders wenn sie dich begehrten.

Wow. Clement Dulaire, Polizeichef und attraktivster Sohn von Auberre, begehrte mich. Daran gab es keinen Zweifel.

Begehrte ich ihn? Ja? Nein? Ich war mir nicht sicher.

Wie dem auch sei, mein Patenonkel hatte mir klargemacht, dass seine Gruppe möglichst im Verborgenen bleiben sollte. Ich konnte es mir nicht leisten, mich in einer Zeit wie dieser mit dem örtlichen Polizeichef einzulassen – noch dazu einem Gestaltwandler.

„Ich schätze, ich sollte gehen. Es sei denn, du willst mich verhaften", scherzte ich und spielte nervös mit meinen Schlüsseln.

Er grinste. „Dieses Mal nicht."

Aber nächstes Mal... Seine Augen funkelten und sagten mir, dass er so leicht nicht aufgeben würde.

Verdammt. Ich witterte Ärger, nicht nur am Horizont, sondern direkt vor der Haustür des Châteaus.

„À bientôt." *Bis bald*, sagte ich und öffnete die Autotür.

Clement trat zur Seite und schaute mir immer noch in die Augen. „Bis bald."

∞∞∞∞

Ich hatte kaum Zeit, das Auto auszuladen, bevor das Abendessen serviert wurde – dank Madame Picard wieder ein Festmahl. Es begann mit einer *Potage Crécy* – Karottensuppe mit frischen Kräutern –, gefolgt von einem Hauptgang *Steak au Poivre*, das extrablutig gebraten war. Dazu gab es einen Pinot Noir aus unserem eigenen Weinanbau, und zum Abschluss eine *Mousse au Chocolat*.

Sogar Roux schmatzte mit den Lippen, als er fertig war. „Köstlich."

„Gibt es noch mehr?", fragte Bene nach zwei Portionen.

Es gab noch mehr, aber ich hatte mir etwas für mich selbst aufgehoben, verdammt.

„Nein." Ich schüttelte bedauernd den Kopf.

Bene tröstete sich mit einem halben Dutzend Macarons.

„Himmlisch", verkündete er, legte sich vier weitere Gebäckstücke auf den Teller und folgte den anderen ins Wohnzimmer. Ich zuckte zusammen, als ich an die Krümel auf allen Möbeln dachte.

Zu müde, um zu protestieren, aber zu misstrauisch, um sie unbeaufsichtigt zu lassen, folgte ich ihnen. Die Männer mussten jedoch genauso erschöpft sein wie ich, denn sie waren überraschend still und widmeten sich schnell ihrer jeweiligen Beschäftigung.

Roux und Henrik spielten Schach. Bene schaute zu und knabberte dabei vor sich hin. Marius stand am Fenster und starrte hinaus, während er mich demonstrativ ignorierte.

Offensichtlich hasste er mich. Das hätte mich eigentlich nicht so treffen dürfen, aber es tat es doch.

Ich saß eine Weile da, blätterte in einem verblassten Buch über Kunst und behielt ihn – ähm, sie – heimlich im Auge.

Das Buch gehörte meinem Vater – ein Bildband über Meisterwerke der postimpressionistischen Kunst – und war mit Notizen in seiner schmalen, schrägen Handschrift versehen. Ich glitt mit dem Finger über eine Notiz und schwelgte in Erinnerungen. Dann seufzte ich und stand auf, um zu gehen. Ich konnte meine Gäste nicht rund um die Uhr im Auge behalten und musste früh aufstehen, um das Frühstück vorzubereiten.

„Gute Nacht. Bis morgen", rief ich von der Tür aus.

„Bis morgen", murmelte Roux, ohne vom Schachbrett aufzuschauen.

Bene wackelte mit den Fingern. „Schlafen Sie gut. Lassen Sie sich nicht von den Bettwanzen beißen."

Oder anderen Dingen, dachte ich und musterte Henrik.

„Gute Nacht." Er verzog die Lippen zu einem kleinen, gefährlichen Lächeln und seine Stimme war so geschmeidig wie der edle Whisky, den er sich eingeschenkt hatte. Whisky, den ich auf jeden Fall auf die laufende Rechnung setzen würde, die Gordon für Nebenausgaben genehmigt hatte.

Marius wandte seinen Blick nicht vom Fenster ab.

„Gute Nacht", murmelte ich und starrte ihn an.

Etwas, das ich sofort bereute, denn in dem Moment, als sich unsere Blicke begegneten, durchzuckte eine warme, pulsierende Kraft meine Brust. Meine Lunge zog sich zusammen. Die Zeit dehnte sich aus und in meinem Kopf blinkten Warnsignale, die mich für alles außer dem Blauschwarz seiner Augen blind machten.

Blau wie der Himmel in der Dämmerung. Wie frische Tinte auf Pergament.

Blau wie ein eintägiger Bluterguss, flüsterte etwas in meinem Hinterkopf. *Sei vorsichtig.*

Und doch schlug mein törichtes Herz wild und eine unerklärliche Sehnsucht hallte in meiner Seele wider – weit, weit mehr, als Clement es jemals in mir geweckt hatte.

Weit, weit mehr, als Clement es jemals in mir wecken wird, flüsterte mein Herz.

Ich blinzelte. Marius wandte sich ab und grunzte: „Gute Nacht."

So, da waren sie also. Die allerersten – und einzigen – beiden Worte, die er jemals zu mir gestammelt hatte.

Ich löste meine Finger vom Türrahmen und ging wie mechanisch den Flur entlang. Fünfzehn Minuten später lag ich mit einem Buch, das ich nicht einmal aufschlug, im Bett.

Kapitel 4

MINA

In dieser Nacht wälzte ich mich hin und her und konnte nicht einschlafen. Meine Gedanken kreisten um die Ereignisse dieses anstrengenden Tages. Als ich schließlich einschlief, wurde ich von beunruhigenden Träumen geplagt.

In einem rannte ich einen endlosen Flur entlang und wurde von wilden Tieren gejagt. Ich drehte mich zum Schlafen auf die Seite, aber das löste nur andere Träume aus. Ein Löwe verfolgte mich aus dem Heckenlabyrinth – oder war es ein Tiger? Ein Drache stürzte von oben herab und verdeckte den Mond mit seinen riesigen, ledrigen Flügeln. Ein Mann mit Reißzähnen folgte mir die Treppe hinauf...

Ich schreckte aus diesem Traum auf und keuchte vor Angst. Dann ließ ich mich zurückfallen, mein Herz pochte wild.

Denk an etwas Schönes, hatte meine Mutter immer gesagt.

Clement kam mir in den Sinn und ich beschloss, mir eine kleine Fantasie mit ihm zu gönnen.

Ha. Eine Fantasie, der sich wahrscheinlich jede Frau in Auberre hingab.

Es funktionierte und schon bald genoss ich viel befriedigendere Träume. Aber die Details des Mannes, der meinen Körper erforschte, waren verschwommen. War das Clement oder jemand anderes?

Ich wusste nur, dass er mich wieder und immer wieder ausfüllte, mich auf die höchste Sprosse der Leiter der Ekstase trieb und mich dann hinunterstieß – wo er mich so sanft auffing, dass ich mit ungezügelter Lust weiterstöhnte.

Ein verdammt guter Traum, bis mich etwas in meinem Unterbewusstsein herausriss.

Ich setzte mich schlagartig auf, sank dann wieder in die Kissen zurück und war fest entschlossen, zu meinem Traum zurückzukehren. Aber meine Augen flogen wieder auf und ich hielt den Atem an.

Etwas verfolgte mich. In Wirklichkeit, nicht im Traum.

Ich wagte es nicht, mich zu bewegen, und ließ lediglich meine Augen wandern. Mondlicht strömte durch den Spalt zwischen den Vorhängen und die Schatten spielten über die Kleider, die ich auf einem Stuhl aufgehäuft hatte. Das leise Geräusch der nächtlichen Bewohner drang aus dem Wald herein. Ein Tropfen Wasser fiel aus dem Wasserhahn ins Waschbecken im Bad... und eine lange Minute später folgte ein weiterer.

Aber ansonsten war es still. Eine unheimliche Stille.

Ich schloss die Augen und konzentrierte mich auf meine anderen Sinne. Hochsensible, übernatürliche Sinne, die ich von meinen Vorfahren geerbt hatte. Nach und nach näherte ich mich diesem unheimlichen *Etwas* und starrte an die Decke.

Dort war er – wer auch immer *er* war. Auf dem Dachboden, direkt über mir.

Ein Schrei stieg in meiner Kehle auf, wurde jedoch von einer Wand aus purer Angst zurückgehalten.

Ich musste mich mit aller Kraft zusammenreißen, um nicht in Panik zu verfallen und klar zu denken. Vielleicht war es nur ein wirklich böser Traum?

Nein, entschied ich. Ich war hellwach und seine – oder ihre – Präsenz lauerte über mir.

Eine Präsenz, die keinen Geruch, kein Geräusch, nichts von sich preisgab. Was bedeutete...?

Schlagartig wurde es mir klar. *Vampir.*

Henrik?

Mein Puls raste und ich fluchte. Je mehr das Blut in mir rauschte, desto mehr würde es ihn anziehen. Meine sinnlichen Träume hatten die Luft bereits mit dem Duft der Begierde erfüllt. Das rauschende Blut würde die Anziehung für ihn nur noch verstärken.

Ich tat mein Bestes, stillzuliegen, meinen Herzschlag zu verlangsamen und nachzudenken.

Der Dachboden war voller kleiner Räume, die früher als Personalunterkünfte dienten. Ein langer, dunkler Korridor verlief über die gesamte Länge des Hauses, so dass eine Person – oder ein Vampir – abgesehen von Spinnweben ohne Hindernisse vom West- zum Ost-Flügel schleichen konnte.

Also, oha. Henrik war auf Erkundungstour und hatte den Weg direkt über mein Bett gefunden. Zufall?

Das bezweifelte ich.

Die Frage war: Was würde er als Nächstes tun? Konnte ein Vampir durch Wände – oder Decken – gehen? Würde er jeden Moment hereinplatzen oder würde er sich damit begnügen, still den Duft meines Lebensblutes zu genießen, wie den Passivrauch eines schönen, entspannenden Joints?

Das bezweifelte ich auch.

Dann kam mir ein anderer Gedanke. Vampire konnten mit ihren Stimmen bezirzen. Konnte ihre bloße Anwesenheit eine ähnliche Wirkung haben?

Mir lief ein Schauer über den Rücken, als ich mir vorstellte, mich ihm freiwillig hinzugeben. Ich malte mir aus, wie er seinen Körper an meinen presste... Das Stechen seiner Reißzähne... Das Saugen in meinen Adern, während er einen Schluck Blut nach dem anderen trank...

Ich ballte die Hände zu Fäusten und verdrängte solche Gedanken. Wie wahrscheinlich war es, dass Henrik mich in seiner ersten Nacht im Château aussaugen würde? Vampire waren Parasiten. Es ergab keinen Sinn, den Wirt zu töten, nicht wahr?

Ich verzog das Gesicht über das unbeabsichtigte Wortspiel. *Wirt* passte wie die Faust aufs Auge.

Vielleicht hatte er also nicht vor, mich zu töten. Vielleicht wollte er nur jeden Abend einen Schluck seines Lieblingsgetränks. Versuchte er bereits, mich so zu bezirzen, dass ich das auch wollte, und vielleicht sogar noch mehr? Er könnte immer wieder zurückkommen, meine Erinnerung löschen, und ich würde es nie erfahren.

Mein Magen zog sich zusammen.

Eines war klar: Je länger ich dort liegenblieb, desto mehr war ich ihm ausgeliefert. Ein seltsames Summen schwirrte bereits durch meinen Kopf. Die ersten Anzeichen seiner Macht über mich?

Ich musste weg, und zwar schnell. Aber wenn ich mich bewegte, würde er merken, dass ich ihm auf der Spur war. Schlimmer noch, es könnte ihn sogar erregen.

Ich überlegte angestrengt. Option eins – aus vollem Hals: *Verpiss dich, Henrik!* schreien – schien mir nicht besonders klug. Option zwei – aus dem Bett springen und fliehen – war auch keine gute Idee, denn wohin sollte ich gehen?

Damit blieb nur Option drei. Ich schluckte und suchte verzweifelt nach einem besseren Plan.

Das Summen in meinem Kopf wurde lauter, von einer einzelnen Hummel zu einem Dutzend Hornissen.

Ich zwang mich, ein paarmal tief durchzuatmen. Also gut. Option drei. Mich zu bewegen, ohne mich zu bewegen. Ein Trick, auf den meine Urgroßmutter so stolz gewesen war, den ich selbst aber bisher nur zweimal ausprobiert hatte. Einmal hatte es perfekt funktioniert. Das andere Mal hätte ich mich fast selbst aus der Existenz „bewegt". War ich wirklich bereit, das zu riskieren?

Mir standen die Haare auf der Haut zu Berge und sie schienen zu schreien: *Riskiere es! Riskiere es!*

Ich schloss die Augen und beschwor das Bild von mir im Bett herauf. Den Winkel meiner Gliedmaßen, die Form meines Körpers. Ich prägte mir das Gefühl der Bettwäsche ein, das Muster der Falten in der Decke. Ich katalogisierte die winzigen Luftwirbel über mir und um mich herum.

Dann stellte ich mir genau diese Szene vor, schlüpfte leise aus dem Bett, schlich auf Zehenspitzen in eine Ecke des Zimmers und schaute zurück.

Mein Körper lag immer noch im Bett und schlief friedlich. Die Decke war zerknittert und die Luft strömte genau wie zuvor um meine zusammengerollte Gestalt.

Ich war da, aber ich war nicht da.

Ich konzentrierte mich angestrengt, um die Illusion aufrechtzuerhalten, während mein wahres Ich still in der Ecke kauerte. Meine Urgroßmutter hatte behauptet, es sei so einfach, aber ich schaffte es nur mit einer Konzentration, die mir fast den Kopf zerbrach.

Schattenwandeln hatte sie es genannt. Aber wenn man nicht aufpasste, riskierte man, sich zu weit von der Illusion zu entfernen. In diesem Fall könnte die Illusion zerfallen oder das echte Ich – auf die endgültigste Weise, die es gab.

Tod durch Zerfallen klang nicht allzu schmerzhaft, aber ich hatte mich einmal zu nah herangewagt und es hatte mir eine Todesangst eingejagt.

Ich hielt still, atmete so leise wie möglich und starrte auf die Illusion im Bett, dann auf die Decke. Funktionierte es? Hatte ich ihn getäuscht?

Ich atmete aus, denn die summenden Hornissen kreisten weiter über meinem illusorischen Ich im Bett.

Dann, verdammt. Das Summen nahm einen verwirrten Ton an und anstatt dicht über den Laken zu schwirren, begannen die Hornissen, sich zu verteilen. Sie flogen immer weiter und suchend auseinander.

Mein Herz klopfte. Ich konnte die imaginäre Wolke zwar nicht sehen oder hören, aber ich spürte, wie sie sich bewegte. Die Hornissen waren jetzt eher wütend als verwirrt und suchten den Raum ab. Sie summten über die Kleider auf dem Stuhl, den Kleiderschrank, über das Buch auf dem Nachttisch...

Ich hielt die Luft an und schlich mich leise an der Wand entlang in Richtung Badezimmer. Als ich mich duckte, spürte ich, wie die Kraft den Raum durchdrang, den ich gerade verlassen hatte.

Das Summen wurde lauter.

Eis bildete sich in meinen Adern. Aber vielleicht war das gut, denn so konnte ich meine Körperwärme besser verbergen.

Meine Hoffnungen stiegen, und sanken dann wieder, als das Summen an der Wand entlangkroch und mir zu meinem neuen Versteck folgte.

Ich ballte meine Hände zu Fäusten und war verzweifelt genug, um Option eins erneut in Betracht zu ziehen.

Die Worte *Verpiss, dich,* und *Henrik* lagen mir auf der Zunge.

Aber die Vorhänge flatterten mit einem plötzlichen Windstoß nach innen und das Mondlicht wurde von etwas Riesigem verdeckt. Die Fensterläden klapperten und über mir ertönte ein mächtiges *Wusch*. Abgestorbene Blätter wirbelten über das Dach. Die Dielen im Dachboden knarrten zum ersten Mal und ich hörte einen Mann leise fluchen.

Das Summen verschwand und wenige Augenblicke später...

Ich suchte mit den Augen die Decke ab, obwohl ich mich nicht auf meine Sicht verließ. War er weg?

Eine ganze Minute später kam ich zu dem Schluss, dass er es war.

Die Decke in Form eines Menschen fiel flach aufs Bett, als ich mich schwer daraufsetzte und meinen Kopf mit beiden Händen umklammerte. Verdammt, mein Kopf schmerzte so.

Der Vampir war weg und mein Schattenwandeln hatte funktioniert, also sollte ich mich freuen. Aber ich war zu sehr damit beschäftigt, zu zittern – und gegen meine pochende Migräne anzukämpfen –, um es zu feiern.

Ich rollte mich auf dem Boden zusammen, wimmerte und blieb eine lange, lange Zeit dort so liegen.

Kapitel 5

MINA

„Also, ähm... Frühstück?" Bene deutete auf das leere Buffet im Esszimmer.

Madame Picard hatte am Vorabend Teller und Besteck bereitgestellt, aber es war meine Aufgabe, das Frühstück zu servieren. Zumindest so lange, bis meine Schwester und Cousine eintrafen oder ich jemanden aus dem Dorf fand, der diese Aufgabe übernehmen konnte. Vorerst jonglierte ich ein Dutzend täglicher Aufgaben allein.

Und Junge, fühlte ich mich allein, als die Männer einer nach dem anderen ins Speisezimmer kamen. Ich tätschelte die Knoblauchzehen, die ich in meine Tasche gesteckt hatte, und holte tief Luft.

„Guten Morgen", sagte Roux, der kurz nach Bene den Raum betrat.

Ich verschränkte die Arme und starrte ihn finster an. Irgendwann in den frühen Morgenstunden hatte ich beschlossen, dass meine beste Taktik darin bestand, auf Konfrontationskurs zu gehen und mein Vampirproblem direkt anzugehen.

„Vielleicht doch kein so guter Morgen", murmelte Bene.

Roux blieb stehen, als er die leeren Platten auf dem Buffet sah.

„Ähm...", begann er.

„Kein Frühstück. Ich glaube, sie ist sauer", flüsterte Bene Roux theatralisch zu.

Oh ja, damit hatte er recht.

Roux beäugte mich und beugte sich dann zu Bene. „Sauer worüber?"

Er zuckte mit den Schultern. „Keine Ahnung.“

Roux hob eine Augenbraue und sah mich an. „Haben wir etwas falsch gemacht?“

Ich hielt meine Lippen fest versiegelt und starrte ihn mit einem Blick an, der *Alarmstufe Rot* schrie.

„Ich habe dir doch gesagt, wir hätten nicht in die zusätzlichen Zimmer ziehen sollen“, murmelte Bene.

Ich starrte ihn an. Sie hatten *was* getan?

„Nur ein paar“, fügte Bene schnell hinzu, als er meinen Blick bemerkte.

Ich schloss die Augen und sagte mir: *Eins nach dem anderen.*

Allerdings schnappte ich mir meine Lieblingstasse aus seiner Hand – die mit dem Bild von Franz Marcs *Blauen Pferden*.

„Hey“, protestierte er. „Sind Tassen jetzt auch tabu?“

„Nur diese eine“, murmelte ich.

Ein scharrendes Geräusch kündigte die Ankunft meines nächsten hungrigen Gastes an und ich brauchte die Augen nicht zu öffnen, um Marius zu identifizieren. Seine Gewitterwolkenpräsenz ließ den Luftdruck im Raum abrupt sinken, so wie es stets der Fall war, bevor sich der Himmel zu einem Wolkenbruch öffnete.

Verdammt. Was war sein Problem? Und wie zum Teufel schaffte er es, mich gleichzeitig einzuschüchtern und zu erregen? Allein seine Anwesenheit ließ meine Brustwarzen hart werden.

Eine Sekunde später kündigte eine Welle eiskalter Luft Henriks Eintreffen an. Ich warf ihm einen vernichtenden Blick zu.

Sein selbstgefälliger Ausdruck verschwand und er wich einen Schritt zurück.

Man hätte die Spannung im Raum mit einem Messer schneiden können – oder besser noch mit einer mit Knoblauch eingeriebenen Axt.

Alle starrten Henrik an und Bene murmelte: „Oh, oh.“

Oh, oh, allerdings. Aber Schweigen war meine beste Waffe und ich setzte sie ein wie ein Schwert.

„Was hat er getan?“, fragte Roux mich.

Ich ignorierte ihn genauso, wie er mich ignoriert hatte, als wir uns das erste Mal begegnet waren.

„Was hast du getan?", richtete er sich als Nächstes an Henrik.

Der Vampir hob die Hände. „Nichts."

Marius schnaubte.

Einen Moment lang schaute ich ihn an, überrascht, dass er sich halbwegs in ein Gespräch verwickeln ließ. Dann richtete ich meinen Blick – ähm, mein finsteres Starren – wieder auf Henrik.

„Ich fragte, was hast du getan?", knurrte Roux.

Henrik richtete seinen eisigen Blick auf Roux und ich fragte mich unwillkürlich, wer wohl aus einem Kampf zwischen einem Vampir und einem Tigergestaltwandler als Sieger hervorgehen würde.

Ich würde auf jeden Fall den Tiger anfeuern, so viel stand fest.

„Lass mich raten", unterbrach Bene. „Jemand war letzte Nacht auf Erkundungstour. An einem Ort, der tabu ist."

Zwei rote Punkte blitzten in Henriks Augen auf. „Und du etwa nicht?"

Bene drückte eine Hand auf sein Herz. „Auf gar keinen Fall." Sein empörter Tonfall ließ vermuten, dass er so etwas wirklich niemals in Betracht ziehen würde.

Das bezweifelte ich, aber Bene war im Moment nicht mein Problem.

Henrik fixierte mich mit einem Blick, als wäre ich diejenige gewesen, die letzte Nacht *seinen* Schlaf gestört hatte.

Arschloch, sagte ich mit meinen Augen.

„Um dieses Problem zu lösen, wäre es hilfreich zu wissen, was passiert ist", sagte Roux ziemlich vernünftig.

Aber ich bezweifelte, dass Vampire vernünftig waren, also weigerte ich mich zu antworten.

„Müssen wir jetzt verdammt noch mal Raten spielen?", murrte Marius.

Ich richtete meinen Blick auf ihn – und wäre fast rückwärts getaumelt, als er mir mit glühendem Blick in die Augen sah.

Offensichtlich war seine Drachenseite wegen irgendetwas aufgebracht. Aber was? Ich bezweifelte, dass Regelverstöße ihn beleidigten. Vielleicht ein Verstoß gegen einen Ehrenkodex? Selbst böse Drachengestaltwandler mussten so etwas doch haben.

Je länger ich in seine mitternächtlichen Augen starrte, desto mehr kam ich zu dem Schluss, dass es sich um einen *Verstoß gegen einen Ehrenkodex* handeln musste. Wenn das stimmte, nun ja... Hmm. Wessen Ehre stand hier auf dem Spiel?

Dann traf es mich wie der Schlag und meine Knie wurden weich. Meine?

Schließlich riss ich meinen Blick los. Hätte ich es nicht getan, würde ich ihn den ganzen Tag lang anstarren. Der Mann war wie Lava, die aus einem Vulkan spritzte – gefährlich, aber so faszinierend, dass man ganz vergaß, sich in Sicherheit zu bringen.

Henrik. Konzentriere dich auf Henrik, ermahnte ich mich.

Ich hatte ihn in der Defensive, also war es an der Zeit, die Karten auf den Tisch zu legen.

„Wenn Sie hierbleiben wollen – Sie alle –, müssen Sie sich an die Regeln halten", bellte ich.

„Wer sagt denn, dass ich hierbleiben will?", brummte Henrik.

Genau darüber hatte ich den ganzen Morgen lang nachgedacht. Vampire gehorchten nur einem einzigen Boss – sich selbst. Und die meisten Vampire lebten komfortabel von Vermögen, das sie im Laufe ihres jahrhundertelangen Lebens angehäuft hatten. Warum also sollte sich ein Vampir erniedrigen, für Gordon zu arbeiten?

Weil er es muss, war mir in den frühen Morgenstunden klar geworden. Ob seine Motive finanzieller Natur waren, ob er sich für einen Gefallen revanchieren musste oder ob es andere Gründe gab, war irrelevant. Henrik hatte keine andere Wahl gehabt, als diesen Job anzunehmen. Deshalb konnte er es sich nicht leisten, ihn zu verlieren.

Ich setzte alles auf eine Karte und schleuderte es Henrik entgegen.

„Es geht aber nicht darum, was Sie wollen, nicht wahr?", sagte ich. „Sie sind hier, weil Sie es sein müssen, richtig?"

Henrik funkelte mich an.

Definitiv ein *Ja.*

„Sie können es sich nicht leisten, zu versagen, denn Sie wissen, dass es Konsequenzen geben wird", fuhr ich fort.

Alle vier Männer starrten auf ihre Füße. Also hatte ich recht. Ziemlich schlimme Konsequenzen nahm ich an, denn keiner von ihnen war der Typ, der sich davor scheute, Regeln zu brechen.

„Ja, ich brauche Gordons Aufträge", gab ich zu. „Aber ich bin bereit, diesen Deal platzen zu lassen, wenn Sie meine Regeln nicht respektieren. Und nicht nur Sie." Ich zeigte auf Henrik. „Ich werde Sie alle rauswerfen. . . "

Bene schluckte schwer und sein Kehlkopf wippte.

„. . . und es wird Ihre Aufgabe sein, Henrik, Gordon zu erklären, warum", beendete ich meine Ansprache.

Als Lehrerin hatte ich den Schulleiter nur selten um Hilfe bei der Disziplinierung gebeten, weil dies meine eigene Glaubwürdigkeit untergrub. Aber Henrik war ein Vampir, kein Fünftklässler. Welche Macht ich auch immer über ihn hätte, ich würde sie auf jeden Fall ausnutzen.

Es schien zu funktionieren, denn Roux, Bene und Marius starrten Henrik alle an. Besonders Marius, wie ich bemerkte. Interessant. Was hatte ein Mann wie er zu verlieren?

Ein leises, bedrohliches Knurren stieg in Roux' Kehle auf – Gott sei Dank an Henrik gerichtet, nicht an mich.

„Ich schlage vor, Sie vier gehen jetzt nach draußen und halten eine kleine Besprechung ab", sagte ich. „So können Sie Ihre Prioritäten überdenken und entscheiden, wie Sie vorgehen wollen."

Das würde das Porzellan meiner Großmutter schützen, falls es zu einer Schlägerei kommen sollte – und den Perserteppich sauber halten, falls Blut vergossen wurde.

Gott, ich hätte wissen müssen, dass Gordons Angebot zu gut war, um wahr zu sein.

„Ich bin sicher, das wird nicht nötig sein", brummte Roux mit seiner besten Kommandantenstimme.

Aber ein Kommandant brauchte Gefolgsleute, und die anderen drei waren nicht gerade der *folgsame* Typ.

„Nicht wahr?“, bellte er Henrik an.

Henrik warf mir einen bösen, rotglühenden Blick zu – bis ein tiefes Knurren ihn blinzeln ließ.

Mich auch, denn das war Marius, nicht Roux, der ihn warnte. Offensichtlich wollte der Drachengestaltwandler diesen Job genauso wenig verlieren wie die anderen drei.

„Ich sagte, ich bin mir sicher, dass keine Besprechung notwendig ist. Habe ich recht, Henrik?“, verlangte Roux. Als der Vampir seinen Blick auf den Tiger richtete, fiel mir eine Last von den Schultern. *Uff.*

„Nicht notwendig“, murmelte Henrik schließlich.

Ich atmete sehr, sehr langsam aus. Eine lange unangenehme Minute herrschte Stille. Dann meldete sich Bene zu Wort.

„Also, wegen des Frühstücks…“

Ich bereute, Henrik hereingelassen zu haben, aber Gott sei Dank gab es Bene – den einzigen Sonnenstrahl in dieser ansonsten mürrischen Bande.

„Fünfzehn Minuten“, murmelte ich und ging in die Küche. Auf dem Weg rief ich Bene über die Schulter zu: „Zehn, wenn ich etwas Hilfe bekommen kann.“

Der Löwengestaltwandler strahlte mich an und schritt neben mir her. „Ich helfe Ihnen jederzeit gern, Ma’am.“

Ich schritt majestätisch und unbeeindruckt wie eine Königin davon. Aber sobald ich die Küche erreichte, sackte ich zusammen und stützte mich mit beiden Händen auf der Arbeitsplatte ab.

„Alles in Ordnung?“, flüsterte Bene.

Ich lächelte ihn schwach an. Wer hätte gedacht, dass ein Löwe so lieb sein konnte?

„Ich frage mich nur, ob ich zu weit gegangen bin.“

„Ich würde sagen, genau richtig.“ Er klopfte mir auf den Rücken und ging zur Speisekammer. „Nun zum Frühstück. Darf ich vorschlagen, Sie überlassen den Kaffee mir?“

Ich lachte laut. Vielleicht würde ich diesen Tag doch überstehen. Vielleicht konnte ich diesen dringend benötigten Vertrag doch noch retten. Vielleicht war es keine schlechte Idee gewesen, meine zickige Seite zu zeigen.

Und vielleicht, nur vielleicht, konnte ich gelegentlich ein wenig Hilfe annehmen.

„Nur zu." Ich grinste und zeigte Bene den Espressokocher. „Nur zu."

Kapitel 6

MINA

Die Auseinandersetzung beim Frühstück hatte mich erschöpft, also verbrachte ich den Vormittag mit einer einfachen, gedankenlosen Aufgabe – ich strich das letzte Drittel des Flurs, der zum Ostflügel führte, in einem cremefarbenen Ton namens *Antique Lace*. Madame Picard kam um elf, um sich um die Mahlzeiten zu kümmern, und Gott sei Dank dafür.

Eine Stunde nach dem Mittagessen der Männer schlich ich mich auf Zehenspitzen in die Küche, immer noch nicht bereit, ihnen gegenüberzutreten.

„Setzen Sie sich. Essen Sie. Sie arbeiten zu viel", rezitierte Madame Picard ihren üblichen Spruch.

Ich ließ mich auf einen Hocker gleiten und nahm dankbar die *Tarte flambée* entgegen, die sie für mich aufgehoben hatte. Ein Bissen von dem cremigen, elsässischen Fladenbrot, und ich stöhnte auf.

„So lecker."

„Das ist es", stimmte sie ganz sachlich zu. „Ihren Gästen hat es auch geschmeckt."

Ihre Gäste, nicht *unsere*. Sie hatte meine Ideen zur Einkommensgenerierung von Anfang an skeptisch betrachtet, aber wir lebten im einundzwanzigsten Jahrhundert. Ich musste ein Château unterhalten, ohne ein Familienvermögen oder eine Schar von Bediensteten zu haben.

Ich kaute leise vor mich hin und schaute zu, wie sie Gemüse für die Suppe schnitt.

In diesem Moment kam Bene herein und Madame Picard zeigte mit einem Messer auf ihn.

„Raus aus meiner Küche.“

Er riss die Hände hoch. „Ich suche nur einen Snack.“

„Sie haben gerade zu Mittag gegessen“, protestierte Madame. „Ein üppiges Mittagessen, das Sie verschlungen haben wie hungrige Wölfe.“

„Wie hungrige Löwen“, korrigierte er sie ernst.

Sie fuchtelte erneut mit dem Messer. „Raus.“

Er schaute sie mit großen, traurigen Hundeaugen an – oder eher wie ein verlorenes Löwenjunges? –, aber sie gab nicht nach.

„Raus, habe ich gesagt.“

Sein verletzter Gesichtsausdruck sagte: *Hey, das funktioniert bei allen anderen.*

Ha. Nicht bei ihr.

Er schlich ohne ein weiteres Wort davon.

Eine Minute später kam mir eine Idee. Ich nahm einen weiteren großen Bissen von der *Tarte flambée*, schnappte mir zwei Scones und rannte hinter Bene her.

„Was wird das?“, rief Madame Picard mir hinterher.

Ich zwinkerte. „Eine Bestechung.“

Ich brauchte gut fünf Minuten, um Bene zu finden. Das Gebäude war riesig und hatte mehrere Treppen und Flure, in denen man leicht verschwinden konnte. Schließlich fand ich ihn auf dem Südrasen, wo er sich sonnte.

„Bene“, rief ich.

Er öffnete ein Auge und schloss es wieder. „Was?“

„Ich brauche Hilfe.“

„Ich bin beschäftigt“, sagte er, ohne sich die Mühe zu machen, die Augen zu öffnen.

Offensichtlich.

Ich wandte den Reset-Trick an, der bei Fünftklässlern immer funktionierte. „Ich brauche Hilfe.“

Er gähnte ein riesiges Löwengähnen und fuhr dabei seine Zähne aus. „Hilfe, womit?“

Ich verschränkte die Arme, um ihm zu zeigen, dass ich nicht beeindruckt war. „Hilfe mit dem Haus.“

Er schnaufte. „Sie meinen, mit dem *Château*.“

Ich verdrehte die Augen. „Ich versuche, nicht überheblich zu klingen. Außerdem passt *Haus* besser als *Château*.“

Er öffnete ein Auge. „Wie das?“

„Man sagt doch nicht zu jemandem: *Besuch mich in meinem Château.* Oder *mein Château ist Ihr Château...*“

Er lachte und ich hielt ihm die Scones hin.

Er leckte sich die Lippen. „Einer für Sie, einer für mich?“

Ich schüttelte den Kopf. „Beide für Sie. Für höchstens eine halbe Stunde Arbeit.“

Eine maßlos optimistische Schätzung, aber das musste er ja nicht wissen.

Ich winkte ihn zu mir und führte ihn nach oben. *Ganz* nach oben, ins Dachgeschoss.

„Sie haben also das ganze Haus geerbt, was?“, fragte er, als wir die Treppe hinaufstiegen.

„Meine Großmutter hat es mir, meiner Schwester und meiner Cousine hinterlassen.“

„Nicht Ihrer Mutter oder Ihrem Vater?“

„Meine Mutter und meine Tante haben es beide abgelehnt. Sie sagten, sie wollten nicht mit einem Berg von Schulden und Verpflichtungen sterben.“ Ich seufzte. „Ich beginne zu verstehen, warum.“

Er lachte leise. „Ich schätze, alles hat seine Vor- und Nachteile.“

Wir schlängelten uns die nächste Treppe hinauf.

„Sie haben also eine Schwester, was?“, fragte Bene. „Ich schätze, sie ist die nette?“

Ich funkelte ihn mit einem Blick an, der sagte: *Keine Scones für Sie, Kumpel.*

„Ich meine, ist sie so nett wie Sie?“, beeilte er sich zu korrigieren.

Ich beschloss, diese Frage nicht zu beantworten.

Wir erreichten den Flur im Dachgeschoss, wo ich ihm die Werkzeuge und Materialien zeigte, die ich zuvor bereitgelegt hatte. Ich reichte ihm die Scones und erklärte ihm die Aufgabe.

„Sie möchten eine *was*?“, fragte er und wischte sich die Krümel vom Mund.

„Eine Trennwand“, wiederholte ich und deutete auf den schmalen Flur. „Genau hier.“

Er rieb sich das Kinn. „Warum?“

„Ich habe ein Problem mit… ähm… "

Er hob eine Augenbraue und verstand es offensichtlich nicht.

„Fledermäusen", sagte ich schließlich.

Er riss die Augen weit auf. „Oh. Große Fledermäuse?"

Ich nickte. „Sehr große."

„Ich verstehe." Er musterte den Bereich. „Brauchen diese Fledermäuse eine Tür, um hin und her zu fliegen?"

Ich schüttelte den Kopf. „Auf keinen Fall."

„Nicht sehr praktisch", gab er zu bedenken. „Für alle außer den Fledermäusen, meine ich."

„Das ist nicht meine Priorität."

„Und was ist es?"

Am Leben zu bleiben, schien mir zu direkt, also entschied ich mich für: „Eine gute Nachtruhe."

„Verstanden", sagte er.

Löwen – besonders männliche – waren nicht dafür bekannt, besonders engagiert zu sein, wenn es um etwas anderes ging als darum, sich zu sonnen oder Frauen aufzureißen. Aber ich musste Bene loben. Er legte sich ins Zeug und erwies sich als verdammt guter Assistent. Ich maß und sägte Balken, er hämmerte sie an ihren Platz, und im Handumdrehen hatten wir einen Rahmen errichtet.

Es war jedoch warm hier oben und schon bald klebte sein graues T-Shirt schweißnass an seiner Brust. Eine willkommene Ablenkung, das musste ich zugeben. Eine, die ich mir gönnte, weil ich eine beschissene Nacht und einen anstrengenden Morgen hinter mir hatte. Ich hatte eine kleine Aufmunterung verdient.

Das war natürlich ganz harmlos. Löwengestaltwandler waren notorische Frauenhelden und definitiv nicht mein Typ, auch wenn dieser hier den Körper eines Wikingers hatte.

Bene war auch überraschend unterhaltsam und unterhielt sich gern über alles Mögliche außer sich selbst.

„All diese Orte, an denen Sie gelebt haben… Haben Sie mehr als einen Reisepass?", fragte ich.

„In der Tat", war alles, was er preisgeben wollte.

„Und Sie haben sich entschieden, für Gordon zu arbeiten, weil…“

„Ach, Sie wissen schon. Zeit für eine Veränderung.“

„Wovon?“

„Von meinem vorherigen Job.“

Ich unterdrückte ein Schnauben. Okay, ich hatte es kapiert. Keine persönlichen Fragen.

Ich wandte mich wieder der Kreissäge zu und schnitt weiter Bretter zurecht.

„Wie haben Sie geschlafen?“, fragte ich, als Bene das erste Brett in Position hielt. Es passte perfekt.

„Großartig. Wir haben allerdings ein paar Änderungen vorgenommen.“

Ich wollte fragen, aber gleichzeitig wollte ich nicht fragen.

„Ich habe jetzt mein eigenes Zimmer“, fuhr Bene fort, ohne dass ich nachfragte.

Ich konnte jedoch nicht anders, als zu fragen: „Also teilen sich die anderen ein Zimmer?“

„Nein. Wir haben jeder ein Zimmer. Marius und Henrik sind nach oben gezogen.“

„Sie sind *was*?“, krächzte ich.

„Nun, Sie wissen ja, wie es ist“, sagte Bene und senkte seine Stimme zu einem knurrenden Bass, um Marius nachzuahmen. „Drachen brauchen Platz.“

Ich biss die Zähne zusammen. Das war nicht der Plan gewesen.

„Wir haben also die Katzen auf einer Ebene, darüber den Drachen und darüber den Vampir“, sagte er.

Mir wurde eiskalt. „Darüber, wo?“

„Roux und ich sind im Erdgeschoss, genau dort, wo Sie uns untergebracht haben.“ Bene hielt eine Hand flach ausgestreckt und legte die andere darüber. „Marius ist eine Etage höher, auf derselben Ebene wie der Salon.“ Dann bewegte er die andere Hand nach oben und markierte eine weitere Etage. „Henrik ist ganz oben.“

„Ganz oben, *wo*?“, forderte ich.

Bene deutete mit dem Daumen über seine Schultern. „Dahinten.“

Ich starrte in die Dunkelheit am Ende des Flurs.

Bene musste meinen Gesichtsausdruck bemerkt haben. „Sie haben uns doch gesagt, wir sollten uns einrichten, wie wir wollen."

„Die *Möbel.* Ich sagte, Sie können *Möbel* umstellen."

Er verzog das Gesicht. „Okay, okay. Aber verdammt. Würden Sie sich ein Zimmer mit einem Vampir teilen?"

„Nein." Ich schlug mit der Hand gegen den Rahmen der Trennwand. „Das würde ich nicht tun."

„Klug." Er gluckste. „Nicht, dass ihn das hier aufhalten würde, wenn er wirklich durchkommen wollte."

„Nein, aber es wird ihn daran erinnern, dass er hier nicht erwünscht ist."

„Viel Glück damit", murmelte er. Dann fing er sich wieder. „Ich meine, guter Plan."

„Haben Sie einen besseren?"

„Nein. Aber ich denke, er wird sich künftig an die Regeln halten, wenn das hilft."

Ich schnaubte und machte mich wieder daran, Bretter zu sägen. Genug für eine doppelte Wand.

Nur für alle Fälle.

∞∞∞∞

Dank der Trennwand – und der dicken Knoblauchkette *und* dem riesigen Kruzifix, das ich aus dem Lager geholt hatte, um es an meiner Seite der Konstruktion aufzuhängen – schlief ich in dieser Nacht etwas besser und in der nächsten sogar noch besser. In den nächsten Tagen entwickelte ich so etwas wie einen Rhythmus und am Ende der Woche...

„Roux", sagte ich, als sie am folgenden Samstag zu Ende gefrühstückt hatten.

„Ja?" Er drehte sich um und wartete.

Eine große Verbesserung gegenüber unserem ersten Treffen. Inzwischen nahm er mich tatsächlich wahr.

Gut. Ich fing wohl an, einen Eindruck zu hinterlassen. Selbst wenn dieser Eindruck *mürrisch* war, würde ich nehmen, was ich kriegen konnte.

„Sind Sie bereit?", fragte ich und machte mich auf ein entschlossenes *Nein* bereit.

Roux sah nicht gerade begeistert aus, nickte jedoch. „Wir sind bereit, wie versprochen."

„Ja. Geben Sie uns Arbeit, Chef", trällerte Bene.

Ich führte sie zum nördlichen Stallgebäude, wo ich die Doppeltüren aufstieß, und ihnen bedeutete, hereinzukommen.

„Wir müssen das Anwesen rentabel machen, indem wir es für Veranstaltungen vermieten", erklärte ich. „Sie wissen schon – Hochzeiten, Retreats, Fotoshootings..."

Bene warf Henrik einen Blick zu und murmelte: „Beerdigungen..."

Ich ignorierte ihn, so wie ich es immer tat, wenn Kinder in der Klasse Witze rissen. „Der Plan ist, hier anzufangen, damit wir einen großen, vielseitig nutzbaren Raum haben, den wir schon bald vermieten können – hoffentlich im nächsten Frühjahr. Wenn das erledigt ist, werden wir Unterkünfte schaffen und weitere Räumlichkeiten erschließen."

„Wir?", fragte Roux etwas besorgt.

„Nicht Sie", gluckste ich. „Wir haben einen Dreijahresplan."

„Sie meint sich, ihre Schwester und ihre Cousine", erklärte Bene.

Aha, er hatte also doch zugehört. Der einzige Musterschüler in einer ansonsten schwierigen Klasse.

„Warum sind sie nicht hier, um zu helfen?", fragte Roux.

„Sie werden kommen, sobald sie können. Dora beendet gerade ihr Masterstudium und Gen... Nun, sie bringt ihre Verhältnisse in Ordnung."

Verhältnisse im wahrsten Sinne des Wortes, aber ich ging nicht näher darauf ein.

Ich deutete auf den Trödel, der sich im Laufe der Jahre in der Scheune angesammelt hatte – alles Mögliche, von jahrzehntealten landwirtschaftlichen Nutzgeräten über Baumaterialien und Möbel, bis hin zu zwei wunderschönen alten Kutschen.

„Also muss das hier alles sortiert oder weggeworfen werden." Ich deutete auf die Bauschutttonne, die ich in der Woche zuvor hatte liefern lassen.

Henrik schaute mich empört an. „Sie erwarten also, dass wir ungelernte Arbeit verrichten?"

Ich nickte entschlossen. „Ja – es sei denn, jemand hat relevante Fachkenntnisse. Kennt sich von Ihnen jemand mit Klempnerarbeiten aus?"

Als sich niemand rührte, hob Bene die Hand. „Ich weiß, wie man eine Toilette spült."

Ich seufzte und machte mir eine mentale Notiz. Vielleicht doch kein Lob für ihn.

„Roux und Bene, bitte fangen Sie dort an. Marius, bitte dort drüben. Und Henrik..." Ich schenkte ihm ein dünnes Lächeln und zeigte nach oben. „Sie bekommen den Speicher – oder sollte ich besser sagen, den Dachboden?"

Bene gluckste.

„Ich werde herumgehen und Ihnen sagen, was wir wegwerfen und was wir behalten", fuhr ich fort. „Das Ziel ist es, diesen zentralen Raum schließlich freizuräumen."

Der Bereich war groß genug, um beide Kutschen gleichzeitig herzurichten, und das Dach war dort am höchsten. Eines Tages würde es ein großartiger Veranstaltungsort werden, mit Stallungen, die sich in zwei langen Flügeln erstreckten. Momentan war es jedoch ein riesiges Chaos.

Roux pfiff, als er den Oldtimer in einer Ecke entdeckte.

„Ist das, was ich vermute?"

Ich nickte. „Ein 1936er Jaguar SS100. Als Kinder haben wir ihn *Chitty Chitty Bang Bang* genannt."

Den Gesichtsausdrücken nach zu urteilen, hatte ich gerade Oldtimer-Blasphemie begangen, die damit vergleichbar war, die *Mona Lisa* als Kritzelei zu bezeichnen.

„Der ist mindestens zehn Jahre älter", schnaufte Henrik, wahrscheinlich aus eigener Erfahrung in dieser Zeit.

„Wir wollen ihn für Hochzeiten benutzen, aber zuerst müssen wir ihn reparieren lassen. Im Moment ist er..."

„Lassen Sie mich raten", unterbrach Bene. „Tabu?"

Fast hätte ich gesagt: *Darauf können Sie Ihren gelbbraunen Hintern verwetten,* aber dann ging mir ein Licht auf.

„Ja – tabu, *außer* für denjenigen, der heute am meisten Gerümpel wegschafft. Der darf sich mal hineinsetzen, wenn wir fertig sind."

„Nur hineinsetzen?", schmollte Bene.

Mit beleidigtem Blick und Murren machten sie sich an die Arbeit. Aber Junge, wie sie arbeiteten. Schnell. Effizient. Mühelos – sie hoben und trugen Dinge herum, die ich allein kaum hätte bewegen können.

Anscheinend war die Chance, sich gegenseitig zu übertrumpfen, um in einem klassischen Roadster zu sitzen, Motivation genug.

Ich verbrachte ein paar Minuten damit, Bene und Roux Anweisungen zu geben, dann ging ich zu der Ecke, die Marius für sich beansprucht hatte.

Er hielt eine zwei Meter hohe Stahllampe mit einer Hand hoch. „Müll oder behalten?"

Drei neue Wörter, die nur für mich bestimmt waren, und alle mit dieser tiefen, heiseren Stimme, die meine weiblichen Körperteile elektrisierte.

„Müll", sagte ich. „Bitte."

Er gluckste. „So hässlich?"

Ich nickte. „Abscheulich. Es sei denn, Sie wollen sie für Ihr Zimmer."

Er schüttelte den Kopf. „Ich habe alles, was ich brauche. Oder fast alles."

Seine Stimme sank um eine Oktave und ich hätte vielleicht eine geheimnisvolle Anspielung vermutet, wenn er sich nicht geräuspert hätte und davongestürzt wäre.

Ich schnappte mir eine Kiste mit Haushaltsgeräten, die ich später sortieren wollte, und ging weiter, um nach Henrik zu sehen... Aber da ich keine Lust hatte, mich zu einem Vampir auf den schattigen Dachboden zu gesellen, kehrte ich stattdessen zu Roux und Bene zurück. Nach ein paar Minuten schlenderte ich in meinen eigenen Bereich und durchsuchte einen Stapel Kisten, der bis auf Augenhöhe aufgetürmt war.

Thomas – Bücher und Notizen, stand auf der obersten Kiste in der ordentlichen Handschrift meiner Großmutter.

Ein Kloß bildete sich in meinem Hals und ich griff danach. Sie war verdammt schwer, wie ich feststellte, als sie mir aus den Händen zu rutschen begann.

Hässliche Bilder schossen mir durch den Kopf – die Vorstellung von den Büchern meines Vaters, die überall auf dem schmutzigen Boden lagen, und wie ich weinend dazwischen saß, umgeben von den letzten kostbaren Erinnerungen an einen verlorenen geliebten Menschen. Gegenstände, die es verdient hatten, besser behandelt zu werden, als in einer Scheune verpackt und vergessen zu sein.

Ich stöhnte und versuchte, die Kiste über meinem Kopf zu stabilisieren. Aber ich schwankte und die Kiste ebenfalls, und dann kippte sie so weit, dass sie herunterstürzen würde.

Im letzten Moment jedoch schwebte sie aus meinen Händen und eine warme, starke Präsenz drückte sich an meine Seite.

„Ich hab sie", murmelte Marius.

Ich wich zurück, bevor die Kiste auf meinen Kopf fallen konnte, und klopfte auf eine andere Kiste in Kniehöhe. „Hierhin bitte." Ich hatte keine Ahnung, wie viel die Kiste wog, aber sie war schwer, obwohl Marius sie fast ohne Anstrengung herunterhob.

„Vielen Dank. Vielen Dank", murmelte ich wieder und wieder und strich mit beiden Händen über den Karton.

Es ist nur eine Kiste, sagte sein Blick.

Nicht nur eine Kiste. Eine Schatztruhe.

„Vielen Dank", flüsterte ich erneut.

Nun, das wollte ich zumindest. Aber unsere Blicke begegneten sich und es verschlug mir die Sprache. Marius auch, und für einen Moment standen wir still da, gefangen in der Zeit. Henrik, der auf dem Dachboden herumpolterte... Bene, der Roux einen Witz erzählte... Alles verschwand und ich sah nur noch das Universum in Marius' Augen. Ein sanfteres, lieblicheres Universum als die dystopische Vision, die ich erwartet hatte. Mit einer warmen Brise und einer friedlichen Landschaft mit Weinbergen und Wäldern, so wie man sie von hoch oben sehen würde.

Dann rief Roux und brach den Bann.

„Hey, Mina. Wo soll der Tisch hin?"

Ich blinzelte und schluckte dann, denn ich war gerade vom Mondlicht gestreift worden. Zumindest fühlte es sich so an – einer dieser seltenen Momente, in denen die Gabe eines Vorfahren kurz zum Vorschein kam und mir eine Kraft verlieh, die ich normalerweise nicht hatte –, in diesem Fall die Fähigkeit, einen Blick in die Seele eines anderen zu werfen.

Oder vielleicht war mein Geist einfach nur von Emotionen verwirrt, die die Sachen meines Vaters in mir ausgelöst hatten. Marius sah jedenfalls nicht so verblüfft aus, wie ich mich fühlte. Und die Szene, die ich mir vorgestellt hatte, war friedlich, während Marius alles andere als das war.

Also nur verrückte Emotionen, entschied ich.

„Dorthin, bitte", rief ich Roux zu. Dann nickte ich Marius so lässig wie möglich zu.

„Danke", sagte ich, dieses Mal etwas sachlicher.

Er antwortete so cool wie immer. „*De rien.*" – wörtlich: *Das war doch nichts.*

Ich schaute ihm nach, als er sich entfernte. Aber war es wirklich nichts?

Kapitel 7

MINA

Mit *diesen zentralen Raum schließlich freizuräumen*, hatte ich eigentlich *über ein paar Wochen hinweg* gemeint. Aber Roux und seine Männer schafften noch vor dem Mittagessen genug Platz im Stall, so dass ich meinen kleinen Citroën darin wenden könnte. Am Ende des Tages war der gesamte Bereich geräumt und sie hatten sogar schon die ersten Stallboxen in Angriff genommen.

Und vielleicht auch mein Herz leicht berührt.

„Gute Arbeit, alle zusammen", sagte ich mit einem breiten Lächeln und erklärte den Arbeitstag für beendet.

Zum ersten Mal seit der Ankunft der Jungs schienen die Dinge wieder positiver.

„Wer hat gewonnen?", fragte Bene und deutete auf den Roadster.

Roux sah mich genauso gespannt an.

Ich lachte leise. „Es ist ein Unentschieden. Heute haben Sie alle gewonnen. "

Bene stöhnte. „Wie in der vierten Klasse. "

„In der fünften", seufzte ich, während er und Roux sich gegenseitig mit den Ellbogen anschubsten und losrannten, um als Erster zum Jaguar zu gelangen.

Sie wechselten sich damit ab, auf dem Fahrersitz zu sitzen. Bene machte Selfies. Roux machte zwar kein *Brummbrumm*-Geräusch, als er sich hinter das Lenkrad setzte, aber er sah nicht weit davon entfernt aus. Marius und Henrik zeigten etwas mehr Zurückhaltung, aber ich konnte das glückliche Funkeln in ihren Augen sehen.

Diesen Oldtimeranreiz würde ich bei ihrem nächsten Arbeitstag auf jeden Fall wieder ausnutzen.

Schade, dass das erst in einer Woche war. Die nächsten Tage arbeitete ich allein, strich, verputzte und flickte undichte Stellen. Aber wenigstens hatte ich Zeit für diese Projekte, da Madame Picard an sechs Tagen in der Woche für die Mahlzeiten sorgte.

Sie kam eine Stunde vor dem Mittagessen und blieb dann bis zum Abendessen, wobei sie ein köstliches Gericht nach dem anderen zubereitete. Endlich hatte ich mit Claudette, einer jungen Frau, die kürzlich nach Auberre zurückgekehrt war, eine zusätzliche Hilfe gefunden. Ihr Weggang und ihre Rückkehr waren unter mysteriösen Umständen erfolgt, was sie zum heimlichen Stadtgespräch machte. Anderseits konnte man die Gerüchteküche in Auberre allein damit zum Brodeln bringen, sich mehr als die Ohren zu piercen – und Gerüchten zufolge waren Claudettes Nase und Ohren nicht die einzigen Körperteile, die gepierct waren. *Quel scandale!*

Sie trug ihr Haar kurz und stilvoll zerzaust, dazu extra kurze Shorts und Trägertops, die genügend Tätowierungen für eine ganze Piratencrew enthüllten. Was ihr an weiblichen Rundungen fehlte, machte sie mit schweren Ketten und einer provokanten Haltung wett.

Ich hätte es vorgezogen, kein so junges, attraktives und flirtendes Mädchen in das Haifischbecken meiner Kunden zu werfen. Aber es gab sonst niemanden und Claudette war alt genug, um ihre eigenen Entscheidungen zu treffen. Zumindest hoffte ich das.

Wie erwartet war sie bei den Jungs sofort ein Hit, die das Frühstück bis zum Brunch ausgedehnt hätten, hätte Roux nicht so auf Disziplin bestanden.

Dank ihm schleppten sie sich um acht Uhr hinaus, um sich mit ihren Dingen zu beschäftigen. *Training* nannten sie es, obwohl unklar war, wofür sie trainierten.

Es interessierte mich jedoch immer weniger, denn der Anblick war ziemlich... ähm, beeindruckend.

„Eins... zwei... drei... " Claudette klopfte mit dem Finger gegen das Fenster und bewunderte Benes Waschbrettbauch –

oder wie die Franzosen so treffend sagten, *Tablette de Chocolat.*

Der Hindernisparcours war inzwischen doppelt so groß und sie rannten darum herum, sprangen, hüpften und kletterten wie Olympioniken. Sogar das Kriechen sah bei ihnen gut aus.

Nach ein oder zwei Runden verschwanden sie im Wald, um dort wer weiß was zu machen. Gelegentlich ertönte ein ohrenbetäubendes Brüllen oder Heulen, das die Bäume erzittern ließ.

„Fragen Sie besser nicht", seufzte Madame Picard, als ich aus dem Fenster starrte.

Claudette schien sich nicht darum zu sorgen. Sie war zwar ein Mensch, hatte aber ihre Jahre fern von Auberre in Paris verbracht, wo sie in einer übernatürlichen Szene verkehrte – laut Madame Picard die *falsche* übernatürliche Szene. Daher machten ihr Gestaltwandler und Vampire nichts aus.

Roux und Bene lieferten sich ein Rennen über die nächste Runde und der Gewinner – Roux, mit einem Vorsprung von ein paar Zentimetern – riss triumphierend den Arm in die Luft.

Madame Picard seufzte verträumt. Sie, Claudette und ich hatten nicht viel gemeinsam, aber wir waren uns einig in unserer Begeisterung für *Tablette de Chocolat.*

Schließlich gingen die Männer zu ein paar Runden Gewichteheben über. Sehr große, sehr schwere Gewichte. Es war faszinierend.

„Das ist mein Lieblingsteil", hauchte Claudette.

Ich verließ die Küche und machte einen unnötigen Umweg durch das Esszimmer, um noch einen Blick zu erhaschen, bevor ich zu meiner nächsten Aufgabe eilte – einer undichten Stelle im Ostflügel auf die Spur zu kommen.

Als ich das nächste Mal hinausspähte, blieb ich stehen und starrte. Ein Löwe sprang mit einem einzigen Satz über die Reifen und landete so geschickt wie – nun ja, eine Katze –, bevor er zum nächsten Hindernis sprang. Sonnenlicht fiel auf sein goldenes Fell und er peitschte verspielt mit dem Schwanz. Ganz Bene – eine andere Verpackung, die gleiche *Joie de Vivre.*

Der gestreifte Tiger durchlief den Parcours mit zusammengebissenen Zähnen und strahlte Intensität und pure Kraft aus. Sein Fell schimmerte, als er anmutig über die Kriechgrube sprang und lautlos landete.

Marius war nirgends zu sehen – aber vielleicht war das auch gut so. Der Mann war in menschlicher Gestalt schon überwältigend. Als Drache musste er geradezu furchterregend sein.

Henrik lehnte gelangweilt an der schattigen Scheunenwand.

Eine Sekunde, nachdem ich ihn entdeckt hatte, drehte er sich direkt zu mir um. Ich sprang vom Fenster zurück, so dass die Vorhänge wackelten, und verfluchte mich selbst. Das sah nicht gut aus.

Mein Herz schlug noch lange danach höher. Es war eine Sache, zu wissen, dass seine Hausgäste Gestaltwandler waren. Eine ganz andere, sie als Bestien herumstreifen zu sehen.

Was den Vampir anging... Ich berührte den Holzpflock, den ich in meinem Ärmel mit mir herumtrug.

Alles in allem fand jeder zu einer Routine und wir entwickelten sogar ein gewisses Maß an Vertrauen.

Nun, vielleicht war *Vertrauen* etwas übertrieben.

Ich vertraute darauf, dass Bene eine positive Einstellung bewahren und mich nicht absichtlich umbringen würde. Aber würde ich ihm echte Verantwortung anvertrauen? Auf keinen Fall.

Ich vertraute darauf, dass Roux mit gutem Beispiel voranging, ob die anderen ihm nun folgten oder nicht.

Ich vertraute Henrik... ähm, nein. Tat ich nicht.

Und was Marius anging, nun... Ich konnte mich darauf verlassen, dass er finster schaute und distanziert blieb, aber darüber hinaus konnte ich ihn nicht einschätzen – oder warum mein Herz jedes Mal einen Sprung machte, wenn er einen Raum betrat oder ihn verließ.

Er schlich sich immer eine Minute nach allen anderen zu den Mahlzeiten und Trainingseinheiten – aber nie wirklich zu spät. Er murrte über jede Aufgabe, die ihm zugeteilt wurde – und schuftete dann, bis sie perfekt erledigt war. Er ignorierte mich in neunundneunzig Prozent der Fälle bis zur Unhöflichkeit, aber ich spürte seinen Blick auf mir, wenn ich ihm den Rücken zukehrte.

Und wenn sich unsere Blicke zufällig begegneten... Nun, dann schien die Welt auch für ihn stillzustehen. Alles verengte sich zu einem langen, dunklen Tunnel, an dessen einem Ende er hell erleuchtet stand, und ich am anderen, wobei eine warme Röte in meine Wangen stieg.

Unweigerlich wandte sich dann einer von uns ab und tat so, als wäre nichts gewesen. Aber es passierte. Wieder und wieder.

Was furchtbar verwirrend war, denn er hasste mich, und ich hatte kein Interesse an mürrischen Drachengestaltwandlern.

Claudette hingegen schon, und das nervte mich maßlos.

Zu meiner großen Genugtuung ignorierte Marius sie.

Zu meinem großen Ärgernis taten die anderen Männer es nicht, und sie genoss ihre unangebrachte Aufmerksamkeit.

„Du weißt aber, dass sie nur auf der Suche nach Frischfleisch sind, oder?", flüsterte ich ihr zu.

Sie zwinkerte Bene zu, als sie mich kichernd ansah. „Ich vielleicht ja auch."

Madame Picard war empört. Vor allem, als Claudette sich an Henrik heranmachte.

„Vorsicht. Er ist ein Vampir", warnte ich.

„Oh, ich weiß", schnurrte sie regelrecht und warf ihm einen Blick zu. „Glaube mir, das weiß ich."

Jetzt war ich diejenige, die empört war.

„Gott sei Dank haben Sie sie für Hilfe beim Frühstück und Mittagessen angeheuert und nicht für das Abendessen", bemerkte Madame Picard.

Das war zumindest immerhin etwas – das Timing machte es schwierig für Claudette, sich einfach davonzuschleichen, um anschließend „Nachtisch" zu genießen.

Aber abgesehen von der Eifersucht – ähm, Verärgerung – die Claudette in mir schürte, kehrte endlich eine relativ friedliche Routine ein.

Zumindest dachte ich das, bis mich eines Abends das Geräusch von zerbrechendem Glas in den Salon eilen ließ. Was war denn los?

Ich stürzte hinein und sah Henrik und Roux, die keuchend und schnaufend aufeinander losgingen, während Bene und Marius zuschauten.

„Ich habe genug von dir!", knurrte Roux und stieß Henrik weg.

Henrik stieß zurück. „Ich habe genug von *dir*!" Seine Reißzähne verlängerten sich.

Ich sah es genauso deutlich wie die Gesichtsbehaarung in Roux' Gesicht, die sich als Vorbote seiner bevorstehenden Verwandlung verdichtete. Aber mehr als alles andere sah ich, wie gefährlich nah sie dem Porzellanschrank meiner Großmutter waren.

Ich stakste hinüber, um sie zu trennen, aber Bene streckte eine Hand aus. „Ich würde mich da nicht einmischen, wenn ich Sie wäre." Er brachte mich – und sein Weinglas – in Sicherheit.

Ich riss mich aus seinem Griff los und maulte: „Aufhören!", als Henrik mit einem Schlag auf Roux losging.

Roux duckte sich und mein Herz setzte einen Schlag aus, denn Henriks Schwung hätte ihn fast gegen den Porzellanschrank geschleudert.

„Hören Sie sofort damit auf!", schrie ich.

Henrik stand mit dem Rücken zu mir und ich packte ihn an der Schulter.

„Passen Sie auf", rief Bene von hinten, doch seine Worte gingen bei Marius' warnendem Brüllen unter.

Eine Warnung, die ich nicht beachtete, denn es ging hier um das Porzellan meiner Großmutter. Ich hatte ihr versprochen, dass ich mich genauso gewissenhaft darum kümmern würde wie um das Château selbst. Das wusste ich. Das Vermächtnis meiner Familie hing jetzt von mir ab.

„Ich sagte, aufhören!", schrie ich und zog Henrik zurück.

Er drehte sich um und duckte sich gerade noch rechtzeitig, als Roux einen heftigen Schlag austeilte.

„Passen Sie auf!", schrie Bene.

Zu spät. Wie ein Reh im Scheinwerferlicht starrte ich auf die Faust, die mit rasender Geschwindigkeit auf mich zukam und dann erschreckend langsam wurde. Mein Kopf wurde nach hinten geschleudert. Meine Zähne klapperten. Eine Explosion donnerte durch meinen Kopf und ich nahm nur schemenhaft wahr, dass ich rückwärts fiel.

Schemenhaft war das richtige Wort, denn Dunkelheit hüllte mich ein. Ich erinnerte mich, dass ich fiel und fiel... und dann auf dem Boden aufschlug.

Und dann war da nichts mehr.

Kapitel 8

MINA

Schmerz pulsierte durch meinen Kopf. Mein Schädel schien geschrumpft zu sein und mein Gehirn wie in einem Schraubstock zusammenzupressen. Mein linkes Auge pulsierte schmerzhaft. Alles war verschwommen und die einzige Bewegung, zu der ich fähig war, war ein schwaches Kratzen über einem Läufer. Lag ich auf einem Teppich?

Stimmen dröhnten über mir, jedes Wort wie ein Hammerschlag gegen meine Ohren.

„Verdammt, Roux!", schrie jemand.

Ich zuckte zusammen.

„Scheiße." Seine Stimme bebte. „Das... Das wollte ich nicht."

„Nun, hast du aber. Du hast sie geschlagen."

„Verdammter Henrik", knurrte jemand anderes. „Das ist deine Schuld."

„Wie zum Teufel ist das meine Schuld?"

Jungs, Jungs, wollte ich schimpfen. *Mein Kopf explodiert ohnehin schon. Müsst ihr mir noch mehr Qualen bereiten?*

Aber meine Lippen bewegten sich nicht, außer um ein Stöhnen zu krächzen.

Als jemand energisch nach vorn trat, riss ich einen Arm über mein Gesicht. Würde ich als Nächstes zertrampelt werden?

Jemand beugte sich zu mir hinunter und berührte sanft meine Stirn. Dann knurrte er und ich spürte, wie zwei starke Arme unter mich glitten.

Ich versuchte, mich zu wehren, aber meine Arme gehorchten mir nicht. Ich wollte nicht angefasst werden. Ich wollte nicht hochgehoben werden.

Lass mich los, wollte ich schreien.

„Halte durch, Mina", hörte ich Bene sagen. Warum duzte er mich? War er es, der mich hochhob, oder stand er ein paar Schritte entfernt?

Ich wurde nach oben gehoben und die Bewegung löste ein Schwindelgefühl aus. Ich stöhnte.

„Pass auf", warnte jemand meinen tapferen Beschützer. War das Roux? Marius?

Mein schlaffer Arm schlug gegen eine harte Oberfläche. Die Tischkante?

„Ich sagte, pass auf", zischte jemand.

Ich kann nicht aufpassen, wollte ich schreien. Meine Augen waren verquollen und die Lider schwer. Ein durchdringender Ton dröhnte in meinem Kopf wie ein Feueralarm, der immer wieder losging.

Lass mich runter, wollte ich flehen. *Lass mich in Ruhe. Geh weg. Bitte.*

Meine Gliedmaßen baumelten herum, als ich hochgehoben wurde. Ich wusste nicht, wo oben und unten war, und war völlig aus dem Gleichgewicht gebracht. Mein Körper bewegte sich in den Armen des mysteriösen Mannes, und einen Moment später lag ich fest an seine Brust geschmiegt.

Und, oh. Einfach so verschwanden der Lärm und der Schmerz.

Ich seufzte. Viel besser.

Ich atmete seinen angenehmen Duft ein – es roch wie die Erde nach einem Regenguss – und ergab mich meinem Schicksal.

„Verdammte Idioten", knurrte der geheimnisvolle Mann und ging davon.

Seine Bewegungen waren geschmeidig und sanft, was darauf schließen ließ, dass er eine der Katzen war – Roux oder Bene. Andererseits bewegten sich Henrik und Marius mit derselben kraftvollen, selbstbewussten Anmut.

Bitte, bitte, lass es nicht Henrik sein, betete ich.

Nicht Henrik, entschied ich. Das würde ich wissen, denn es würde sich nicht richtig anfühlen.

Andererseits war nichts an alledem richtig. Nichts außer dem harten, starken Körper, an den ich mich schmiegte. Ich versuchte, die Schritte zu zählen, aber es waren zu viele. Dunkelheit umhüllte all meine Sinne und ließ mich schließlich wegdriften.

∞∞∞

Als ich das nächste Mal wieder zu mir kam, beugte sich jemand über mich, während ich im Bett lag. Eine Decke fiel über meine Schultern und sanfte Hände deckten mich zu. Ganz nah an meinem Ohr versicherte mir eine leise Stimme, dass alles wieder gut werden würde.

Mein dröhnender Schädel sagte mir etwas anderes. Ich öffnete ein Auge, aber alles war dunkel und verschwommen.

Der Mann trat zurück und ich wimmerte plötzlich voller Angst. Was, wenn mein Gehirn blutete? Was, wenn Henrik seine Chance zum Angriff nutzte? Was, wenn...

Der geheimnisvolle Mann zögerte, dann kam er zu meinem Bett zurück. Die Matratze senkte sich hinter mir und jeder Muskel meines Körpers spannte sich an.

Oh Gott. Ich war handlungsunfähig, wehrlos. Völlig schutzlos.

Seine Bewegungen waren langsam und vorsichtig, seine Stimme beruhigend, als er sich hinter mich legte. Das war alles nur gespielt, dessen war ich mir sicher. Jeden Moment würde ich begrapscht, missbraucht... vielleicht sogar vergewaltigt werden.

Aber der Arm, den er über meine Seite gelegt hatte, blieb sicher von meinem Körper entfernt und seine Hand lag auf der neutralen Fläche der Bettdecke. Das war alles, abgesehen von seinem warmen, gleichmäßigen Atem.

Also, hmm. Er schien eher ein *tapferer Ritter* als ein *plündernder Wikinger* zu sein.

Ich atmete aus und entspannte mich langsam auf dem Bett. Vielleicht würde er mich beschützen. Vielleicht würde ich nicht sterben. Vielleicht würde er Henrik fernhalten.

Vielleicht hatte der geheimnisvolle Mann, wer auch immer er war, ein gutes Herz.

Entweder das, oder ich steckte wirklich in der Scheiße.

Ich driftete erneut weg und fiel in einen unruhigen Schlaf.

∞∞∞∞

Irgendwann in der Nacht spürte ich, wie sich mein tapferer Ritter regte und dann zurückwich.

Nein, wollte ich protestieren und griff nach seiner Hand.

Aber es war zu spät. Der warme, harte Körper, der meinen Rücken geschützt hatte, verschwand, und die Decke, die er an seine Stelle stopfte, war ein schlechter Ersatz.

Bitte, geh nicht, wollte ich flehen. Aber alles, was herauskam, war ein leises Wimmern.

Er umrundete das Bett, zögerte, dann hockte er sich vor mich hin. Ich erhaschte nur einen flüchtigen Eindruck von breiten Schultern, bevor sich mein Auge fest verschloss, wie das verletzte. Ein verschwommenes Bild blieb jedoch zurück – das eines großen, stämmigen Engels, der vom fahlen Licht der Morgendämmerung von hinten beleuchtet wurde.

Weiche Lippen streiften meine Stirn und ich seufzte, als ich zurück in die Bettdecke sank. Vielleicht würde doch alles gut werden.

Leise Schritte erklangen, dann verstummten sie.

∞∞∞∞

Als ich das nächste Mal mein Auge öffnete – nur das eine – , fiel Sonnenlicht durch die Spalten des Vorhangs und Vögel zwitscherten draußen. Es schien Morgen zu sein.

Ich rollte mich vorsichtig auf den Rücken, stöhnte und blieb dann regungslos liegen, während ich eine mentale Bestandsaufnahme machte. Mein rechtes Auge war in Ordnung. Das linke war verklebt und geschwollen. Jeder Herzschlag hallte in meinem Kopf wider, aber das Pochen hatte sich zu einem erträglicheren Puls verlangsamt.

Ich tastete herum und fuhr mit den Fingern über den Stoff von meiner Brust bis zu meinen Beinen. Also, *uff*. Der mysteriöse Mann hatte auch dort keine Grenzen überschritten.

Ich lag ein oder zwei Minuten still da, rollte mich ganz langsam zur Seite und ließ meine Beine über die Bettkante rutschen. Als ich mich aufsetzte, wurde mir schwindlig, aber schließlich stabilisierte sich meine eingeschränkte Sicht. Ich stand auf, machte einen unsicheren Schritt, dann einen zweiten in Richtung Badezimmer. Dort nahm ich eine Auszeit und kauerte mich für eine sehr lange Zeit auf die Toilette. Schließlich zwang ich mich, aufzustehen und mir die Hände zu waschen. Erst dann schaute ich in den Spiegel...

... und schnappte nach Luft, als ich das Monster sah, das mich anstarrte.

Ich sah aus, als hätte ich ein Zugunglück überlebt. Ein Auge war grotesk zugeschwollen und ein Bluterguss breitete sich über meine linke Gesichtshälfte aus.

Ich schluckte und zwang mich, das Auge mit kaltem Wasser abzutupfen. Selbst die kleinste Bewegung tat weh.

Die Ziffernanzeige der Klappzahlenuhr blätterte um und erregte meine Aufmerksamkeit. Fluchend beeilte ich mich, meine Haare zu richten, und eilte dann zur Tür. Sieben Uhr. Frühstück. Die Kunden warteten. Gut zahlende Kunden, die zu verlieren ich mir nicht leisten konnte.

Hätte ich klar gedacht, hätte ich erkannt, wie lächerlich das war. Aber das konnte ich nicht, also eilte ich die Treppe hinunter in die Küche, wo ich erstarrte.

Bene stand am Herd, trug eine von Madame Picards Rüschenschürzen und briet Spiegeleier. Die Kaffeemaschine köchelte und neben der Tür zum Esszimmer stand eine Schüssel mit geschnittenem Obst.

„Oh, hallo. Ich habe dich so früh nicht erwartet", duzte mich Bene. Etwas hatte sich verändert. Er beugte sich vor, um mein Auge genauer zu mustern, und verzog dann das Gesicht. „Wow."

Mich schnell zu bewegen, hatte mein Blut in Wallung gebracht, und jetzt, da ich stehen geblieben war, floss es aus meinem Kopf. Ich sank auf einen Stuhl.

„Ich fühle mich nicht besonders *wow*.“

Als mir nicht länger schwindlig war, ging ich zum Kühlschrank, um Milch und Saft herauszuholen.

„Oh nein, das machst du nicht.“ Bene versperrte mir den Weg.

Ich musterte ihn einen Moment zu lange, denn er neigte den Kopf. „Was?“

Ich war zu verlegen, um zu fragen: *Warst du es, der mich ins Bett gebracht und mich so liebevoll gehalten hat?* Aber ich wunderte mich.

In dem Moment kam Roux durch die Tür zum Esszimmer herein. Er hielt inne und starrte mich mit offenem Mund an.

„*Merde*. Es tut mir leid. Es tut mir so leid.“ Er ließ die Schultern hängen.

„So schlimm ist es nicht“, versuchte ich es, aus Angst, er könnte auf die Knie fallen und um Vergebung betteln.

„Lügnerin.“ Bene schnaubte und scheuchte mich weg. „Setz dich hin. Und du… “ Er zeigte auf Roux. „Hol ihr etwas Eis.“

„Wirklich, es ist… “, protestierte ich, aber Bene zeigte mit dem Pfannenwender auf mich.

„Das ist heute meine Küche. Raus. Alle beide.“

Ich schaute mich um. „Moment. Wo ist Claudette?“

Bene zuckte mit den Schultern. „Keine Ahnung. Sie ist nicht gekommen. Jetzt geh und setz dich hin.“

Mein schmerzender Schädel siegte, und ich gehorchte. Ich schaffte es bis zu den bequemen Sesseln in der Ecke des Esszimmers und ließ mich dort hinuntersinken. Roux kniete sich neben meine Füße.

„Es tut mir leid. Es tut mir wirklich, wirklich leid.“

„Ist schon gut.“ Ich versuchte, ihn wegzuwinken.

„Ist es nicht, und es tut mir wirklich, wirklich leid.“

„Das ist Henriks Schuld“, murmelte Bene und trug eine Platte mit dampfenden Spiegeleiern herein.

Henrik knurrte neben dem Kamin und erschreckte mich. „Erwartest du, dass ich einfach nur dastehe und seine Schläge einstecke?“

„Besser du als sie, Arschloch“, sagte Bene fröhlich.

Henriks finsterer Blick sagte, dass er anderer Meinung war.

Mein Blick wanderte zu Roux' Händen, dann zu Benes, und sogar zu denen von Henrik, als ich nach einem Paar suchte, das denen ähnelte, die mich so zärtlich gehalten hatten. Aber meine Sicht war so verschwommen gewesen, dass ich mir nicht sicher sein konnte, außer Henrik auszuschließen. Abgesehen vom Offensichtlichen – er hatte keinen Hauch von Zärtlichkeit an sich – waren seine Hände gepflegter als die der anderen, und *gepflegt* passte definitiv nicht.

Dann schnaubte ich leise. *Keiner* dieser Kerle versprühte auch nur einen Hauch Zärtlichkeit. Wahrscheinlich hatte ich mir das Ganze nur eingebildet.

„Es tut mir wirklich leid", wiederholte Roux und klang wirklich elend.

„Ist schon in Ordnung."

Henrik zeigte auf mein Gesicht. „Das ist nicht in Ordnung."

„Danke", brummte ich.

„Ich finde, du siehst toll aus", erklärte Bene, während er die Teller verteilte. Dann bemerkte er meinen ungläubigen Blick. „Okay, vielleicht nicht. Aber es kommt doch auf die inneren Werte an, oder?"

Typisch Bene, immer das Positive zu sehen.

Ich schaute mich um. „Wo ist Marius?"

„Ja. Wo ist Marius?", wiederholte Bene mit deutlich unterschwelliger Anspielung in der Stimme.

Alle verstummten und vermieden es, mich anzusehen. Ich schaute von einem zum anderen hin und her. Irgendetwas war mir entgangen. Aber was?

Roux warf Bene einen Blick zu und griff dann nach dem Handy, das er auf dem Tisch liegen gelassen hatte. Henrik sprang vor und schlug mit der Hand darauf.

„Wen rufst du an?", fragte der Vampir.

„Gordon, wie ich gesagt habe", erwiderte Roux.

„Nein, das wirst du nicht tun." Henrik riss das Handy weg.

„Doch, werde ich." Roux erhob seine Stimme.

Ich hielt mir die Ohren zu und lehnte mich von ihnen weg. „Hört auf! Bitte. Hört auf."

Sie starrten sich wie zwei Gorillas an und traten schließlich voneinander weg.

„Warum möchtest du Gordon anrufen?", fragte ich.

Roux funkelte Henrik böse an. „Um ihm zu sagen, dass wir von hier verschwinden."

„Verschwinden?" Ich sprang auf und sackte zusammen, als mich eine Welle der Übelkeit überkam.

„Verschwinden", sagte Roux entschlossen.

„Ja, jetzt, wo Katzenmann hier alles versaut hat", knurrte Henrik.

„Du bist derjenige, der sich geduckt hat", knurrte Roux zurück.

Ich hob die Hand. „Hört auf. Hört einfach auf."

Sie drehten sich mit säuerlichen Mienen zu mir um, als hätte ich einen perfekten Morgenstreit ruiniert.

„Warum solltet ihr gehen?", fragte ich.

Roux hob eine Augenbraue. „Ist das nicht offensichtlich?"

Nein, das war es nicht. Ich wusste nicht einmal, ob mich dieser Gedanke beunruhigte oder erleichterte.

„Wir haben Mist gebaut. Wir haben dir wehgetan."

„*Du* hast ihr wehgetan", korrigierte Henrik.

„Du hast angefangen", warf Bene ein.

Ich hob die Hände vor mein Gesicht. Sie gehen zu lassen, hätte definitiv Vorteile. Aber mein Herz zog sich zusammen und der logische Teil meines Verstandes meldete sich mit Gegenargumenten. Wenn sie jetzt gingen, würde ich einen beträchtlichen Teil meines Einkommens verlieren – Einkommen, auf das ich angewiesen war, um über die Runden zu kommen.

Außerdem mochte ein Teil in mir ihre Anwesenheit aus Gründen, die ich nicht ganz erklären konnte.

Ich warf Henrik einen Blick zu und korrigierte mich dann im Stillen. Es machte mir nichts aus, drei der vier hier zu haben.

„Ihr könnt nicht gehen", sagte ich.

Bene schaute von seinen Spiegeleiern auf. „Du willst das doch nicht zu so einer gruseligen Hotel-California-Sache machen, oder?"

„Lieber nicht." Henrik ließ seine Reißzähne aufblitzen.

„Kannst du einmal in deinem Leben nett sein?", knurrte Roux.

„Oder sollte es heißen *einmal in deinem Tod?*", überlegte Bene laut.

Henrik verzog das Gesicht und verschränkte die Arme.

Jetzt hatte ich alles gesehen. Ein schmollender Vampir.

„Ihr könnt gehen, wann immer ihr wollt", versicherte ich ihnen. „Aber habt ihr eine bessere Option?"

Roux schaute Bene an. Bene schaute Henrik an. Henrik starrte auf den Boden.

Aha. Mein Bauchgefühl hatte mich nicht getäuscht.

„Es geht dabei nicht um uns. Es geht um dich", sagte Bene.

Henriks mürrischer Gesichtsausdruck sagte, *von wegen*, aber wir ignorierten ihn.

„Du wurdest verletzt", fuhr Bene fort. „Was, wenn es schlimmer gekommen wäre? Was, wenn noch etwas passiert?"

Roux rieb sich verzweifelt das Gesicht und erinnerte sich zweifellos an den Schlag.

„Willst du damit sagen, dass noch etwas passieren wird?", fragte ich, halb alarmiert, halb herausfordernd.

Bene schüttelte vehement den Kopf. „Nein. Ich meine, das hoffe ich nicht. Aber... "

Sein Blick wanderte zu Henrik. Roux sah ihn ebenfalls an und ich schloss mich mit finsterem Blick an.

Stille machte sich breit, die sich über mehrere Herzschläge lang hinzog.

Schließlich lenkte Henrik ein und brummte: „Nichts wird passieren." Dann machte er eine wütende Geste. „Zumindest nicht, was mich betrifft. Aber ich spreche nur für mich, nicht für diese Schwachköpfe."

„Schwachköpfe?" Roux sträubte sich.

„Du bist derjenige, der sie geschlagen hat."

Ich verdrehte die Augen – äh, das Auge. *Nicht schon wieder.* Ich senkte meinen schmerzenden Kopf wieder in meine Hände.

„Hört auf damit, Mädels", mischte sich Bene ein und legte mir eine Hand auf die Schulter. „Ihr seid nicht gerade überzeugend."

Bene war nah genug, dass ich seinen Duft wahrnehmen konnte. Er war angenehm frisch mit einem Hauch von Flieder. Ich atmete tief ein und versuchte, mich an den Duft des mysteriösen Mannes zu erinnern. Stimmte er mit Benes Duft überein?

Schritte waren zu hören und Marius stürmte in den Raum. Ohne auch nur aufzuschauen, wusste ich allein von dem Geräusch und dem elektrisierten Gefühl, dass er es war. Er blieb abrupt stehen und ich spürte das brennende Gefühl seines Blicks. Dann setzten sich die Schritte wieder in Bewegung und er kam auf mich zu.

„Großer Gott", murmelte er und hockte sich vor mich hin.

Ich bedeckte meine Augen, aber er nahm meine Hände in seine und schob sie sanft beiseite.

Als ich mein Auge öffnete, blieb mein Herz fast stehen. Diese Hände... die sanfte Berührung... der Duft der *Erde nach einem Sommerregen...*

Mein tapferer Ritter war Marius?

Ich schluckte und starrte ihm in die Augen.

Ein sanftes Glühen strahlte aus ihnen und sein Atem stockte.

Ich bewegte mich kaum – atmete kaum –, als mir alles wieder einfiel. Die vorsichtigen Bewegungen, so als könnte ich zerbrechen. Die sanfte Beruhigung. Dieses Ich-bin-zu-Hause-Gefühl, das ich gespürt hatte, als ich mich an seine Brust schmiegte.

Mein Herz schlug so laut, dass ich sicher war, jeder konnte es hören.

Einen Moment später drehte er sich um und stürmte auf Roux zu.

„Warte!", schrie ich, aber einen Augenblick zu spät.

Seine Faust flog bereits auf Roux zu.

Knack! Roux' Kopf schnellte nach hinten und er taumelte. Bene packte Marius und Henrik stellte sich zu meiner Überraschung zwischen die beiden Kämpfenden.

Roux richtete sich langsam wieder auf und hielt eine Hand über sein rechtes Auge. Langsam glitten seine Reißzähne heraus und seine Augen nahmen eine furchterregende gelbe Färbung an. Gleich würde mein Esszimmer von einem Tiger und einem Drachen überrannt werden.

„Denkt nicht einmal daran", warnte Bene sie.

Marius richtete sich zu seiner vollen Größe auf und behielt die Fäuste geballt.

Roux fluchte, seufzte dann und ganz plötzlich löste sich die Spannung.

„Das habe ich verdient", murmelte er.

„Ja, das hast du." Marius' Stimme klang kalt wie ein Gletscher, der über Felsbrocken knirschte.

„Stimmt", stimmte Bene zu. „Sind wir jetzt quitt?" Er schaute zwischen den beiden hin und her.

„Wir sind quitt", murmelte Roux wie ein Vorbild der Fairness, zumindest in einer Welt, in der Probleme mit Fäusten gelöst wurden.

Aber Marius war nicht so nachsichtig.

„Ich weiß nicht. Sind wir das?" Er drehte sich halb um und fragte mich, während er Roux weiterhin im Auge behielt.

„Ja, aber nur, wenn ihr einer neuen Regel zustimmt", sagte ich.

Alle vier schauten mich erwartungsvoll an.

„Keine Schlägereien."

Henrik runzelte die Stirn. Marius sah aus, als hätte man ihm etwas Wertvolles weggenommen, und sogar Roux wirkte skeptisch.

„Überhaupt keine Schlägereien?" Bene kratzte sich zweifelnd am Kinn.

„Ist das so abwegig?", fragte ich.

„Wir *müssen* uns gelegentlich schlagen", beharrte Bene. „Sonst bringen wir uns noch gegenseitig um."

Diese Logik ergab für mich überhaupt keinen Sinn.

„Wie wäre es dann mit: keine Schlägereien im Haus?", schlug Roux vor.

Die anderen drei nickten, plötzlich vereint in einer gemeinsamen Sache. Männer!

Ich gab nach, obwohl mir ein ungutes Gefühl sagte, dass ich es bereuen würde.

„Also gut. Keine Schlägereien im Haus – und nicht in meiner Nähe."

„Abgemacht", verkündete Bene und alle schüttelten sich die Hände in einer weiteren Szene, die dem *Männer sind vom Mars, Frauen von der Venus*-Buch entsprungen sein könnte.

Ich sank erschöpft auf den Sessel zurück. Erschöpft und überwältigt – vor allem, als mein müder Blick auf Marius fiel.

Seine Augen wirbelten und die Zeit wurde langsamer. Dann murmelte er etwas, riss seinen Blick von mir los, und stürmte aus dem Zimmer.

Wie eine Staubwolke, die von einem Auto aufgewirbelt wurde, wehten meine gemischten Gefühle hinter ihm her.

Schicksal, murmelte eine tiefe Stimme in meinem Kopf.

Ich tat so, als hätte ich es nicht gehört, denn das konnte einfach nicht sein.

Natürlich konnte ein Drachenbeschützer nützlich sein, besonders mit einem Vampir in der Nachbarschaft. Aber ein hitzköpfiger, intensiver Drache konnte auch eine große Belastung darstellen. Und das war nur der Anfang der möglichen Komplikationen.

Komplikationen, die ich wie einen Meteoritenschauer auf mich zurasen spürte.

Bene klopfte sich den Staub von den Händen und richtete fröhlich seine Schürze. „Jetzt, da das geklärt wäre... Möchte jemand Frühstück?"

Kapitel 9

MARIUS

Ich stürmte den Flur entlang und durch die Hintertür hinaus
an die frische Luft. Ein Dutzend Gerüche hüllten mich ein –
feuchtes Gras, duftende Eichen und der schwache Geruch von
frisch gemähtem Heu. Aber Minas Duft nach Rosen und Flieder
haftete mir hartnäckig an und verdrängte alles andere.

Alles an ihr war so – sie stand rund um die Uhr im Mit-
telpunkt meiner Sinne – und ich schwankte zwischen Hoffnung
und Verzweiflung. Hoffnung, denn wenn sie in der Nähe war,
schien die Welt gütig und sonnig zu sein. Verzweiflung, weil
eine herrische, eigensinnige Frau kein Recht hatte, mein Herz,
meinen Körper oder meine Seele durcheinanderzubringen.

Aber sie tat es, und das schon vom ersten Moment an.

Ich stapfte an der Außenwand des Westflügels entlang und
hielt mich außer Sichtweite. Mein T-Shirt erstickte mich und
meine Haut juckte, als mein Drache darum kämpfte, herauszubrechen. Fast verzweifelt riss ich mir meine Jacke vom Leib und
ließ sie fallen. Mein T-Shirt folgte und ich nahm mir kaum die
Zeit, hinter die Ecke des Gebäudes zu spähen, bevor ich meine
Stiefel abschüttelte, meine Hose auszog und ins Freie trat.

Zum Glück gab es hier keine Menschen, die mich sehen
konnten. Nicht am Château Nocturne, das sich mitten im Nirgendwo befand.

Ich sprintete über den Rasen, die ersten Schritte leise auf
nackten Füßen. Die nächsten wurden steif, irgendwo zwischen
Mensch und Bestie. Die letzten Schritte waren kratzig, als Dra-
chenklauen auf den Boden schlugen und Grasbüschel ausrissen.

Dann *wusch!* Ich stürzte mich in die Luft und schlug mit den Flügeln.

Wusch. Wusch. Wusch. Jeder kraftvolle Stoß erzeugte einen Wirbelwind, der hinter mir wehte. Ich öffnete mein Maul und spie Feuer. Ich stieß sogar ein Brüllen aus, wenn auch ein unterdrücktes. Bei Tageslicht zu fliegen, war schon riskant genug. Zu fliegen und aus voller Kehle zu brüllen, war sogar noch schlimmer.

Alle sollen mich sehen, donnerte meine Drachenseite. *Sie sollen sich fürchten.*

Ich flog über den Wald hinweg, verfolgt von einem Dutzend widersprüchlicher Emotionen.

Jahrelang war meine Seele unter einem Berg von Fehlern und Reue begraben gewesen, und Frieden war nur ein abstrakter Begriff. Aber Mina hatte sich bereits am ersten Tag in dieses Chaos gestürzt, als müsste es zusammen mit ihrem zerfallenden Château repariert werden. Seitdem hatte sie mich immer mehr angezogen, und als ich sie letzte Nacht in meinen Armen gehalten hatte...

Ich hatte mich noch nie in meinem Leben so friedlich gefühlt.

Eigentlich wollte ich sie nur ins Bett tragen und sie allein ruhen lassen. Aber ich hatte nicht widerstehen können, mich neben sie zu legen.

Nur für eine Sekunde, hatte mein Drache versprochen.

Lügner, Lügner.

Ich hatte meine Augen geschlossen, aber meine Nase konnte ich nicht verschließen, und schon bald war ich von ihrem himmlischen Duft berauscht gewesen. So berauscht, dass ich eingeschlafen war.

Meine Drachenseite schnaufte. *Echter Schlaf. Echter Frieden. Das ist kein Rausch. So fühlt sich Normalität an.*

Wie das Biest behaupten konnte, *Normalität* zu kennen, war mir ein Rätsel. Ich hatte seit Jahren schon nicht mehr gut geschlafen.

Was ziemlich beschissen war, denn Mina war verletzt. Aber beschissen war mein Normalzustand – und der Hauptgrund, warum ich kein Recht hatte, von ihr zu träumen. Selbst wenn ich jemanden in meinem Leben wollte, würde sie mich nicht wollen.

Oh, sie will uns, und wie, brummte meine Drachenseite.

Ich schnaufte. Selbst wenn sie es wollte, wüsste sie es doch besser. Sie verdiente auch etwas Besseres.

Die Blätter verschwammen, als ich über die Bäume flog und versuchte, etwas zu entkommen... Was genau?

Meinen inneren Dämonen zu entkommen, war sinnlos. Dem zu entkommen, was Mina mit mir machte, war schlichtweg unmöglich. Je schneller ich flog, desto mehr klebte sie an mir.

Sie ist die Eine, brummte es tief in meiner Seele.

Nun, ich wollte keine *Eine*. Ich brauchte keine Eine. Ich kam allein zurecht, behielt die Dinge simpel und unter Kontrolle.

Sicher doch. So unter Kontrolle, spottete meine Drachenseite. *Und so wunderbar friedlich.*

Die Baumwipfel bildeten einen unebenen grünen Teppich unter einer Decke aus grauen Wolken, und schon bald sah ich den Turm der Kirche vor mir. Seit meinem ersten Tag hier war ich bereits mehrfach darüber geflogen, jedoch immer nur nachts und in großer Höhe.

Ich senkte einen Flügel und schwang mich in eine Kurve, um über dem Wald zu bleiben. Ein wirklich dichter, durchgehender Wald, bis auf eine messerscharfe Linie zu meiner Rechten. Mit einem Schnippen meines Schwanzes drehte ich mich in diese Richtung und passte meinen Kurs an, um direkt über die von Bäumen gesäumte Allee zu fliegen, die zum Château führte. Der Wald war zu beiden Seiten gestutzt worden, um die jahrhundertealten Eichen zur Geltung zu bringen – eine einzige gerade Linie der Ordnung in einer Welt des Chaos.

Wunderschön, seufzte meine Drachenseite.

Die Straße, die Bäume und der Wald glichen einem dieser perspektivischen Gemälde, bei denen alle Elemente auf einen Punkt zulaufen – das Château. Ich schlug noch ein paarmal mit den Flügeln und richtete mich dann so aus, dass ich lautlos über das Château hinweggleiten konnte. Es war nicht nötig, jetzt Minas Aufmerksamkeit auf mich zu lenken.

Aber mein dummes Herz klopfte bei dem Gedanken daran und meine Drachenseite plusterte sich stolz auf.

Lass sie mich sehen. Lass sie mich bewundern.

Die Dachlinie des Châteaus wurde durch Fenster und Türmchen mit Spitzgiebeln unterbrochen. Bei diesem Anblick schlug mein Herz ein wenig höher und ein Gefühl des Nervenkitzels durchlief mich, als ich darüber hinwegflog. Dann folgte der Bruchteil einer Sekunde mit kühlem Aufwind über einer offenen Wiese, und *wusch!* Dichter, blättriger Wald nahm erneut die Sicht unter meinen Flügeln ein.

Weit rechts von mir wich der Wald den Weinbergen mit parallelen Reihen von Weinstöcken. Aber ich blieb über dem Wald und flog diese Schleife erneut – über die Bäume, in Richtung Kirche, dann entlang der Allee und über das Château. Dieses Mal lehnte ich mich jedoch in eine scharfe Kurve und flog die gesamte Länge des Gebäudes entlang.

Ein schöner Ort, seufzte mein Drache und musterte es.

Aber verdammt, war das Château renovierungsbedürftig. Dachziegel lagen schief, Dachrinnen hingen hinunter und Farbe blätterte ab. Ich wusste nicht, ob ich Mina dafür bewundern sollte, dass sie versuchte, all das zu bewältigen, oder ob ich sie als Närrin bezeichnen sollte.

Sie ist keine Närrin, brummte mein Drache.

Was reine Intelligenz anging, ganz sicher nicht. Aber was gesunden Menschenverstand betraf, war ich mir nicht so sicher. Immerhin hatte sie drei Gestaltwandler und einen Vampir in ihr Zuhause gelassen.

Als ich das nächste Mal vorbeiflog, musterte ich die Dachbodenfenster und verfluchte Henrik permanent. Zum Glück war ich in unserer ersten Nacht hier draußen geflogen, als er sich zu Minas Seite des Hauses geschlichen hatte. Ich hatte gespürt, dass etwas nicht stimmte, und war in einem niedrigen, donnernden Sturzflug herangeschossen, um ihn zu vertreiben.

Meine Frau! hätte mein Drache vor Wut fast gebrüllt.

Ich hatte mich gerade noch zurückhalten können, da ich Mina nicht erschrecken wollte.

Aber verdammt, hatte ich mir mit diesem plötzlichen Drang, sie zu beschützen, selbst Angst gemacht.

Ich hätte das Dach des Hauses abgefackelt, wenn Henrik sich Mina genähert hätte, aber er hatte aufgehört. Allerdings nicht nur wegen meiner Warnung. Etwas anderes hatte ihn im selben Moment überrascht. Einer der anderen Jungs vielleicht?

Mein Drache knurrte. *Wenn einer der anderen Kerle hinter Mina her ist, ist er tot.*

Ich runzelte die Stirn über die Wortwahl. Ich war nicht hinter Mina her und würde es niemals sein. Ich musste nur einen Weg finden, wie ich... wie ich...

Ich rang um Worte, um den Satz zu beenden. Sie aus meinem Kopf bekam? Aus meinem Herzen?

Zu spät, brummte mein Drache.

All das schoss mir in den Sekunden durch den Kopf, die ich brauchte, um das Château zu umfliegen. Dann schwebte ich über den Wald und wurde von tausend erdigen Düften von unten eingehüllt. Feuchtes, moschusartiges Moos. Torfige Rinde. Frische Blätter, muffige Pilze... und noch etwas anderes.

Ich riss mein Kinn nach unten, denn etwas stimmte nicht. Ich reckte den Hals, um den Boden zu inspizieren, wendete dann und flog noch einmal vorbei. Beim dritten Mal fluchte ich. Die Welt aus der Perspektive eines Drachen hatte ihre Vorteile, aber ich hatte keinen Röntgenblick, um durch das Laub zu schauen. Was ich wirklich tun musste, war, die Gegend zu Fuß zu erkunden.

Oder Bene dazu zu bringen, entschied mein Drache. *Besser noch, Roux.*

Der Tigergestaltwandler war zwar ein verklemmtes Arschloch, aber im Grunde kein schlechter Kerl. Ja, er hatte Mina geschlagen – aus Versehen, aber trotzdem. Ich würde ihn gern auf eine Mission durch den Wald schicken, und wenn sich die Stelle als Sumpf herausstellte, umso besser.

Arschloch, brummte mein Drache, obwohl sich diese Beschwerde gegen Henrik richtete. Minas Verletzung war genauso seine Schuld wie Roux'.

Schick ihn *in den Sumpf,* brummte mein Drache.

Ich flog noch mehrmals über das Gebiet, konnte aber nichts Ungewöhnliches ausfindig machen. Das Gefühl, dass etwas nicht stimmte, ließ mich jedoch nicht los.

Ich flog zurück zum Château, landete und verwandelte mich in meine menschliche Gestalt. Dann zog ich mich an und blieb an der Ecke des Hauses stehen, wo ich in den Wald starrte.

„Wie Gordon es doch lieben würde, wenn jemand meldet, dass am helllichten Tag ein Drache herumfliegt, nicht wahr?", sagte Bene mit träger Stimme und erschreckte mich.

Ich wirbelte herum und warf ihm einen finsteren Blick zu. „Zum Glück ist es mir scheißegal, was Gordon denkt oder weiß."

Bene schnaubte. „Nicht so egal, sonst wärst du schließlich nicht hier."

Ich scharrte mit den Füßen über den Boden, weil ich die Wahrheit zugeben musste. Wie Bene und die anderen auch hatte ich einen großen Fehler begangen. Der Preis für die Wiederherstellung meines guten Rufs waren sechs Monate Arbeit für Gordon. Der Mann hatte sich an die Spitze der europäischen übernatürlichen Unterwelt gearbeitet, und was er sagte, war Gesetz. Wenn er uns vier für vergeben oder rehabilitiert erklärte, oder wie auch immer er es sonst drehen würde, wären wir aus dem Schneider.

Wenn er es nicht tat, waren wir so gut wie tot.

Um ehrlich zu sein, hatte mich dieser Gedanke bisher nicht sonderlich beunruhigt – bis jetzt. Bis Mina.

Jetzt sehnte sich etwas in mir danach, zu leben. Neu anzufangen.

„Ja, es ist mir wichtig genug, um hier zu sein", gab ich zu. „Genau wie dir."

Bene warf mir einen Blick zu, der mir verriet, dass er mir gleich eine Löwenweisheit mit auf den Weg geben würde.

Ich hatte schon ein oder zwei Löwen getroffen, die Weisheiten zu vermitteln hatten, aber Bene gehörte nicht dazu.

„Ja, genau wie ich", stimmte er zu. „Aber ich denke mir, warum sollte ich es mir noch schwerer machen? Warum nicht das Positive im Leben sehen?"

Weil das Leben keine positiven Seiten hatte – zumindest nicht in der Welt, die mir vertraut war.

„Das Essen ist gut und wir haben Platz zum Herumstreifen", fuhr Bene fort. „Die Zimmer sind zwar nicht toll, aber ich habe schon in schlechterem gewohnt. Und was Mina angeht… "

Ein leises Grollen stieg in meiner Kehle auf.

Bene grinste. „Sie hat vielleicht Hummeln im Po, aber dafür ist es ein ziemlich toller Po. Außerdem ist schon eine ganze Woche vergangen, ohne dass Gordon uns Arbeit geschickt hat. Wenn wir Glück haben, vergisst er uns, und in ein paar Monaten sind wir alle frei."

Ich schnaufte. „Träum weiter. Gordon wird schon bald etwas für uns haben."

Stille machte sich breit, während wir beide darüber nachdachten, was dieses *Etwas* sein könnte. Gordon hatte seine Spitzenposition nicht durch Nettsein erreicht. Er brauchte Leute wie uns nur, um sich die Hände bei seinen schmutzigen Geschäften nicht selbst dreckig zu machen.

Außerdem hatte Gordon uns nur für drei Monate bei Mina eingebucht. Wohin würde er uns danach schicken, wenn unsere Zeit hier abgelaufen war?

„Was glaubst du, wie schlimm es wohl werden wird?", fragte Bene leise.

Unerträglich, klagte mein Drache.

Aber Bene meinte die Missionen, die uns vielleicht zugewiesen würden.

Ich zuckte mit den Schultern. „Ganz sicher etwas Gefährliches."

Bene winkte unbeeindruckt ab. „Mit Gefahr komme ich klar."

„Vergiss nicht, wir sind entbehrlich", sagte ich.

„Sprich für dich selbst, Mann."

Ich verzog das Gesicht. „Was ich meine, ist, dass Gordon uns nur Jobs geben wird, für die er seine besten Leute nicht riskieren will."

Bene riss alarmiert die Augen weit auf. „Du meinst so etwas wie *Kanarienvögel im Kohlebergwerk*?"

„Ja. Kanarienvögel im Kohlebergwerk, das mit Sprengstoff präpariert wurde. Kanarienvögel tief im feindlichen Gebiet, zahlenmäßig unterlegen und auf sich allein gestellt."

„Womit habe ich das verdient?", begann Bene. Dann fing er sich mit einem reumütigen Kopfschütteln wieder. „Okay, vergiss es. Ich habe es verdient."

Ich verzog das Gesicht. Wir hatten alle Mist gebaut, keines unserer Vergehen verdiente jedoch die Todesstrafe. Aber hey. Vielleicht hatten wir ja Glück.

Bene setzte ein fröhliches Grinsen auf. „Nun, vielleicht bekommen wir wenigstens etwas, um die Monotonie zu vertreiben."

Ja, klar. Er fing an, diesen Ort genauso zu lieben wie ich – aber hoffentlich aus anderen Gründen.

Meine Krallen drückten gegen meine Fingernägel, als mein Drache darum kämpfte, wieder herauszubrechen. *Wenn Bene Mina auch nur falsch ansieht...*

Der Kommentar über ihren *tollen Po* war ein Beweis dafür, dass er dies bereits getan hatte. Aber ich konnte es ihm nicht verübeln. Wenn er es sich jedoch in seinen großen, blonden Kopf setzte, sich diesem tollen Po zu nähern – oder irgendeinem anderen Teil...

Fass sie an und du bist tot, knurrte mein Drache.

Die Botschaft musste angekommen sein – ein Wunder angesichts seines dicken Löwenschädels –, denn Bene wich mit erhobenen Händen zurück.

„Vielleicht doch kein so toller Po."

Mein Knurren wurde lauter.

„Ähm... ich meine..." Er ruderte zurück. „Ich mache nur Spaß. Du kennst mich doch, Mann. Nur Arbeit, kein Vergnügen."

Ha. Wohl eher nur Vergnügen und keine Arbeit, wie die meisten Löwen.

„Apropos, ich glaube, ich höre Roux rufen..." Bene wich zurück.

Das war gelogen, aber es erinnerte mich an den Geruch, den ich im Wald wahrgenommen hatte, also folgte ich ihm hinein. Wir fanden Roux im Salon, wo er seine Nachrichten durchging.

Er schaute auf. „Was?"

Ich zeigte mit dem Daumen über meine Schulter. „Ruf Henrik her. Wir müssen den Wald prüfen."

„Ärger?" Roux' Augen leuchteten mit einer Mischung aus Hoffnung und Zorn.

Ich zuckte mit den Schultern. „Wir werden sehen."

∞∞∞∞

Stunden später lehnte ich mich auf meinem Sessel zurück und seufzte zur Decke. Wir hatten den ganzen Tag, mit Ausnahme einer kurzen Pause zum Mittagessen, damit verbracht, den Wald zu durchsuchen. Jetzt war es fast Zeit für das Abendessen.

„Nichts, was?", fragte Henrik.

Ich schüttelte den Kopf. Nein. Nichts Konkretes, aber ich wurde das Gefühl nicht los, dass sich Ärger am Horizont zusammenbraute.

Natürlich war Ärger so ziemlich ein fester Bestandteil meines Horizonts. Die Frage war nur, welche Art von Ärger und wie weit entfernt – oder nah – er war.

Für mich war Ärger mehr oder weniger normal. Aber Ärger für Mina...

Ich krallte meine Fingernägel in das Polster des Sessels.

Henrik verzog die Lippen zu einer finsteren Miene. „Diese Katzen würden nicht einmal ein Katzenklo finden, wenn sie direkt davor stünden."

Ich starrte den Vampir finster an. „Wer ist weniger nützlich – der Typ, der seinen Arsch hochkriegt, um zu suchen, oder der Vampir, der sich nicht einmal die Mühe macht, sein Klubhaus zu verlassen?"

Henrik gähnte und entblößte seine Reißzähne. „Warum sich die Mühe machen, wenn es doch nichts bringt?"

Ich trank einen Schluck Whisky und ignorierte ihn wieder. Es gab nichts Schlimmeres als einen Kerl, der seinen Beitrag nicht leistete. Aber Roux und Bene hatten mich dort draußen beeindruckt. Als Katzen hatten sie vielleicht nicht die fantastischen Nasen eines Bären oder – fast genauso gut – eines Wolfes. Aber Mann, sie konnten springen, klettern und sich an die unzugänglichsten Stellen schlängeln. Und keiner von beiden hatte sich so beschwert, wie ein durchschnittlicher Drache oder Vampir es getan hätte.

Wenn es nicht so matschig wäre, würde das hier fast Spaß machen, hatte Roux sogar einmal gegluckst. Es kam in einer grollenden Tigerstimme heraus, aber ich konnte seine Worte in meinem Kopf hören.

Löwen waren schwieriger als Tiger und Bene hatte zunächst zaghaft seine Pfoten gehoben. Einmal hatte ich ihn auf einem Baumstamm sitzen sehen, wie er eine Pfote nassmachte und sich über die Mähne strich. Aber selbst er hatte sich gut geschlagen.

Definitiv zu matschig, aber ja – es macht irgendwie Spaß, hatte er schließlich zugestimmt.

Es hatte Spaß gemacht – oder zumindest war es belebend gewesen. Dieses Gefühl der Jagd, eine Mission zu haben...

Ich starrte aus dem Fenster. Eine Mission war definitiv eine gute Sache. Mit etwas Glück würde Gordon bald Arbeit für uns haben. Etwas, das nicht allzu selbstmörderisch war, hoffte ich. Das würde mich auch von Mina und den Gefühlen, die sie in mir weckte, ablenken.

Ich trank einen weiteren Schluck Whisky. Vielleicht würde das helfen.

Bene betrat den Salon, frisch geduscht, so wie ich, jedoch weitaus besser gelaunt.

„Hallöchen." Er ließ sich auf die Couch fallen und hob die Füße auf den Couchtisch. Auf halbem Weg hielt er inne, verzog das Gesicht und stellte die Füße wieder auf den Boden.

Ich verbarg ein Grinsen.

„Also war die ganze Suche umsonst?", krächzte Henrik triumphierend.

Bene schnaubte und verschränkte die Arme hinter dem Kopf. „Nö. Es war gut, mal hinauszukommen. Und jetzt können wir beruhigt sein, dass dort draußen nichts ist."

Ich spitzte die Lippen. Vielleicht konnte er beruhigt sein. Ich war es jedenfalls nicht.

Roux kam als Nächster zu uns und schaute auf seine Uhr.

„Noch zwei Minuten", sagte Bene, als er seinen Gesichtsausdruck las.

Mein Magen schlug Purzelbäume und dem Knurren nach zu urteilen, waren die anderen genauso hungrig wie ich.

Roux setzte sich auf den Sessel neben mir und schaute aus dem Fenster. „Was denkst du?"

Ich gab mir Mühe, meine Stimme möglichst ungezwungen klingen zu lassen. „Schwer zu sagen. Ich werde heute Nacht noch ein paar Runden fliegen. Nur für alle Fälle."

Ich würde ohnehin nicht viel schlafen können. Nicht, wenn ein Teil meiner Gedanken auf Mina fixiert war und der andere darüber grübelte, was dort draußen lauern könnte.

„Habt ihr es Mina erzählt?", fragte Henrik.

„Was Mina erzählt?", fragte sie, als sie in der Tür auftauchte.

Ich funkelte Henrik böse an, aber der Drecksack sah nur amüsiert aus.

„Mina erzählt, was wir im Wald gefunden haben", sagte Bene geschmeidig. „Den größten Pilz, den ich je gesehen habe. Ihr habt dort draußen ein paar beeindruckende Pilze."

Ich rollte mit den Augen. Das würde Mina niemals glauben.

Aber irgendwie gelang es Bene mit einem Grinsen. „Ich wollte ihn mitbringen und Madame Picard bitten, uns ein paar Zauberpilzkekse zu backen, aber ich dachte mir, dass sie das vielleicht nicht gut finden würde."

Minas Gesichtsausdruck verriet, dass sie es auch nicht gut fand, aber, *uff*. Der Kommentar hatte gereicht, um sie abzulenken.

„Solltest du überhaupt wieder auf den Beinen sein?", fragte ich plötzlich besorgt. „Solltest du dich nicht ausruhen? Eine Gehirnerschütterung ist etwas Ernstes, weißt du..."

Ich wusste es, weil ich es eine Stunde lang auf meinem Handy recherchiert hatte. Gestaltwandler mussten sich um solche Dinge keine Gedanken machen, Menschen aber schon.

„Es geht mir gut", beharrte sie. „Wirklich."

„Du siehst besser aus." Bene beugte sich überrascht zu ihr vor. „Moment mal. Du siehst tatsächlich gut aus."

Sie stemmte die Hände an die Hüften. „Na, vielen Dank auch."

„Nein, ich meine..." Bene trat näher. „Dein Auge. Es sieht besser aus. Viel besser. Wow."

Ich hatte mir angewöhnt, meinen Blick zu Boden zu richten, wenn Mina in der Nähe war, denn jedes Mal, wenn wir uns in die Augen sahen, sprühten die Funken. Aber jetzt schaute ich auf – und musste zweimal hinsehen.

Ohne nachzudenken, ging ich zu ihr hinüber, nahm ihr Gesicht zwischen meine Hände und drehte es sanft zum Licht.

Sie öffnete den Mund, um zu protestieren, aber unsere Blicke begegneten sich und, ja. Funken. So viele wie am Bastille-Tag – plus all das, was die Schweizer am ersten August verschossen – zusammen mit einer Hitzewelle, die durch meine Adern schoss.

Ihre Gesichtszüge wirkten so fein wie das Porzellan ihrer Großmutter, so dass ich meine Hand weit um ihr Gesicht schloss. Und verdammt. Ich musste mich mit aller Kraft zurückhalten, um sie nicht zu küssen.

„Wow. Viel besser." Roux stand direkt hinter mir, aber sein Murmeln klang, als käme es aus kilometerweiter Entfernung.

Minas Lippen zuckten, so dass mir der Atem stockte.

Konzentriere dich, befahl ich mir selbst.

Ihr Auge hatte immer noch einen Bluterguss, aber er war kaum mehr zu sehen. Nicht wie die wulstige, hässliche Verfärbung, die ich erwartet hatte. Wie war das möglich?

Henrik beugte sich vor und jubelte. „Jetzt verstehe ich es."

Minas Blick huschte von mir zu dem Vampir, was mich ihn mehr denn je hassen ließ.

„Was verstehst du?", fragte Bene.

„Sie ist kein Mensch." Henrik zeigte mit einem anklagenden Finger auf Mina.

Sie streckte trotzig das Kinn nach vorn. „Das habe ich auch nie behauptet."

„Moment mal. Kein Mensch?" Bene kam näher und rümpfte die Nase, um zu schnüffeln.

Mina wich zurück und entzog sich damit meinem Griff.

Drachen wimmerten nicht, aber ich war kurz davor.

„Haben wir ein Problem, meine Herren?", fragte sie eiskalt.

Bene hob die Hände hoch. „Kein Problem. Überhaupt nicht."

Mir schwirrte der Kopf. Wenn sie kein Mensch war, was war sie dann? Ich hatte eine Nacht neben ihr verbracht und nichts bemerkt. Keine Spur von einem Gestaltwandler. Sie war definitiv auch kein Vampir... Vielleicht eine Hexe?

Mein Magen rebellierte mit einer Mischung aus Freude und Angst.

Wenn Mina ein Mensch wäre, wäre es etwas leichter, ihr zu widerstehen. Aber übernatürliche Wesen lebten, liebten und begehrten auf einer ganz anderen Ebene. Wenn sie sich nur halb so sehr zu mir hingezogen fühlte wie ich mich zu ihr, wäre es unmöglich, dieser Anziehungskraft zu widerstehen – für uns beide.

„Gestaltwandlerin? Hexe? Hellseherin?", verlangte Henrik zu wissen.

Ich funkelte ihn an. Er hatte kein Recht, so mit meiner Frau – ähm, einer Frau – zu sprechen.

Mina machte auf dem Absatz kehrt und marschierte aus dem Zimmer. Auf dem Weg murmelte sie über ihre Schulter.

„Das Abendessen ist in fünf Minuten fertig. Kommt nicht zu spät."

Kapitel 10

MINA

Ich belud meinen Teller mit Essen und verließ die Küche durch die Seitentür. Madame Picard warf mir einen spitzen Blick zu, sagte jedoch kein Wort.

Wenigstens hatte eine Person in diesem Haus genügend Verstand.

Die Geräusche der Männer, die in den Speisesaal strömten, verhallten, als ich die Treppe hinaufging und durch den langen Flur zu meinen privaten Gemächern im Ostflügel ging. Ich hatte für heute genug von den Männern. Ich hatte genug von Marius. Oder vielleicht nicht genug.

Gott, ich war so durcheinander.

Ich balancierte meinen Teller und das Besteck in einer Hand, um mit der anderen den Schlüssel aus meiner Tasche zu ziehen. Ja, ich hatte mir angewöhnt, meine Tür abzuschließen, nur für alle Fälle. Ein paar andere Seelen um mich herum waren besser, als ganz allein in diesem potenziell gruseligen Château zu sein. Aber da eine dieser Seelen ein Vampir war – falls Vampire überhaupt Seelen hatten –, traf ich lieber Vorsichtsmaßnahmen.

Ich stieß die Tür auf, betrat meine private Suite und ging weiter auf den winzigen Balkon, der sich unter einem der verzierten Türmchen des Châteaus befand. Dort setzte ich mich auf meinen Bistrostuhl und zündete eine Kerze an, um bei ihrem Schein zu essen. Noch lange nachdem ich fertig war, saß ich still da und ließ meine Gedanken schweifen.

Zuerst wanderten sie zu Marius. Was machte er eigentlich? Hasste er mich oder mochte er mich? Was empfand ich für ihn?

Verwirrung, Verwirrung und Verwirrung.

Der Mond war nur eine schmale Sichel und die Sterne leuchteten hell. Ich gab mein Bestes, um in die Ferne zu schauen und meinen Kopf freizubekommen – eine Anstrengung, die genau dreißig Sekunden dauerte, bevor Marius wieder in meine Gedanken eindrang. Ich warf einen Blick in mein Schlafzimmer. Er hatte mich dorthin getragen und die ganze Nacht an meiner Seite verbracht. Was bedeutete das?

Er mag mich! Er mag mich! jubelte ein hoffnungslos kindischer Teil meines Verstandes.

Ansonsten hatte er mich nicht angerührt. Also war er entweder ein Gentleman – ein Bild, das im völligen Widerspruch zu seinem ruppigen Äußeren stand – oder er interessierte sich überhaupt nicht für mich.

Das Glühen in seinen Augen deutete auf das Gegenteil hin, aber das war bei einem Drachen schwer zu sagen. Soweit ich wusste, konnte jede extreme Emotion dies bewirken, von Wut bis Hass... sogar Erregung.

Mein Puls setzte ein paar Schläge aus.

Eine Stunde später war die Kerze fast heruntergebrannt und meine Haut fing an, von der nächtlichen Kühle zu kribbeln.

Es geht doch nichts über einen schönen Abendspaziergang, um den Kopf freizubekommen, pflegte meine Großmutter zu sagen.

Früher gingen wir stets gemeinsam spazieren, sie und ich, hinaus in die Gärten und um den See. Also schnappte ich mir einen Pullover und ging hinunter. Ich machte einen Abstecher in die Küche, um mir noch eine weitere Knoblauchzehe zu den beiden in meinen Taschen zu stecken, und trat dann hinaus. Ich schlang meine Arme um mich und streckte mein Gesicht den Sternen entgegen.

„Wow. Wunderschön", murmelte ich.

Ich wanderte vom Haus weg und erinnerte mich an all die Male, die ich mit meiner Großmutter spazieren gegangen war. Das Zirpen der Grillen, das aus dem kniehohen Gras aufstieg... Das Flüstern des Windes über dem Wald... Das helle, hoffnungsvolle Pulsieren der Sterne... Es fühlte sich an, als hätte sich seit damals oder seit der vorherigen Generation oder sogar seit Jahrhunderten nichts verändert. Aber als ich mich umdrehte, um das Haus anzusehen...

Ich seufzte. Zu Großmutters Zeiten brannten in jedem Zimmer alle Lichter und verliehen dem Ort eine prachtvolle Atmosphäre. Sie liebte es, altmodische Soireen mit Livemusik, Kartenspiel und Unmengen von Essen und Getränken zu veranstalten. Musik und Gelächter drangen nach draußen und das Château strahlte eine wahrhaft königliche Atmosphäre aus.

Aber Strom kostete damals noch nicht so viel wie heute. Damals war es auch nicht so aufwendig, einen geselligen Freundeskreis zu pflegen – oder vielleicht empfanden die Leute es damals nicht als aufwendig. Damals hatte meine Familie noch Bedienstete, deren Anzahl jedoch im Laufe der Zeit geschrumpft war.

Jetzt starrten dunkle, leere Fenster auf den ebenso dunklen Rasen und verliehen dem Ort eine seelenlose Atmosphäre. Ich seufzte lang und hoffnungslos. Ganz egal, wie viel Arbeit ich in diesen Ort stecken würde – ich würde niemals fertig werden. Und selbst wenn ich es irgendwie schaffen könnte, alles zu restaurieren, könnte ich diesem Ort niemals wieder Leben einhauchen. Nicht so, wie meine Großmutter es getan hatte.

Ich starrte noch eine Minute lang auf den melancholischen Anblick, dann ging ich auf das Gestrüpp zu, das einst perfekt gepflegte geometrische Gärten gewesen waren. Heute glich es eher einem Dschungel, aber ich konnte immer noch denselben Weg gehen, den meine Großmutter für ihre Abendspaziergänge gegangen war, und ich konnte immer noch die Sterne genießen.

Ich schlenderte auf das zu, was einst ein prächtiger Springbrunnen inmitten unzähliger Blumenbeete gewesen war. Jetzt war es ein stiller Koloss, die drei Hochzeitstortenetagen leer, die Hippocampskulpturen darunter trocken und leblos. Ich blickte auf das schwache Spiegelbild der Sterne, die im abgestandenen Wasser des Beckens funkelten.

Dann schloss ich die Augen. Wenn schon sonst nichts, dann konnte meine Fantasie wenigstens den verblassten Glanz des Schlosses und der Gärten wiederherstellen.

Es funktionierte und ich stand eine Weile mit einem leichten Lächeln auf den Lippen da und erlebte bessere Tage erneut.

Dann berührte ein kalter Luftzug meinen Nacken und die Grillen verstummten plötzlich.

Ich riss die Augen auf und wirbelte herum. War jemand dort draußen?

Die Nackenhaare standen mir zu Berge und meine Kehle wurde trocken. Als die Büsche raschelten, sprang ich zur Seite.

Dann stieß ich ein trockenes Lachen aus und rief: „Ha, ha. Sehr witzig, Benedict."

Ich verschränkte die Arme und bereitete mich innerlich darauf vor, dass ein Löwengestaltwandler auftauchen und mir seine Reißzähne und Mähne zeigen würde. Aber Bene ließ sich nichts anmerken und kauerte still hinter dem Busch.

„Hast du keinen anderen Ort gefunden, an dem du herumstreifen kannst?" Ich deutete auf den Westflügel. „Im Ernst. Ihr habt so viel Platz, ganz zu schweigen von den riesigen Waldflächen. Ich würde mich wirklich sehr über ein wenig Zeit für mich allein freuen."

Immer noch nichts. Eine dünne Wolke zog vor den Mond und verdeckte sein schwaches Licht.

Ich murmelte etwas in Benes Richtung, machte mich auf den Weg und setzte meinen Spaziergang fort. Die Büsche hinter mir raschelten, als er mir folgte. Dummer Löwe!

Ich ging noch ein paar Schritte weiter, drehte mich dann um und rief: „Jetzt reicht es aber. Ich meine es ernst, Bene. Ich brauche wirklich etwas Zeit für mich."

Fast hätte ich einen anzüglichen Witz erwartet, dass eine Frau wie ich genau das Gegenteil brauchte, aber er sagte kein Wort. Er blieb außer Sichtweite in der Hocke.

Na gut. In seiner Löwengestalt konnte er wohl nicht sprechen. Das hieß aber nicht, dass er sich wie ein Idiot benehmen durfte.

„Weißt du, ich dachte, du wärst der Anständige in der Gruppe", murrte ich laut. „Der Einzige, der… "

Ein Löwe tauchte auf dem Weg neben mir auf und knurrte die Büsche vor uns an.

Ich starrte ihn an, dann das Gebüsch. Oh. Hoppla. Das war also nicht Bene gewesen, der mich erschrecken wollte.

Ich blinzelte in die Dunkelheit und rief: „Roux?", so unwahrscheinlich das auch war. Er hatte nicht Benes kindischen Sinn für Humor. Tatsächlich hatte er überhaupt keinen Sinn für Humor. Warum versteckte er sich dann also im Gebüsch?

Weiches, warmes Fell drückte sich gegen mein Bein, als Bene näherkam. Mein Herz setzte einen Schlag aus, denn wow. Es kam nicht jeden Tag vor, dass man einen ausgewachsenen Löwen berühren konnte. Ich streckte meine Hand vorsichtig aus und berührte die äußersten Strähnen seiner prächtigen goldenen Mähne.

Die Haare entlang Benes Wirbelsäule standen zu Berge. Sein langer, buschiger Schwanz zuckte und er verzog die Lippen zu einem wilden Knurren.

Ich schluckte und schaute zurück zum Gebüsch. Okay, das war nicht Roux dort draußen. Henrik vielleicht?

Ich ballte meine Hände zu Fäusten und rief erneut: „Weißt du, ich habe wirklich genug von... "

Bene schlug mich mit seinem Schwanz. Ich blinzelte ihn an, dann die Büsche. Bene nahm diese Sache offensichtlich ernst – todernst. Er knurrte weiter, leise und gefährlich, und forderte Henrik auf, sich zurückzuziehen.

Ein Schatten huschte an meinem Blickfeld vorbei und ich drehte mich um. Es dauerte zehn lange Sekunden, bis ich die Umrisse einer weiteren Katze erkennen konnte. Dank seiner Streifen fügte er sich perfekt in das Laubwerk ein.

Roux. Wie Bene starrte er auf die Büsche und knurrte.

Ich schluckte. Das war definitiv nicht gut.

Meine Gedanken rasten und ich kam zu dem Schluss, dass Henrik völlig den Verstand verloren hatte und mich verfolgte. Entweder um mir Angst einzujagen oder um mir das Blut auszusaugen.

„Pssst, Mina", rief Henrik von rechts.

Ich wirbelte herum und sah ihn auf dem überwucherten Pfad.

Also, verdammt. Henrik war es auch nicht, der sich im Gebüsch an mich herangeschlichen hatte.

„Hier drüben." Er winkte mich mit einem erschreckend ernsten Gesichtsausdruck zu sich, der sagte: *Beeil dich, aber nicht zu schnell, denn was auch immer dort draußen ist, könnte dich anspringen.*

Trotzdem rührte ich mich nicht von der Stelle. Nicht, bis Bene gegen meine Beine drückte und mich rückwärts stieß.

Der Tonfall seines Knurrens veränderte sich, als er mit mir kommunizierte. *Rückwärts. Langsam. Bitte.*

Das Blut wich aus meinen Wangen, als ich einen unsicheren Schritt zurückwich, dann noch einen. Henrik trat vor, ohne auch nur einen Blick auf meinen Hals oder irgendeinen anderen Teil meines Körpers zu werfen. Er war völlig fixiert auf das Gebüsch vor uns. Dann rief er etwas in einer Sprache, die ich nicht kannte.

Es war weder Französisch noch Italienisch noch eine andere romanische Sprache, die ich kannte. Nicht Deutsch, nicht Niederländisch.

Das spielt doch keine Rolle, sagte Bene mit einem eindringlichen Stoßen nach hinten.

Die Büsche raschelten und erweckten den Eindruck, als würde sich jemand – oder etwas – langsam zurückziehen.

Henrik drängte weiter vor und schimpfte die ganze Zeit bitterlich. Einen Moment später verschwand er aus meinem Blickfeld und einen Augenblick danach...

Zweige knackten. Schritte waren zu hören. Henrik schrie.

Beweg dich. Sofort! Bene knurrte mich eindringlich an.

Ich stolperte rückwärts. Roux schlüpfte geschickt zwischen mir und den raschelnden Büschen hindurch und knurrte in die Dunkelheit, wo Henrik und der Eindringling miteinander rangen.

Ich sagte, beweg dich, befahl Bene mit einem weiteren Schlag seines Schwanzes.

Ich war immer noch wie versteinert. Alle waren da – außer Marius. Mein Herz wurde schwer. Das war doch nicht er da draußen, oder?

Ein tiefes Gefühl des Verrats breitete sich in mir aus.

„Hey! Hey!", schrie Henrik irgendwo vor mir.

Ich stellte mir vor, wie der Eindringling durch die Büsche in Richtung Wald sprintete. Er versuchte zu fliehen.

Nicht Marius, sagte mein Herz. *Das würde er nicht tun.*

Aber wer könnte es sonst sein?

Mina, drängte Bene mich mit einem Brummen.

Ich machte zwei Schritte zurück und duckte mich, als der Luftdruck hinter mir zunahm.

Wusch! Eine riesige Gestalt schoss über meinen Kopf hinweg. Sogar Bene und Roux duckten sich und starrten nach oben. Und kein Wunder. Ich staunte über den raketenförmigen Körper. Die beiden riesigen, ledrigen Flügel. Über den langen, dicken Schwanz.

„Marius", flüsterte ich.

Dann schrie ich auf und duckte mich wieder, denn er brüllte und zerschlug die angespannte Stille. Die Flammen, die er spie, knisterten fast genauso laut und züngelten in langen, feurigen Streifen über den pechschwarzen Himmel.

Bene grunzte etwas, das ich als *Angeber* interpretierte, und stieß mich zurück.

Marius flog so tief über dem Boden, dass er sofort aus meinem Blickfeld verschwand. Ein weiteres Brüllen erschütterte die Nacht und ein erneuter Feuerball erhellte den Himmel. Henrik tauchte aus dem Gebüsch wieder auf. Ein Blatt steckte in seinem Haar und er zeigte aufs Haus.

„Lauf schon! Lauf!"

Ich rannte los. Bene, Roux und Henrik bildeten einen Ring um mich wie Geheimdienstagenten. Mein Herz raste, während ich sprintete. Was ging hier vor sich?

Sekunden später schoss ich über die offene Wiese, fühlte mich gefährlich ungeschützt und gleichzeitig behütet. Ich rannte die Auffahrt entlang, flog die Treppe hinauf und fummelte an der Haustür herum. Ich fiel praktisch hinein und eine Flotte pelziger, mit Reißzähnen versehener Körper stürzte hinter mir her. Henrik schlug die Türen zu, ich drehte den Schlüssel im Schloss und zog zur Sicherheit eine Querstange hinunter. Nur ein Rammbock könnte diese Tür aufbrechen.

Ich trat zwei Schritte zurück und starrte keuchend auf meine kunterbunte Entourage.

Dutzende Fragen schossen mir durch den Kopf. Wo war Marius? Ging es ihm gut? Was war hier los?

„Was zum Teufel war das?", brachte ich schließlich hervor.

Bene und Roux schauten sich an, dann Henrik.

Er fuhr sich mit der Hand durch die Haare, zog ein Blatt heraus und betrachtete es verächtlich.

„Du meinst, *wer* zum Teufel war das?“, murmelte er und schaute Roux an. „Schwer zu sagen. Ich schätze, einer der üblichen Verdächtigen.“

Meine Kinnlade klappte auf. *Übliche?*

Dann dämmerte mir, dass der Eindringling vielleicht nicht zufällig hier gewesen war. Und möglicherweise war er – oder sie oder es – vielleicht gar nicht meinetwegen hier gewesen, sondern wegen meiner Kunden.

Ich sträubte mich und stemmte die Hände an die Hüften. „Ihr habt genau eine Minute Zeit, um euch zu erklären.“

Kapitel 11

MINA

Zwanzig Minuten später befanden sich alle im Salon – außer Marius, der immer noch „auf Patrouille" war, wie Roux es ausdrückte.

Ich stand vor den riesigen hinteren Fenstern und betrachtete den dunklen Himmel. Château Nocturne hatte noch nie eine Patrouille gebraucht. Zumindest hatte ich noch nie davon gehört. Aber jetzt...

Ich verfluchte Henrik leise und gab ihm grundlos die Schuld. Nun, abgesehen davon, dass er ein Vampir war, sich in den Dachboden über meinem Schlafzimmer geschlichen hatte und mich schon die ganze Woche, seit er angekommen war, in Angst und Schrecken versetzt und nervös gemacht hatte. Aber ansonsten...

Ich holte tief Luft und erinnerte mich daran, dass er gerade einen Eindringling vertrieben hatte – für mich.

Dann runzelte ich die Stirn und warf ihm einen Blick zu. Hatte er es für mich getan... oder aus einem anderen Grund?

Das war das Problem mit Vampiren. Ihre Bündnisse wechselten ständig und es war unmöglich zu sagen, auf wessen Seite sie standen – außer natürlich auf ihrer eigenen.

„Hier." Roux drückte mir ein Glas in die Hand.

Ich wandte mich widerwillig vom Fenster ab und roch gedankenverloren an dem Getränk. „Danke."

Bene hockte neben dem Kamin und stapelte Kleinholz und Holzscheite auf. Und wow, der Typ hatte einen fantastischen Hintern. Nicht, dass ich hingeschaut hätte, aber ich konnte nicht *nicht* hinsehen, wenn er so dahockte.

Henrik stand am Klavier und starrte nachdenklich in sein Whiskyglas. *Freund oder Feind?* Ich fragte mich zum hundertsten Mal. *Freund oder Feind?*

Roux pirschte – keine Überraschung – auf und ab, hin und her. Der Mann war wie eine Gewitterwolke, die in einem sich ständig steigernden Sturm von einer Wand des Salons zur gegenüberliegenden Seite donnerte.

„Perfekt", murmelte Bene und hielt seine Hände über das knisternde Feuer.

Natürlich würde der fröhliche Löwengestaltwandler das Positive in allem sehen.

Er und Roux waren verschwunden – zum Glück nacheinander, damit ich nie mit Henrik alleinblieb –, um sich in ihre menschliche Gestalt zu verwandeln und sich wieder anzuziehen. Dennoch hing der Geruch von taufeuchtem Fell in der Luft und wurde vom Luftzug des knisternden Feuers getragen.

Beide Katzen waren wütend über den Eindringling und besorgt um mich. Anscheinend betrachteten sie mich jetzt als Teil ihres Reviers. Ich wusste nicht, ob ich mich geehrt oder beleidigt fühlen sollte.

„Also, wer – oder was – war das?", fragte ich und manövrierte mein Getränk vorsichtig, während ich die Arme verschränkte.

Bene und Henrik schauten Roux an und ich registrierte dieses kleine Detail. Marius' Abwesenheit schien die Autorität des Tigers subtil zu stärken, obwohl ich nie gesehen hatte, dass Marius Roux offen herausgefordert hätte. Ich nahm an, dass die anderen einen Anführer erkannten, wenn sie einen sahen, und das hatte den Nebeneffekt, dass es Roux ein oder zwei Stufen herunterstufte.

Armer Roux. Er gab sich so viel Mühe, die Bande unter Kontrolle zu halten. Er war auch gut darin – solange die anderen mitspielten. Zu schade, dass Disziplin nicht ihre Stärke war.

Roux nickte in Richtung Henrik. „Du warst am nächsten dran. Was denkst du?"

Henrik runzelte die Stirn. „Ich konnte es nicht genau sehen, aber ich vermute, es war Szabo."

Die Rangelei im Gebüsch spielte sich in meinem Kopf noch einmal ab, zusammen mit dem Geräusch flüchtender Schritte.

„Wer ist Szabo?", fragte ich.

„Ein Vampir." Henrik betrachtete angewidert seine Fingernägel.

Das war kein gutes Zeichen – ein Vampir, auf den mein hinterhältiger, nachtkriechender Kunde herabblickte.

„Ein Karparte", betonte er, als würde das alles erklären.

Roux verdrehte die Augen. Offensichtlich hatte er das alles schon einmal gehört.

„Ein Vampir auf Freundschaftsbesuch... in meinem Garten?", schnauzte ich.

„Das nennst du einen Garten? Wohl eher ein Dschungel", gluckste Bene.

Ich funkelte ihn an. „Es steht auf der Liste."

Er hob die Hände.

„Außerdem hätte ich sterben können", sagte ich.

Henrik gähnte. Anscheinend war meine Nahtoderfahrung für ihn nicht nah genug gewesen.

„Nun, es war kein Freundschaftsbesuch", sagte er mit einer Stimme, die so trocken war wie die zehn Jahre alten Rosen in der Vase neben dem Klavier. „Er hat herumgeschnüffelt."

„Herumgeschnüffelt, weil...?" Ich machte eine ungeduldige Handbewegung.

Henrik zuckte mit den Schultern. „Die Gedanken eines Karpaten zu lesen, ist wie die Gedanken eines Menschen zu lesen." Er fuchtelte mit den Händen durch die Luft. „Da oben herrscht nichts als Chaos, wenn überhaupt etwas drin ist." Dann sah er mich an und fügte schwach hinzu: „Nichts für ungut."

Ich warf ihm einen finsteren Blick zu.

Er starrte mir in die Augen und erstarrte dann. „Moment. Warum kann ich deine Gedanken nicht lesen?"

„Warum versuchst du es überhaupt?", gab ich zurück.

Er zuckte mit den Schultern. „Aus Gewohnheit, nehme ich an."

„Nun, dann breche sie", murmelte ich und kehrte zum Thema zurück. „Woher kennst du Szabo?"

Die Tür flog auf und Marius kam herein. Er hatte sich verwandelt und angezogen, aber wow. Was seine *Aura* anging, war er immer noch ganz Drache, wie er in mein Wohnzimmer stürmte. Ein riesengroßer, sehr wütender Drache.

Sein Blick schweifte durch den Raum und blieb dann auf mir haften. Eine Welle von Emotionen folgte und *bumm!* Ich griff nach der Rückenlehne eines Sessels, bevor ich stolperte.

Mein erster Instinkt war Wut und seiner vielleicht auch, denn das war es, was auf die Erleichterung folgte, wenn man sich um jemanden sorgte, der einem nahe stand.

Moment. Jemand, der einem nahe stand? Ich kannte den Mann kaum und er mich auch nicht.

Ich atmete lang und zittrig aus und dachte mir, dass jetzt nicht der richtige Zeitpunkt war, darüber nachzudenken.

Alles ist in Ordnung. Ich versuchte mein Bestes, um eine coole, ruhige Ausstrahlung zu vermitteln. Denn... nun, ein Drachengestaltwandler stand verdammt nah an der Vitrine meiner Großmutter. Auch noch aus anderen Gründen, wie diesem unerklärlichen, sehnsüchtigen Schmerz in meinem Herzen.

Alles ist in Ordnung. Ich drängte die unausgesprochenen Worte in seinen Kopf. *Ich bin stinksauer, aber alles ist in Ordnung.*

„Hast du ihn erwischt?", fragte Bene in einem beiläufigen Tonfall, so als würde er sich erkundigen: *Hast du die Zeitung geholt?*

Marius richtete seinen durchdringenden Blick auf das Fenster. „Nein, aber ich schwöre, das werde ich."

Ich fragte mich, wie viele Kilometer er geflogen war – und wie viele Hektar Wald er dabei in Brand gesetzt hatte. Ich spähte nach draußen und schnupperte nach Rauch, während ich mir eine apokalyptische Landschaft vorstellte, wo einst meine Gärten gestanden hatten. Verwilderte Gärten, aber trotzdem.

Dann seufzte ich. Das Château war in der Feuerversicherung wahrscheinlich mehr wert als tatsächlich... wenn ich die letzte Zahlung rechtzeitig geleistet hätte.

Ich nahm mir vor, das *tout de suite* zu überprüfen.

„Er ist in Richtung Stadt abgehauen", knurrte Marius.

„Wer?" Bene, Roux, Henrik und ich fragten alle gleichzeitig.

Marius schüttelte bitter den Kopf. „Ich bin mir nicht sicher. Vielleicht Szabo?" Er warf Henrik einen vielsagenden Blick zu.

Führten der Vampir und Szabo, wer auch immer das war, eine Fehde gegeneinander? Hatte er dieser Bande schon einmal Ärger eingebracht?

Szabo, wer? wollte ich schreien.

„Auf jeden Fall ist er in Richtung Stadt verschwunden", schloss Marius.

„Und du bist ihm nicht gefolgt?", bellte Roux.

„Was, so?" Marius streckte seine Arme aus und fletschte die Zähne, als müsste jemand an seine zweite Seite erinnert werden. Dann schnaubte er. „Klar. Tolle Idee. Ich hätte ihm direkt durch die Stadt folgen können. Vielleicht hätte ich ihn sogar abfackeln können, während er durch die Straßen rannte. Du weißt schon, vor aller Augen."

Bene gluckste. „Nicht in dieser Stadt, Mann. Hier sind alle um neun im Bett."

Das stimmte, aber Marius hatte dennoch recht, und das sagte ich auch.

„Er hat das Richtige getan. Wir können nicht riskieren, dass jemand in der Stadt ungewöhnliche Beobachtungen meldet."

Marius verschränkte die Arme und warf Bene einen selbstgefälligen Blick zu.

Bene schnaubte. „Was, wie lange Feuerschwaden am Himmel?"

Marius baute sich über ihm auf und streckte die Brust heraus. Die Haare an Benes Kinn wurden dichter, und...

Ich streckte meine Hände aus, da ich spürte, dass sich eine Rangelei anbahnte – oder Schlimmeres. „Oh nein, das werdet ihr nicht tun."

Ich war jedoch so vernünftig, mich nicht zwischen sie zu stellen. Das war eine Lektion, die ich niemals vergessen würde.

Ich deutete mit dem Daumen über meine Schulter. „Wenn ihr kämpfen wollt, geht nach draußen."

Roux schlug mit den Händen wie mit zwei Messern durch die Luft. „Hier wird nicht gekämpft. Wir sind keine Feinde."

Nun, sie benahmen sich aber so.

„Der Feind ist dort draußen", betonte Roux und zeigte hinaus.

Ein Schauer lief mir über den Rücken. Ein Eindringling war schon unheimlich genug. Ein Feind war noch schlimmer.

Aber ich hatte keine Feinde. Meine Großmutter auch nicht.

„Moment mal", knurrte ich. „Wessen Feind?"

Ich schaute von Bene zu Roux, dann zu Henrik und schließlich zu Marius.

„Wessen Feind?", forderte ich.

„Seiner", sagten sie alle gleichzeitig und zeigten jeweils auf jemand anderen.

„Oh, um Himmels willen..." Ich kippte einen großen Schluck meines Getränks hinunter.

Der Cognac brannte in meiner Kehle und ich verschluckte mich.

Bene klopfte mir auf den Rücken. Das half nicht wirklich, aber es war der Gedanke, der zählte.

„Hey, hey. Vorsichtig mit dem Zeug."

Ich fasste mich wieder und dankte ihm... dann bekam ich einen erneuten Hustenanfall.

Bene klopfte mir weiter auf den Rücken und wandte sich an die anderen. „Mina hat recht. Sie ist viel zu harmlos, um Feinde zu haben."

Ich hustete immer noch, ballte jedoch eine Faust. Ich würde ihm zeigen, wie harmlos ich war...

Aber Roux nickte bereits, verdammt. „Er hat recht. Es muss einer von uns sein."

Jeder einzelne von ihnen starrte Henrik an, der seine Hände in die Höhe riss.

„Warum immer ich?"

Bene zuckte mit den Schultern. „Weil du du bist."

„Nun, es könnte auch eine deiner Feinde gewesen sein." Henrik zeigte mit dem Finger auf Marius. „Wie diese, wie heißt sie doch gleich – Celeste."

Marius' Augen verdunkelten sich und er biss die Zähne zusammen. Offensichtlich hatten die beiden eine Art Vorgeschichte.

Ich ballte meine Fäuste fester. Celeste klang reich. Wunderschön. Verführerisch.

Ich hasste sie bereits.

„Oder dieser Colonel, den du verärgert hast", wandte sich Henrik an Roux.

„Der korrupte Colonel", brummte der Tiger.

„Oder diese schwarze Witwe einer Frau, mit der du, Dümmling, herumgemacht hast", wandte sich Henrik nun an Bene.

Ich spitzte die Ohren. Es fiel mir schwer, mir vorzustellen, dass der gutartige Löwengestaltwandler sich jemanden zum Feind gemacht haben könnte, abgesehen von den Vätern – oder eifersüchtigen Ehemännern – all der Frauen, die er im Laufe der Jahre in sein Bett gelockt haben musste.

Die Glücklichen, seufzte ein schmutziger Teil meines Verstandes. Nicht dass er mein Typ gewesen wäre.

Mein Blick huschte von selbst zu Marius und mein Körper wurde sofort heiß.

Zum Glück klingelte gerade in diesem Moment mein Handy. Ich hatte es auf dem Couchtisch liegen gelassen und das Summen ließ es an seinem Platz vibrieren.

Alle hielten inne und starrten es an.

Ich auch. Es war spät. Wer würde um diese Uhrzeit anrufen?

Ich näherte mich langsam und stellte mir eine heisere Stimme vor, die mir mit... was drohte?

„Bitte lass es nicht Gordon sein", murmelte Bene, als ich auf die Anzeige schaute.

Roux' gequälter Gesichtsausdruck spiegelte den von Bene wider. Henriks auch. Marius sah geradezu mörderisch aus.

Ich runzelte die Stirn, nahm den Anruf entgegen und behielt die Männer vor mir im Blick.

„Hallo?"

Ich erstarrte bei der Antwort, fasste mich dann wieder, und hielt meinen Blick auf die Männer gerichtet, als ich sprach.

„Oh, hallo Gordon. Wie geht es dir?"

Kapitel 12

MINA

Es wurde still im Raum, als ich Gordon begrüßte, und alle beugten sich vor.

„Hallo Mina. Wie läuft es?"

Das Telefon war zwar nicht auf Lautsprecher gestellt, aber die tiefe, wie in-einem-Eichenfass-gereifte Stimme meines Patenonkels dröhnte durch die Leitung und hallte durch den Raum.

Ich warf Roux einen Blick zu und berührte mein Auge. „Oh, alles bestens."

Marius knurrte leise und der Tiger biss sich auf die Lippe.

Henrik warf einen vielsagenden Blick auf die antike Uhr über dem Kamin und ich folgte seinem Blick. Dreiundzwanzig Uhr. Eine seltsame Zeit für einen freundschaftlichen Anruf.

„Hallo?", fragte ich nach einer langen Pause am anderen Ende der Leitung. War unsere Verbindung abgebrochen?

„Entschuldige, ich bin noch dran", antwortete Gordon hastig. „Ich war nur... "

Überrascht, sagte sein Tonfall.

„... abgelenkt", war das Wort, das er wählte. „Und ich wollte mich nach deinen, ähm... deinen Gästen erkundigen. Ist diesbezüglich alles in Ordnung?"

Ich dachte daran, wie Henrik durch den Dachboden geschlichen war. Raubtiere, die einen Hindernisparcours absolvierten. Am schlimmsten war jedoch der Eindringling – ein feindlicher Vampir – in meinem Garten.

„Nichts Ungewöhnliches?", fuhr mein Patenonkel fort.

Ha. Womit sollte ich anfangen?

Ein Drache, ein Vampir und zwei Katzen starrten mich schweigend an.

Dann runzelte ich die Stirn. *Warum* starrten sie mich an?

Ich drehte mich weg. Das war mein Anruf, nicht ihrer, verdammt. Es war auch mein Zuhause. Ich hatte es satt, dass diese Typen sich in meine Angelegenheiten einmischten…

„Tatsächlich… “, begann ich, aber Bene riss seine Hand hektisch durch die Luft.

Ich drehte mich in die andere Richtung, aber dort sah ich die anderen wieder. Roux drückte einen Finger fest auf seine Lippen.

„Ähm… “ Ich zögerte. Warum wollten sie nicht, dass ich den Eindringling erwähnte?

„Ich bin heute Abend im Garten spazieren gegangen… “, fuhr ich fort.

Roux zuckte zusammen und Henriks Augen leuchteten rot. Bene rang mit den Händen.

Ich war bereit, sie alle zu ignorieren, aber mein Blick fiel auf Marius, und zum ersten Mal wurde ich nicht in eine Traumwelt katapultiert.

Gefahr! Gefahr! warnten mich seine stürmischen Augen.

„Ja?“, fragte Gordon ungeduldig.

Ich schluckte schwer und hielt meinen Blick auf Marius gerichtet.

Er schüttelte knapp den Kopf. *Tu es nicht. Bitte.*

„Es war wunderschön. All die Sterne… “, sagte ich.

Roux und Bene atmeten auf. Henrik sah etwas weniger mörderisch aus und Marius nickte mir zu. Ein winzig kleines Nicken, das mich irgendwie lächerlich stolz machte.

„Es war so friedlich. Großmutter ging jeden Abend spazieren, und es erinnerte mich an all die Male, als ich mit ihr spazieren war.“

Bene zeigte mir einen Daumen hoch, obwohl ich immer noch verwirrt war. Gordon war ihr Boss. Würden sie ihm nichts von dem Eindringling erzählen wollen?

Ich runzelte die Stirn bei dem Gedanken. Nicht mein Eindringling, verdammt. *Ihrer.* Ich hatte nichts damit zu tun.

Außer natürlich, dass ich doch etwas damit zu tun hatte, denn der Eindringling hatte sich in *meinem* Garten herumgetrieben.

„Im Garten? Nachts?", kreischte Gordon regelrecht.

Ich zuckte zusammen und zog das Telefon von meinem Ohr weg.

Gordon war einer der ausgeglichensten und gelassensten Menschen, die ich kannte. Er war zu Besuch gewesen, als ich meiner Großmutter erzählte, dass ich einen Sommer lang ehrenamtlich in Senegal arbeiten würde, und während sie völlig durchgedreht war, zuckte er nicht einmal mit der Wimper.

Das Mädchen hat Verstand, sagte er ganz ruhig. *Lass sie losziehen und die Welt kennenlernen.*

Senegal war in Ordnung, aber mein Garten nicht?

„Meine Liebe, die Welt ist nicht mehr das, was sie einmal war", warnte er mich.

„Gordon, wir sind hier in Frankreich auf dem Land, und ich habe jetzt vier große, stämmige Untermieter."

Bene klopfte sich unbescheiden auf die Brust, während Roux eine steife militärische Pose einnahm, die sagte: *Allerdings hast du die.*

„Untermieter oder nicht, ich rate dir dringend, vorsichtiger zu sein", sagte Gordon.

„Auf meinem eigenen Grundstück?"

„Ein sehr großes, sehr abgelegenes Grundstück", gab Gordon zu bedenken. „Wenn dort etwas passieren würde, würde niemand es je erfahren."

Oha. Jetzt machte er mir Angst. Groß... abgelegen... niemand in der Nähe, der beobachten könnte, was vor sich ging...

Vielleicht genau der Grund, warum er es als Stützpunkt für seine Leibwächter ausgewählt hatte?

„Nun, ich werde in Zukunft vorsichtiger sein", sagte ich, als müsste ich überzeugt werden.

„Was die Untermieter angeht...", wechselte Gordon das Thema. „Ich vertraue darauf, dass sie sich benehmen?"

Alle Männer verspannten sich.

Ich zögerte, ließ sie ein paar Sekunden lang schwitzen und lachte dann leise ins Telefon.

„Es ist genauso, wie ich es dir gesagt habe. Als Lehrerin der fünften Klasse ist man auf alles vorbereitet. "

Roux und Henrik sahen beleidigt aus. Bene unterdrückte ein Lachen.

Marius' Lippen zuckten und ich grinste. Junge, würde ich ihn gern einmal richtig lächeln sehen.

Aber er unterdrückte es, flüsterte Roux etwas zu und verschwand im Flur. Ein trauriges Wolfsheulen stieg in einer Ecke meiner Seele auf, wie immer, wenn er den Raum verließ.

„Sie haben sich gut eingelebt", fuhr ich fort und versuchte, mich auf Gordon zu konzentrieren. „Ich glaube, sie haben alles, was sie brauchen. "

„Und was ist mit dir? Hast du alles, was du brauchst? "

Ich schaute zu der Tür, durch die Marius gegangen war.

Ja? Nein?

„Alles in Ordnung", log ich und fummelte an der Polsterung meines Sessels herum.

„Nun, ich bin froh, das zu hören", erklärte Gordon.

Erleichtert traf es wohl eher. Hatte er so geringe Erwartungen an meine Untermieter, oder hatte seine Erleichterung etwas mit dem Eindringling zu tun?

Henrik machte eine Geste mit der Hand, als würde er jemandem die Kehle aufschlitzen. Ich verdrehte die Augen. Nur ein Vampir würde die Geste, ein Leben zu beenden, benutzen, um anzudeuten, ein Telefonat zu beenden.

Trotzdem entschied ich, dass er recht hatte.

„Nun, danke, dass du dich gemeldet hast. " Ich täuschte ein Gähnen vor. „Es ist schon etwas spät hier, also... "

„Entschuldige die Störung, meine Süße. Pass auf dich auf. "

„Du auch. Wir hören uns bald", versicherte ich ihm. „Und nochmals vielen Dank. Für alles. "

Ich schuldete ihm so viel. Mehr, als ich jemals wiedergutmachen könnte.

„Es ist mir ein Vergnügen, meine Süße", sagte Gordon und klang dabei wieder wie der Mann, den ich kannte.

„Gute Nacht", sagte ich.

„Gute Nacht", wiederholte er.

Ich legte auf und schaute in die Runde.

„Also?", fragte ich schließlich.

„Also, was?", fragte Bene unschuldig.

Ich warf ihm einen Blick zu und wandte mich dann an Roux. „Was hatte es damit auf sich?"

Er schaute auf den Boden, als würde er einen vollständigen Bericht verfassen. Ich warf einen Blick auf die Uhr und wedelte dann ungeduldig mit der Hand.

„Die Kurzfassung, bitte."

„Kurzfassung..." Er rieb sich das Kinn.

„Wie sehr vertraust du Gordon?", sprang Bene für ihn ein.

„Zu sehr", maulte Henrik und antwortete für *mich*.

„Sagt der Nachtkriecher", murmelte ich zurück.

Bene lachte. „Der war gut."

Henrik sah nicht gerade erfreut aus, aber ich war zu genervt, um mich darum zu sorgen.

„Ich vertraue Gordon mit... allem", sagte ich, gerade als Marius mit einer Keksdose in den Händen wieder auftauchte.

„Vielleicht hat Gordon dich deshalb ausgewählt", sagte er und kaute nachdenklich.

„Oh! Sind das Macarons?" Bene griff danach.

Ich lachte. „Und ich dachte, Frustessen wäre eine Frauensache."

„Treibstoff für den Geist."

Ha. Das glaubte ich gern.

Ich schnappte mir ein Macaron in derselben Farbe wie seines und machte mir eine mentale Notiz. Himbeergeschmack. Marius' Lieblingssorte?

Dann kehrten meine Gedanken zurück zu dem, was er gerade gesagt hatte.

„Was meinst du damit, warum Gordon mich ausgewählt hat?", fragte ich. „Er war immer gut zu mir. Er hat meiner Familie nach dem Tod meines Vaters beigestanden. Er hat mir geholfen, an die Uni zu gehen, und er hat sogar meine Weihnachtsflüge bezahlt, damit ich meine Großmutter hier besuchen konnte, als ich es mir nicht leisten konnte."

„Warum?", fragte Henrik, sichtlich misstrauisch.

Ich schnaubte. Es war wirklich traurig, wie manche Leute mit einer so deprimierenden Weltanschauung lebten.

Andererseits war er ein Vampir.

„Mein Vater und Gordon waren beste Freunde", erklärte ich. „Ich war vierzehn, als mein Vater starb, und Gordon sprang ein, um bei vielen Dingen zu helfen."

Benes Kehlkopf wippte, als er schluckte, und sogar Henriks Gesichtsausdruck wurde etwas weicher.

„Ohne ihn hätte meine Familie mit so viel mehr zu kämpfen gehabt. Er hat mir einen großen Gefallen damit getan, den Westflügel für euch vier zu mieten." Ich schüttelte nachdrücklich den Kopf. „Gordon würde niemals etwas tun, was mich in Gefahr bringen könnte."

Marius schnaubte. „Er hat uns geschickt, nicht wahr?"

„Nun, ihr habt mir noch nichts getan."

Bene schnaubte. „Abgesehen von dem blauen Auge, das Roux dir verpasst hat..."

„Daran hatte der Vampir Schuld", murrte Roux.

„Ganz zu schweigen von diesem Nachtkriecher hier, der sich durch deinen Dachboden geschlichen hat", sagte Bene und zeigte auf Henrik, der schnaufte.

„Vampire kriechen nicht."

Aber sie schlichen tatsächlich herum.

„Der Punkt ist, ihr würdet mir nicht absichtlich etwas tun, oder?", fragte ich und erschauderte dann. Vielleicht würden sie das.

Niemals, Marius' Augen blitzten auf.

„Natürlich nicht", sagte Roux. „Aber unsere Anwesenheit hier bringt dich in Gefahr."

„Würde mich eine Gruppe Leibwächter nicht eher schützen?", argumentierte ich.

Roux und Henrik starrten mich an. Bene lachte laut.

„Leibwächter? Hat er dir das erzählt?"

Nun, das verhieß nichts Gutes.

„Ähm... ja", piepste ich.

Marius fluchte leise. „Verdammter Gordon..."

„Lady, wir sind keine Leibwächter", witzelte Bene.

Meine Gedanken überschlugen sich. Keine Leibwächter? Warum trainierten sie dann den ganzen Tag? Sprangen über

Hindernisse, übten Nahkampf, seilten sich vom Dach ab, probierten verschiedene Methoden aus, um gewaltsam einzudringen...

Dann dämmerte es mir und ich kreischte. „Ihr seid Söldner?"

„Ich bevorzuge *Sicherheitsdienstleister*", sagte Bene. „Söldner klingt so... "

„Unethisch? Illegal?", warf ich ein.

Roux und Bene schauten verärgert, während Henrik und Marius wenig Reue zeigten.

„Wer ist unethisch – wir oder der Mann, der uns anheuert?", fragte Henrik.

„Beide!", Platzte ich heraus, ohne nachzudenken.

„Bingo." Bene zeigte auf mich.

Oh je. Er meinte meinen Patenonkel.

„Aber... aber... "

Bene tätschelte meinen Arm. „Ich bin sicher, er ist ein sehr netter Kerl... "

Henrik knurrte und Roux verlagerte unruhig sein Gewicht auf dem Sessel.

„... zumindest zu dir", fügte Bene mit einer wichtigen Einschränkung hinzu.

„Warum sollte Gordon Söldner brauchen?", fragte ich. „Er betreibt ein Importexportgeschäft... " Ich hielt inne und stieß dann einen langen, ausgedehnten „Ohhh"-Laut aus.

Bene reichte mir ein Macaron.

Ich hatte Gordon nie viel über sein Geschäft gefragt. Ich wusste nur, dass er sich auf seltene Autos und andere Luxusgüter konzentrierte.

Ich zuckte zusammen, denn *Luxusgüter* könnten alles Mögliche umfassen. Und, hmm. Ich hatte mich immer gefragt, warum Gordon mir trotz seiner unerschütterlichen Unterstützung nie eines der Praktika angeboten hatte, von denen er gelegentlich sprach. Er hatte auch meine Schwester und meine Cousine nie gefragt, obwohl er uns in jeder anderen Hinsicht unterstützt hatte.

Ich schluckte und griff nach Strohhalmen. „Gordon war immer gütig und großzügig. Er würde mich niemals in etwas Schlimmes verwickeln."

Marius zeigte auf den Garten. „Hat er jetzt aber."

„Schon seltsam, dass er gerade in diesem Moment angerufen hat", fügte Roux leise hinzu.

„Gordon ruft oft an, um nachzufragen, wie es mir geht!", beharrte ich.

„Um diese Uhrzeit?" Roux zeigte auf die Uhr.

„Nein, aber..." Mir ging die Puste aus und selbst das Macaron, das Bene mir anbot, half mir nicht weiter.

Die Männer schauten sich an und schienen sich stillschweigend gegenseitig zu ermutigen, etwas zu sagen.

Was? wollte ich fordern. Was erzählten sie mir nicht?

„Die Sache ist die", sagte Bene schließlich – sanft, als würde er einem Kind eine schlechte Nachricht überbringen. Etwas in der Art von: *Die Zahnfee gibt es nicht.* „Gordon klang, als hätte er mit Schwierigkeiten gerechnet. Als wäre er überrascht gewesen, dass du nichts zu berichten hattest."

Das stimmte, aber warum? Und warum hatten die Jungs so darauf bestanden, dass ich die Wahrheit verheimlichen sollte?

„Wenn er von einem Eindringling gewusst hätte, hätte er mich gewarnt. Oder?", erklärte ich.

Bene kratzte sich an der Schläfe. Marius schaute aus dem Fenster.

„Er hätte es mir gesagt", beharrte ich und wurde dabei lauter.

„Hätte er das?", fragte Roux sanft.

Ich starrte ihn an. „Warum sollte er das *nicht* tun?"

„Das versuche ich gerade herauszufinden", gab Roux zu und griff nach einem weiteren Macaron.

Ich schnappte mir die Dose. Meine Macarons, mein Haus, mein Patenonkel. Ich würde nicht zulassen, dass diese Männer irgendetwas davon in Verruf brächten!

„Ich kann nicht glauben, dass ihr ihn verdächtigt..." Ich stockte. „Was ist der Verdacht?", fragte ich ehrlich verwirrt.

Niemand sagte etwas – typisch für diese vier, besonders wenn es um heikle Themen ging –, also musste ich es selbst herausfinden.

„Ihr glaubt also, Gordon wusste, dass der Eindringling kommen würde?", versuchte ich es.

Ihre Mienen sagten nein und ich riss die Hände hoch. „Offen gesagt, würde ich es wirklich schätzen, wenn ich zur Abwechslung einmal ein paar Informationen im Voraus bekäme."

„Tut mir leid, Vorabinformationen geben wir nicht", sagte Bene. „Das gehört zum Job."

Ach richtig. Sein *Söldner*-Job.

Ich vergrub das Gesicht in meinen Händen. Ich beherbergte Kriminelle. Mörder, soweit ich es wusste. Männer, die behaupteten, mein Patenonkel hätte sie angeheuert und...

Dann dämmerte es mir und ich hob ruckartig den Kopf. „Ihr verdächtigt Gordon, den Eindringling geschickt zu haben? Das ist lächerlich."

„Nein, aber ich würde alles darauf verwetten, dass er wusste, dass jemand kommen würde", sagte Bene, hilfsbereit wie immer.

Henrik nickte und Marius ebenfalls.

„Der Meinung bin ich auch", sagte Roux ganz sachlich.

„Ein Eindringling, geschickt von wem? Um was zu tun?", fragte ich.

Marius verschränkte die Arme und warf Roux einen vielsagenden Blick zu. Der Tigergestaltwandler nickte und sprach dann mit knappem, militärischem Tonfall.

„Das werden wir herausfinden. Ich verspreche es dir."

Kapitel 13

MARIUS

„Also, was meint ihr?", fragte Roux, als wir uns wieder auf dem Rasen vor dem Haus versammelten.

Bene gähnte und streckte sich. „Ich finde, es war eine lange Nacht. Und, verdammt." Er schaute zur Sonne, die bereits ziemlich hoch am Horizont stand. „Und ein langer Morgen."

„Also gut. Geh dich ausruhen, während wir anderen herausfinden, wer Mina letzte Nacht fast umgebracht hätte", knurrte ich.

„Sagt der Letzte, der am Tatort erschienen ist. Willst du wissen, wer als Erster dort war? Ach ja, richtig. Das war ich." Bene klopfte sich auf die Brust.

„Weil ich dich geschickt habe", knurrte ich.

Die Wahrheit war: Wäre ich letzte Nacht nicht draußen gewesen, um Sterne anzuschauen/in mich zu gehen/über Mina zu fantasieren... hätte ich den Eindringling überhaupt nicht bemerkt, und Mina könnte tot sein.

Bei dem Gedanken lief es mir kalt den Rücken hinunter.

Bloß gut, dass irgendetwas mein Unterbewusstsein gekitzelt und meine inneren Alarmglocken ausgelöst hatte.

Nicht nur irgendetwas, erinnerte mich mein Drache. *Mina.*

Das war das Beängstigende daran – nun, eines der beängstigenden Dinge. Ich konnte ihre Emotionen spüren, zumindest die extremen. Was eigentlich nicht möglich sein sollte, es sei denn...

Schicksal, summte mein Drache. *Meine Schicksalsgefä...*

Ich versuchte, diesen Gedanken zu verdrängen, aber er blieb hartnäckig in meinem Kopf und meinem Herzen haften.

Sie gehört uns, beharrte mein Drache.

Nun, das war zumindest die Meinung des Schicksals. Aber ein Typ wie ich war nicht dafür geschaffen, jemandes Gefährte zu sein, schon gar nicht der einer netten Frau aus guter Familie – abgesehen von ihrem Patenonkel, aber der zählte nicht –, die ein ganzes verdammtes Château ihr Eigen nannte. Eine süße, leicht weltfremde Lehrerin, um Himmels willen.

Mein Drache gluckste und sandte mir alle möglichen unangebrachten Bilder in den Kopf. Zum Beispiel, wie sie und ich es so heftig auf einem Schreibtisch trieben, dass der Apfel darauf wackelte und dann hinunterfiel. Stifte, Bleistifte und Notizbücher würden ebenfalls ruckeln und schon bald würde sie vor Ekstase meinen Namen stöhnen.

Wir würden auch stöhnen, versicherte mir mein Drache. *Es wäre so gut.*

Ich hatte keinen Zweifel daran, denn unter dieser kühlen, gelassenen Fassade brodelte eine Seele voller Leidenschaft und Begierde. Leidenschaft und Begierde, die mich jedes Mal quälten, wenn ich zu nahekam – oder mich zu weit entfernte.

„Ob es nun Szabo war oder jemand anderes, er war nicht hinter Mina her", argumentierte Bene.

Vielleicht nicht, aber ihm konnte nicht entgangen sein, wie wir ihr zur Hilfe geeilt waren.

„Nein, aber wenn uns jemand Schaden zufügen will, würde er unser schwächstes Glied angreifen – und das ist Mina", sagte Roux und sprach meine Befürchtungen laut aus.

Sie ist nicht schwach, knurrte mein Drache.

Nein, das war sie nicht. Die Nacht, in der Henrik sich durch den Dachboden geschlichen hatte, hatte das bewiesen. Ich hatte keine Ahnung, was sie getan hatte, aber in einem Moment konnte ich sie noch deutlich dort spüren, wie sie verängstigt in ihrem Bett lag, und im nächsten...

Verschwunden, flüsterte mein Drache ehrfürchtig.

Nun, nicht ganz, aber verschwommen. Da, aber nicht da. Danach kreiste ich noch unzählige Male über dem Château und versuchte herauszufinden, was sie getan hatte.

Offensichtlich verfügte unsere Gastgeberin auch über ein paar übernatürliche Kräfte.

Einzigartig, seufzte mein Drache verträumt.

Bene kratzte mit dem Fuß über den Boden. „Nehmen wir mal an, es war nicht Szabo. Wer – oder was – war es dann?"

„Kein Duft. Das deutet auf einen Vampir hin", stellte Roux fest.

Henrik verzog das Gesicht, protestierte aber nicht.

„Um so nah heranzukommen, benötigt man keine besonderen Fähigkeiten." Roux deutete auf den Wald. „Nicht bei null Sicherheitsvorkehrungen."

Ich unterdrückte ein Knurren. Wir vier waren alle gut ausgebildet, doch niemand hatte letzte Nacht Wache gehalten – und auch in keiner anderen Nacht in der vergangenen Woche.

Nun, das hatte sich jetzt geändert.

Der Morgen war kühl und die Sonne war gerade hinter einer Wolkendecke verschwunden. Doch einen Moment später brach ein greller Lichtstrahl hindurch und wärmte meinen Rücken.

Ich drehte mich um, und hoppla. Es war immer noch bewölkt, aber Mina, die aus dem Haus auf uns zukam, ließ die ganze Welt heller erscheinen.

„Passt auf, was ihr sagt", warnte Bene die anderen, als sie näherkam.

„Gibt es etwas Neues?", fragte Mina und kam mit einem Tablett dampfender Kaffeetassen und Croissants herüber.

„Gott, ich liebe Frankreich." Bene bediente sich und mied dabei sorgfältig die Tasse mit dem Aufdruck der blauen Pferde – Minas Lieblingskaffeetasse und strengstens tabu. „Sag Gordon, dass ich alle meine zukünftigen Aufträge hier haben möchte, okay?" Dann zuckte er zusammen, als sich Minas Miene verdüsterte. „Oder vielleicht auch nicht", murmelte er.

Ich streckte mein Kinn vor. Wenn Löwen mehrere Gehirnzellen hätten, hätte mich das überrascht. Oder vielleicht waren neunundneunzig Prozent davon für die Fellpflege gedacht, so dass nur ein Prozent für alles andere übrigblieb.

„Leider gibt es nichts Neues zu berichten", gab Roux zu.

Mina schnaubte. „Ihr wart die ganze Nacht und fast den ganzen Morgen hier draußen unterwegs und habt nichts gefunden? Entweder muss Gordon euch alle feuern oder ihr lügt."

Bene seufzte. „Er lügt."

„Ach was." Sie drückte Henrik das Tablett in die Hände und schnappte sich ihren eigenen Kaffee und ihr Croissant. Dann zeigte sie mit dem Croissant auf den Garten. „Zeigt es mir."

Zeigt es mir bedeutete, dass jemand anderes vorangehen sollte, aber es war Mina, die mit uns in einem Tempo dorthin marschierte, das deutlich machte, wie ernst sie es meinte.

Ich verbarg ein Grinsen und folgte ihr mit meinem eigenen Kaffee und Gebäck.

„Sehe ich etwa aus wie ein Kellner?", murrte Henrik hinter uns.

„Jetzt schon", gluckste Bene über seine Schulter.

„Hey, wo ist Claudette?", fragte Roux. „Sollte sie nicht beim Frühstück helfen?"

„Angeblich hat sie die Stadt verlassen", murmelte Mina.

Ich atmete aus. Ich hatte genug davon, dass Claudette mich ständig anbaggerte, ganz zu schweigen davon, dass sie sich auch an die anderen heranmachte. Also, *uff.*

„Lag es an uns?" Bene sah verletzt aus.

Mina schnaubte. „Eine gute Vermutung, aber in diesem Fall wahrscheinlich nicht. Claudette hat den Ruf, ein wenig, ähm... spontan zu sein."

Man konnte sich auf Mina verlassen, eine nette Umschreibung für *unzuverlässig* zu finden. Ich konnte mir gut vorstellen, wie sie zurückhaltende Zeugnisse verfasste. Was würde in meinem stehen?

Muss lernen, seine Impulse zu zügeln... Soziale Kompetenzen noch in der Entwicklung...

In Benes würde wahrscheinlich stehen: *Sollte sich mehr darauf konzentrieren, aufmerksam zu sein,* und in Roux': *Starke Führungsqualitäten und Verantwortungsbewusstsein, aber ich würde Aktivitäten empfehlen, die nicht direkt mit Leistung verbunden sind.* Was Henrik betraf, würde sie wahrscheinlich etwas sagen wie: *Er sollte sich bemühen, mit Gleichaltrigen auf eine Weise zu interagieren, die gegenseitiges Wohlbefinden fördert.*

Bei ihrem Tempo erreichten wir den Garten in kürzester Zeit und sie ließ nicht locker, bis wir uns dem verfallenen Springbrunnen näherten.

„Also, ich stand ungefähr hier... " Sie wurde langsamer, blieb stehen und zeigte auf das Gebüsch. „Und er – oder sie – war dort drüben. Habt ihr diesen Bereich schon geprüft?"

„Natürlich haben wir das", brummte Roux.

Mina trank einen weiteren Schluck Kaffee, stellte ihre Tasse auf den Rand des Brunnens und stürmte in Richtung Gebüsch.

„Temperamentvoll, nicht wahr?", gluckste Bene, während Roux ihr hinterhereilte.

„Das ist ein Wort dafür", murrte Henrik, der endlich aufgeholt hatte.

Ich eilte Mina hinterher und fand sie hinter den Büschen, wo sie den Boden untersuchte.

„Was ist damit?" Sie klopfte auf eine zertrampelte Stelle. „Oder damit?"

Roux gefiel es offensichtlich nicht, von einer Lehrerin verhört zu werden. Sie mochte sich zwar gut mit Mathematik, Rechtschreibung und Sozialkunde auskennen, aber was wusste sie schon vom Fährtenlesen?

Offen gesagt mehr, als ich erwartet hatte, denn die Stellen, auf die sie hinwies, waren auch Roux aufgefallen, und er war der beste Fährtenleser unter uns.

„Die haben wir schon geprüft", sagte er. „Jemand war da, aber es gibt keinen Duft."

„Also ein Vampir", überlegte Mina.

Roux und ich warfen uns überraschte Blicke zu.

„Du weißt mehr über übernatürliche Wesen, als ich dachte", sagte er.

„Du hättest die Partys sehen sollen, die meine Großmutter früher veranstaltet hat", murmelte Mina, immer noch auf den Boden konzentriert.

„Deine Großmutter, die...?", versuchte es Roux.

Mina zögerte und überließ es mir, die Lücke mit meinen eigenen Vermutungen zu füllen.

Fuchsgestaltwandlerin? Sie war so gerissen. Wolf?

Drache? summte mein inneres Biest hoffnungsvoll.

„Meine Großmutter, die Gastgeberin", sagte Mina und wich der eigentlichen Frage aus. Dann klopfte sie erneut auf den Boden. „Wie schwer war der Vampir? Kannst du das sagen?"

Roux nickte. „Jemand meiner Größe."

Oder meine Größe, knurrte ich fast, als sie ihn musterte. Nicht, dass ich eifersüchtig wäre oder so.

„Also wahrscheinlich keine Frau", schlussfolgerte sie.

„Henrik ist hier auch vorbeigekommen, also sehen wir zwei Spuren, was die Beurteilung erschwert", sagte Roux. „Aber ja. Wahrscheinlich keine Frau."

Mina folgte dem Pfad der zertrampelten Vegetation. Das führte sie – und uns in ihrem Gefolge – durch den chaotischen Garten und auf den Nordrasen.

„Gibt es Anzeichen dafür, dass er von der Straße kam?" Sie blickte auf die lange, von Bäumen gesäumte Auffahrt.

„Nein. Er kam und ging durch den Wald", sagte Roux entschlossen. Wir hatten das Gebiet alle sorgfältig abgesucht und waren zu dem gleichen Schluss gekommen.

„Also ist er wahrscheinlich allein gekommen", überlegte Mina. „Es hat ihn also zum Beispiel kein Komplize hierhergebracht."

„Danach sieht es aus, Sherlock", schnauzte Roux.

Mina warf ihm einen spitzen Blick zu und er hob die Hände.

„Entschuldige. Es war eine lange Nacht."

„Ich weiß es zu schätzen, dass ihr so lange draußen geblieben seid, um Informationen zu sammeln", sagte sie ruhig. „Aber ich würde es noch mehr schätzen, wenn ihr diese Informationen mit mir *teilen* würdet."

Er nickte matt und führte sie zum Wald, wobei er unterwegs auf verschiedene Stellen zeigte.

„Seine Spuren beim Hin- und Rückweg überschneiden sich. Hier, hier und hier sind Spuren, aber nirgendwo ist eine Fährte zu finden."

Die Büsche hinter uns raschelten und Mina wirbelte herum und hob die Fäuste.

„Entschuldigung, nur wir", sagte Bene, der mit Henrik auftauchte.

Langsam senkte Mina ihre Hände. Hier zu sein, machte sie also nervös, aber das hatte sie nicht davon abgehalten, sich selbst ein Bild zu machen.

Ich bezweifle, dass diese Frau irgendetwas aufhalten kann, seufzte Roux in meinem Kopf, als er meine Gedanken gelesen hatte.

Eine gute Erinnerung für mich, meine mentale Barriere aufrechtzuerhalten.

Damit ich nicht herausfinde, dass du auf die Lehrerin stehst? stichelte er.

Ich stehe nicht auf sie! knurrte ich so heftig in seine Gedanken zurück, dass er einen Schritt zurückwich.

Na sicher. Genau. Überhaupt keine Gefühle, murmelte er.

Keine, sagte ich mir. Nichts, was ich nicht bald abschütteln würde... irgendwie.

„Hier entlang?", fragte Mina, die unsere stille Kommunikation nicht bemerkte.

Roux nickte und übernahm die Führung. Er zeigte auf den Weg, dem wir in den vergangenen Stunden schon ein Dutzend Mal gefolgt waren.

„Er kam aus dieser Richtung, aber er floh, nun... "

„Lass mich raten." Mina starrte auf einen hundert Meter langen Streifen verkohlten Waldes. „Er floh in diese Richtung."

Alle standen eine gute Minute lang still da und betrachteten die verkohlten Baumskelette und die schwelenden Vegetationsklumpen.

Ich wurde unruhig.

„Ist er, ähm... " Mina deutete auf die andere Seite der verbrannten Fläche.

„Ist er auf der anderen Seite weitergelaufen?", fragte Roux etwas diplomatisch. „Ja. Dort haben wir seine Spur wieder aufgenommen."

Bene klopfte mir im Vorbeigehen auf die Schulter. „Das ist schon okay, Mann. Jeder hätte ein so großes Ziel verfehlen können."

Mein Knurren sandte sowohl die beiden Katzen als auch Henrik in eine sichere Entfernung. So blieb ich mit Mina allein zurück und blickte auf die Schneise, die ich in ihren Wald gebrannt hatte.

Sie hob einen verkohlten Zweig auf, musterte ihn und deutete auf den verbrannten Streifen.

„Nicht, dass ich dir nicht dankbar wäre", sagte sie und wählte ihre Worte sorgfältig. „Aber könntest du vielleicht das nächste Mal... "

Ich hob eine Augenbraue. „Dich sterben lassen? "

„Vielleicht erst Fragen stellen, und dann Feuerspeien. "

Ich verschränkte die Arme. „Man *fragt* niemanden, der auf deinem Grundstück herumlungert. Man *fordert*. "

Mina presste die Lippen zusammen und wandte sich an Bene, der in der Asche herumstocherte.

„Irgendwelche Beweise? ", rief sie.

Er lachte. „Beweise? Die sind alle verbrannt." Er zeigte mir einen Daumen hoch. „Gute Arbeit, Großer. "

Ich knurrte warnend und riss meinen Kopf nach links in Richtung Straße herum. Alle spannten sich an, als sie dasselbe wahrnahmen.

„Ein Fahrzeug kommt", warnte Bene.

Mina biss sich auf die Lippe und ich berührte ihre Schulter. Ich wollte sie nur beruhigen. Aber *zing!* Selbst diese kleine Berührung ließ Feuerwerke durch meine Adern schießen.

Mina schaute mich mit großen, erschrockenen Augen an und zeigte mir damit, dass sie es auch spürte. Und nicht nur Feuerwerke, sondern auch die wilden Hoffnungen und Fantasien.

Meine Brust füllte sich mit einem warmen, schweren Gefühl und die Welt um mich herum verschwamm, genauso als würde ich fliegen. Besonders hier, rund um Château Nocturne mit seiner friedlichen Landschaft aus Feldern, Weinbergen und Wäldern.

Felder, Wälder und Mina, flüsterte mein Drache.

„Polizeiauto", murmelte Roux.

Seine Stimme schien kilometerweit entfernt zu sein, aber sie reichte aus, um uns aus dem Moment zu reißen. So *richtig* wie eine Welle, die zwei Schiffbrüchige auseinanderriss, und jeden seinem eigenen Schicksal überließ.

Mina eilte voraus. „Lasst mich das regeln. "

Wir folgten ihr, als sie eine Abkürzung zurück zum Haus nahm. Das Polizeiauto erreichte die Haustür vor uns und ein Beamter stieg aus dem Fahrzeug.

Nur einer, flüsterte Henrik in unsere Köpfe. *Wir können ihn leicht ausschalten.*

Das können wir, werden wir aber nicht. Nicht ohne mein Signal, verstanden? bellte Roux streng.

Mina hatte die Beine einer Gazelle – das war kaum zu übersehen – und ging mit großen Schritten auf ihn zu. Das war keine Überraschung. Aber die Art, wie sie ihn begrüßte – nun, die überraschte mich doch.

„Clem!", rief sie freudig.

Als der Polizist sich umdrehte, strahlte er wie ein Weihnachtsbaum. „Mina!"

Ich erstarrte, als sie sich regelrecht in die Arme fielen. Im letzten Moment hielten sie jedoch inne, fassten sich an den Unterarmen und grinsten albern.

Oh-oh, murmelte Bene in die Gedanken der anderen. Laut genug, dass ich es hören konnte. *Mina hat einen Typen.*

Einen jungen, muskulösen, blonden Polizisten. Einer, der zu gut war, um wahr zu sein, wie ein Chippendales-Stripper.

Mina hat keinen Typen. Das kann nicht sein, entschied mein aufgewühltes Inneres.

Und wenn sie doch einen hat, bringen wir ihn um, mischte sich mein Drache ein.

Der Polizist beugte sich vor und küsste Mina zur Begrüßung. Und nicht nur harmlose Luftküsschen. Der Drecksack berührte jedes Mal ihre Wange mit vollem Kontakt.

Ein Knurren stieg in meiner Brust auf, noch bevor der Wind seinen Geruch zu mir hinübertrug.

Wolfsgestaltwandler, brummte mein Drache.

Ein zweiter Geruch haftete dem ersten an, und ich hätte fast geknurrt. Der Geruch von Begierde.

Er wollte Mina. Unbedingt.

Bene packte meinen Arm, bevor ich losstürmen und das Arschloch lebendig rösten konnte.

„Wie schön, dass du vorbeigekommen bist", sagte Mina mit süßem Lächeln und strahlenden Augen. Ganz anders, als sie uns behandelt hatte.

Ja, nun, der Bulle hat wahrscheinlich nicht ihren Wald in Brand gesteckt, sich durch ihren Dachboden geschlichen oder sie geschlagen, flüsterte Bene mir in Gedanken zu.

Das war ein Unfall, verdammt noch mal! grunzte Roux.

Ich schaltete meine Gedanken ab und konzentrierte mich auf diesen idiotischen Polizisten, der aussah, als sollte er in *Baywatch* mitspielen, anstatt in einer winzigen Kleinstadt in der französischen Provinz für Recht und Ordnung zu sorgen.

Ja, nun, bald wird er in seinem eigenen Krimi die Hauptrolle spielen, knurrte mein Drache.

Ich stellte mir vor, wie er irgendwo hinter einer Scheune in einer Blutlache lag. Besser noch, in einem Heuhaufen.

„Leider bin ich aus beruflichen Gründen hier." Als er aufblickte, veränderte sich sein Gesichtsausdruck augenblicklich und er betrachtete uns wie Sträflinge und nicht wie gesetzestreue Bürger.

Okay, vielleicht war *gesetzestreu* etwas übertrieben, aber trotzdem.

„Wie ich sehe, hast du Gäste", knurrte er sichtlich unzufrieden.

„Kunden", erklärte Mina hastig.

Das Wort traf mich wie ein Stich ins Herz. Ich wollte kein Kunde sein. Ich wollte mehr sein.

„Kunden?"

Mina nickte entschlossen. „Kunden. Möchtest du auf ein Getränk hereinkommen?"

Er schüttelte den Kopf. „Leider habe ich keine Zeit. Ich bin wegen eines Brandes hier."

„Ein Brand?" Mina setzte ein falsches Lächeln auf.

Mann, war sie eine schlechte Lügnerin. Zum Glück war Mr. Recht und Ordnung mehr damit beschäftigt, uns anzustarren.

Bene grub seine Finger in meine Schulter und zog mich zur Seite. Ich wehrte mich zunächst, erkannte dann aber, dass es keine so schlechte Idee war, mich gegen den Wind zu stellen. Vor allem als Drachengestaltwandler am Ort eines mutmaßlichen Brandanschlags.

„Ja, ein Feuer. Im Wald. Hast du es nicht gemerkt?", fragte der Beamte.

„Oh. *Dieses* Feuer." Sie schluckte und spielte es dann herunter. „Doch habe ich. Meine Kunden waren so freundlich, hinauszugehen und nachzusehen."

„Haben sie das getan, ja?", brummte Wachtmeister Baywatch.

Roux nickte. „Ich bin kein Experte, aber für mich sah es nach einem Blitzschlag aus. Als wir dort ankamen, war das Feuer bereits erloschen."

„Ein Blitzschlag, was?" Der Polizist musterte ihn misstrauisch.

Zum Glück konnte Roux, anders als Mina, genauso gut lügen wie wir anderen auch. Und er stand gegen den Wind, so dass der Wolf seinen Geruch nicht wahrnehmen konnte.

„Wie gesagt, ich bin kein Experte…" Roux zuckte mit den Schultern.

„Und was machen Sie beruflich, Mr.…"

„Anand. Ich bin Logistikunternehmer", antwortete er geschmeidig.

Der Polizist schaute ihn skeptisch an. „Logistik. Bewegen Sie Waren nach und aus Auberre?"

Fast hätte ich laut gelacht. Auberre war so klein und seine Bevölkerung so alt, dass es in dieser Stadt kaum Bewegung *irgendeiner* Art gab.

Roux lächelte freundlich. „Nein, hier nicht. Wir sind für ein Retreat hier. Sie wissen schon – um Trends in einem sich schnell verändernden globalen Netzwerk zu antizipieren und so weiter und so fort."

Er schaffte es, genau den richtigen Ton zu treffen, um unsere Tarngeschichte zu verkaufen – eine Geschichte, die sich Gordon, der hinterhältige Drecksack, ausgedacht hatte.

Der Satz, den er mir eingebläut hatte, war: *Wir transportieren hochwertige Güter durch riskante Gebiete,* und ich hatte ihn ein Dutzend Mal geübt. Jetzt passte er mir weniger denn je.

„Ein Retreat, was?" Baywatch schaute uns alle an.

Apropos… flüsterte Bene und stieß mich nach hinten.

„Und das Feuer war – wo genau?", fragte Wachtmeister Baywatch.

Mina zeigte in die Richtung. „Da drüben. Möchtest du es sehen?"

„Ja, bitte."

Mein Drache wäre fast aus mir herausgebrochen, als er und Mina auf den Wald zugingen.

„Oh nein, das wirst du nicht tun." Bene packte mich am Arm, als ich ihnen folgen wollte.

Roux trat dazwischen und zischte Bene an. „Ich gehe mit. Bring ihn ins Haus, bevor er noch ein paar Hektar in Brand setzt." Dann ging er Mina und dem Polizisten hinterher und schob seine Hände in die Taschen, wie kein Söldner mit Selbstachtung es jemals tun würde. Was wohl der Sinn der Sache war, vermutete ich.

„Komm mit, Romeo." Bene schob mich zur Haustür. „Lass uns dir etwas zum Frühstück besorgen."

„Ich habe keinen Hunger", knurrte ich.

„Nun dann, besorgen wir mir etwas zu essen. Wir werden bestimmt etwas Fleisch finden, das du zartklopfen kannst oder so."

„Heiden", seufzte Henrik, der hinter uns herging.

„Sagt derjenige, der Blut saugt", murmelte Bene.

Ich ging hinein, weil ich keine andere Wahl hatte. Aber ich blieb am vorderen Fenster kleben, während eine Ewigkeit verging, bevor Mina wieder aus dem Wald auftauchte. Sie lächelte und schüttelte dem Polizisten – diesem Arschloch – die Hand. Dieses Mal gab es keine Küsse, obwohl der Typ darüber definitiv nicht glücklich war.

Zumindest gab mir das einen Funken Hoffnung in Bezug auf Mina.

Dann besann ich mich. Ich wollte keine Hoffnung. Ich wollte sie nicht. Tatsächlich ergab es vollkommen Sinn, dass sie sich auf ihn einließ. Eine Lehrerin und ein Polizist. Sie könnte in der örtlichen Schule arbeiten. Er könnte diese verschlafene Kleinstadt vor Typen wie mir beschützen. Sie könnten zwei Komma drei Kinder haben und glücklich bis ans Ende ihrer Tage leben.

Es ergab Sinn, aber ich konnte es einfach nicht ertragen.

Der Bulle warf Roux einen Blick zu, nahm Mina dann beiseite und flüsterte ihr etwas zu. Sie flüsterte zurück, während Roux beiläufig die Dachlinie des Schlosses bewunderte.

Schließlich nickte Mina, obwohl weder sie noch der Polizist zufrieden aussahen. Er warf dem Château einen letzten misstrauischen Blick zu, bevor er in seinen Streifenwagen stieg – einen erbärmlichen, kastenförmigen Citroën, der eher an *Mr. Mom* als an *Miami Vice* erinnerte, wie ich mit einiger Genugtuung feststellte. Dann fuhr er langsam los, rücksichtsvoll genug, um keine Reifenspuren in Minas Kiesauffahrt zu hinterlassen.

Verdammter Heiliger. Ich runzelte die Stirn.

Roux winkte aus der Ferne, aber der Bulle hatte nur Augen für Mina.

Schließlich verschwand er in der von Bäumen gesäumten Auffahrt. Gut, dass wir den los waren.

Wenn ich diesen Bastard in die Klauen bekomme... knurrte mein Drache.

„Versenke deine Klauen lieber in dem hier." Bene drückte mir einen Teller mit Speck in die Hand.

Ich ignorierte ihn und beobachtete Mina. Sie verschränkte die Arme und starrte lange auf die Auffahrt. Sehnsüchtig? Hoffnungsvoll? Oder war sie, so wie ich, froh, dass er weg war?

Kapitel 14

MINA

Ich stand lange in der Einfahrt und dachte über das nach, was Clement gesagt hatte.

Schau mal, mir gefällt das nicht.

Ha. Damit waren wir schon zu zweit.

Und ich meine, all das hier, hatte er gesagt und in Richtung Haus gewinkt. *Diese Männer. Mindestens einer von ihnen ist ein Gestaltwandler. Die anderen vielleicht auch.*

Ja, das wusste ich. Und ich wusste, dass es riskant war. Aber mal ehrlich. Glaubte er etwa, ich müsste auf das Offensichtliche hingewiesen werden?

Er meinte es gut, aber irgendwie ging es mir auf die Nerven.

Und verdammt, Mina. Was machst du denn, einen Vampir in deinem Haus zu halten?

Ihn wie ein Haustier zu halten? Nicht wirklich.

Ich hatte ihm erklärt, dass ich das Geld brauchte – dringend –, aber Clem hatte nur den Kopf geschüttelt.

Nichts ist es wert, einen Vampir in der Nähe zu haben. Nichts.

Im Prinzip stimmte ich ihm zu. Aber Prinzipien würden mich nicht ernähren und sie würden ganz sicher auch das Dach nicht reparieren.

Ich komme wieder vorbei, schwor Clem. *Oft.*

Für ihn war es wahrscheinlich eine galante Geste. Für mich ein riesiges Warnsignal. Ich war keine hilflose Jungfer, die gerettet werden musste. Ich war eine Jungfer, die vier Söldner beherbergte, und je weniger mein Freund, der Polizist, über sie wusste, desto besser.

Das wirst du nicht tun, hatte ich etwas zu schnell betont. Er schaute mich misstrauisch an und ich beeilte mich, um meinen Ausrutscher zu überspielen. *Das sind meine Kunden – zahlende Kunden – und ich kann es mir nicht leisten, dass sie sich belästigt fühlen.*

Der arme Clement hatte mich mit einem Ausdruck angesehen, der fragte: *Was ist mit dir passiert? Wann hast du dich so verändert?*

Komisch, ich war versucht, ihm dieselbe Frage zu stellen.

Dann besann ich mich. Es war lieb von ihm, sich um mich zu sorgen. Es war meine Schuld, dass ich zu gestresst war, um seine Fürsorge zu würdigen. Und wirklich, in ein paar Wochen – okay, in ein paar Monaten – würden meine Kunden wieder abreisen und Clem und ich könnten da weitermachen, wo wir aufgehört hatten. Wir könnten mehr Zeit miteinander verbringen – ohne einander zu verurteilen – und eine wohltuende von-Freunden-zu-Liebenden gewachsene Kleinstadtromanze genießen. Wir könnten zusammen sesshaft werden. Kinder bekommen. Lange Sommerspaziergänge und ruhige Winterabende genießen…

Ich gab mein Bestes, um diese Liste fortzusetzen, aber sie versiegte schnell. So schnell, dass ich mich fragte: Wollte ich diese Dinge denn nicht mehr?

Ein Moment intensiver Selbstreflexion zeigte mir, dass ich das auf jeden Fall wollte. Ja, ich wollte einen guten Mann, mit dem ich mich niederlassen konnte. Ja, ich wollte Kinder. Das volle Programm.

Was war also mein Problem?

Ich warf einen Blick auf das Haus. Mein Herz schlug laut und sagte mir genau, was – oder wer – das Problem war.

Was lächerlich war. Clem wäre perfekt für mich, während Marius praktisch *bedauerlicher Fehler* unter seine Flügel tätowiert hatte – eine Botschaft, die ich ganz sicher zu Gesicht bekommen würde, wenn er mir eines Tages das Herz brach und aus meinem Leben flog. Falls ich dumm genug war, ihn überhaupt erst in mein Leben hineinzulassen.

Also, nein. Marius war eine Schwärmerei. Eine Sucht. Es war nur seine Drachenaura, die mich anzog.

Clem war ein guter Bürger. Eine sichere Wahl. Ein lieber, zuverlässiger Mann.

Zumindest versuchte ich, mir das einzureden. Ich konnte die richtigen Worte finden, aber nicht die richtigen Gefühle.

Ich starrte eine lange, stille Minute die leere Auffahrt hinauf, dann ging ich hinein. Ich hatte Aufgaben zu erledigen und musste einen echten Eindringling aufspüren. Jetzt war nicht die Zeit für solche Dummheiten.

Ich betrat die große Eingangshalle und ging in Richtung Küche, wo ich die Jungs hörte. Aber meine Schritte wurden langsamer und ich blieb stehen, um nach einer Ausrede zu suchen, um ihm – ähm, ihnen – aus dem Weg zu gehen. Ich hatte letzte Nacht kein Auge zugetan und der Morgen war auch nicht viel besser gewesen. Hatte ich nicht eine kleine mentale Auszeit verdient?

Ein guter Plan, bis auf eine Sache. Marius kam aus der Küche und entdeckte mich. Er erstarrte, nahm fast die gesamte Türöffnung ein und warf einen langen Schatten in den Flur.

Unsere Blicke begegneten sich und *zing!* Da war es wieder. Dieses Feuer. Dieser pulsierende Strom, der durch meine Adern floss.

Mein Herz wurde warm, denn in seinen Augen strahlten Freude, Hoffnung und Verlangen. Mein Verstand drängte mich zu fliehen, denn, nun ja... Freude, Hoffnung und Verlangen.

Flucht gewann.

Ich wirbelte herum und eilte zur Wendeltreppe, nicht bereit, ihm gegenüberzutreten. Schritte folgten mir. Große, schwere, Drachengestaltwandler-lange Schritte, die mich schnell einholten.

Ich blieb stehen und starrte ihn an, doch er sprach zuerst.

„Wo gehst du hin?"

Ich stemmte die Hände an die Hüften, dankbar, dass ich von der Treppe aus auf ihn herabblicken konnte.

„Ich brauche einen Moment", sagte ich.

„Jetzt? Wir müssen reden."

Wir, also er und ich, oder *wir*, wir alle?

„Wir können später reden." Ich drehte mich um und stürmte noch ein paar Stufen hinauf.

Wieder stapfte er hinter mir her. Und wieder drehte ich mich um und schrie dieses Mal fast. „Was ist los mit dir?“

Er blinzelte. „Was ist los mit *dir*?“

Demonstrativ kratzte ich mich am Kinn. „Mal sehen. Ach ja. Ich wurde letzte Nacht gestalkt. Ich habe kein Auge zugetan. Dann taucht Clement auf...“

„Er ist ein Arschloch“, murmelte Marius zustimmend, obwohl ich nichts dergleichen gesagt hatte.

„Er ist kein Arschloch. Er hat nur nach mir gesehen.“

Marius schnaufte. „Oh ja, und wie er nach dir *gesehen* hat.“

Ich schnaubte. „Und selbst wenn, was kümmert es dich?“

Marius verschränkte die Arme fest. „Tut es nicht.“

Ha. Von wegen. Die Haare um sein Kinn sträubten sich und in seinen Augen wirbelte ein Sturm.

Ich starrte ihn an und platzte dann überrascht heraus: „Du magst es nicht, wenn ein anderer Mann mich ansieht?“

Er schaute finster und schob die Hände in die Taschen. „Nein, ich mag es nicht. Er will dich, weißt du.“

Ja, das wusste ich. Und ich fühlte mich geschmeichelt, dass ein Mann wie Clem sich für mich interessierte. Geschmeichelt, und offen gesagt, fand ich es aufregend. Aber die Aufregung war schnell verflogen und ich hatte mich nach mehr Distanz zu ihm gesehnt.

Aber zurück zu Marius, verdammt.

„Und das geht dich etwas an, weil...?“, forderte ich.

Er knirschte mit den Zähnen und ich wusste, dass ich ihn in der Hand hatte. Es ging ihn nichts an.

„Marius?“, rief Bene von unten.

Wir erstarrten beide, als wären wir bei einer heimlichen Tat ertappt worden – was absolut und definitiv nicht der Fall war. Dann drängte mich Marius ein paar Stufen weiter nach oben, wo wir sicher außer Sichtweite waren. Ich gehorchte und fühlte mich wie die Komplizin eines Verbrechens, das ich nicht begangen hatte. Eine willige Komplizin, denn während wir hinaufgingen, veränderte sich etwas in mir.

Ich blieb stehen, ebenso wie Marius – nur einen Schritt unter mir, was ihn mir furchtbar nahebrachte.

So schön nah, schnurrte etwas in mir.

Er schaute nach unten und wir hielten beide den Atem an, um nicht gefunden zu werden.

Was keinen Sinn ergab. Was versteckte ich denn und vor wem versteckte ich es?

Vor mir selbst, wurde mir schnell klar. Ich versuchte zu verbergen, dass es mir gefiel – nein, dass ich es liebte –, Marius in meiner Nähe zu haben. Dass mein Herz höherschlug und Schmetterlinge in meiner Seele flatterten.

„Im Ernst", flüsterte ich, verzweifelt, weil ich es wissen wollte. „Was kümmert es dich?"

Seine glühenden Augen sagten: *Es kümmert mich, weil du alles für mich bist.*

Ich schüttelte verwirrt den Kopf. „Du magst mich nicht mal. Du hasst mich."

Oder nicht?

Er starrte mich an. „Ich hasse dich nicht, Mina."

„Doch, tust du. Du gehst mir aus dem Weg, du nimmst mich kaum wahr. Jedes Mal, wenn ich etwas sage, schaust du weg."

Seine Lippen öffneten sich, aber er brachte kein Wort heraus.

Ich beeilte mich, die unangenehme Stille zu füllen. „Hör mal. Ich bin eine erwachsene Frau. Wenn ich mich auf jemanden einlassen will, dann tue ich es. Das ist meine Entscheidung."

„Mit jemandem einlassen?", knurrte er.

Ich nickte entschlossen. „Ja. Meine Entscheidung. Wen ich will. Wen ich berühre. Wen ich Küsse... "

Hoppla. Meine Stimme war innerhalb weniger Worte von empört zu sinnlich geworden. Wo kam das denn her?

Du trägst viel mehr deiner Vorfahren in dir, als du denkst, meine Liebe, pflegte meine Großmutter zu sagen.

Ich schluckte. Wie einen heißblütigen, lüsternen Tieranteil?

„Küssen? Dieses Arschloch?", knurrte Marius.

„Du würdest es vorziehen, wenn ich dich küsse?"

Und doppelt hoppla. Wo zum Teufel kam das denn her?

Von Instinkten, von denen ich nicht wusste, dass ich sie hatte. Instinkte, die ich offenbar irgendwie entfesselt hatte, denn ich rückte wie von selbst langsam näher zu ihm heran.

„Ich könnte dich küssen, weißt du. Ich bin auch in der Lage, das zu entscheiden."

„Jede Wette", murmelte er.

Verspottete er mich? Forderte er mich heraus? Ich konnte es nicht sagen. Aber seine Lippen waren verlockend nah.

Ich sagte nicht laut: *Du zweifelst an mir? Nun, wie wäre es dann damit?* Aber das hätte ich genauso gut tun können, denn eine Sekunde später presste ich meine Lippen auf seine.

Ein leises Keuchen stieg in meiner Kehle auf, aber es verwandelte sich in einen Seufzer und ich verlor mich in diesem Kuss. Ich verlor mich *buchstäblich*, als wäre ich durch einen Spiegel oder einen magischen Kleiderschrank in eine ganz neue Welt gestolpert. Eine Welt, die von Berührungen beherrscht wurde, wo Sehen, Hören und Riechen keine Rolle spielten.

Seine Lippen waren weich wie Kissen und perfekt geformt. So perfekt, dass unsere Münder mühelos miteinander verschmolzen. Sie passten so gut zusammen, dass ich anfing, nach oben, unten, links und rechts zu erkunden... Zum Glück gab es die Stoppeln um seinen Mund herum, die wie eine Leitplanke wirkten. Jedes Mal, wenn ich sie streifte, sprang ich zurück zur Mittellinie des Kusses.

Aber irgendwann musste ich atmen, und als ich es tat, zog ich meine Wange über seine. Diese armen, vernachlässigten Stoppeln. Warum sollten nur seine Lippen den ganzen Spaß haben?

Anscheinend gab es einen wenig bekannten Nerv, der meine Wangen mit meiner Mitte verband, denn jedes langsame, lustvolle Streifen machte mich noch begieriger. Ich tauchte wieder in den Kuss ein und erkundete ihn dieses Mal tiefer.

Dann blitzte ein verspäteter Alarm in meinem Kopf auf und ich zog mich mit einem Keuchen zurück.

„Oh Gott. Entschuldige." Ich riss meine Hände vor mein Gesicht.

Marius blinzelte, immer noch in dieser anderen Welt versunken. „Was?"

„Ich habe nicht gefragt. Ich habe einfach... einfach... "

Deine Lippen angegriffen würde am besten passen, aber ich brachte es nicht über mich, das zu sagen.

Er runzelte die Stirn. „Was gefragt?"

„Ob das okay für dich ist. Du weißt schon, ob du es willst. Ich meine, ähm... "

„Dann frage", knurrte er.

Ich wedelte mit den Händen. „Nein, schon gut. Ich meine... "

Er packte meine Hände. „Tu es jetzt. Frag", befahl er mit rauer Stimme.

Ich zauderte und zögerte, bevor meine animalische Seite die Oberhand gewann.

„Wäre es okay für dich, wenn ich dich küsse... "

„Ja", platzte er heraus.

Und *bumm!* Meine Lippen trafen erneut auf seine und schon waren wir wieder in Narnia.

Er schlang seine starken, muskulösen Arme um meine Schultern und zog mich an sich. Meine Brüste wurden gegen seinen Oberkörper gepresst. Ich öffnete die Lippen und ließ ihn herein.

In meinem berauschten Geist spürte ich, wie er sich von der unteren Stufe zu meiner erhob und mich umschloss. Stück für Stück drückte er meinen Körper gegen die kühle Steinmauer, obwohl ich das dank des Feuers, das durch meine Adern rauschte, kaum bemerkte. Er legte eine Hand um meine Taille und hielt mich sicher fest. Das war auch gut so, denn jetzt dröhnte ein Wirbelsturm in meinen Ohren.

Marius streifte meine Lippen mit seinen, zupfte sanft an meiner Unterlippe und kratzte dann mit seiner rauen Wange über meine Haut. Einmal hart, einmal sanft, am Rande von *zu viel*, aber immer noch nicht genug.

Klingeling! Ein Geräusch hallte durch das Treppenhaus und wir sprangen auseinander. Nur ein paar Zentimeter, aber nachdem wir uns so nah gewesen waren, kam es mir wie eine Kluft vor. Ich schnappte nach Luft und versuchte, das Geräusch einzuordnen.

Klingeling!

Ich ließ die Schultern hängen. Die Glocke. Die gottverdammte Bedienstetenglocke.

„Bene... ", knurrte Marius.

Ich hatte gewusst, dass ich es bereuen würde, dem Löwengestaltwandler gezeigt zu haben, wie dieses System funktionierte.

„Du hattest von einem Meeting gesprochen", seufzte ich.

„Das kann warten", sagte er, strich mir das Haar zurück und spitzte die Lippen.

Ich gluckste. „Was ist das denn?"

„Die Erlaubnis, mich noch mal zu küssen."

„Du hasst mich also wirklich nicht, oder?"

Er schüttelte den Kopf. „Natürlich hasse ich dich nicht. Ich hasse nur, dass ich nicht aufhören kann, an dich zu denken. Dass ich nicht aufhören kann, dich zu begehren."

Mein Mund stand offen.

Er streichelte sanft meine Wange. „Also, was diesen Kuss angeht... "

„Nun, wenn du darauf bestehst... "

Eigentlich wollte ich ihn langsam küssen, aber das schien mir zu entfallen, und schon bald keuchten wir... berührten uns... begehrten uns...

Wir spielten mit dem Feuer, und ich wusste es. Aber das war die Sache mit Feuer. Wenn es einmal entfacht war, entwickelte es ein Eigenleben.

Als Marius mit seiner Hand an meinem Bein hinunterglitt, hob ich es begierig. Als ich meine Hände über seinen Hintern gleiten ließ, drängte er sich nach vorn. Ich fing an, die Entfernung zu meinem Schlafzimmer zu berechnen.

Aber dann läutete die Glocke erneut, dieses Mal eindringlicher.

„Verdammt noch mal... ", knurrte Marius.

Ich zwang mich, meinen Fuß wieder auf den Boden zu stellen, und streichelte seine Wange.

„Wir sollten gehen", sagte ich, obwohl ich mich nicht von der Stelle rührte.

Er hob eine Augenbraue. „Hast du es eilig?"

„Nein, aber je länger ich hier stehe, desto mehr möchte ich dich küssen."

Er schnaubte. „Je länger ich hier stehe, desto mehr *brauche* ich deinen Kuss."

Ein Chor von Engeln sang höchste Töne in meiner Seele. Der große böse Drachengestaltwandler brauchte mich. Mich!

Irgendwie behielt ich die Fassung und spielte die Zurückhaltende. „Wäre das so schlimm?"

Er schüttelte den Kopf. „Es wäre zu schön."

Verdammt sei dieser Mann dafür, dass er immer das Richtige sagte. Ich hatte fast gehofft, er wäre zu grob, zu fordernd oder hätte Mundgeruch. Dann könnte ich aufhören, ihn den ganzen Tag zu begehren, und mit meinem Leben weitermachen.

Die Glocke läutete erneut und ich fluchte. Dann holte ich tief Luft, tätschelte seine Brust – eine große, breite Brust wie eine Platte, wenn Platten aus massivem Stahl wären – und trat einen Schritt zurück.

Marius schloss die Augen. Seine Nasenflügel bebten, als er meinen Duft genoss. Dann lockerte er seinen Griff und zog langsam die Hände von meiner Taille.

Ich vermisste seine Wärme sofort, aber meine Sinne erwachten allmählich aus ihrer Benommenheit, und ich wusste, dass wir zu weit gegangen waren.

Nicht weit genug, beschwerte sich meine Libido.

Ich fuhr mit den Händen durch meine Haare, dann strich ich meine zerknitterten Kleider glatt.

„Du musst... ähm... " Ich deutete auf sein T-Shirt.

Er hob eine Augenbraue. „Die Beweise beseitigen?"

Ich warf ihm einen Blick zu, dann richtete ich sein T-Shirt selbst und stahl noch ein paar heimliche letzte Berührungen.

„Also... ähm... ", begann ich und hielt dann inne. „Vielleicht sollten wir nicht zu viel hineininterpretieren."

Eine Lüge, denn mein Herz raste bereits mit lauter tiefgründigen Analysen und Plänen.

Er verzog die Lippen zu einem süffisanten Grinsen. „Du meinst, dass du mich begrapscht hast?"

Ich verdrehte die Augen. „Ich habe dich nicht *begrapscht*."

„Doch, hast du."

„Habe ich nicht!"

„Doch, und das sogar ohne Erlaubnis." Seine Augen funkelten.

„Ha. Erzähl mir nicht, dass du dich geschändet fühlst.“

Nicht geschändet genug, sagten seine glühenden Augen.

„Du bist mir jetzt etwas schuldig“, entschied er.

„Bin ich nicht!“

Er grinste, als würde es ihm großen Spaß machen, mich aufzuziehen. Ein kleines, aber wunderschönes *Das Leben ist schön*-Lächeln. Ein Lächeln, von dem ich mir noch eine Million mehr wünschte.

Ein Leben lang, flüsterte etwas in mir.

„Nun, ich entschuldige mich“, bot ich also aufrichtig an. „Ich habe mich ein wenig mitreißen lassen. . . “

Ein wenig? sagten seine funkelnden Augen.

„Aber wie ich schon sagte, wir müssen nicht zu viel hineininterpretieren.“

Das würde mir im Traum nicht einfallen, sagte sein arrogantes, Bad Boy-Grinsen.

Ich fuhr schnell fort. „Oh, und danke für deine Hilfe gestern Abend.“

Er wartete und verschränkte seine Arme vor der Brust wie dicke Schwerter.

Ich gab nach. „Und in der Nacht, als ich verletzt war. Ich bin dir auch dankbar dafür, dass du mir da geholfen hast.“

Dass du dich um mich gekümmert hast, hätte besser gepasst, aber das hätte mich schwach erscheinen lassen.

Ich schluckte und berührte dann seinen Arm. „Das warst du doch, nicht wahr?“

Er richtete seinen Blick auf den Boden. „Vielleicht.“

Auf jeden Fall.

„Ich weiß, dass du es warst. Es war sehr. . . rührend.“

„Rührend?“, brummte er sichtlich unzufrieden.

Ich verbarg ein Grinsen. „Ich verspreche dir, ich werde niemandem erzählen, dass du eine weiche Seite hast.“

„Ich habe keine weiche Seite, Lady.“ Er schlug sich auf die Brust.

Ha. Als hätte ich das nicht bemerkt.

Ich schüttelte den Kopf und berührte seine Brust in der Nähe seines Herzens. „Ich meine hier.“

Er griff nach meiner Hand, um sie wegzuziehen, hielt dann aber inne und schlang seine Finger um meine. Das Glühen in seinen Augen entflammte erneut und der Schleier dieser anderen Welt begann wieder zu fallen.

Klingeling! Die Glocke tönte noch einmal.

Mit einem Seufzer deutete ich die Treppe hinunter.

„Komm schon. Wir müssen einen Vampir fangen."

Kapitel 15

MARIUS

Ich würde Bene umbringen – wenn ich dem brennenden Drang widerstehen könnte, Mina zurück auf die Treppe zu zerren und sie besinnungslos zu küssen. Es war allerdings eher so, dass sie mich besinnungslos küsste. Und falls ich dafür einen Beweis brauchte... schwankte ich auf unsicheren Beinen hinter ihr her.

Wir fanden Bene am Herd in der Küche, wo er fleißig briet. Zwiebelschalen und ein Karton mit zerbrochenen Eierschalen standen unordentlich neben ihm auf der Arbeitsplatte. Der Geruch von gebratenem Speck war so gut, dass ich meinen Plan, ihn zu töten, überdachte.

Das Frühstück gewann. Außerdem könnte ich ihn später immer noch töten.

Ohne uns zu bemerken, drehte er sich um und griff nach der Glocke. Mina flog mit einem Sprung, der einem Weltmeisterschaftstorwart würdig gewesen wäre, nach vorn und schlug ihre Hand darauf.

„Was die Glocke angeht... "

Bene grinste. „Sie ist sehr praktisch. "

Mina setzte eine strenge Lehrerinnenmiene auf. „Praktisch *und* für alle außer Madame Picard und mir tabu. "

„Aber Roux hat gesagt, ich soll alle zum Meeting rufen", protestierte Bene.

Mina schickte ihn zurück zum Herd, sammelte sich und zog mit einem autoritären Blick an der Kette, der sagte: *So macht man das* richtig.

Als hätte ich es anders gemacht, sagte Benes Augenrollen. Er rührte noch einmal das Essen um und fuchtelte dann mit der Hand herum. „Also, was wollte er?"

Minas Blick huschte zu mir und dann zu Boden.

„Der Polizist, meine ich", präzisierte Bene.

Jeder angespannte Muskel in ihrem Körper entspannte sich und ich hätte fast gelacht. Sie dachte, Bene meinte, was *ich* wollte?

Meine Augen brannten. Ein sicheres Zeichen dafür, dass sie vor Verlangen glühten.

Dich, Mina. Ich will dich. Und du willst mich auch, nicht wahr?

Ich sprach diese Gedanken nicht aus, aber sie musste sie verstanden haben, denn ihre Wangen wurden knallrot. Ein Anblick, den ich liebte, außer, hoppla – Henrik auch. Er drehte sich schlagartig um und seine Pupillen weiteten sich.

Ich trat zwischen sie und sandte ihm eine mentale Warnung.

Denk nicht einmal daran, Arschloch.

Henrik leckte sich die Lippen. *An was denken?*

Feuer brannte in meiner Kehle, und wer weiß, was passiert wäre, wenn Roux nicht dazwischengegangen wäre.

„Fangt gar nicht erst an, ihr beiden", warnte er.

Zum Glück hatte Mina nichts bemerkt, da sie sich auf Bene konzentrierte.

„Hat der Polizist die Geschichte mit dem Blitz geglaubt?", fragte er.

„Ich bezweifle es. Er hat herausgefunden, was ihr seid."

Roux wirbelte herum. „Was meinst du damit?"

„Er weiß, dass es unter meinen Kunden mindestens einen Gestaltwandler und einen Vampir gibt."

„Weißt du, was *er* ist?", fragte Roux vorsichtig.

Mina schnaufte. „Natürlich. Ein Wolfsgestaltwandler. Ich kenne Clement schon seit meiner Kindheit."

Es gab kennen und *kennen*. Was traf auf Mina und diesen Polizisten zu?

So oder so wollte ich ihn umbringen. Zu schade, dass zivilisierte Drachen so etwas nicht taten.

Zivilisiert? Seit wann? brummte meine animalische Seite.

Seit Mina. Zumindest versuchte ich es.

„Und du bist... was genau?", fragte Bene ganz beiläufig.

Roux, Henrik und ich beugten uns vor. Das war die Millionen-Dollar-Frage. Welche Kräfte hatte meine Schicksalsgefährtin – ähm, Gordons Patentochter – wenn überhaupt?

„Eure Gastgeberin", schnauzte sie und reichte ihm einen Pfefferstreuer.

Das machte das Mysterium um sie nur noch unwiderstehlicher, genau wie der Rest von ihr.

Bene grinste und ließ locker. „Nun, hoffentlich macht uns der Polizist keinen Ärger."

„Wenn doch, gibt es eine einfache Lösung." Henrik fuhr seine Reißzähne aus.

Und Junge, Mina sprang sofort darauf an. Sie wirbelte herum und zeigte mit ihrem Finger auf Henriks Gesicht.

„Wage es ja nicht", knurrte sie. „Wage es ja nicht, ihn anzurühren."

Verdammt. Das war nicht nur prinzipiell. Sie mochte den Kerl. Was bedeutete das für mich? Für uns?

Es gibt kein uns, versuchte ich mir einzureden.

Nein, aber es wird eins geben, summte mein Drache zuversichtlich.

Mina sprach wütend weiter: „Wenn es hier irgendwelchen Ärger gibt, dann ist Clement nicht derjenige, der ihn verursacht. Ihr seid es – ob ihr es beabsichtigt oder nicht."

„Du meinst, so wie der Schlag, den du von Roux abbekommen hast?", erinnerte Henrik den Tigergestaltwandler.

Roux fletschte die Zähne.

„Okay, Leute. Macht dem Koch bitte etwas mehr Platz." Bene fuchtelte mit dem Pfannenwender.

„Du hast doch die Glocke geläutet", brummte ich.

„Ja. Was das angeht... ", begann Mina.

„Oh, sieh doch nur", unterbrach Bene sie und wich dem Thema aus. „Brunch ist fertig. Holt euch alle einen Teller und kommt mit ins Esszimmer."

Das musste man dem Löwengestaltwandler lassen. Er wusste, wie man einen Raum schnell leerte.

Zwanzig Minuten später kratzten wir unsere Teller ab und lehnten uns auf unseren Stühlen zurück.

„Du solltest Claudette feuern und Bene einstellen", scherzte ich halb.

Mina runzelte die Stirn. „Das muss ich vielleicht. Angeblich hat sie die Stadt verlassen."

Schade, sagte Henriks gerunzelte Stirn.

Mina seufzte und winkte dann ab. „Was wichtiger ist... der Eindringling."

„Verdammter Szabo...", murmelte ich.

„Seid ihr euch sicher, dass er es war?", fragte sie.

Ich schaute Roux an. Er tat gerne so, als hätte er hier das Sagen, oder? Sollte er sich doch um die kniffligen Dinge kümmern.

„Nein, aber er ist unser wahrscheinlichster Verdächtiger", gab er zu.

„Weil...?" Mina rollte ungeduldig mit den Augen.

„Er uns hasst?", warf Bene ein und hielt dann die Kaffeekanne hoch. „Möchte noch jemand welchen?"

Mina, Roux und ich streckten unsere Tassen aus.

„Nun, so schwer es auch vorstellbar ist, dass jemand einen von euch hassen könnte..." Mina ließ ihren Blick zu Henrik wandern. „Was, wenn genau das der Fall ist? Wer könnte euch hassen? Und warum?"

Bene gluckste in seine Kaffeetasse. „Sehr diplomatisch."

„Ich versuche es", murmelte sie.

„Szabo ist ein Vampir", begann Roux. „Er sollte... ähm, für Gordon arbeiten, so wie wir auch."

Mina schaute Bene an. „Übersetzung bitte."

„Wir haben alle Mist gebaut. Gordon hat uns einen Weg angeboten, unsere Vergangenheit zu bereinigen."

„Wovon genau?", fragte Mina alarmiert.

„... Veruntreuung, unerlaubte Verwandlung, versuchter Mord...", sagte Roux und schaute dabei abwechselnd Bene, Henrik und mich an.

Ich funkelte ihn an. „Der Typ hat mir Geld geschuldet."

Das war nicht die ganze Wahrheit, aber ein Teil von mir wollte Mina auf die Probe stellen. Um zu sehen, ob sie mich trotz meiner Vergangenheit wirklich akzeptieren konnte.

Ihre Kinnlade klappte auf.

„Vergiss nicht Befehlsverweigerung", knurrte Henrik Roux an.

„Nur beliebige Beispiele", sagte Bene mit einem gewinnenden Lächeln.

„Jede Wette", sagte Mina trocken.

„Nur weil man eines Verbrechens beschuldigt wird, heißt das nicht, dass man es auch begangen hat", murmelte Roux.

„Stimmt – oder das ‚Opfer' könnte der wahre Verbrecher sein", fügte Bene hinzu. „Wie Marius' Typ."

„Nicht *mein* Typ", knurrte ich.

Bene lachte leise. „Ich meine den Kerl, den Marius fast umgebracht hätte. Er betrieb einen illegalen Kampfclub und verschleppte Menschen von der Straße, wann immer er ein paar Statisten brauchte. Stell dir das römische Kolosseum in seinen blutigsten Zeiten vor, wenn auch nicht ganz so groß. Stimmt doch, oder Marius?"

Ich biss die Zähne zusammen und nickte knapp. So viel zum Thema Mina testen.

„Er betrieb außerdem einen Sexhandelsring. Unser Mann hier hat auch dem ein Ende gesetzt." Bene klopfte mir auf den Rücken.

Ich fletschte die Zähne. *Zu viele Informationen, Arschloch.*

Willst du, dass sie dich für Abschaum hält? fragte Bene in meine Gedanken.

Nein, ich wollte ihre Erwartungen realistisch halten. Ich war kein Heiliger und sie musste das klar wissen.

„Schade, dass die Kumpels des Kerls eingegriffen haben, bevor Marius ihn töten konnte", schloss Bene.

Wirklich schade, denn ich hatte mir einen gefährlichen Feind gemacht. Gordon hatte versprochen, sich um ihn zu kümmern, aber darauf würde ich mich nicht verlassen.

„Was Roux' Militärgericht angeht…", fuhr Bene fort.

„Ich habe Fragen gestellt, die sonst niemand stellen wollte", knurrte Roux und offenbarte eine empfindliche Wunde.

„Fragen wie…?“, erkundigte sich Mina leise.

„Zum Beispiel, wann es an der Zeit ist, *zivile Opfer* nicht mehr als *Kollateralschäden* zu bezeichnen?“, brummte er. „Fragen wie: Wie viel ist akzeptabel und wer ist qualifiziert, diese Entscheidung zu treffen?“

Ah, Roux. Ein Mann, zu prinzipientreu für sein eigenes Wohl.

„Und dann ist da noch Henrik und seine unerlaubte Verwandlung…“, fuhr Bene fort.

Mina wurde blass. „Du meinst, jemanden in einen Vampir zu verwandeln?“

Henrik zuckte mit den Schultern. „Sie hat darum gebettelt.“

„Nur schade, dass der Vampirzirkel das anders gesehen hat“, bemerkte Bene.

„Sagt der verurteilte Veruntreuer“, knurrte Henrik, als wäre dieses Verbrechen mit seinem vergleichbar.

Bene runzelte die Stirn. „Ja, wenn Veruntreuung bedeutet, mit der Tochter eines Mafiabosses zu schlafen.“ Er schaute Mina an und fügte schnell hinzu: „Nicht, dass sie minderjährig gewesen wäre oder so. Es war einfach nur so, dass ihr Daddy damit nicht einverstanden war.“

„Besser, als sich die Eier abschneiden zu lassen“, bemerkte Henrik trocken.

Bene zuckte zusammen. „Der Strafnachlass fürs Geständnis war es definitiv wert. Meine Eier sind eine Verurteilung wegen Veruntreuung wert.“

Mina sah aus, als wollte sie sich die Ohren zuhalten. „Was hat Gordon damit zu tun? Und wie hilft es euch, für ihn zu arbeiten?“

Roux fuhr sich mit der Hand durch die Haare. „Gordon hat Einfluss und Verbindungen. Er kann Beziehungen spielen lassen. Vergangenheiten reinwaschen. Probleme verschwinden lassen.“

„Gibt es nicht eine Gruppe, die für übernatürliche Verbrechen zuständig ist?“ Mina schnippte mit den Fingern, während sie nachdachte. „Wie heißen die noch mal? Die Hüter Europas?“

Wir warfen uns alle überraschte Blicke zu. Mina wusste viel mehr, als wir angenommen hatten.

„Sie versuchen es", sagte Roux. „Aber manche Verbrechen entgehen ihnen. Und in manchen Fällen, liegt es nicht im Interesse der Beteiligten, sich an die Hüter zu wenden."

„Du meinst, so wie bei Marius' Typ", Mina dachte laut nach.

„Nicht *mein* Typ", schnaufte ich.

Sie tippte sich gegen die Lippen, offensichtlich damit beschäftigt, die Neuigkeiten zu verdauen – ihr schien davon schlecht zu werden. „Was ist mit Szabo? Wer ist er? Was will er?"

Roux zeichnete unsichtbare Linien auf den Tisch und ich beobachtete ihn aus Angst, seine Fingernägel könnten sich zu Klauen verlängern.

„Szabo sollte sich uns anschließen, aber wir sind mit einigen... ähm... Bedenken zu Gordon gegangen."

Ich verzog das Gesicht, aber Roux hatte recht gehabt. Wir mussten es tun.

„Bedenken?" Mina erhob die Stimme.

„Bedenken." Roux nickte entschlossen. „Der Rest von uns war entschlossen... nun ja, unsere Namen reinzuwaschen. Unsere Leben weiterzuleben."

Ich knirschte mit den Zähnen hin und her und wünschte mir, die Dinge wären anders.

„Aber Szabo war es nicht", sagte Roux. „Wir glaubten nicht, dass er sich an die Regeln halten würde – an irgendwelche Regeln – und das haben wir Gordon gesagt. Also hat er Szabo rausgeworfen."

Roux verstummte dann, obwohl seine wippende Kehle verriet, dass das nicht die ganze Geschichte war.

Mina fragte nicht weiter, was ich ihr hoch anrechnete. Sie sagte nur: „Szabo hat also seine Chance verloren, seinen Namen reinzuwaschen, und das nimmt er euch übel."

„Übelnehmen wäre ein Wort dafür", seufzte Bene.

„Er hasst uns", grunzte ich.

„Verachtet uns", fügte Roux hinzu.

„Ist auf Rache aus", beendete Henrik den Satz und tat so, als wäre ihm das alles egal, was es ganz und gar nicht war. Ich kannte die Details nicht, aber ich wusste, dass er und Szabo einst Freunde gewesen waren – insofern Vampire zu Freundschaft fähig waren. Was die Freundschaft beendet hatte, wusste ich nicht. Aber selbst ich war nicht so dumm, ein Thema anzusprechen, das Henrik so sehr verärgerte. Selbst jetzt leuchteten rote Punkte in seinen Augen auf und spiegelten sich auf der Oberfläche seines Kaffees.

Mina rieb sich das Gesicht und richtete sich dann mit Mühe auf. „Großartig. Ich meine, gut zu wissen." Sie verzog das Gesicht. „Vielleicht."

Bene tätschelte ihren Arm. „Tut mir leid."

„Nun, ich bin dankbar, dass ihr ihn verjagt habt. Aber wie stellen wir sicher, dass er wegbleibt?"

Ihn umzubringen, war mein erster Gedanke. Mein zweiter auch. Das behielt ich für mich, da ich dachte, dass Mina es nicht gerne hören würde.

Unser bedrücktes Schweigen musste uns verraten haben, denn Mina sackte auf ihrem Platz zusammen. „Na toll. Noch ein Vampir, der hinter mir her ist."

„Ich bin nicht hinter dir her", sagte Henrik defensiv.

„Oh gut", murmelte sie trocken. „Nur ein Vampir, der hinter mir her ist."

„Er ist hinter *uns* her, nicht hinter dir", warf Roux ein.

„Aber wenn ich ihm zufällig in die Quere komme…" Sie fuhr sich mit dem Finger über die Kehle.

Schlechte Idee, denn Henriks Augen leuchteten wieder auf.

Bene schob ihm den letzten Speck hinüber. Mehr Fleisch bedeutete, dass ein Vampir länger ohne Blut auskommen konnte. Aber früher oder später müsste er seinen Drang stillen, sonst riskierte er, verrückt zu werden – ein wenig wie Szabo.

Im Idealfall gab es einen willigen Spender – besser noch, mehrere. Es waren in der Regel leichtsinnige junge Menschen, Männer oder Frauen, die keine Scheu vor sexuellen Perversionen hatten – sozusagen die Einstiegsdroge, um sich von einem Vampir das Blut aussaugen zu lassen.

Eklig. Mein Drache rümpfte die Nase.

Es war definitiv nichts für mich, aber es gab viele willige und fähige Blutspender dort draußen, denen die meisten Vampire schließlich die Erinnerungen löschten. Sie erinnerten sich nur daran, dass sie durch eine Kombination aus Drogen, Sex und Alkohol unglaubliche Höhenflüge erlebt hatten. Solange der Vampir nicht zu viel trank, gingen alle glücklich und einigermaßen gesund nach Hause – nur mit etwas Blut weniger.

Ich nahm mir vor, Roux zu fragen, ob er Henriks Trinkverhalten im Auge behalten hatte. Für den Moment... trat ich Henrik unter dem Tisch. Er konnte sein Glück mit jeder Frau versuchen, die er wollte. Nur nicht mit *meiner* Frau.

Er starrte mich an und stach dann mit seiner Gabel in den Speck.

„Vielleicht sollten wir keine voreiligen Schlüsse ziehen", sagte Bene.

„Das sollten wir auf jeden Fall tun, zumindest was Szabo angeht", sagte Roux missmutig.

„Also, wo fangen wir an?", fragte Mina.

Eine Frau der Tat. Kein Wunder, dass ich sie mochte.

Ich liebe sie, korrigierte mich mein Drache.

Mögen. Lieben. Begehren. Ich hatte den Unterschied aus den Augen verloren. Verdammt, ich bezweifelte, dass ich ihn je gekannt hatte.

Ich kratzte mir die Brust. Hatte Mina nicht jemand Besseres verdient?

Dann sei besser, knurrte mein Drache. *Deshalb sind wir doch hier, oder?*

Ich starrte in meinen Kaffee. Offen gesagt war mein einziges Ziel gewesen, *geringfügig* besser zu sein. Gerade genug, um mich an die Gesetze und Regeln der Gestaltwandler zu halten. Aber Mina verdiente etwas viel, viel Besseres und ich war mir nicht sicher, ob ich das hinbekommen würde. Lohnte es sich überhaupt, es zu versuchen?

Ich wartete darauf, dass mir die übliche Antwort – *nein* – düster in den Sinn kam. Aber, hmm. Nichts. Nada. Null.

Natürlich lohnt es sich! brüllte mein Drache.

Ich umklammerte die Armlehnen meines Sessels und kämpfte gegen den Drang an, mich zu verwandeln, zu brüllen und meine Gefährtin für mich zu beanspruchen.

Ein Handy piepste. Mina, Bene und Roux zückten alle ihre Geräte, aber nur Roux' klingelte.

„Hallo?", antwortete er und erstarrte dann. „Oh. Hallo Gordon."

Alle verstummten.

„Ich verstehe… ja… Du hast einen Auftrag für uns… "

Jetzt? hauchte ich.

Je länger Roux zuhörte, desto tiefer runzelte er die Stirn.

„Wo?", warf er ein. Dann hob er überrascht die Augenbrauen. „Mallorca?"

Ich zögerte und berechnete dann, wie lange es dauern würde, die Mittelmeerinsel zu erreichen. Eine zweistündige Fahrt nach Paris, dann ein kurzer Flug. Es sei denn, Gordon könnte uns einen Privatjet aus Dijon bereitstellen…

Ich will nicht nach Mallorca, schmollte mein Drache. *Ich will bei Mina bleiben.*

Wir schauten uns in die Augen und ihr Gesichtsausdruck verriet mir, dass sie dasselbe dachte.

Vielleicht könnte ich mich aus der Reise herausreden. Vielleicht könnte ich bleiben und Mina beschützen.

Und andere Dinge tun, summte mein Drache.

Mein Körper wurde heiß und ihre Augen funkelten.

„Wann?", fragte Roux und schluckte bei der Antwort. „*Dieses* Wochenende?"

Wir starrten uns alle an und Bene hauchte: *Dieses Wochenende?*

„Welcher Tag ist heute?", flüsterte Henrik.

„Donnerstag", sagte Mina.

Mein Magen zog sich zusammen. Begann Gordons Wochenende am Freitag oder am Samstag?

Roux schaute auf die Uhr. „Ich muss mich nach Tickets umsehen… "

Gordon musste ihn unterbrochen haben, denn er nickte langsam. „Oh, gut. Dann ist ja alles geregelt."

Nicht gut. Sogar Bene sah besorgt aus.

„Darf ich dich auf Lautsprecher stellen?", fragte Roux.

Normalerweise freute sich meine Drachenseite bei jedem Anzeichen von Action – besonders nach einer Woche, in der ich in Frankreichs Antwort auf das Outback eingesperrt war. Aber dieses Mal zog sich mein Magen zusammen und ich konnte nur an Mina denken.

„Mina?" Roux runzelte die Stirn. Er schaute ihr in die Augen. „Nein, sie ist nicht hier. Nur wir vier."

Mina öffnete den Mund und umklammerte die Armlehnen ihres Sessels mit den Händen. Sie wollte aufstehen, aber...

„Verstanden. Nur für unsere Ohren", sagte Roux zu Gordon, während er sie weiterhin beobachtete. „Kein Wort zu Mina."

Sie schaute mich an, schluckte schwer und setzte sich wieder hin.

„Okay, ich schalte dich auf Lautsprecher...", sagte Roux und gab ihr eine letzte Chance, sich zu entscheiden.

Ich konnte sehen, wie sie mit sich kämpfte. Aber verdammt. Sie hatte jedes Recht, zu erfahren, welche Spielchen ihr liebevoller Patenonkel hinter ihrem Rücken spielte.

„Könnt ihr mich hören?", dröhnte Gordons raue Stimme durch die Leitung.

„Laut und deutlich", sagte Bene.

„Hier ist Henrik", murmelte der Vampir.

„Marius", warf ich ein und beobachtete Mina.

Roux ließ einen Moment verstreichen und sagte dann: „Das war es. Wir vier. Du kannst anfangen."

Mina biss sich auf die Lippe und starrte nervös auf das Handy.

„In Ordnung", verkündete Gordon. „Hier ist der Plan..."

Kapitel 16

MINA

Noch lange nachdem Roux aufgelegt hatte, starrte ich schweigend auf sein Handy. Er und die anderen machten sich sofort daran, die Einzelheiten ihres Auftrags zu organisieren, aber ich schenkte ihnen kaum Beachtung. Mir schwirrte immer noch der Kopf von dem, was ich gehört hatte.

Mallorca... Privatanwesen... infiltrieren und extrahieren...

Gordons Worte ließen das Ganze ziemlich harmlos klingen. Aber das war es nicht. Überhaupt nicht.

Denn *infiltrieren* bedeutete *einbrechen*. *Extrahieren* bedeutete *stehlen*.

Noch schlimmer war *mit allen notwendigen Mitteln, solange es keine Spuren gibt*.

Gordon – mein gütiger, liebevoller Patenonkel – hatte seinen Söldnern gerade die Lizenz zum Töten erteilt. Und schon bevor er zu diesem Teil gekommen war, stank der Plan nach fragwürdiger Moral und Gefängnisstrafen.

Ich musste es wohl laut gemurmelt haben, denn Bene schüttelte den Kopf. „Nee. Gefängnis ist etwas für menschliche Verbrechen."

Ich starrte ihn an. „Du meinst, dieser Baumann-Typ, den er erwähnt hat, ist kein Mensch?"

„Nein", sagte Bene in seinem üblichen fröhlichen Tonfall. „Ronald Baumann ist ein Wolfsgestaltwandler. Ein ziemlich fieser."

Im Gegensatz zu Clement, dachte ich unwillkürlich.

Was würde er dazu sagen, wenn er wüsste, dass ich in all dies verwickelt war?

„Was ist die Strafe für ein Verbrechen unter Übernatürlichen?", fragte ich.

Bene zuckte mit den Schultern. „Das ist nur relevant, wenn man erwischt wird."

„Du meinst, so wie du bei dem, was auch immer du getan hast, erwischt wurdest? Das Verbrechen, wegen dessen du Gordon gebraucht hast?"

Er verzog das Gesicht. „Ich bevorzuge den Begriff *Vorfall*."

„Ihr seid wirklich bereit, einen weiteren *Vorfall* zu riskieren?" Ich starrte die anderen an. „Ihr seid wirklich bereit, das zu tun?"

Roux zuckte mit den Schultern. „Das müssen wir."

„Müsst ihr das wirklich?", warf ich zurück.

Stille erfüllte den Raum wie schwerer Zigarrenrauch.

Wie ihr das alles hinbekommt, ist eure Sache. Das hatte Gordon gesagt. *Je weniger ich weiß, desto besser. Ich will nur, dass es erledigt wird. Verstanden?*

Sie alle hatten dieses Wort wiederholt. *Verstanden.*

Nun, ich verstand es nicht, verdammt. Gar nichts davon. Was war mit dem gütigen, rücksichtsvollen Gordon passiert, den ich kannte? Und meine Kunden… Ich hatte angefangen, sie als – nun ja, nicht als Freunde –, aber als erträgliche und im Grunde anständige Nachbarn zu betrachten (okay, nicht Henrik. Aber die anderen). Hatte ich mich in ihnen getäuscht?

„Wenn etwas schiefgeht, steckt ihr in Schwierigkeiten, nicht Gordon", gab ich zu bedenken.

Bene zuckte mit den Schultern. „So läuft das nun mal."

Ich starrte ihn mit offenem Mund an.

Roux legte seinen vernünftigsten Tonfall an den Tag. „Hör mal, wir sind uns bewusst, dass es einige Grauzonen gibt… "

„Grauzonen? Das ist eher Mitternacht, verdammt. Stehlen ist falsch. Einfach falsch."

„Was wäre, wenn ich dir sagen würde, dass Ronald Baumann ein Mörder und Waffenhändler ist?", warf Marius ein.

Ich runzelte die Stirn. Das sollte eigentlich keine Rolle spielen, aber irgendwie tat es das doch.

„Und was wäre, wenn ich dir sagen würde, dass das Objekt gestohlen wurde und wir dort nur hingehen, um es zurückzuholen?", warf Bene ein.

Ich kniff die Augen zusammen. „Ist das so?"

Er starrte auf seine Füße. „Nein. Nun, nicht, dass ich wüsste."

Roux schüttelte ungeduldig den Kopf. „Hör zu, du musst nicht daran beteiligt sein. Wir haben dich aus Höflichkeit bei dem Gespräch zuhören lassen, aber wir erwarten nicht, dass du mitmachst – außer, dass du für dich behältst, was du gehört hast."

Er meinte, dass ich sie an Clem verraten könnte, oder? Ich verschränkte empört die Arme. Wie konnte er es wagen, meine Moral infrage zu stellen?

Andererseits war meine Moral ziemlich zwielichtig. So falsch diese Mission auch war, ich wusste bereits, dass ich sie nicht melden würde.

„Natürlich werde ich es für mich behalten." Ich stand auf, machte zwei Schritte zur Tür und drehte mich dann um. „Aber eine Sache noch – wenn ihr einmal weg seid, seid ihr weg. Ich will nicht, dass ihr zurückkommt."

Sie starrten mich alle an und es kostete mich alles, um standhaft zu bleiben. Denn plötzlich waren wir wieder zurück beim ersten Tag, als sie nur eine Gruppe Fremde – mächtige, Furcht einflößende Fremde – und ich für sie ein Niemand war.

Aber als mein Blick auf Marius fiel, geriet ich ins Wanken. Seine Lippen zuckten und erinnerten mich an unseren gestohlenen Kuss – ähm, Küsse, Plural.

War er ein Söldner und Verbrecher oder mein Wächter und Beschützer – die süße, sanfte Seele, die mich die ganze Nacht lang gehalten hatte?

Meine Knie begannen zu zittern.

„Verstanden", sagte Roux in einem knappen, emotionslosen Ton.

Die anderen drei drehten sich um und starrten ihn an.

„Moment mal", protestierte Bene. „Mir gefällt es hier."

Sogar Henrik sah verunsichert aus. Und Marius... Er sah mich mit Augen voller Schmerz an... Hoffnung... Verlangen...

Roux' Handy piepste, als die Nachricht mit den Details eintraf, die Gordon ihm versprochen hatte.

Ich zwang mich, in Richtung Tür zu gehen. Das war alles zum Besten. Es war der nötige Realitätscheck. Es war ein Fehler gewesen, meinen Mitbewohnern – äh, Kunden – zu vertrauen, und es war komplett dumm, Marius als etwas anderes als einen sehr attraktiven, sehr gefährlichen Mann zu betrachten.

„Okay, hier sind die Dateien", sagte Roux zu den anderen.

Ihre Handys piepsten, als er ihnen die Dateien weiterleitete, und unterstrichen damit das Geräusch meiner Schritte.

„Das erste Dokument ist ein Bericht über Baumann... ", erklärte Roux. „Das zweite ist ein Foto des Zielobjekts."

Ich bewegte mich auf die Türschwelle zu, obwohl mein Körper bei jedem Schritt protestierte. Dann fluchte ich und ging zurück, um meinen Teller zu holen. Ich hatte eine Woche gebraucht, um den Jungs beizubringen, selbst den Tisch abzuräumen. Jetzt durfte ich kein schlechtes Beispiel sein.

Aus dem Augenwinkel sah ich, wie Marius den Kopf neigte und auf sein Handy schaute.

„Hmm."

Ich runzelte die Stirn und stellte mir Goldbarren vor. Kostbare Juwelen. Eine Aktentasche mit Nuklear-Codes.

„Oh." Bene hob die Augenbrauen, als er auf seine Anzeige schaute. „Das sollen wir extrahieren?"

Roux nickte.

„Nun, das ist mal etwas anderes", murmelte der Löwengestaltwandler.

Henrik schien sich nicht dafür zu interessieren, aber als Bene das Handy in seine Richtung hielt, riss er die Augen weit auf.

„Oh." Er zog das Wort mehrere Silben weit auseinander und war sichtlich beeindruckt.

Okay, meine Neugier war nun offiziell geweckt.

Söldner und Kriminelle, ermahnte ich mich. *Garantierte Gefängnisstrafe.*

Ich schnappte mir meinen Teller und meine Tasse und wandte mich wieder der Tür zu.

Bene blinzelte auf sein Handy. „Ein Gemälde. Mit schnörkeligen Bäumen. Sieht für mich nicht besonders wertvoll aus."

„Was ist das? Ein Picasso?", brummte Marius.

„Kein Picasso, du Dummkopf. Van Gogh", sagte Henrik.

Ich blieb stehen. Ein echter Van Gogh oder etwas *wie* Van Gogh?

Bene zuckte mit den Schultern. „Verdammt, ich könnte fokussierter malen als das hier."

Ein Kommentar, den ich schon in Dutzenden Museen vor echten Meisterwerken gehört hatte.

„Okay, okay." Ich gab nach. „Was ist es?"

Bene verdeckte seinen Bildschirm. „Ich dachte, du wärst nicht interessiert."

War ich auch nicht. Oder?

„Du willst das nicht sehen", versicherte mir Marius.

Ich erinnerte mich daran, dass ich es nicht wollte. Aber plötzlich wollte ich es doch.

Roux drückte sein Handy an seine Brust. „Tut mir leid. Wenn du nicht beteiligt bist, musst du es nicht wissen. Ich meine es nicht persönlich."

Je mehr er sich weigerte, desto mehr wollte ich das verdammte Ding sehen. Nur um meine Neugier zu befriedigen.

Ich zeigte auf Bene. „Du hast jetzt eine ganze Woche lang meine Kaffeemaschine beleidigt. Du bist mir etwas schuldig."

Er warf Roux einen entschuldigenden Blick zu und drehte sein Handy zu mir um.

Ich starrte es an und setzte mich dann. Hart. Hätte Marius mir nicht blitzschnell einen Stuhl hingeschoben, wäre ich mit dem Hintern auf dem Boden gelandet.

„Was ist los?", fragte Marius aus einer Entfernung, die mir wie hundert Kilometer vorkam.

Ich starrte das Bild an, dann ihn, dann wieder das Bild.

Mein Herz schlug heftig. Nach eigener Aussage waren diese Männer Söldner – aber mir gegenüber waren sie anständig gewesen. Manchmal sogar freundlich (außer Henrik natürlich).

Sollte ich ihnen nicht zumindest mitteilen, was ihr Zielobjekt war? Was es darstellte?

Marius berührte meinen Arm und ich schluckte. Schwer. Dann wandte ich mich an Bene und bat ihn um sein Handy. „Ich muss mir das bitte genauer ansehen."

Roux schüttelte entschlossen den Kopf. „Tut mir leid, Mina. Du weißt bereits mehr, als du solltest."

„Vielleicht wisst ihr weniger, als ihr solltet", gab ich zurück.

Er runzelte die Stirn und zuckte dann mit den Schultern. „Wir wurden angeheuert, Objekte zu extrahieren. Ob es sich dabei um ein Gemälde oder einen Kürbis handelt, geht uns nichts an."

„Das ist nicht nur irgendein Gemälde."

„Nein? Was ist es dann?", fragte Roux.

Ich presste die Lippen zusammen und flüsterte, als könnte uns jemand belauschen. „Van Gogh. *Der Maler auf dem Weg nach Tarascon.*"

„Auf dem Weg wohin?"

„Tarascon", murmelte ich und starrte auf das Handy.

Bene betrachtete das Bild erneut. „Ist es besonders wertvoll oder so?"

Ich schüttelte den Kopf. „Nein. Ja. Ich meine, darum geht es nicht. Dieses Gemälde ist seit dem Zweiten Weltkrieg verschwunden."

„Nun, ich schätze, jemand hat es gefunden", murmelte Bene unbeeindruckt.

Ich schüttelte den Kopf. „Es heißt Raubkunst. Kriegsbeute – wenn es echt ist."

Roux schüttelte den Kopf. „Was es ist, geht uns nichts an."

„Nun, vielleicht sollte es das", schnauzte ich. „Vielleicht solltet ihr nachdenken."

Er starrte mich an, aber ich starrte zurück. Als das zu nichts führte, versuchte ich mein Bestes, um es zu erklären.

„Während des Krieges haben die Nazis Tausende Meisterwerke beschlagnahmt, gestohlen oder zu Schleuderpreisen gekauft. Einige wurden wiedergefunden. Andere wurden zerstört. Einige sind einfach verschwunden." Ich zeigte auf das Bild auf dem Handy. „Wie dieses hier. Es wurde zusammen mit vielen anderen Kunstwerken in einem Salzbergwerk in Deutschland versteckt."

„Hast du Kunst studiert oder so etwas?", fragte Bene in demselben missbilligenden Ton, den ich benutzen würde, um ihn zu fragen, ob er Söldner sei.

„Ja."

Sein Mund formte ein überraschtes O. „Ich dachte, du wärst Lehrerin."

„Bin ich auch. Ich habe als Kunstlehrerin angefangen, aber der Schuldistrikt hat das Programm gekürzt und ich musste zum Klassenunterricht wechseln." Die Kürzung eines wertvollen Kunstprogramms war meiner Meinung nach ein weiteres Verbrechen, aber ich zwang mich, zum Thema zurückzukommen. „In den letzten Tagen des Krieges brach in diesem Salzbergwerk ein Feuer aus und dieser Van Gogh wurde zusammen mit allem anderen als verloren gemeldet."

„Aber das war er nicht", murmelte Marius, der es langsam verstand.

„Seitdem gibt es Gerüchte, dass er Teil einer Privatsammlung sei. Einer *illegalen* Privatsammlung", sagte ich.

„Was passiert, wenn er gefunden wird?", fragte Bene.

„Er sollte an seinen rechtmäßigen Besitzer oder dessen Nachkommen zurückgegeben werden. Im besten Fall kommt er in ein Museum, damit die Öffentlichkeit ihn bewundern kann."

„Sollte, was?", sagte Bene zweifelnd.

Roux nickte in Benes Richtung, damit dieser sein Handy weglegte. „Nun, danke für die Information. Aber da wir noch einiges zu planen haben... " Er neigte den Kopf in Richtung Tür.

Meine Gedanken überschlugen sich. Jetzt zu gehen, wäre das Vernünftigste. Aber mein Herz pochte wie wild, und das nicht wegen eines Van Goghs oder gar eines lang verschollenen Van Goghs.

Ich wusste von diesem Gemälde – und anderen ähnlichen – , weil ich jemanden kannte, der unermüdlich daran gearbeitet hatte, geplünderte Kunstwerke aufzuspüren. Jemand, der auf der Spur von *Der Maler auf dem Weg nach Tarascon* gestorben war.

Mein Vater.

Ein vertrauter alter Schmerz breitete sich in meiner Brust aus – vor allem wegen der Ironie. Mein Vater hatte immer gescherzt, dass ihn die Feinde, die er sich auf der Suche nach verschwundenen Kunstwerken gemacht hatte, eines Tages erwischen würden. Aber er starb bei einem gewöhnlichen Unfall auf einer außergewöhnlich rutschigen Straße.

Ich biss mir auf die Lippe. Was, wenn das Schicksal mir die Chance gab, sein Werk zu vollenden? Was, wenn ich ein kleines Unrecht in einer komplexen, ungerechten Welt wiedergutmachen könnte?

Eine Liste von Verbrechen, für die ich verurteilt werden könnte, schoss mir durch den Kopf. Hausfriedensbruch. Diebstahl. Kunstschmuggel über internationale Grenzen.

Halte dich davon fern. Lass es sein, sagte ich mir.

Die Küchentür war nur wenige Schritte entfernt. Ich bräuchte nur dorthin zu schlendern, die letzten Minuten aus meinem Gedächtnis zu löschen, und könnte mein ruhiges, glückliches und verbrechensfreies Leben weiterführen.

Ich warf einen Blick auf Marius und korrigierte es zu *ruhig, einsam und verbrechensfrei.*

Er starrte mir in die Augen und warnte mich mit seinem Blick... davor, mich von ihrer Mission fernzuhalten, oder vor ihm?

„Mina... “, sagte Roux sanfter. „Ich meine es ernst. Du willst daran nicht beteiligt sein. “

Nach einem letzten Blick auf Marius sprang ich auf und rief über meine Schulter.

„Trefft mich in zwei Minuten im Salon. “

„Dich treffen... ? “ Roux' Frage verhallte unter dem dumpfen Klang meiner Schritte. Ich rannte die Treppe hinauf in die Bibliothek und vorbei an der Kiste, die ich im Stall gefunden hatte, hinüber zu dem Regal, das ich brauchte.

Ich hockte mich hin und fuhr mit dem Finger über die Rücken der großen Bücher unten im Regal. Diamantförmige, farbige Buntglasfenster säumten die vordere Wand der Bibliothek und warfen bunte Flecken auf die Bücher.

Und *bingo!* Ich schnappte mir das Buch und rannte zum Salon, gerade als die Männer hereinkamen.

Ich ließ das Buch auf den Tisch fallen, blätterte durch die verschlissenen Seiten, von denen viele mit Zetteln mit Notizen in der engen, schrägen Handschrift meines Vaters versehen waren. Schließlich fand ich die gesuchte Seite und zeigte darauf.

„Van Goghs *Der Maler auf dem Weg nach Tarascon.*"

Alle beugten sich vor.

1945 in einem Brand zerstört, lautete die Bildunterschrift, aber auf dem Haftnotizzettel, den mein Vater danebengeklebt hatte, standen mehrere glaubhafte Anhaltspunkte.

„Mina…", warnte Roux.

Ihn zu ignorieren, bereitete mir kindliche Freude. Ich deutete auf Benes Handy. Er zögerte, schaute Roux an, der schließlich mit einem Schnaufen nachgab.

Ich zoomte das Gemälde auf Benes Handy heran und verglich es mit dem im Buch.

„Schwer zu sagen, aber es ist definitiv eine Möglichkeit", sagte ich mehr zu mir selbst als zu ihnen.

„Es spielt kaum eine Rolle, ob es echt oder eine Fälschung ist", sagte Henrik. „Wenn Gordon es will, besorgen wir es."

„Für mich spielt es eine Rolle", sagte ich so energisch, dass er zurückwich.

Marius schloss das Buch behutsam und gab Bene sein Handy zurück. „Du willst daran wirklich nicht beteiligt sein, Mina."

„Ich muss dabei sein."

Roux schüttelte den Kopf. „Nein, musst du nicht. Denk darüber nach."

Ich schüttelte vehement den Kopf. „Ich habe darüber nachgedacht. Ich bin dabei, Roux."

„Danke für das Angebot, aber nein. Das kommt nicht infrage."

Ausgerechnet Henrik stellte sich auf meine Seite.

„Vielleicht kommt es doch infrage", überlegte er und strich sich über das Kinn.

„Nein, tut es nicht", beharrte Roux.

„Wir lassen Mina mitmachen, wenn sie uns im Gegenzug dafür bis zum Ende unseres Vertrages hierbleiben lässt", sagte der Vampir.

Roux öffnete den Mund, um zu protestieren, schloss ihn dann aber wieder.

„Zu gefährlich", knurrte Marius.

Bene neigte den Kopf von einer Seite zur anderen. „Das mag sein, aber willst du Gordon erklären, warum sie uns rauswirft?"

Marius runzelte die Stirn, blieb jedoch standhaft. „Es ist immer noch zu gefährlich."

„Der Meinung bin ich auch", warf Roux ein.

Ich warf beiden einen finsteren Blick zu, aber Henrik kam mir zuvor.

„Oh, ich glaube, darüber kann sie sich selbst eine Meinung bilden."

Ich starrte ihn voller Misstrauen an.

Als er grinste, blitzten die scharfen Spitzen seiner Reißzähne über der glatten Linie seiner Lippen auf.

„Außerdem könnte sie nützlich sein."

Meine Begeisterung schwand. Nützlich für einen Vampir? Inwiefern?

„Als Ablenkung, meine ich", erklärte er.

„Damit hat er recht", meinte Bene nachdenklich.

„Wie das?", fragte Roux stirnrunzelnd.

„Um reinzukommen", sagte Bene. „Bei jeder Infiltrationsoperation gibt es zwei Möglichkeiten, nicht wahr? Durch die Vordertür oder durch die Hintertür reinzugehen." Er zeigte auf mich. „Mit ihr können wir beides tun."

Ich verschränkte die Arme. „Das sollte besser keine dreckige, anzügliche Anspielung sein."

Benes Augen leuchteten auf und er schnalzte mit der Zunge. „Ungezogen, ungezogen. So habe ich das nicht gemeint, aber mir gefällt, wie du denkst."

Ich schlug mir die Hände vors Gesicht. Noch ein Tag mit diesen Idioten und ich würde zusammenbrechen.

„Ignoriere ihn einfach", murmelte Henrik. „So machen wir anderen das auch."

„Hey!" protestierte Bene.

„Bene!", fuhr Roux ihn an. „Komm zum Punkt."

„Also dieser Baumann veranstaltet eine Party, richtig?"

Roux nickte knapp. „Und?"

Bene zeigte auf mich. „Also ziehen wir ihr ein hübsches Kleid an, machen ihr die Haare..."

„Hey", murrte ich. Ich war ein Mensch, keine Barbiepuppe.

Bene fuhr unbeeindruckt fort. „Und sie marschiert mit den anderen Gästen durch die Eingangstür. Ich meine, mit einem von uns als ihrem Begleiter." Er grinste und schlug sich auf die Brust. „Ich nominiere mich selbst."

„Vergiss es", knurrte Marius.

Aber Bene vergaß es nicht. „Ich sehe in einem Smoking total gut aus. Du auch?"

Offen gesagt lief mir beim Gedanken, jeden von ihnen in einem Smoking zu sehen, das Wasser im Mund zusammen. Vor allem Marius, der diesem Outfit mit Sicherheit einen sündhaft guten, *dunklen und gefährlichen* Look verleihen würde. Wahrscheinlich allerdings nicht die beste Methode, um sich unbemerkt auf eine Party zu schleichen.

„Der Rest von euch Verlierern geht mit dem Cateringteam durch den Hintereingang rein, und zack!" Bene klatschte in die Hände. „Wir machen uns mit dem Gemälde aus dem Staub."

„So einfach, ja?", murmelte Roux.

Henrik mischte sich ein: „Nein, aber es ist kein schlechter Anfang."

Bene grinste von einem Ohr zum anderen. „Siehst du? Sogar der Vampir stimmt zu."

Nicht gerade beruhigend. Ich hatte mich dennoch entschieden, egal ob es gut oder schlecht ausgehen würde.

Mein Augenwinkel zuckte, als hätte ich eine Vorahnung auf *schlecht.* Aber verdammt. Ich wäre von drei starken Gestaltwandlern und einem Vampir umgeben. Sie würden mich beschützen, nicht wahr?

Marius' Augen flammten auf und schworen, dass er es tun würde.

Im schlimmsten Fall konnte ich auf Gordons Hilfe zählen. Er sollte eigentlich nicht wissen, dass ich dabei war, aber in einer lebensbedrohlichen Situation würde er mir zuerst helfen und später mit mir schimpfen. Ich hasste es, auf seine Hilfe zu zählen, aber das Gemälde war das Risiko wert.

Roux überlegte noch eine Minute, dann seufzte er. „Okay. Hier ist der Deal. Wir erlauben dir, mitzukommen, und du lässt uns hierbleiben. Kein Wort an Gordon über irgendetwas. Abgemacht?"

„Abgemacht." Ich nickte entschlossen und ließ das Wort durch den Raum hallen.

Kapitel 17

MARIUS

„Keine gute Idee", bellte ich zuerst in Minas Richtung, dann zu Roux. „Wisst ihr, wie gefährlich das sein könnte?"

Roux öffnete den Mund, aber Mina hob ihre Hand. „Fang gar nicht erst an."

„Verdammt noch mal, Bene...", knurrte ich, als ich Mina aus dem Raum folgte.

„Wieso ist das meine Schuld? Ich habe nur laut gedacht."

„Eher laut gesponnen", witzelte Henrik, der das Ganze als einziger von uns amüsant fand.

Stühle kratzten über den Boden, Geschrei brach los und Mina kam zurückgestapft.

„Oh nein, das werdet ihr nicht tun. Nicht in der Nähe des Porzellans meiner Großmutter, verdammt noch mal!"

Bene und Henrik hielten inne, obwohl sie sich weiterhin gegenseitig an den Kehlen packten. Bene schaute sich um.

„Porzellan?"

Sie zeigt auf eine einzelne Teetasse und Untertasse auf einer Anrichte. „Porzellan."

Ich fing an zu vermuten, dass sie Teile der riesigen Sammlung ihrer Großmutter an strategischen Stellen platziert hatte, um einen Vorwand zu haben, uns hinauszuschicken, damit wir dort kämpfen konnten.

„Geht verdammt noch mal nach draußen", brüllte sie so laut, dass das Porzellan zitterte. Dann drehte sie sich um und marschierte davon.

Ich folgte ihr. Nun, zumindest versuchte ich es. Aber sie vergrößerte den Abstand zwischen uns schnell und rannte mit langen, wütenden Schritten den Flur hinunter, die sagten: *Lass mich verdammt noch mal in Ruhe.*

Und Junge, sie meinte es ernst, denn sie machte den ganzen Weg durch den Flur und die Treppe hinauf so weiter.

Wendeltreppe, summte mein Drache fröhlich. *Der perfekte Ort zum Küssen.*

Angesichts ihrer schlechten Laune war es wohl eher der perfekte Ort, um mich anzuschreien. Aber dumm, wie ich war, eilte ich ihr trotzdem hinterher.

„Hey!" Ich duckte mich, als sie mich von oben mit einem wilden, wütenden Blick anstarrte.

„Hör auf, mir hinterherzulaufen!"

„Das werde ich, wenn du anfängst, mir zuzuhören." Und, scheiße. Die Worte kamen halb geknurrt heraus.

So umwirbt man seine Gefährtin aber nicht, schnauzte mein Drache.

Sie mochte meine Gefährtin sein, aber es ging hier nicht darum, sie zu umwerben. Ich wollte sie beschützen.

„Wie wäre es, wenn *du* mir zuhörst?", knurrte sie. „Ich entscheide selbst. Ich entscheide, was ich tun will und was nicht."

Ich öffnete den Mund, um zu widersprechen – um ihr zu sagen, dass sie es nicht verstand, dass sie die Gefahr unterschätzte –, aber sie stieß so fest mit ihrem Finger gegen meine Brust, dass ich einen Schritt zurückwich.

Leider gab es keine Stufe mehr, auf die ich treten konnte.

„Also wenn ich sage. . . ", begann sie.

Ich taumelte, strampelte und griff nach der Tür, erwischte aber stattdessen Mina.

Sie riss die Augen weit auf, als wir umkippten. Ich stellte mir vor, wie wir von einer Wand an die andere krachten, und immer weiter und weiter bis hinunter ins Erdgeschoss rollten.

Ich spannte jeden Muskel meines Körpers an und zog uns zur Seite, während ich wieder nach dem Rahmen der Tür griff. Mein Rücken prallte gegen die gewölbte Steinwand und Mina prallte gegen meine Brust.

Uff. Ich zuckte zusammen.

Die gute Nachricht war: Wir waren nicht die Treppe hinuntergestürzt.

Noch etwas Gutes war, dass meine Hände auf ihrer Hüfte landeten und sie schön nah bei mir blieb.

„Oha. Bist du verletzt?“, fragte Mina, nur ein paar Zentimeter von meinen Lippen entfernt.

„Ja“, knirschte ich und berührte meine Rippen. „Siehst du, was passiert, wenn du nicht hörst?“

„Siehst du, was passiert, wenn du mich so waghalsig eine verdammte Treppe hinaufjagst?“

„Waghalsig?“

„Waghalsig.“ Ihr Gesicht war so nahe, dass sich unsere Nasen fast berührten.

Es gab einen langen, spannungsgeladenen Moment. Ihr Brustkorb hob sich gegen meinen und ihre Augen blitzten auf und glühten wie das blaue Herz eines Feuers.

Sie würde einen großartigen Drachen abgeben, flüsterte mein inneres Biest.

Das würde sie und ich könnte sie zu einem Drachen machen, wenn sie mich als ihren Gefährten akzeptierte.

Gefährliche Fantasien erfüllten meinen Geist. Fantasien, die ich noch nie zuvor gehegt hatte, aber jetzt verzweifelt wollte.

Jetzt und für immer, stimmte mein Drache zu.

Mina schaute über ihre Schulter. „Gut, dass ich dich aufgefangen habe, bevor du gefallen bist.“

Ich schnaufte. „Ich habe *dich* aufgefangen.“

„Klar. Sicher. Das erklärt, warum ich oben bin.“

Und, *wusch.* Ihre Wortwahl weckte den falschen Teil meines Gehirns – den Teil, der eine direkte Verbindung zu meinem Schwanz hatte.

„Nein, du bist dank denen hier da.“ Ich führte ihre Hand zu meinem Bauch. „Ich glaube, man nennt sie Bauchmuskeln.“

Sie schnaufte, zog ihre Hand jedoch nicht weg. Sie behielt sie genau dort, wo sie war, so schön und warm und neckend.

„Es ist so erfrischend, einen Mann zu treffen, der nicht von sich eingenommen ist.“

Ich zuckte mit den Schultern. „Wie soll ich es denn sonst ausdrücken?“

„Du könntest es mit ,*wendig wie eine Katze*‘ versuchen.“

Ich verzog das Gesicht. „Wendig wie ein Drache.“

Sie gluckste. „Ich mache dich wohl eifersüchtig, was?"

„Willst du Bene? Du kannst ihn haben. Oder Roux, ist mir egal", sagte ich und log, dass sich die Balken bogen. Wenn sie auch nur einen Blick auf einen der beiden warf, würde ich sie umbringen – egal ob drinnen oder draußen, zum Teufel mit Großmutters Porzellan.

Sie verdrehte die Augen erneut. „Ich will weder Bene noch Roux."

Stille folgte – eine heftige Stille, die nur von unserem keuchenden Atem unterbrochen wurde – ich war mir ihrer warmen Hand, die bequem auf meinen Rippen ruhte, so überaus bewusst. Rippen, die sich jetzt viel besser fühlten, obwohl der Schmerz noch nicht ganz verschwunden war. Vielleicht war er nur nach Süden gewandert, wo mein Schwanz jetzt unter meiner Jeans anschwoll.

„Wen willst du dann?", flüsterte ich.

Sie bewegte die Lippen und ich bereitete mich auf ein Widerwort vor.

Wie sich herausstellte, die falsche Vorbereitung. Denn eine Sekunde später bedeckte sie meinen Mund mit einem tiefen, leidenschaftlichen Kuss.

Eins-Plus-Antwort, summte mein Drache.

Ich küsse sie in einem wilden, chaotischen Aufeinandertreffen genauso leidenschaftlich zurück.

Schicksal, sang mein Drache, obwohl mein Gehirn bestenfalls auf zwei Zylindern lief. Es war kein guter Zeitpunkt, um zu analysieren, ob dies Schicksal, reiner Zufall oder pure Lust war.

Schicksal, murmelte eine erdige Stimme in meinem Kopf.

Sie ballte ihre Hände, umklammerte und löste sie von meinem T-Shirt – nur um den Zyklus von vorn zu beginnen. Ich atmete ihren Duft von Rosen und Flieder ein, während ich selbst mit meinen Händen drückte und knetete.

Als ich meine Hüfte gegen ihre drückte, keuchte sie an meinem Mund. Ich fing den Laut auf und schluckte ihn, vertiefte den Kuss, bis sie ihre Finger in meine Schultern grub.

Ich löste mich von ihr. „Willst du, dass ich aufhöre?"

„Auf gar keinen Fall", keuchte sie und stürzte sich direkt in einen weiteren Kuss.

Mein innerer Drache brüllte zustimmend und die letzten Reste meiner Selbstbeherrschung verflogen in dem Wirbelsturm, den Mina entfesselte.

Wir waren lange genug umeinander herumgetanzt. Hatten vorgegeben, es gäbe keine Chemie zwischen uns, obwohl die Wahrheit war, dass es genug zwischen uns gab, um das Dach einer Forschungseinrichtung zu sprengen.

Die Steinmauer hinter mir war kühl, aber ihr Körper war wie eine Wand der Hitze, die gegen meine Brust gepresst wurde. Meinen Bauch. Meine Hüfte...

Wir lösten uns, um Luft zu holen, und starrten uns schließlich in die Augen.

„Bist du immer noch böse?", murmelte ich.

„So wütend", flüsterte sie.

Ich lachte leise, ein tiefes, raues Lachen, das sie erschauern ließ. Sie schlang ihre Arme um meinen Hals und zog mich zu sich heran, um mich gierig zu küssen. Ich beugte mich begierig vor. Zu begierig, denn wir schwankten wieder auf dem Rand der Treppe.

Sie klammerte sich an mich. „Oh! Pass auf."

Wie nett von ihr, dass sie mir so etwas zutraute, angesichts der Benommenheit, die meinen Verstand eingehüllt hatte. Vor allem jetzt, da ihr Duft mich umhüllte, gewürzt mit süßer Frustration.

„Halt dich fest", befahl ich. Ohne auf eine Antwort zu warten, schob ich sie die Treppe hinauf und in die Sicherheit des oberen Flures.

Die *relative* Sicherheit, entschied ich, als wir gegen ein Bücherregal stießen. Taschenbücher regneten herab, prallten von meinen Schultern ab und fielen auf den Boden. Aber besser als Großmutters Porzellan.

„Tut mir leid", murmelte ich.

„Das wird es, wenn du jetzt aufhörst", knurrte Mina und fuhr mir mit den Fingern durch die Haare.

Gut, dass ich das nicht vorhatte. Verdammt, das hier war alles Improvisation und Instinkt. Ich handelte aus dem Bauch – ähm, Unterleib – heraus.

Apropos... deutete mein Drache an.

Ich hob sie hoch und sie stieß einen gedämpften Schrei aus, ohne den Kuss jedoch zu unterbrechen. Ich trug sie den Flur entlang und suchte nach einer ebenen Fläche. Sie schlang ihre Beine um meine Hüfte, was mich vor Verlangen stöhnen ließ.

Der Ostflügel des Hauses war ein Spiegelbild des Westflügels und ihr Schlafzimmer zog mich an wie eine Motte das Licht. Aber das hier war ein verdammtes Château, kein Haus, und dieser Flur schien endlos zu sein. Ein Porträt ihrer Vorfahren nach dem anderen huschte an mir vorbei und ich spürte den missbilligenden Blick jedes einzelnen.

Diese jungen Leute heutzutage, hörte ich sie fast schimpfen.

Als hätten sie sich nie in ihrer Lust blindlings durch diese Flure gestürzt.

Wir kamen an vier, fünf, sechs Portraits und einer hochmütigen Büste im griechischen Stil vorbei. Weitere vier Porträts trennten uns vom Eldorado ihres Zimmers in der Ferne.

Ich stöhnte. Was würde ich nicht dafür geben, um dieses Château gegen einen Bungalow einzutauschen.

„Schon schlapp?", neckte Mina und klammerte sich an mich wie ein kleines Babyäffchen.

Ich schüttelte den Kopf. „Es ist nicht das Gewicht. Es ist die Warterei."

Sie kicherte und neigte den Kopf zur Seite. „Nun, es gibt den Fußboden. Die Wand..."

„Einen Flur, der jedes Geräusch zu den Arschlöchern nach unten tragen würde..."

Sie stöhnte und vergrub ihr Gesicht an meinem Nacken. Gott, das fühlte sich gut an.

Aber scheiße. Ich hatte das Falsche gesagt, denn einen Moment später schluckte sie und lockerte ihre Beine.

„Lass mich runter", befahl sie.

Mein Herz setzte einen Schlag aus. Mein Schwanz stöhnte. Tausend Emotionen – Verlangen, Bedürfnisse, zerschlagene

Hoffnungen – dröhnten in meinem Kopf, als ich mich hinunterbeugte und meinen Griff um ihre Seite lockerte.

„Wenn ich es mir recht überlege…" Sie schlang ihre Beine wieder um mich und ich hielt sie fest.

Ihr Gesicht war so nah, dass ich fast schielte. Sie musterte mich, schaute mir tief in die Augen und direkt in meine Seele.

Kann ich dir vertrauen? Wirst du mir wehtun? Wird das die Dinge ändern?

Mein Herz brach bei diesen Fragen, die ich in ihrem Kopf spürte – und wegen einer Welt, die Frauen zwang, solche Dinge mehr zu berücksichtigen als Männer.

Es tat auch weh, weil mir diese Fragen schon so oft gestellt worden waren. *Kann ich dir vertrauen? Wirst du mir wehtun?*

Ja, verdammt. Man konnte mir vertrauen. Und nein – natürlich würde ich ihr nicht wehtun. Doch kam jedes Mal dieselbe unausgesprochene Befragung auf. Rebellische Drachen wie ich zogen Frauen an wie Motten das Licht. Aber sobald eine Frau sich mir näherte – wenn sie jemals den Mut dazu aufbrachte –, machte sich Angst breit und versetzte meiner Seele einen kalten, harten Schlag.

Wenn sie mir nicht vertraute, wie konnte ich ihr dann vertrauen? Hatte sie mich die ganze Zeit nur verarscht, während es mir vollkommen ernst gewesen war?

Aber mein Herz sehnte sich genauso sehr nach Mina wie mein Körper, also hielt ich sie fest.

„Hast du dich schon entschieden?", fragte ich schließlich und versuchte verzweifelt, meine schwache Hoffnung zu verbergen.

Ihr Blick wurde weicher und sie umfasste sanft mein Gesicht.

„Ja." Sie streifte meine Lippen mit ihren und drückte sie dann fester darauf. „Ja…", murmelte sie und ihr Flüstern wurde zu einem Flehen. „Ja…"

Zeit und Raum verschwammen und bevor ich mich versah, fielen wir in ihr Bett. Sehnsüchtig berührten, kosteten, und zogen wir einander aus. Wir *verzehrten* einander.

„Oh... " Ihr Atem stockte, als ich ihren Mund verließ, um nach Süden zu rutschen. Ich leckte mit der Zunge über ihre Brust und knabberte dann an der harten Knospe.

Sie stöhnte und führte mich von links nach rechts.

Schließlich glitt ich weiter und rutschte mit meinem Kiefer im Zickzack über ihre glatte Haut. Tiefer und tiefer, bis...

Sie schnappte nach Luft und stöhnte, als die ersten zärtlichen Berührungen meiner Zunge zu tiefem, hungrigem Lecken wurden.

Zum Glück hatten wir die Tür geschlossen, denn die Geräusche, die wir machten...

Mein Drache plusterte sich auf. *Wir...*

Der verschwommene, entfernteste Winkel meiner Seele registrierte es. Nicht ich, nicht sie. *Wir.*

Jedes Mal, wenn ich mich bewegte, bewegte sich Mina mit. Bäumte sich auf, krümmte den Rücken, erhob sich. Jedes Mal, wenn ich nach Luft schnappte, tat sie es auch. Wir waren so im Einklang, so perfekt zusammen. Perfekter, als ich es jemals mit jemandem empfunden hatte.

Zuhören, summte mein Drache. *Der Schlüssel ist, zuzuhören.*

Ich musste ihr zuhören – das Gegenteil von dem, was ich zuvor auf der Treppe von ihr verlangt hatte. Was, wo, wie gefiel es ihr am besten? Ich konzentrierte mich auf das Beben in ihrer Stimme, die Anspannung in ihrem Körper, den Klang jedes zittrigen Atemzugs.

Mit meiner Zunge und meinen Fingern trieb ich sie höher, bis...

Sie keuchte, erschauderte und krümmte sich mir dann scharf entgegen. „Ja!"

Ihr Schrei hing in der Luft und ihr Körper spannte sich eine gute Minute lang an. Dann erschlaffte sie bis auf den heftigen Atem, der ihre Brust hob und senkte. Ich kuschelte mich an sie und hielt sie fest.

„Oh. Mein. Gott", flüsterte sie zwischen zwei Atemzügen.

Trotz der Sehnsucht in meiner Leiste verzog ich meine Wange zu einem breiten Grinsen.

„Schön?", fragte ich so beiläufig wie möglich.

„Sehr... hmmm... sehr... " Sie winkte vage mit der Hand und suchte nach Worten. „Sehr schön. "

Ich stützte mich auf einen Ellbogen und strich ihr eine Haarsträhne aus dem Mundwinkel.

„Nur schön?"

Sie stieß mir einen Finger in die Mitte meiner Brust. „Lass dir das nicht zu Kopf steigen." Dann schimmerte ihr Blick mit einem verschmitzten Glanz und sie schlang ihre Hand um meine steife Länge. „Außerdem hebe ich mir *fantastisch* für später auf. "

„Später? " Was als Knurren begann, verwandelte sich in ein ersticktes Stottern.

„Vielleicht eher früher als später. " Sie grinste, bewegte ihre Hand nach oben und wieder nach unten, als sie sich auf den Rücken rollte.

Mein Gehirn spielte keine Rolle dabei, wie schnell mein Körper ihrem Signal folgte. Es passierte einfach und einen kurzen Augenblick später...

... glitt ich in ihre heiße, enge Weiblichkeit und das Brüllen meines Drachen donnerte durch meinen Kopf. *Meine. Meine. Meine!*

Kapitel 18

MINA

Ich warf meinen Kopf zurück und unterdrückte einen Schrei, als Marius in mich eindrang. Er keuchte an meinem Nacken, bemühte sich um Kontrolle, zog sich dann zurück und stieß erneut zu.

Ich schlang meine Beine um ihn, gierig – nein, ausgehungert – nach mehr.

Plötzlich hörte er auf und mein Magen zog sich zusammen.

„Fuck.“

Ja, bitte.

Aber, verdammt. Das hatte er nicht gemeint.

Ich bewegte meine Hände von seinem perfekten, muskulösen Hintern zu seinen Schultern und wartete.

„Kein Kondom. Problem?“, fragte er und brachte die Silben kaum zustande.

Der *aufgewühlte Drache* war ein niedlicher – und seltener – Anblick und ich konnte mir ein Lächeln kaum verkneifen.

„Kein Problem“, versicherte ich ihm in ebenso simpler Höhlenmenschensprache. Er sollte sich auf das Wesentliche konzentrieren, zum Beispiel darauf, weiterzumachen, wo er aufgehört hatte.

Ich nahm die Pille und war mit dem robusten Immunsystem eines Gestaltwandlers gesegnet – ein riesiger Vorteil, obwohl mir so viele andere Fähigkeiten fehlten, die meine Vorfahren genossen hatten.

Er sagte zwar nicht laut „*Uff*“, aber sein Körper schrie es praktisch heraus.

Ich strich mit den Händen über seine Schultern und schluckte dann. Ich war nicht nur mit irgendeinem Mann ins Bett gesprungen. Ich lag mit einem Drachengestaltwandler im Bett. Er könnte mich rösten, in Stücke reißen oder mich mit seinen bloßen Händen töten – dieselben Hände, die gerade über meinen Körper glitten.

Eine Welle der Vorfreude durchströmte mich und ich schubste seinen Hintern an.

„Definitiv kein Problem. Also, wo waren wir?"

Er grinste, was mir den Atem raubte. „Etwas herrisch, nicht wahr?"

„Das liebst du doch", murmelte ich und ließ meine Hüfte an ihm kreisen.

Sein Lächeln verwandelte sich in ein gieriges Zischen und einen Moment später stöhnte ich wieder. Es waren erst wenige Sekunden vergangen, aber dies war bereits der beste Sex meines Lebens, der den bisherigen Höhepunkt – den feurigen Orgasmus, den er mir eine Minute zuvor beschert hatte – noch übertraf. Und wenn ich weiter zurückblickte... Nun, die Leistungen anderer Männer erschienen mir im Vergleich dazu lächerlich amateurhaft.

„Kei...ne...Zwei...fel?", neckte er mich und unterstrich jede Silbe mit einem tiefen, harten Stoß.

Tatsächlich dachte ich überhaupt nicht nach. Mein Geist war selig leer, außer dass er nach mehr schrie.

Ich musste etwas in dieser Art gemurmelt haben, denn er lachte – so heftig, dass es durch jeden Winkel seines Körpers hallte. Ja, sogar durch *diesen* Winkel, was mich zu einem weiteren tiefen, langen Stöhnen veranlasste.

Er wurde wieder ernst. Konzentrierte sich. Stieß härter und tiefer zu.

Ich schloss die Augen, öffnete sie dann wieder und bemühte mich verzweifelt, keine einzige Empfindung zu verpassen. Aber ich hätte genauso gut versuchen können, jeden Regentropfen eines Sommergewitters aufzufangen, denn die Eindrücke strömten nur so auf mich herein und ich konnte nur einen Bruchteil davon erfassen. Die Sternschnuppen in seinen mitternächtlichen Augen. Der Schweiß, der auf seiner Haut glänzte. Das heiße Reiben in meinem Inneren.

„Oh… ", keuchte ich und verlor den Kampf, meine Erregung zu verbergen.

So wie Marius den Kiefer zusammenpresste, führte er diesen Kampf auch.

Bis dahin hatte ich mich an seinen Schultern, Hüften oder seinem Hintern festgeklammert, um ein Fünkchen Kontrolle zu behalten. Aber jetzt wurde ich von einem brennenden Verlangen überwältigt loszulassen. Ein letztes Stückchen hielt sich jedoch hartnäckig fest und stellte stur Fragen.

Konnte ich ihm vertrauen?

Ja – mit meinem Leben, das spürte ich.

Würde er mir wehtun?

Vielleicht meinem Herzen, falls – wenn? – das alles hier ein jähes Ende nahm. Aber dafür müsste ich die Schuld mit ihm teilen.

Und was Verletzungen meines Körpers anging… Wellen der Ekstase pulsierten durch meine Adern und strichen diese Frage von der Liste.

Ich ließ seine Schultern los und streckte meine Arme über meinen Kopf. Ich schloss sogar die Augen und vertraute mich ihm und dem Schicksal an.

„Ja… ", flüsterte ich, während unsere Körper miteinander verschmolzen.

Das Bett knarrte und die Laken verfingen sich um meine Füße.

Blut rauschte in meinen Ohren. Lust wirbelte durch meine Adern. Schreie stauten sich in meiner Kehle an. Dann stieß Marius ein letztes Mal heftig zu und dieser Damm brach.

Meine Sicht verschwamm und mein ganzer Körper sang. Und sang und sang, denn der Rausch hielt so lange an – lange genug, um das Château ein paarmal in Drachenform zu umkreisen, wäre ich dazu in der Lage gewesen.

In diesem Moment glaubte ich wirklich, ich könnte wie ein Drache fliegen. Ich glaubte, ich könnte brüllen und mit meinem Gefährten in die Lüfte aufsteigen. Ich glaubte alle möglichen verrückten Dinge und sie schienen mir überhaupt nicht verrückt.

Gerade als ich im Begriff war, zu erschlaffen, explodierte Marius in mir und ich wurde von einem weiteren Orgasmus überwältigt. Marius keuchte und wurde vollkommen regungslos, wie eine Statue aus Muskeln, Adern und einem Gesichtsausdruck zwischen *siegreichem Krieger* und *bis ins Mark erschüttert*. Dann holte er keuchend Luft und sackte zusammen, wobei er mich in die Matratze drückte.

Ich schlang meine Arme um seinen Rücken. Ich presste auch meine Lippen zusammen, um verbotene Worte zurückzuhalten, die ein Mann wie Marius nicht hören wollte. Wie das Fünf-Buchstaben-Wort mit L, das mir selbst in einem solchen Moment nicht in den Sinn kommen sollte.

Wir lagen eine lange Zeit eng umschlungen da, zu träge – oder zu erschöpft –, um uns zu bewegen. Schließlich säuberte Marius uns beide mit dem Bettlaken. Ich nahm mir vor, den Waschtag im Château vorzuverlegen. Dann kuschelte er sich an mich und zeichnete gedankenverloren Kreise auf meine Schulter.

Ich hätte etwas sagen oder einen Witz machen sollen, um die Stimmung aufzulockern. Stattdessen vergrub ich mein Gesicht in der warmen Wölbung seines Halses, atmete ein und klammerte mich an ihn.

Irgendwann kam ein natürliches Bedürfnis auf, und das Einzige, was mir mehr Angst machte, als nackt vom Bett weg und zurückzulaufen, war der Gedanke, dass Marius vielleicht nicht mehr da sein könnte, wenn ich zurückkäme.

Aber er folgte mir mit seinem Blick wie mit den Augen eines Falken – oder eines Drachen. Ein Drache, der einen kostbaren Schatz bewachte. Ich schluckte bei diesem Gedanken – und bei der Art, wie er mich direkt wieder neben sich zog. Er drückte mir einen Kuss auf die Schläfe, so sanft, dass ich dachte, ich hätte es mir eingebildet.

Meine Brust zog sich zusammen.

Gefährlich. So verdammt gefährlich. Nicht nur der Mann, sondern auch die Richtung meiner Gedanken.

Wäre es Nacht gewesen, hätten wir vielleicht einfach einschlafen und uns später mit den Folgen auseinandersetzen können... aber das Sonnenlicht strömte durch die Fenster herein und legte die Wahrheit über das, was wir gerade getan hatten, offen. Tatsächlich wurden viele Dinge offenbart. Große Dinge. Mein Blick wanderte immer wieder nach unten und ich musste ihn wieder nach oben reißen.

Schließlich drehte ich mich auf die Seite, um ihn anzusehen. Mit seinen Augen – dieses Mal eher ein *geheimnisvoller See* als ein *stürmischer Ozean* – schaute er in meine. Dann senkte er seinen Blick zu meiner Brust und genoss den Anblick sichtlich entspannt.

Ein ungehemmter Drache. Warum war ich nicht überrascht?

Fair war fair, also beschloss ich, auch einen Blick auf ihn zu werfen. Hinunter über seine breite Brust, die Bauchmuskeln, bis zu seinem...

Ich riss meinen Blick gerade rechtzeitig los, um zu sehen, wie er ein Grinsen unterdrückte.

„Ich weiß nicht, wie du das siehst, aber Sex am helllichten Tag ist irgendwie wie... Diebstahl am helllichten Tag", sagte ich. „Ich habe das Gefühl, ich müsste mich doppelt schuldig fühlen."

Er schnaufte. „Warum solltest du dich überhaupt schuldig fühlen?"

Ich öffnete den Mund, aber es kamen keine Worte heraus. Ja, warum sich schuldig fühlen?

Schließlich entschied ich mich für: „Sagen wir einfach, es ist neu für mich."

Er zeichnete einen weiteren kleinen Kreis auf meine Schulter. „Neu auf eine *gute* Weise, hoffe ich."

Ich nickte, gab dann nach und korrigierte die Untertreibung des Jahres. „Auf eine *sehr* gute Weise neu."

„Gut genug, um es irgendwann noch mal zu versuchen?"

„Ich würde *auf jeden Fall* sagen, aber ich denke, *es kommt darauf an*, wäre eine sicherere Antwort."

Er runzelte die Stirn. „Worauf kommt es an?"

„Dass keiner von uns beiden es mit dem, was wir als Nächstes sagen, ruiniert."

Sein Glucksen klang etwas trocken. „Nun, dann sollte ich jetzt wahrscheinlich nicht..."

Ich unterbrach ihn mit einem vehementen Kopfschütteln. Meine Entscheidung, bei dem Raubzug auf Mallorca zu helfen? „Das solltest du auf keinen Fall erwähnen. Nicht, wenn du irgendwann noch mal flachgelegt werden willst."

Er hob eine Augenbraue. „Willst *du* irgendwann noch mal flachgelegt werden?"

Verdammt, ja. Aber es war erst – ich warf einen Blick auf die Uhr und staunte – *bereits* zehn Uhr morgens und wir hatten einen langen Tag vor uns. Vielleicht sogar einen Flug nach Mallorca.

Ich strich mit der Hand von der neutralen Zone seiner Schulter zum riskanteren Terrain seiner Hüfte hinab. „Nun, ja. Ich bin auch nur ein Mensch, weißt du."

Bist du das wirklich? fragten seine Augen, obwohl er nichts sagte.

Gut, denn es war eine lange Geschichte und wir sollten unsere Zeit, offen gesagt, besser mit Sex verbringen.

Ich gab jedoch nach und erzählte ihm die Kurzfassung.

„Die Familie meines Vaters – die amerikanische Seite – ist eine Mischung aus Fuchs- und Bärengestaltwandlern."

Marius grübelte kurz nach. „Das erklärt aber nicht, wie du Henrik in jener Nacht entkommen bist, als er dich vom Dachboden aus aufgespürt hat."

Ah, das Schattenwandeln. Schwer zu erklären – vor allem, da ich es noch nicht vollständig beherrschte.

„Ein altes Familiengeheimnis", sagte ich. „Das darf ich nicht preisgeben, tut mir leid."

Er presste die Lippen zusammen, drängte jedoch nicht weiter.

„Das kommt also von der Familie deiner Mutter, nehme ich an?", fragte er.

Ich nickte. „Eine Mischung aus Gestaltwandlern und Hexen aus Burgund. Aber so gemischt und so lange her, dass wir keine wirklich besonderen Fähigkeiten mehr haben."

Er schnaubte. „Du meinst, abgesehen davon, einem Vampir zu entkommen?"

Ich lächelte knapp. „Gelegentlich."

Wir lagen eine Weile still da, grübelten, berührten uns und kuschelten.

„Jetzt bin ich mit einer Frage dran", flüsterte ich schließlich.

„Oh-oh", murmelte er, nur halb im Scherz.

Ich strich mit dem Finger über die Muskeln seines Unterarms und sammelte Mut, um zu fragen.

„Diese Anklage wegen versuchten Mordes. Bereust du es?", fragte ich leise.

„Nur, dass ich ihn nicht getötet habe."

Also Punkte für Ehrlichkeit, wenn auch nicht für Gesetzestreue. Aber wenn dieser Mann so schlimm war, wie Bene sagte, nun ja... Konnte ich es Marius vorwerfen?

Ich dachte eine Weile darüber nach und beschloss dann, es mit einer weiteren Frage zu versuchen.

„Was wirst du tun, wenn du deine Arbeit für Gordon beendet hast?"

Sein Blick wanderte über die Decke, dann an den Wänden entlang.

„Ich bin mir nicht sicher", sagte er.

Ich nickte, unsicher, welche Antwort ich mir von ihm gewünscht hätte, geschweige denn, wie ich darauf reagieren sollte.

Bleib hier, flehte eine Stimme in meinem Hinterkopf. *Für immer.*

„Hast du die gemalt?", murmelte Marius etwas später und deutete auf die Reihe gerahmter Kunstwerke an der Wand.

Ich schüttelte den Kopf. „Nur das eine." Ich zeigte auf ein Ölgemälde, das den Brunnen im Garten in besseren Zeiten zeigte. „Es gibt noch ein Dutzend weitere im Lager. Als Kind kam ich jeden Sommer her und verbrachte die meiste Zeit mit Zeichnen und Malen." Ich räusperte mich. „Das da, das da und das dort drüben sind von meinem Vater." Ich zeigte auf Aquarelle der hiesigen Gegend. „Er liebte es hier. Meine Großmutter scherzte immer, dass er mehr ihr Kind war als meine Mutter."

In der Ferne sang eine Trauertaube, fast wie eine Hommage für ihn, und ein Kloß bildete sich in meinem Hals.

Marius hielt mich etwas fester. „Die Notizen in dem Buch, das du uns gezeigt hast... Waren das seine?"

Ich nickte und war geneigt, ihm alles zu erzählen. Aber ich verlor den Mut und zeigte stattdessen auf ein anderes Kunstwerk.

„Die Skizze eines Pferdes am Fenster ist von Toulouse-Lautrec."

Marius schaute zweimal hin. Also ja. Themenwechsel geschafft.

„Echt oder eine Fälschung?"

Ich lachte. „Echt. Aber es ist nur eine Skizze und sie hat Wasserschäden, also ist sie nicht besonders wertvoll." Ich seufzte und dachte an die leeren Wände im unteren Flur. „Angeblich hatten meine Ururgroßeltern eine ziemlich große Kunstsammlung, aber das ist alles, was davon übrig geblieben ist. Im Laufe der Jahre wurden alle anderen verkauft, um die Unterhaltskosten zu bezahlen."

Ich schaute auf einen Riss in der Gipsdecke und dachte dann an ein paar lose Dachziegel. Kämpfte ich einen aussichtslosen Kampf?

„Hey." Marius streichelte meine Wange.

Ich schluckte schwer und schaute ihn an.

„Du wirst einen Weg finden", murmelte er.

Ich biss mir auf die Lippe. Wer hätte gedacht, dass der Typ vom Titelblatt des *Magazins für Leder, Räder & Tattoos* so ein Schatz wäre?

Ich holte tief Luft und setzte dann ein Lächeln auf. „Ja. Sobald ich von Mallorca zurück bin."

Seine Mundwinkel zuckten, aber dann wurde seine Stimmung düster. „Was das angeht, wie stehen meine Chancen, dich davon zu überzeugen, hierzubleiben?"

Ich tätschelte seine Brust. „Nahezu null. Aber da ich gerade in einer ziemlich umgänglichen Stimmung bin... "

Er grinste. „Umgänglich, was?"

Ich nickte. Zwei atemberaubende Orgasmen konnten so etwas bei einem Mädchen bewirken.

„Ich werde mir anhören, was du zu sagen hast", schloss ich. „Das bedeutet aber nicht, dass ich meine Meinung ändern werde."

Er ließ seinen Blick über meinen Körper wandern, während er darüber nachdachte.

„Warum interessierst du dich so für den Van Gogh?"

Mein Blick schweifte zu den gerahmten Fotos auf der Kommode. Das mittlere zeigte meine Familie beim letzten Weihnachtsfest, das wir mit meinem Vater verbracht hatten. Allerdings wussten wir das damals noch nicht.

Als Marius meinem Blick folgte, schaute ich zum Fenster.

Wie viel sollte ich ihm erzählen? Warum sollte ich überhaupt ein Geheimnis daraus machen?

Weil die Erinnerungen an meinen Vater zu kostbar waren, um sie mit irgendjemandem zu teilen. Selbst ein Mann, dem ich genug vertraute, um mit ihm zu schlafen, genügte meinen Anforderungen nicht automatisch.

„Sagen wir einfach, ich habe eine Leidenschaft für Kunst", sagte ich.

„Eine Leidenschaft, die groß genug ist, um dein Leben dafür zu riskieren?" Seine Stimme klang trocken. Man könnte sogar sagen: todernst.

„Vielleicht nicht ganz so leidenschaftlich", gab ich etwas schwächer zu.

„Warum überlässt du es dann nicht den Experten?"

Ich verzog das Gesicht. „Tut mir leid, aber ich bezweifle, dass ihr Experten für postimpressionistische Kunst seid."

„Nein, aber wir sind Experten in anderen Dingen."

Ich gab mir alle Mühe, mir nicht vorzustellen, was das beinhaltete.

„Und Experten genug, um zu wissen, dass du bei dieser Mission nichts zu suchen hast", fügte er hinzu – sanft, das musste ich ihm zugutehalten. Oder vielleicht schmeichelte er mir nur, um noch mehr Sex zu bekommen.

„Richtig. Die *Mission*." Ich hob meine Finger zu Gänsefüßchen in der Luft. „Eine Mission, die nicht sicherstellt, dass das Gemälde – wenn es echt ist – in die richtigen

Hände gelangt. Es wird nur den Besitzer wechseln, von einer Privatsammlung zur nächsten."

Er zuckte mit den Schultern. „Das weißt du nicht sicher."

Ich tippte demonstrativ mit den Fingern auf meine Lippen. „Lass uns mal sehen. Die Person, die dieses Gemälde haben will und weiß, wo es sich befindet, kontaktiert weder den derzeitigen Besitzer noch die für solche Dinge zuständige Sonderkommission – und glaube mir, es gibt mehrere, die sich freuen würden, einen lang verschollenen Van Gogh wiederzufinden – eine solche Person scheint nicht gerade ein *großzügiger Philanthrop* zu sein, nicht wahr?"

Er hob und senkte dann eine Schulter. „Das weiß ich nicht. In meinem Beruf gibt es nicht viele großzügige Philanthropen."

Ich runzelte die Stirn, als ich die Fotos auf meiner Kommode musterte. Gordon war auf dem Foto zu sehen, das zu meinem Hochschulabschluss aufgenommen worden war. Er hatte einen Arm um meine Schultern und einen um die meiner Schwester gelegt. Meine Mutter war auf dem Bild nicht zu sehen, denn sie stand hinter der Kamera. Meine dankbare, schuldenfreie Mutter und wir, ihre schuldenfreien Kinder, dank Gordons Großzügigkeit.

Zum zehnten Mal an diesem Morgen betete ich, dass Marius und die anderen sich in ihm getäuscht hatten. Und zum zehnten Mal an diesem Morgen bezweifelte ich ernsthaft, dass dies der Fall war.

Aber wie hatte ich in all den Jahren unseres engen Kontakts die dunkle Seite seiner Geschäfte übersehen können?

„Nehmen wir mal für eine Minute an, dass die Suche nach diesem Gemälde mit keinerlei Risiken verbunden ist", sagte Marius. „Du kommst mit uns mit, wir holen das Gemälde und du schaust es dir genau an. Es stellt sich heraus, dass es echt ist…"

Ich nickte und fand diese Version der Ereignisse super.

„… und wir überreichen es Gordon, der es an seinen Kunden übergibt."

Ich runzelte die Stirn.

Er berührte mein Kinn sanft und ich sah ihm in die Augen. „Immer noch kein Happy End. Zumindest nicht für dich.

Könntest du damit leben?"

„Wie kannst *du* damit leben? Ich meine, solche Geschäfte zu machen?"

Sein Blick verdüsterte sich. „Frag mich besser nicht nach meiner Moral, Mina. Du wirst von dem, was du findest, nur enttäuscht sein."

„Wäre ich das?"

Natürlich wärst du das, versprachen seine stürmischen Augen. Fast schon trotzig.

Vielleicht. Aber irgendetwas ließ mich glauben, dass sich hinter diesem Sturm ein Regenbogen verbarg. Etwas, das man glauben konnte. Dem Mann vertrauen konnte. Dass man vielleicht sogar lieben konnte.

Naiv? Wahrscheinlich.

Definitiv, warnte mich eine Stimme im Hinterkopf. Aber ich konnte trotzdem nicht anders, als an ihn zu glauben.

„Wie dem auch sei, es handelt sich wahrscheinlich um eine Fälschung." Ich zwang mich, einen leichteren Tonfall anzuschlagen.

„Weißt du genug, um eine Fälschung zu erkennen?"

„Ich bin eine... sehr erfahrene Amateurin", sagte ich ehrlich.

Mein Vater hatte einen ganzen Aktenordner über verlorene Kunstwerke aus dem Zweiten Weltkrieg und die Fälschungen, die seitdem aufgetaucht waren. Ich hatte mir die Details unzählige Male angesehen. Ich hatte dieses Dossier für alles Mögliche verwendet, von einem Kunstprojekt in der zehnten Klasse über meine Abschlussarbeit an der Uni bis hin zur Gestaltung einer interdisziplinären Einheit für meinen Schulbezirk. Zumindest die Hälfte der Fälschungen, die mein Vater katalogisiert hatte, war selbst für mich leicht zu erkennen. Ich hatte auch ein Praktikum bei einem Auktionshaus in Boston absolviert, und alle dort – einschließlich der angesehensten Veteranen – erklärten, ich hätte einen sechsten Sinn dafür, zwischen echten Kunstwerken und Fälschungen zu unterscheiden. Vielleicht war also doch ein Hauch des Zaubers meiner Vorfahren auf mich übergegangen.

„Nehmen wir an, wir entscheiden schnell, dass es sich um eine Fälschung handelt", sagte ich. „Dann weiß ich, dass ich mir keine Sorgen darum machen muss, nicht wahr?"

„Und wenn es echt ist?", fragte Marius herausfordernd. „Dir ist klar, du kannst Gordon nichts davon sagen, oder? Er darf nicht erfahren, dass du es weißt. Und wenn wir bei diesem Auftrag versagen... " Er verstummte und schüttelte dann den Kopf. „Wir dürfen nicht versagen, Mina. Das Gemälde mag viel wert sein, aber was ist mit uns?"

Bisher war er ziemlich locker gewesen, was... nun ja, alles anging. Seine Vergangenheit, seine Gegenwart, seine Zukunft. Bene hatte am meisten geredet, als es darum ging, wie viel bei ihrem Geschäft mit Gordon auf dem Spiel stand. Aber zum ersten Mal drückte auch Marius es aus. Nicht mit Worten, sondern mit dem Kratzen in seiner Stimme, dem ängstlichen Flackern in seinen Augen.

Sie konnten es sich nicht leisten, zu scheitern. Punkt.

Also sollte ich ihnen nicht helfen – und einen Weg finden, dieses Gemälde zu retten?

„Ich werde mir etwas überlegen", bluffte ich.

Er lachte trocken. „Genau das macht mir Angst."

Ich biss mir auf die Lippe. Mir machte es auch Angst. Dieses Gemälde der Öffentlichkeit zu präsentieren, wäre die ultimative Art, meinen Vater zu ehren. Aber was war schon ein Gemälde im Vergleich zum Leben von vier guten Männern?

Ich stoppte meine Gedanken. Was machte sie gut? Welche Beweise hatte ich dafür? Ließ ich mich von Benes Charme, Roux' Aufrichtigkeit und Marius' Bad Boy-Ausstrahlung einfach nur täuschen?

(Henrik ließ ich aus der Gleichung heraus. Kein Grund, das Ergebnis mit ihm zu verfälschen.)

Nein, entschied ich. Sie waren herzensgut. Das konnte ich spüren.

„Hör zu, wenn du willst, dass ihr Erfolg habt... " begann ich.

„Wir müssen Erfolg haben", unterbrach er mich.

„Wenn ihr Erfolg haben wollt, kann ich helfen. Bene hat das auch gesagt."

Marius verzog das Gesicht. „Du musst die Dinge, die er sagt, mit Vorsicht genießen."

Ich strich mit der Hand über seine Schulter. „Irrt er sich? Ich meine damit, dass ich eure Erfolgschancen verbessern könnte?"

Marius überlegte lange, bevor er antwortete.

„Nein. Er irrt sich nicht."

„Dann sollte es in deinem Interesse liegen, dass ich mitkomme."

Er schnaufte. „Tut es aber nicht. Nicht, wenn ich mir bei jedem Schritt Sorgen um dich machen würde."

„Hey! Sehe ich so unfähig aus?"

Er schnaubte. „Unfähig zu lügen? Dich irgendwo hineinzuschleichen? Etwas Illegales zu tun? Du bist hoffnungslos."

„Na toll, vielen Dank auch." Ich schmollte.

Er streichelte meine Schulter. „Das war ein Kompliment."

Ich seufzte. Das war es. Was stimmte mit mir nicht?

Marius zeichnete wieder Kreise auf meine Schulter. So sanft, dass es mir schwerfiel, weiterzuschmollen. Und, ähm... *er* wurde hart davon, wie ein flüchtiger Blick verriet.

„Wenn dir etwas zustoßen würde...", murmelte er.

Mein Herz überschlug sich. Er sorgte sich um mich. Das tat er wirklich!

„Du wirst doch jetzt nicht sentimental werden, oder?", neckte ich ihn. Er schnaufte. „Sentimental nicht, nein. Aber ich sollte das Thema wechseln."

Er fuhr mit seiner Hand über meine Rippen und hinterließ eine Spur von Feuer.

Ich holte scharf Luft und warf einen weiteren kurzen Blick auf ihn.

Er war komplett startklar, so wie es aussah. Ich leckte mir über die Lippen.

„Willst du nur schauen?" Sein Grinsen war die pure Sünde.

„Ich wäge meine Optionen ab." Ich gab mir alle Mühe, sittsam zu klingen.

Er schaute auf die Uhr und lachte tief und heiser. „Hast du genug Zeit, um mir noch einen Termin zu geben?"

„Du willst Sex? Dann sei lieber nett."

„Ja, Ma'am", sagte er und ließ seinen inneren Pfadfinder aufblitzen.

Ein sehr großer, sehr sexy Pfadfinder, der nebenbei als Drache unterwegs war.

Ich stellte mir riesige Zähne und Flügel vor, Feuerstöße... keine gute Idee, denn das machte mich noch mehr an.

„Was ist mit dir?", gab ich die Frage zurück. „Hast du vor, nur zu schauen?"

Er schüttelte ernst den Kopf, aber sein Blick wanderte über meinen nackten Körper. „Nein, Ma'am. Ich plane, dich vergessen zu lassen, wie man atmet."

Ich öffnete den Mund, nur um festzustellen, dass er sein Versprechen bereits eingelöst hatte. Ich war bereits atemlos, verdammt. Als er mit seiner Hand über meine Rippen glitt, verflogen alle meine Gedanken wie Asche im Wind.

Kapitel 19

MARIUS

Die Stimme des Piloten tönte aus dem Bordlautsprecher. „Meine Damen und Herren, bitte schnallen Sie sich für die Landung an."

Die Flugbegleiterin kam durch die Kabine des Privatjets und überprüfte, ob wir der Aufforderung nachgekommen waren. Bene grinste und deutete stolz auf seinen Schritt – ähm, Schoß.

Die Flugbegleiterin zwinkerte ihm zu und ich verdrehte die Augen.

Was? protestierte Bene und schoss mir die Worte in den Kopf. *Sie ist hinreißend – und Single.*

Ich zuckte mit den Schultern. Würde sie ohne Schminke genauso gut aussehen? Mit zerzausten Haaren? Mit Schweiß auf der Stirn und einem Hammer in der Hand?

Mein Blick wanderte zu Mina, die mir gegenübersaß.

Wow. Jemand hat sich ganz schön verknallt, neckte Bene.

Verdammt fantastisches Timing, murrte Roux.

Er hatte recht. Sich am Vorabend eines wichtigen Auftrags mit Mina einzulassen, war eine furchtbare Idee. Aber es war keine Idee. Es war Instinkt. Vielleicht sogar Schicksal.

Leider waren wir auch laut genug gewesen, um den Rest der Jungs auf das Geschehen aufmerksam zu machen. Auch wenn das nicht der Fall gewesen wäre, hätten sie den Geruch von Sex unmöglich ignorieren können, egal wie gründlich ich Mina danach unter der Dusche abgeschrubbt hatte.

Mein Drache grinste bei der Erinnerung daran, wie das *Danach* zu einer weiteren Runde gierigen, hungrigen Sexes geführt hatte.

Ich rutschte auf meinem Platz hin und her und wurde beim bloßen Gedanken daran hart.

Ich denke gern daran, protestierte mein Drache.

Das tat ich auch. Immer wieder und wieder spielte ich es vor meinem inneren Auge ab. Der Anblick von Minas nacktem Körper... Ihre Lippen, die sich mit unverständlichen Silben bewegten... Ihr verschlafenes, zufriedenes Lächeln, als wir danach nebeneinanderlagen. Am besten gefiel mir vielleicht die tiefe Ruhe, die ich empfand, wenn ich sie einfach nur festhielt.

Ich dachte, sie hätte einen besseren Geschmack, murrte Henrik und gluckste dann vor sich hin. *Obwohl ich mir sicher bin, dass ihr Geschmack in anderer Hinsicht exquisit ist.*

Versuch es und ich bringe dich um, knurrte ich.

Kinder, Kinder, tadelte Bene. *Benehmt euch. Und denkt daran, dass wir hier nur mit Teamwork etwas erreichen können.*

Teamwork. Mit einem verdammten Vampir. In welcher Welt war das eine gute Idee?

Gordons, knurrte mein Drache.

Ein Gedanke, den ich zurückhielt, als Mina die Stirn runzelte und sich umsah. Seit wir miteinander geschlafen hatten, hatte ich den leisen Verdacht, dass sie meine Gedanken lesen konnte – wenn nicht bestimmte Gedanken, dann zumindest den allgemeinen Tenor.

Das bedeutete, dass ich mit meinen Gedanken vorsichtig sein musste. Mit meinen Emotionen. Mit meinen unmöglichen Fantasien.

Ich kann nicht glauben, dass du mit ihr geschlafen hast, maulte Roux zum hundertsten Mal.

Ich kann nicht glauben, dass er sie vor mir in die Finger bekommen hat, sagte Bene in seiner üblichen unbekümmerten Art. *Aber hey, Bonuspunkte für schnelles Handeln.*

Ich knurrte laut. Mit Mina zu schlafen hatte nichts mit Punkten zu tun. Es ging dabei um... um...

Das L-Wort schlich sich in meine Gedanken, aber ich verdrängte es.

Ich war nicht derjenige, der die geniale Idee hatte, sie auf diese Mission mitzunehmen, knurrte ich Bene an.

Ich war nicht derjenige, der es genehmigt hat, wehrte Bene ab.

Du hast recht. Das war ich, bellte Roux. *Weil sie unsere beste Chance ist, unbemerkt hineinzugelangen. Aber nur, wenn Romeo hier nichts versaut.* Er warf mir einen finsteren Blick zu.

Ich bin genauso daran interessiert wie du, erinnerte ich ihn.

Vielleicht zu interessiert, meckerte Roux.

Nun, er muss die nächsten achtundvierzig Stunden die Finger von ihr lassen, bemerkte Henrik sarkastisch. *Und sich auf den Job konzentrieren.*

Ich verzog das Gesicht, da ich genau wusste, dass ich das eine tun konnte, aber nicht beides. Seit unserem Rendezvous musste ich die Finger von Mina lassen – aber das hatte meine ganze Konzentration und Willenskraft gekostet. Es war also schwierig, mich auf die Arbeit zu konzentrieren.

Vielleicht sollten wir ihnen ein paar gemeinsame Stunden geben, schlug Bene vor. *Damit sie sich vorher abreagieren können.*

Tolle Idee! jubelte mein Drache, der von diesem Plan total begeistert war.

Ich war es auch, nur dass er zum Scheitern verurteilt war. Ich würde niemals genug von Mina bekommen. Das wollte ich auch gar nicht.

Ich musste es aber, und das wusste ich. Sie wusste es wahrscheinlich auch. Aber damit würden wir uns nach dieser Mission auseinandersetzen.

Mina schaute aus dem Fenster auf die hellen Lichter von Palma de Mallorca. Auf meiner Seite des Flugzeugs spiegelte sich das Mondlicht auf dem dunklen Meer. Was könnte die Zukunft besser widerspiegeln? Gab es dort unten überhaupt irgendwelche Wahrheiten zu finden?

Der Pilot richtete das Flugzeug zur Landebahn aus und mein Blick fiel auf eine rote Windhose.

Wind von vorn und leicht nach Backbord, stellte ich unbewusst fest.

Das Heck des Fliegers schwankte leicht nach rechts, bevor der Pilot es korrigierte und zur Landung ansetzte.

Bene schaute mich an und ich zuckte mit den Schultern. „Sieben von zehn Punkten."

Mina schaute mich verwirrt an. Dann riss sie die Augen weit auf, als wollte sie sagen: *Ach ja, stimmt. Du kannst auch fliegen.*

Ich plusterte die Brust ein wenig auf. Verdammt, und wie ich das konnte. Und ich brauchte auch kein Kerosin.

„Meine Damen und Herren, willkommen in Palma de Mallorca. Die Ortszeit ist 22:35 Uhr. Bitte bleiben Sie sitzen, bis wir unsere endgültige Parkposition erreicht haben", verkündete der Kapitän.

Minuten später standen wir auf und stiegen aus. Mina strich mit der Hand über ihren Ledersitz und schaute sich noch einmal in der Kabine um, bevor sie Roux nach draußen folgte.

Das erste Mal in einem Privatjet, nahm ich an. Nicht für mich, aber dieser Luxus war selten genug.

Eine Limousine wartete auf dem Rollfeld auf uns, wo Stewards bereits unser Gepäck in den Kofferraum luden.

Bene grinste. „Das muss man dem Boss lassen. Er arbeitet mit Stil."

Mina erstarrte, denn dieser Boss war ihr Patenonkel. Eine echte Figur im Stil von *Der Pate*, obwohl sie das gerade erst herausgefunden hatte. Oder hoffte sie immer noch, dass es sich um ein großes Missverständnis handelte?

Ich würde mir keine allzu großen Hoffnungen machen.

Die Nachtluft war kühl, aber immer noch einige Grad wärmer als in Burgund, und sie wurde von mediterranen Düften und dem Geschrei der Möwen erfüllt. All diese Eindrücke, Gerüche und Geräusche überwältigten mich, so frisch und belebend nach der stickigen Luft im Flugzeug. Dann schlossen sich die Türen der Limousine und erinnerten mich daran, dass wir Gefangene in Gordons goldenem Käfig waren.

„Zum ersten Mal auf Mallorca?", fragte Bene Mina, die nachdenklich dasaß und jede Straßenlaterne, jedes Steingebäude genau musterte.

Sie nickte und reckte den Hals, um einen Blick auf die beleuchtete Kathedrale zu erhaschen. „Und du?"

„Nein. Ich war schon oft hier."

Wahrscheinlich auf der Partymeile – weit entfernt vom hügeligen Landesinneren, wohin die Limousine jetzt fuhr. Bald schon quälte sich das lange Fahrzeug durch die engen Kurven einer Bergstraße. Erschrockene Fahrer auf der Gegenfahrbahn starrten durch die Windschutzscheiben ihrer winzigen zweitürigen Opel Corsas oder Seat Ibizas, den bevorzugten Fahrzeugen auf dieser abgelegenen Insel Spaniens.

„Kleine Anmerkung", witzelte Bene zu Roux. „Die Limousine ist toll, aber für morgen benötigen wir ein paar Land Rover."

Roux nickte missmutig. „Die stehen schon auf der Liste."

Bene gluckste. „Ich liebe Aufträge mit großem Budget."

Ich verzog das Gesicht. Was gab es daran zu lieben?

Minas Duft hüllte mich ein. Ihr Gesicht spiegelte sich im Fenster, so melancholisch und ängstlich, dass ich mich danach sehnte, meine Hand auszustrecken und ihre Wange zu streicheln.

Fast eine Stunde später bog die Limousine von der Hauptstraße ab, kroch einen Kilometer über eine Schotterstraße und holperte dann eine gepflasterte Auffahrt hinunter.

In dem Moment, als der Fahrer anhielt, sprang ich heraus und atmete die frische Luft tief ein.

„Endlich zu Hause", murmelte Bene und streckte seine Arme nach oben aus.

Hätte Roux ihn nicht angestoßen, hätte er sich wahrscheinlich in eine dieser Yogapositionen mit dem Hintern nach oben und dem Kopf nach unten zusammengefaltet, die Katzen und Yogalehrer so sehr liebten.

Ein vornehmer älterer Herr empfing uns am Torbogen. „*Buenas noches.*"

„*Bienvenido a Finca des Roques.*" Seine Frau – so nahm ich zumindest an – winkte uns in den Innenhof des Anwesens.

„*Buenas noches*", erwiderte Bene und ging voran.

„Wow. Hübsch." Mina betrachtete die unverputzten Steinmauern und alten Balken des Komplexes.

Dieser Ort war einst ein Bauernhof gewesen. Jetzt war er, so wie viele andere Fincas auf der Insel, zu einem luxuriösen Urlaubsdomizil umgebaut worden. Wo früher Ziegen herumstreiften, beleuchteten nun blaue Lichter einen Pool. Eine ganze Wand der ehemaligen Scheune war mit Glas verkleidet. Ledermöbel standen in dem hell erleuchteten Raum und eine Stahltreppe führte zu den vermutlich luxuriösen Suiten. Ich entdeckte mindestens fünf kleinere Nebengebäude, von denen eines als luxuriöse Küche diente.

Der Koch hatte Häppchen und Getränke bereitgestellt und wir machten uns darüber her. Die beiden Hausverwalter erklärten uns alles Wesentliche und zogen sich dann in ihre privaten Räumlichkeiten am anderen Ende des Anwesens zurück. Mina schaute ihnen nach und ich konnte nicht anders, als nach ihren Gedanken zu tasten.

Niedergeschlagene Gedanken, wie ich feststellte, als sie sich an diesem spektakulären, aber seelenlosen Ort umsah. Sie verzog das Gesicht mit einem Stirnrunzeln und ich ahnte, welche Fragen ihr durch den Kopf gingen. Stammte das alte Ehepaar von denen ab, die auf diesem Hof einst ihren Lebensunterhalt verdient hatten? Hatten sie ein Mitspracherecht bei der Umgestaltung des Ortes gehabt oder hatte all das in den Händen eines anonymen Unternehmens gelegen?

Ihre Stimmung schien übertrieben sentimental, bis ich an das große, weitläufige Château Nocturne dachte. War Minas Anwesen zu einem ähnlichen Schicksal verdammt, oder würde sie einen Weg finden, es so zu bewirtschaften, dass es dem Geist des Ortes gerecht wurde?

Eine Balkontür im Obergeschoss der Scheune öffnete sich und riss uns aus unseren Gedanken.

„Oh! Ihr seid da!", rief eine Frau, außer sich vor Aufregung.

Henrik winkte kaum, aber sie quietschte und eilte die Treppe hinunter.

„Ah, die reizende Delphine." Bene grinste, als die Frau zur Tür herausstürmte und in einem Meer wallender, roter Seide auf Henrik zulief.

„Henrik!" Sie stürzte sich auf ihn und versank in einen Aufsehen erregenden Zungenkuss.

Mina riss die Augenbrauen hoch. Roux verzog das Gesicht mit einem Ausdruck, der fragte, was für eine Frau sich an einen Vampir prostituieren würde.

Ganz einfach. Eine Frau ohne bessere Optionen. War das so schwer zu verstehen?

Vielleicht für einen Typen wie Roux.

Verdammter Snob, murrte mein Drache.

Wenn jemand dazu prädestiniert wäre, ein Snob zu sein, dann wäre es Mina, die ein ganzes verdammtes Château geerbt hatte. Aber sie setzte ein echtes Lächeln auf und sah Delphine ohne jegliche Vorurteile in den Augen an.

„Delphine, das ist Mina. Mina, das ist Delphine", sagte Bene, obwohl Delphine hätte nur Augen für Henrik.

„Es freut mich, dich kennenzulernen." Mina schaute das glückliche Paar an und dann auf den Boden. Also ja. Kein Snob.

Mein Drache schnaufte. *Snobs verputzen nicht ihre eigenen Wände, und fliesen auch keine Badezimmer neu.* Ich wusste das, weil ich sie beides hatte tun sehen.

Delphine winkte kurz und ohne uns wahre Aufmerksamkeit zu schenken, denn sie war zu sehr damit beschäftigt, Henriks Mund zu erforschen, um einen Ton von sich zu geben – bis sie den Kopf zurückwarf und stöhnte. Henriks Reißzähne verlängerten sich und ihr Körper zuckte vor Vorfreude.

„Ähm, Leute? Könnt ihr euch für den Rest eurer Show vielleicht irgendwohin zurückziehen?", versuchte es Bene.

Delphine kicherte und zog Henrik in die Richtung der umgebauten Scheune.

Roux streckte eine Hand aus. „Hey! Wir haben hier eine Besprechung."

„Nicht in der nächsten Stunde", rief Henrik über seine Schulter.

Wir schauten ihnen wortlos nach. Augenblicke später ertönte ein lustvoller Schrei aus dem Obergeschoss, der Mina zusammenzucken ließ.

Bene wandte sich ab und seufzte. „Ich nehme das Zimmer, das am weitesten von ihnen entfernt ist.“

„Ich nehme das zweitweiteste“, warf Mina ein und sah etwas blass aus.

„Verdammt…“ Roux fuhr sich mit den Händen durch die Haare.

„Als würde man einen Sack Flöhe hüten, was?“, lachte Bene und gab ihm einen spielerischen Klaps auf die Schulter. „Oder ein Rudel Katzen?“

„Katze“, murrte Roux und betonte dabei die Einzahl.

„Ich muss dich antreiben, einen mürrischen Vampir, einen eigenwilligen Drachen und… und…“ Er zeigte auf Mina.

Wage es ja nicht, sagte ihr warnender Blick.

„Unsere liebenswürdige Gastgeberin?“, schlug Bene vor.

Roux nickte missmutig. „Unsere liebenswürdige Gastgeberin.“

Mina zuckte bei dem nächsten lustvollen Schrei aus der Scheune zusammen, und sogar Bene sah ein wenig grimmig aus.

„Denk einfach nur daran“, murmelte er. „Wir sind nicht mehr in Auberre. Das hier ist eine ganz neue Welt. Eine gefährliche Welt.“

Minas Blick wanderte zum Balkon hinauf, als leises Stöhnen in die Nacht hinausdrang. „Ja, das habe ich verstanden.“

Die Schreie aus der Scheune wurden lauter und wilder und Bene verzog das Gesicht.

„Ich sage es nur ungern, aber ich glaube, wir werden heute Abend nicht mehr viel erreichen. Können wir es bis morgen früh vertagen?“

Roux runzelte die Stirn, gab aber nach. „Pünktlich um sieben Uhr.“

„Neun“, widersprach Bene.

„Sieben“, knurrte Roux.

Mina deutete schweigend auf den Balkon von Henrik und Delphines Zimmer.

Roux schlug frustriert auf den Tisch. „Also gut. Acht Uhr.“

Wir schnappten uns unsere Sachen und folgten einem gewundenen Weg, der von schwachen Gartenlaternen beleuchtet wurde. Auf der anderen Seite des Grundstücks – Gott sei Dank außer Hörweite der Scheune – zeigte Bene auf eine Reihe von Hütten.

„Oh, verdammt. Nur drei. Jemand muss sich eine Hütte teilen." Er zwinkerte Mina zu.

„Du und Roux seid wirklich ein süßes Paar", sagte sie trocken.

„Ein Kommandant bekommt immer sein eigenes Quartier." Roux marschierte schnell in das nächstgelegene Gebäude und schlug die Tür zu.

Das Schloss machte *klick*, und Bene seufzte. „Er muss wirklich mal wieder flachgelegt werden." Dann hellte sich seine Miene auf und er schaute Mina an. „Apropos… "

Sie verschränkte die Arme und forderte ihn ohne Worte heraus, fortzufahren.

„Okay, okay. Im Ernst. Wir haben zwei Optionen. Option eins: Du und ich." Bene deutete auf sich selbst und Mina. „Oder Option zwei: Du und er", schloss er und zeigte auf sie und mich.

„Oder Jungs in einem, Mädchen im anderen", warf Mina ein.

Bene gluckste. „Wie ich schon sagte: Du und er."

Ich knurrte leise vor mich hin.

Damit waren wir in einer Sackgasse. Grillen zirpten. Eine Eule schrie. Mina scharrte mit den Füßen. Ich beobachtete sie und versuchte verzweifelt, meine Hoffnungen und Wünsche im Zaum zu halten.

Schließlich schloss sie die Augen. „Ich bin zu müde, um mich zu streiten. Und zu müde für alles andere", fügte sie entschlossen hinzu. „Also könnt ihr Zwei euch streiten. Ich gehe schlafen – auf der Couch – in der Hütte da." Damit ging sie in die mittlere Hütte.

„Auf der Couch?" Bene winkte ab. „An einem Ort wie diesem?"

„Gute Nacht", murmelte sie in diesem flachen, *Ende der Diskussion*-Tonfall, den sie so gut beherrschte.

Bene neigte den Kopf, als sie die Tür öffnete und im Inneren verschwand.

Ich klopfte ihm auf die Schulter und er zuckte zusammen. „Was?“

Er hatte ihr auf den Hintern geschaut, und ich wusste es.

„Vielleicht“, gluckste er, als er meine Gedanken las.

Ich ballte meine rechte Hand zu einer Faust und wedelte damit vor seinem Gesicht herum.

Er wich zurück. „Wie der Boss gesagt hat... Gute Nacht.“ Er ging zur letzten Hütte und ließ mich allein zurück.

Ich stand da und überlegte, welche der Katzen ich zuerst töten würde und wie.

Dann öffnete Mina die Tür der mittleren Hütte einen Spaltbreit, schaute sich um und warf mir einen *Das ist doch lächerlich*-Blick zu.

Ich zeigte schweigend auf Benes Hütte. *Seine Schuld.*

Sie schaute zum Himmel, vermutlich auf der Suche nach Geduld. Dann krümmte sie ihren Finger und winkte mich näher heran.

„Nimm es mir nicht übel, aber da wir einen Auftrag haben...“, begann sie, als ich mich zu ihr an die Türschwelle gesellte. Dann verstummte sie und vergrub ihr Gesicht in den Händen. „Gott, ihr habt mich schon verdorben. Ich klinge wie eine hart gesottene Kriminelle.“

Ha. Von wegen.

„Ich verstehe schon“, sagte ich barsch.

Zugegebenermaßen verstand ich es wirklich. Es ergab vollkommen Sinn... in meinem Kopf. Aber in meinem Herzen...

Ich ließ meine Taschen fallen, bevor mein Drache mich dazu brachte, etwas Dummes zu denken, zu sagen oder zu tun, und machte auf dem Absatz kehrt. „Kein Problem. Ich schlafe auf der Couch – nachdem ich mich umgesehen habe.“

Mina folgte mir hinaus. „Dich umsehen? Jetzt?“

Ich zog mein Hemd aus, warf es ihr zu und bückte mich dann, um meine Stiefel aufzuschnüren.

„Jetzt“, knurrte ich.

Je schneller ich mich verwandelte und etwas Abstand zwischen uns schaffte, desto besser standen meine Chancen, dem Drang zu widerstehen, sie über meine Schulter zu werfen und ins Bett zu schleppen.

Ich warf meine Stiefel neben den Eingang, öffnete meine Hose und hakte meine Daumen in den Hosenbund.

Mina riss die Augen weit auf. „Was machst du...?"

„Fang", murmelte ich, ließ meine Hose fallen und warf sie ihr zu.

Sie fing sie eher mit ihrem Gesicht als mit den Händen auf. Nicht sehr nett von mir, aber wenn ich mich nicht verwandelte und wegflog, würde ich sie vielleicht einfach ins Bett, auf die Couch oder auf den Teppich vor dem Kamin stoßen.

Teppich, entschied mein Drache.

Wir fliegen, zischte ich meinem Drachen zu.

Vielleicht danach? versuchte es das Biest.

Ich ignorierte den Kommentar, eine Taktik, die ich von Mina gelernt hatte.

Die Hütten waren um einen kleinen offenen Hof gruppiert – zu klein, als dass sich ein vernünftiger Drache dort verwandeln und davonfliegen könnte. Ein verzweifelt notgeiler Drache hingegen...

Ich rannte drei Schritte und verwandelte mich dabei. Dann breitete ich die Arme aus – die bereits zu Flügeln wurden –, hüpfte auf einen kniehohen Felsbrocken und sprang.

Wusch! Der Wind brannte in meinen Augen, als ich mich anstrengte, zu fliegen, und gleichzeitig die letzten Überreste meines menschlichen Körpers verdrängte.

Ich biss die Zähne zusammen, schlug ein paarmal mit den Flügeln und hielt sie dann still. Ich schaffte es gerade so über Benes Hütte, aber es gelang mir. In dem Moment, als die frische Luft meinen Bauch kitzelte, atmete ich aus. Dann rollte ich meinen Schwanz ein und ließ ihn wie eine Peitsche über sein Dach knallen, so dass die Wände wackelten.

Verdammte Drachen, fluchte er.

Schlaf schön, brummte ich, bevor ich zu den Sternen hinaufschoss und mich spiralförmig drehte, nur für den Fall, dass Mina zusah.

Natürlich schaut sie zu, gluckste mein Drache selbstgefällig und stieß einen langen, funkelnden Feuerball aus.

Angeber, murmelte Bene in meine Gedanken.

Ist es nicht schon längst Schlafenszeit für dich? gab ich zurück.

Ich stabilisierte mich und machte mich auf den Weg, um die Lage zu erkunden. Zum Teil, weil dies das Klügste war, was ich tun konnte, und zum Teil, um zu versuchen, Mina aus meinen Gedanken zu verdrängen.

Das Schlüsselwort dabei war: *versuchen.*

Das tatsächliche Ergebnis? Ein epischer Fehlschlag, denn ich konnte nichts als Mina sehen, riechen und hören. Ich stellte mir vor, wie sie an meiner Seite flog und mit mir zusammen alles bestaunte. Die Patchworkdecke aus Feldern und Olivenhainen... Die trockenen, sanft geschwungenen Hügel... Die sanfte Meeresbrise, die eine leise Botschaft an meine Ohren trug.

Ein Flüstern, das *Schicksal* sagte.

Kapitel 20

MINA

Ich stand noch lange auf der Schwelle und starrte nach oben. Ich klammerte meine Hand um den Türrahmen, denn wow. Ich hatte schon einige Drachen gesehen, aber es gab Drachen und es gab *Drachen*, so wie es Autos und *Autos* gab. Alle bisherigen Sichtungen in meiner Erinnerung waren eher vom Typ Ford Fiesta. Marius hatte die Blitzgeschwindigkeit eines Lamborghinis und die Kraft eines Land Rovers.

Oder eines Panzers, korrigierte ich mich, als ein weiterer Feuerstoß die Nacht erhellte.

Ich stellte mir die Aussicht von dort oben vor. Die Olivenhaine. Die trockenen, sanft geschwungenen Hügel. Die Terrakottadächer, die entfernten Klippen...

Mehr denn je fühlte ich mich winzig. Unbedeutend. Unfähig.

Ich zog einen Fuß über den Kiesweg und ging dann hinein. Marius war ein Drache. Ich war nichts Besonderes. Was auch immer zwischen uns funkte, es würde sicher bald verfliegen – für ihn, wenn schon nicht für mich.

Fünfzehn Minuten später lag ich in meinem knielangen Nachthemd auf der Couch und versuchte, mich selbst zum Schlafen zu überreden.

Eine Stunde später versuchte ich es immer noch, als schwere Schläge den Boden erschütterten. Die Büsche raschelten durch einen plötzlichen Windstoß und die Grillen verstummten. Kies knirschte – *große* Flächen Kies wurden von riesigen, mit Krallen behafteten Füßen zertrampelt. Das Geräusch näherte sich meiner Tür und wurde leiser, als Marius sich verwandelte und auf zwei menschlichen Füßen dahinschritt, während er langsam seine mächtigen Flügel einzog. Zumindest war das das Bild, das die Geräusche an meinen Ohren mich schlussfolgern ließen.

Die Tür quietschte beim Öffnen und Mondlicht fiel in den Raum.

Klick. Als sich die Tür schloss, wurde es dunkel, und ich hörte sein leises Atmen.

Ein Schauer durchlief meinen Körper. Die angenehme Art.

Ähm – unangenehme Art. Sehr, sehr unangenehm.

Er stand eine Weile an der Tür. Um sich an die Dunkelheit zu gewöhnen? Um seine Kleidung zu suchen? Um mich anzusehen?

Sieh mich an, flehte mein Körper.

Leise Schritte waren zu hören und ich bekam eine Gänsehaut. Ich folgte dem Geräusch, als er um die Couch herumging, um ins Schlafzimmer zu gelangen. Dann blieb er stehen.

Ich hielt den Atem an.

„Mina", flüsterte er.

Ich blieb vollkommen still.

Er kam zurück und näherte sich mir.

„Mina", sagte er, kaum einen Schritt entfernt.

Mein Herz raste, obwohl ich mein Bestes tat, um einen gelangweilten, schläfrigen Tonfall vorzutäuschen. „Mmm?"

„Willst du tauschen? Willst du das Bett, meine ich."

Wenn er nicht darin lag? Nein, danke.

Ich drehte mich um und zog die Decke über meinen Kopf. „Es geht mir gut. Gute Nacht."

In dem Moment, als mir die Worte herausrutschten, schimpfte ich schon mit mir selbst. War ich verrückt?

Den ganzen Tag über hatte ich versucht, alles zu rationalisieren. Wir hatten miteinander geschlafen, und es war großartig gewesen. Aber wir gingen auf eine gefährliche Mission, auf die wir uns konzentrieren mussten, bei der es um ein möglicherweise unbezahlbares Kunstwerk ging. Jetzt war nicht die Zeit, herumzumachen. Wir mussten uns beide ausruhen, damit wir am Morgen Höchstleistungen erbringen konnten.

Aber meine Libido schien diesen Plan zunichtegemacht zu haben. Weg mit dem Schlaf. Her mit einer anderen Art von Höchstleistung.

Jetzt! Sofort! tobten meine Hormone.

„Letzte Chance", murmelte Marius mit leiser, rauer Stimme.

Also ja. Ich war nicht die einzige, deren Körper den Plan über den Haufen geworfen hatte. Aber wenn ich äußerste Disziplin walten ließ, würde Marius es auch tun, und wir könnten beide schlafen.

Ich hielt meinen Bluff aufrecht. „Gute Nacht."

Er wartete, nicht überzeugt, seufzte dann und ging ins Schlafzimmer. Ich verfluchte mich mit jedem seiner leisen Schritte.

Schlafen. Ausruhen. Regenerieren. Dich auf die geheime Mission vorbereiten, sagte ich mir, und versuchte, mich in die James-Bond-Denkweise zu versetzen.

Eine schlechte Analogie, denn James Bond ruhte sich nicht aus und regenerierte sich auch nicht. Er räkelte sich die halbe Nacht mit heiratsfähigen, jungen Frauen zwischen Seidenlaken.

Heiratsfähige, junge Frauen, die normalerweise durch die Hand des rachsüchtigen Bösewichts ums Leben kamen, aber hey. Außerdem war ich weder heiratsfähig noch wunderschön. Und im Gegensatz zu den Bond-Girls hatte ich zumindest ein halbes Gehirn.

Ein Gehirn, das mich dazu drängte, diese Farce aufzugeben und mich *tout de suite* meinem Drachen zu widmen.

Ich warf einen Blick auf die leuchtende Uhr und setzte mir ein Fünf-Minuten-Ziel. Fünf Minuten, um mich zu beruhigen und schmutzige Gedanken aus meinem Kopf zu verbannen.

Zwei Minuten und sechzehn Sekunden später warf ich das Laken zurück.

„Marius", flüsterte ich und schlich mich zum Schlafzimmer.

Keine Antwort. Ich runzelte die Stirn.

„Marius", zischte ich.

Die Bettdecke raschelte leise und er murmelte: „Ich sagte, letzte Chance. Du hast deine verpasst."

Ich stemmte die Hände an die Hüften. Im Ernst?

Er hielt das Ganze für die fünf längsten Sekunden meines Lebens aufrecht, dann lachte er leise und hob die Bettdecke.

„Komm her, Frau. Am besten nackt."

Ich zog mein Nachthemd aus und sprang ins Bett. In seine Arme. In seinen gierigen Kuss.

Er schmeckte nach frischer Seeluft mit einem Hauch von Asche. Ich schmatzte mit den Lippen und stellte fest, dass es mich überhaupt nicht abschreckte. Ganz im Gegenteil sogar.

Marius hob eine dunkle Augenbraue und warf mir einen *Nimm es oder lass es*-Blick zu. Aber ich konnte spüren, wie sein Herz raste.

„Ein bisschen wie Asche, aber ansonsten nicht schlimm", bluffte ich und senkte den Kopf zu einem weiteren Kuss.

Er schnaubte. „Nicht schlimm?"

Ich grinste in den Kuss hinein. „Nur die gute Art von schlimm."

„Du sprichst in Rätseln, Frau", beschwerte sich der Mann, der die Definition von *schlimm* war.

Ich strich mit meiner Hand an seiner Seite entlang und bis zu seiner Hüfte hinunter. „Meinst du, ich sollte mich einer anderen Art der Kommunikation bedienen?"

Seine Augen glühten in der Dunkelheit. „Passt mir gut."

„Na dann. Leg dich hin", befahl ich und führte ihn mit festen Händen.

„Du redest immer noch."

„Geduld. Ich werde meine Lippen bald für etwas Besseres einsetzen."

Seine Augen funkelten. „Ach ja?"

„Ja", versprach ich und hielt mein Versprechen mit einem tiefen, hungrigen Kuss.

Das waren die letzten zusammenhängenden Worte, die wir beide für eine lange, lange Zeit sprachen. Ich beugte mich vor und tat mein Bestes, um seinen Körper nach unten zu drücken. Er entspannte sich langsam und mit einem amüsierten Gesichtsausdruck auf der Matratze.

Amüsiert ärgerte mich jedoch. Er hielt sich für einen solchen Meister der Selbstbeherrschung?

Ich machte mich daran, ihm das Gegenteil zu beweisen, und arbeitete mich Zentimeter für Zentimeter an seinem prächtigen Körper hinunter. Ich wanderte mit den Lippen von seinem Mund zu seinem Kinn, dann zu seinem Hals. Ich verharrte an seiner Brust, um seine Brustwarzen zu küssen und zu umkreisen.

Er atmete scharf ein und ich verbarg ein Grinsen, das sagte: *Wir haben doch gerade erst angefangen.*

Ich glitt tiefer, streifte dabei seine Bauchmuskeln und tastete mich mit den Händen vor. Ein weiteres zischendes Einatmen sagte mir, dass ich auf dem richtigen Weg war. Sekunden später leckte ich mir die Lippen und schloss sie über meinem Ziel.

Er krächzte und jeder Muskel seines durchtrainierten Körpers spannte sich an.

Ich hielt inne und neigte meinen Kopf neckend. „Oh. Hast du etwas gesagt?"

Er schüttelte den Kopf in Richtung Decke und stieß ein verzweifeltes „Nein" aus. Dann murmelte er: „Kleines Luder."

„Klein?" Ich tat so, als wäre ich beleidigt.

Er legte seine Hände sanft um meinen Kopf und führte mich wieder nach unten. „Ich werde kein Wort mehr sagen. Hör nur einfach nicht auf. Bitte."

Ich grinste und prägte mir diesen Moment in mein Gedächtnis ein. Ein Drache, der bettelte. Nach mir.

Es gab nur eine Sache zu tun – ihn nach mehr betteln zu lassen.

Was er auch tat, ausgiebig, wenn auch still, wenn man das Zischen, Stöhnen und Festkrallen an der Bettwäsche nicht mitzählte. Aber gerade, als ich sicher war, dass er kurz davor war, zu kommen – heftig –, zog er mich keuchend von sich weg.

„Warte. Dreh dich um. Hier...", knurrte er wie ein Höhlenmensch und erhob sich über mir.

Ich schlang meine Beine um ihn und wurde von derselben Welle der Begierde mitgerissen. Als er tief in mich eindrang, war ich an der Reihe, zu betteln, zu stöhnen und zu zischen. Und wenn ich ein paarmal geschrien habe... Nun, wie hätte ich es nicht tun sollen, angesichts der unglaublichen Dinge, die er mit mir machte?

Dieser Mann war nicht nur ein Meister von *hart und tief.* Er bekam auch volle Punktzahl für Winkel, Tempo und Liebe zum Detail. Ganz zu schweigen von seinem Multitasking, denn er setzte seinen Mund und seine Hände gleichermaßen gut ein und verwandelte mich in ein verschwitztes, zusammenhangloses Häufchen.

„Mina", krächzte er und explodierte dann in mir.

Ich bohrte meine Finger in seinen Rücken und kam eine halbe Sekunde nach ihm. Ich kam und kam im längsten, heftigsten und intensivsten Orgasmus meines Lebens. Vielleicht war es auch der längste, heftigste und höchste seines Lebens, denn als wir schließlich erschöpft aufs Bett zurücksanken, war sein Gesichtsausdruck voller Staunen. Staunen mit einem Hauch von Sorge, den ich nur zu gut nachvollziehen konnte. Es war eine Sache, die Sehnsüchte des Körpers mit einem guten, harten Fick zu befriedigen. Aber so viel Kontrolle zu verlieren – und sie verlieren zu wollen –, war etwas ganz anderes.

Das Licht in seinen Augen wirbelte wie zwei tintenschwarze, leuchtende Universen. Er umfasste mein Gesicht und streichelte meine Wange mit seinem Daumen.

Ich öffnete den Mund ein halbes Dutzend Mal, bildete Worte, nur um sie dann zurückzuhalten. Was gab es zu sagen? Was war ich bereit, zuzugeben?

Schließlich schluckte ich und zog am Bettlaken. „Nur zum Saubermachen", flüsterte ich, aus Angst, die Stimmung zu verderben. Marius half mir und kurz darauf schoben wir das Laken beiseite und entschieden uns nur für die Decke. Alles, was ich wirklich spürte, waren seine Arme, mit denen er mich fest umschlang.

Ich betrachtete ihn schweigend aus wenigen Zentimetern Entfernung.

„Vorsicht", flüsterte er und berührte sanft meine Lippen. „Nicht..."

Ich wartete und drückte dann seinen Arm. „Nicht was?"

Er biss die Zähne zusammen. „Mach es nicht zu etwas Bedeutsamem."

„Es könnte schon zu spät sein", flüsterte ich, halb in der Hoffnung, er würde es nicht hören.

Seine Augen blitzten auf und verrieten mir, dass er es gehört hatte – und ein Teil von ihm mir zustimmte. Aber sein linkes Auge zuckte und ich spürte, dass ein anderer Teil von ihm gegen diese Gedanken ankämpfte.

Ich bereitete mich darauf vor, dass er mich abweisen und mein dummes Herz brechen würde. Aber er holte tief Luft, und beugte sich dann zu einem langen, innigen Kuss zu mir. Sein Brustkorb hob und senkte sich in einem Seufzer. Er zog mich an seinen Oberkörper und hielt mich dort fest.

Meine Lippen bewegten sich erneut, aber er hatte recht. Es gab nichts zu sagen. Es bedeutete aber nicht, dass ich aufhörte, darüber nachzudenken. Über ihn. Über uns. Darüber, was der nächste Tag – und die Zeit danach – bringen würde.

„Gute Nacht, Mina", murmelte er.

Ich schlang meine Hände um seine und schloss die Augen. „Gute Nacht."

Kapitel 21

MARIUS

„Was für eine verdammte Art, sich auf eine Mission zu konzentrieren", murrte Roux am nächsten Morgen beim Frühstück.

Ich fletschte die Zähne. Ja, ich hatte die Nacht mit Mina verbracht und mehr getan, als mich nur auszuruhen. Überraschenderweise hatten wir beide dennoch geschlafen. Einen tieferen, festeren Schlaf, als ich ihn seit Jahren erlebt hatte.

Man muss kein Genie sein, um zu wissen, was das bedeutet, murmelte meine Drachenseite. *Sie ist unser Schicksal.*

Bene kam ins Esszimmer und murmelte: „Guten Morgen." Dann riss er die Augen weit auf und beugte sich vor, um an mir zu schnuppern. „Wie schön, dass jemand eine tolle Nacht hatte."

„Jemand anderes als ich", murmelte Roux.

Bene zuckte mit den Schultern und gähnte so weit, dass seine Löwenzähne zum Vorschein kamen. „Vielleicht stimmt es ihn etwas milder."

Ich schaute finster. Drachen wurden nicht milder, verdammt.

„Genau das, was wir vor einer Mission brauchen." Roux hackte mit Messer und Gabel auf seiner Frühstücksbratwurst herum. „Und ich dachte, Henrik wäre unsere verdammte Verbindlichkeit..."

Bene streckte einen Arm aus, so dass ich die Kaffeekanne nicht erreichen konnte, als erwarte er, dass ich sie nach Roux schleudern würde. Eine verdammt gute Idee. Aber vielleicht hatte mich der großartige Sex milde gestimmt, denn das war mir nicht einmal in den Sinn gekommen.

Ich zeigte auf die Uhr.

„Du hast gesagt, wir treffen uns um acht. Es ist zehn vor acht. Wie steht es damit, Arschloch?"

Roux schien nicht beeindruckt, aber Bene nickte fröhlich. „Bestnote, Baby. Vor allem, weil du ein warmes Bett verlassen musstest. Oder hat Mina dich rausgeworfen?" Als ich ihn böse anfunkelte, hob er grinsend die Hände. „Hey, ich würde sie nicht verlassen."

Ein leises, gefährliches Knurren stieg in meiner Kehle auf. Er wäre gar nicht erst mit Mina zusammen.

Leichte Schritte klangen hinter uns und wir wirbelten herum.

Mina kam näher und flocht sich dabei die Haare. „Wen verlassen?"

„Mmm, ich habe nur gesagt, dass es schwer sein wird, diesen Ort zu verlassen." Bene deutete auf unsere Umgebung und das üppige Frühstücksbuffet. „Wunderschön, oder?"

Mina warf ihm einen zweifelnden Blick zu, widmete sich jedoch weiter ihrem Zopf.

Es hatte mich alle Entschlossenheit gekostet, sie zuvor unter der Dusche zurückzulassen, und jetzt... Mein Schwanz sehnte sich nach ihr, als ich ihren Anblick in mir aufnahm. Einen Meter fünfundsiebzig voller Frechheit, Intellekt und Entschlossenheit. Einen Meter fünfundsiebzig, die vor nicht allzu langer Zeit um mich geschlungen waren und vor Ekstase gestöhnt hatten. Ganz zu schweigen davon, dass sie mir einen geblasen hatte und...

Minas Wangen färbten sich rot und sie ließ ihren Blick über mich huschen.

Wir hatten beide geschworen, uns auf das Geschäftliche zu konzentrieren, sobald wir die Hütte verließen, aber anscheinend hing sie den gleichen Gedanken nach wie ich.

Mach es nicht zu etwas Bedeutsamem, ermahnte ich mich selbst, aber Mina hatte recht. Es war zu spät.

„Zucker in deinen Kaffee?", fragte Bene Mina.

Fast hätte ich geschnauft. Sie trank ihren Kaffee schwarz. Hatte er das nicht bemerkt?

„Nein, danke. Ich bevorzuge ihn schwarz", sagte sie genau im selben Moment.

Na also. Ich ging hinüber, drängte mich zwischen die beiden und belud meinen Teller.

Bene trat beiseite und gluckste. *Nur zu, Mann. Sie gehört dir.* Dann nahm er seinen Teller, setzte sich neben Roux und verkündete: „So, jetzt sind wir alle da. Nun ja, alle außer einem bestimmten Blutsauger. . . " Schritte waren zu hören und Bene schaute auf. „Wenn man vom Teufel spricht. "

Buchstäblich, dachte ich, als Henrik am Rand der Terrasse erschien.

„Guten Morgen", sagte der Vampir in einem Ton, der lediglich kühl und nicht so eisig wie sein üblicher *Leg dich mit mir an und ich bringe dich um/Leg dich nicht mit mir an und ich bringe dich vielleicht trotzdem um*-Gletscherton war.

„Du siehst ja richtig rosig aus", bemerkte Roux trocken.

Mina hielt beim Füllen ihres Tellers inne und schob dann das spanische Omelett zurück auf die Platte. Ich konnte ihr nicht übelnehmen, dass sie den Appetit verloren hatte.

Ich warf einen Blick auf das Fenster des Obergeschosses und hoffte, dass Henrik die arme Delphine nicht komplett ausgesaugt hatte. Aber Vampire sahen auch nach nur einer üppigen Mahlzeit so gerötet aus, also standen die Chancen fifty-fifty.

Ich wollte aufstehen, um nach ihr zu sehen, aber Roux packte mich am Arm. „Wo zum Teufel willst du hin? "

Ich öffnete den Mund, um zu antworten, aber Henrik kam mir zuvor.

„Es ist acht Uhr. Beraten wir uns oder soll ich mir eine andere Unterhaltung suchen? " Er schaute mit finsterem Blick und bewegte sich schnell in den dunkelsten Schatten der Terrasse, direkt an die kalte Steinmauer des Gebäudes. Wie alle reifen Vampire (wenn reif das richtige Wort war) konnte er direktes Sonnenlicht zwar tolerieren, zog es aber vor, es zu vermeiden.

Roux seufzte und stieß den Stuhl ihm gegenüber heraus – den im Schatten. „Wir beraten uns. Wir müssen die Details für heute klären. "

Henrik setzte sich, ohne auch nur einen Blick auf die Frühstückstheke zu werfen. Er war also definitiv satt. Schlecht für Delphine, gut für die Bevölkerung Mallorcas. Trotzdem wollte ich Mina in seiner Gegenwart nicht alleinlassen, also blieb ich sitzen.

„Keine Sorge. Ich habe alles durchgeplant", sagte Bene mit vollem Mund.

Henrik wandte sich mit einem angewiderten Gesichtsausdruck ab. Was ziemlich ironisch war, wenn man seine Essgewohnheiten bedachte.

„Ach, hast du das, ja?", murmelte Roux.

„Ja. Ronald Baumanns Party beginnt um sieben, richtig? Ich schlage vor wir verbringen den Tag damit, alles zu erkunden. Um halb acht marschiere ich mit Mina durch die Eingangstür und... "

Ich unterbrach ihn mit einem Knurren. „Ich marschiere mit Mina durch die Eingangstür. "

Roux zeigte entschlossen auf Henrik. „Nein, *er* marschiert mit Mina durch die Eingangstür. "

Der Vampir sah genauso überrascht aus wie ich – und um einiges zufriedener. Mina hingegen...

„Habe ich bei dieser Sache ein Mitspracherecht? "

„Nein", sagte Roux und fuhr fort. „Wir brauchen jemanden, der reich und versnobt genug aussieht, um Kunst zu sammeln. Das ist Henrik. "

„Vielen Dank auch?", murrte der Vampir.

Mina knirschte mit den Zähnen, aber selbst ich musste zugeben, dass der Tiger recht hatte. Dennoch war ich noch nicht bereit, aufzugeben. „Warum nicht ich? "

„Weil du uns verraten würdest. Deine brodelnde Wut passt dort einfach nicht hin. " Bene klopfte mir auf die Schulter. „Aber wenn wir das nächste Mal einen Kampfclub infiltrieren, bist du auf jeden Fall unser Mann. "

Ich ballte meine Hände zu Fäusten.

„Delphine und ich werden als Pärchen getarnt als Erste auf der Party erscheinen", sagte Roux, schaute dann Henrik an und wählte seine Worte sorgfältig. „Vorausgesetzt natürlich, Delphine ist heute Abend dazu in der Lage? "

Henrik ließ seine Reißzähne aufblitzen. „Natürlich ist sie dazu in der Lage."

Mina schaute entsetzt zwischen Roux und Henrik hin und her. „Hat Delphine dabei ein Mitspracherecht?"

„Nein", sagten beide kühl.

Henrik zuckte mit den Schultern. „Mach dir keine Sorgen. Delphine kennt ihre Rolle und sie wird dafür großzügig bezahlt."

Sein Tonfall ekelte mich an. Es war nicht das erste Mal, dass ich Zeuge von Henriks „Vereinbarung" mit Delphine wurde, aber es war das erste Mal, dass ich über das Ungleichgewicht nachdachte. Zu welch einem Mistkerl machte mich das?

„Du gehörst zum Catering", sagte Roux zu Bene und wandte sich dann an mich. „Und du gehörst zum örtlichen Sicherheitspersonal, falls Gordon seine Beziehungen spielen lassen und dich bei ihnen einschleusen kann."

„Falls?", fragte ich.

Roux tippte auf sein Handy. „Er kümmert sich bereits darum. Im schlimmsten Fall schmuggeln wir dich als Parkwächter rein."

Ich fletschte die Zähne. Parkwächter?

Bene lachte. „Sieh es einmal so. Du darfst ein paar Sekunden lang wirklich coole Autos fahren."

Ich knurrte Roux an. „Ich gehöre zur Sicherheit – sonst nichts."

Roux verdrehte die Augen und fuhr fort. „Gordon hat die Pläne für Baumanns Anwesen beschafft." Er tippte ein paar Tasten auf seinem Handy und unsere Geräte piepsten mit der eingehenden Nachricht. „Wir müssen uns überlegen, wie wir das Zielobjekt sichern, welchen Fluchtweg wir nehmen und uns Notfallpläne überlegen…"

Er redete eine Weile weiter und wir hörten aufmerksam zu – ein Zeichen dafür, dass sich alle der Risiken bewusst waren. Wenn etwas schiefging, würde Gordon uns nicht zu Hilfe eilen, und Baumann war dafür bekannt, kurzen Prozess zu machen.

Ich sah Mina an und wollte sie unbedingt aus dieser Sache heraushalten. Aber irgendetwas an diesem Gemälde hatte in ihr einen Funken entfacht – ein Funke, der hell genug war, dass sie alle Warnsignale ignorierte, die *Gefahr! Gefahr!* schrien.

Es war doch nur ein Gemälde, verdammt.

Oder etwa nicht? Ich hatte noch nicht alles zusammengefügt, aber es steckte definitiv mehr dahinter, wenn man ihre Liebe zur Kunst, die Notizen in dem Kunstbuch, das sie uns gezeigt hatte, und die Verweise auf ihren Vater in Betracht zog...

Roux beantwortete ein paar Fragen und teilte dann Aufgaben zu. „Bene und Marius – Zeit zum Erkunden. Ich will alles wissen, was ihr über Baumanns Anwesen und über Dobrov, den Kunsthändler, herausfinden könnt. Henrik, tu alles, was nötig ist, um deine Tarngeschichte glaubhaft zu machen. Du benötigst Ausweise, Kreditkarten, Bargeld, Konten, die echt aussehen... Das Übliche."

Mina blieb der Mund offenstehen und mein Magen zog sich zusammen. Nicht nur ihr rosiges Bild von ihrem Patenonkel wurde zerschlagen. Es war auch ihr Bild von uns, von dem, was wir taten und wie wir es taten.

Noch schlimmer, es war ihr Bild von *mir*.

Aber das war doch das Beste so, oder? Je eher sie erkannte, dass sie ohne mich besser dran war... Nun, desto besser wäre sie dran.

„Ich bleibe hier, um letzte Details zu klären und alles zu koordinieren", schloss Roux.

Mina runzelte die Stirn. „Was ist mit mir?"

Was ist mit dir? fragte Roux mit gerunzelter Stirn.

Minas Augen glühten vor Wut. Nicht nur mit einem leichten Schimmer – sie brannten regelrecht. Ihre übernatürliche Abstammung lag viel näher unter der Oberfläche, als ich gedacht hatte. Vielleicht sogar näher, als es ihr selbst bewusst war.

Roux winkte ab. „Du gehst mit Delphine einkaufen."

„Einkaufen?"

Alle zuckten bei ihrem schrillen Ton zusammen.

„Einkaufen." Roux reichte ihr eine Kreditkarte – als hätte er sie nicht schon genug beleidigt. „Du musst heute Abend gut aussehen."

Manche Frauen würden sich über die Gelegenheit zu einem Einkaufsbummel im *Pretty Woman*-Stil freuen. Aber Roux hätte Mina mit einer Rabattkarte für einen Baumarkt glücklicher gemacht.

Bene beugte sich vor und tätschelte ihre Hand. „Hey, ich gehöre zum Catering. Wir müssen alle Opfer bringen."

Mina warf ihm einen kalten, harten Blick zu und schnappte sich dann die Kreditkarte aus Roux' Hand.

„Also gut. Aber ich tue es für die Kunst, nicht für den Kunden."

Uns brauchst du die Schuld nicht zu geben. Gib Gordon die Schuld, wollte ich sagen. Aber Mina musste mich zu einem besseren Mann gemacht haben, denn mir wurde klar, dass ich, egal was Gordon zu verantworten hatte, ebenfalls schuldig war, einfach weil ich mich in diese Lage gebracht hatte.

Dann hol dich da wieder raus, knurrte mein Drache.

Leichter gesagt als getan, besonders, wenn das Ziel darin bestand, Mina für mich zu gewinnen.

Eine Herausforderung, über die ich den ganzen Tag nachdachte, während ich meinem Auftrag nachging. Das bedeutete, Baumanns Anwesen aus der Luft zu erkunden, und mich dann mit Bene am Flughafen zu treffen, um den Kunsthändler zu beschatten, nachdem sein Jet auf Mallorca gelandet war.

Ich nahm mir jedoch ein Beispiel an Mina und dachte währenddessen selbst darüber nach. Wer war Gordons Kunde, die Person hinter alledem? Warum wollte er – oder sie – gerade dieses bestimmte Gemälde? Oder war das Gemälde nur zweitrangig gegenüber einer anderen versteckten Agenda? Zum Beispiel, Rache an Baumann oder Dobrov zu nehmen? Schlimmer noch, war die ganze Operation eine Art Falle?

Viele Fragen, keine Antworten. Aber eines war sicher: ich hatte mich schon seit langer, langer Zeit nicht mehr so für eine Mission engagiert. Was irgendwie ironisch war, da es nur um Kunst ging und nicht um militärische Geheimnisse oder Millionen von Dollar.

Kunst und Mina, beharrte mein Drache.

Der Tag verging schnell mit mehreren Runden zwischen Baumanns Anwesen, Dobrovs Hotel und allen möglichen Routenoptionen. Bevor ich mich versah, piepste mein Handy mit Roux' Erinnerung, zur letzten Einsatzbesprechung an unsere Basis zurückzukehren.

Ich schnaufte über diese Nachricht, aber Bene zuckte nur mit den Schultern. „Ein Mann kann das Militär verlassen, aber das Militär verlässt den Mann nicht."

„Entweder das oder er ist von Natur aus verkrampft", murmelte ich.

„Das auch", lachte Bene.

Zu diesem Zeitpunkt befanden wir uns im St. Regis Mardavall Resort, wo Lukas Dobrov, der Kunsthändler, in einer der Royal Penthouse-Suiten eingecheckt hatte.

Die Fahrt zu unserer Basis in Ses Roques dauerte vierzig Minuten – dank Benes rasanter Fahrweise schafften wir es in dreißig, aber trotzdem – und ich sehnte mich danach, stattdessen zu fliegen.

Ich hatte das Fenster heruntergelassen und der Wind flüsterte: *Schicksal.*

Fast hätte ich es wieder geschlossen, aber stattdessen schloss ich die Augen und dachte über die Möglichkeiten nach.

Schließlich knirschten die Reifen über Kies und signalisierten unsere Ankunft.

„Endlich zu Hause", verkündete Bene.

Das Bild, das mir in den Sinn kam, war das Château, aber als ich die Augen öffnete, war ich enttäuscht, die *Finca* auf Mallorca vor mir zu sehen.

„Zurück an die Arbeit, Romeo." Bene tippte mir auf den Arm.

Was glaubte er denn, was ich den ganzen Tag gemacht hatte? Rosen kaufen?

Wir fanden Roux umgeben von Dokumenten, Karten und unscharfen Überwachungsfotos, von denen wir einige erst kurz zuvor aufgenommen hatten. Ich musste es ihm lassen – er ging einen Job nicht einfach nur an, er stürzte sich wie ein verdammter Linebacker darauf. Henrik stand in der hintersten Ecke des Raums und nippte an einem Glas Rotwein. Zumindest hoffte ich, dass es Rotwein war. Er und Roux waren elegant gekleidet, wie es sich für ihre Rollen auf der Party gehörte.

Roux begrüßte uns mit einem Nicken und deutete auf unsere Hütten. „Zieht euch um. Sobald Mina und Delphine zurück sind, gehen wir los. Zuerst Bene und Marius, dann Delphine und ich, gefolgt von Henrik und Mina."

Ich biss die Zähne zusammen. Henrik hatte vielleicht kein Problem damit, dass ein anderer Mann sich als Begleiter seiner Freundin ausgab, aber ich hatte definitiv eins. Vor allem, wenn dieser andere Mann ein Vampir war.

„Oh, und noch eine gute Nachricht." Roux warf mir einen Ausweis mit Clip zu. „Gordon konnte dich in die Sicherheit einschleusen. Natürlich nur in das lokale Team, nicht in Baumanns private Truppe, aber immerhin bist du drin."

Ich fing den Ausweis mit einer Hand, schaute auf das Foto und schnaubte.

„Wie viel Sicherheitspersonal erwarten wir?", fragte Bene.

„Minimal", antwortete Roux. „Stell dir diesen Kunsthändler wie einen Popup-Boutique-Betreiber vor. Er wird keine Zeit haben, den Ort mit Kameras, Bewegungsmeldern oder anderen üblichen Sicherheitsvorkehrungen auszustatten. Und er wird nur eine Handvoll Wachleute dabeihaben, da Baumann möchte, dass er nicht auffällt."

„Ich nehme an, er bekommt eine Provision?", fragte ich.

Roux zuckte mit den Schultern. „Das oder das Vorrecht auf die besten Stücke oder einfach nur das Recht, vor den Millionären, mit denen er verkehrt, anzugeben." Er schaute erneut auf seine Uhr. „Zeit für euch beide, euch fertig zu machen."

„Ich wette fünf Euro, dass ich dich schlage", forderte mich Bene auf dem Weg zu seiner Hütte heraus.

Ich nahm die Wette an und gewann sie leicht mit zweiundzwanzig Minuten im Vergleich zu seinen dreißig Minuten für Duschen, Rasieren und Umziehen.

„Nun, als Sicherheitsmann musst du nicht gut aussehen", sagte er und berührte sein perfekt frisiertes, goldenes Haar.

„Aber Catering, oder was?" Ich gluckste.

Roux schaute auf und schüttelte dann den Kopf. „Marius hat recht. Du darfst nicht so… so… "

Bene ließ sein bestes Hollywoodlächeln aufblitzen. „Gut aussehen? Wage ich sogar zu sagen, heiß?"

„Einprägsam", brummte Roux. „Du darfst in der Menge nicht auffallen."

Benes Grinsen wurde noch breiter. „Nicht meine Schuld, dass ich herausragend bin. Ich wurde so geboren."

„Du wurdest mit Extravolumen-Haarspülung und Rasierwasser geboren?" Henrik rümpfte die Nase. „Was ist das? Dolce&Gabbana?"

Bene sah beleidigt aus. „John Paul Gautier. Genug, um meinen Geruch vor anderen Gestaltwandlern zu verbergen."

Der Rest von uns hatte ähnliche Vorsichtsmaßnahmen getroffen, aber man konnte nie wissen. Ein Gestaltwandler mit einer wirklich guten Nase könnte uns trotzdem aufspüren.

Roux zeigte auf die Hütte. „Was auch immer das ist, ändere es. Sofort. Und nicht nur das Rasierwasser. Auch die Haare."

„Wie?"

Roux schüttelte verzweifelt die Hände. „Ich weiß es nicht. Mach es einfach anders. Du musst trotteliger aussehen."

„Gele es nach hinten, so wie Henrik es macht", schlug ich vor und erntete einen tödlichen Blick von dem Vampir.

Bene seufzte und kam zehn Minuten später zurück. Er sah geringfügig unauffälliger aus und roch etwas weniger verführerisch.

„Besser? Oder sollte ich fragen, schlechter?", fragte er mürrisch.

Roux rieb sich verzweifelt mit beiden Händen über das Gesicht. Ein Fahrzeug bog in die Einfahrt und wir drehten uns alle um.

„Oh, die Mädels sind zurück", sagte Bene, als er die Limousine sah.

Frauen, hätte ich fast geknurrt.

Mein innerer Drache spitzte die Ohren und jubelte: *Mina! Mina!*

Der Fahrer parkte, öffnete die hintere Tür und reichte dem ersten Passagier die Hand.

Delphine stieg aus und sah überraschend... nun, *elegant* aus, und zwar trotz ihres feuerwehrroten Kleides. Erstaunlich, was etwas weniger Make-up und Schmuck bewirken konnten.

Bene pfiff. „Delphine, du siehst umwerfend aus. Nicht, dass mich das überrascht."

Delphine grinste ihn an, strahlte jedoch regelrecht für Henrik und drehte sich langsam für ihn im Kreis. „Gefällt es dir?"

„Hübsch", sagte er auf seine übliche distanzierte Art.

So begrenzt seine Aufmerksamkeit auch war, Delphine sonnte sich darin.

Ich fragte mich, ob Mina dem armen Mädchen etwas Vernunft einbläuen könnte. Delphine könnte doch sicherlich etwas Besseres als Henrik finden?

Bei diesem Gedanken stoppte ich mich. Genauso sicher, wie Mina etwas Besseres als mich finden könnte?

Als Nächstes glitt ein leichter, geschwungener Fuß in sandfarbenen Stöckelschuhen heraus, und mein Atem stockte. Das war auch gut so – sonst hätte ich vielleicht geknurrt, als der Fahrer sich vorbeugte, um Mina die Hand zu reichen. Und als sie ausstieg...

Mein Mund stand offen und mein Geist war wie leergefegt.

„Verdammt noch mal, Mina. Du siehst richtig gut aus", hauchte Bene.

Himmlisch traf es eher. Das gold-cremefarbene Kleid schimmerte in hellem Kontrast zu Minas kakaobraunem Haar, das in langen, eleganten Locken über ihre Schultern fiel. Winzige Ohrstecker glänzten an ihren Ohrläppchen und passten zu den Pailletten des Kleides.

„Giorgio Armani", schwärmte Delphine und schwang ihr Kleid neben Mina. „Meins auch."

Giorgio wusste, was er tat, indem er nur einen Hauch von Minas Dekolleté und einen Großteil ihrer langen, trainierten Beine zeigte.

Mina schlang einen Arm um Delphine und sie grinsten sich an wie zwei Schwestern. Was irgendwie widersprüchlich war, denn Mina war gebildet. Souverän. Mit einem Wort: stilvoll. Delphine war eine Prostituierte, die Henrik an einer Straßenecke in Marseille aufgegabelt hatte. Nichts Persönliches – wirklich –, aber so war die Welt nun einmal.

Aber Mina schien das nicht so zu sehen. Also, hmm. Vielleicht sollte ich... Wie nannte man das doch gleich? Meinen Horizont erweitern.

Mina umarmte Delphine herzlich. „Deins sieht besser aus."

Ich war anderer Meinung, aber ich hielt den Mund.

Der Effekt wurde nicht einmal dadurch getrübt, dass Mina über den Kies stolperte. Offensichtlich hatte sie mehr Übung mit Arbeitsstiefeln als auf Stöckelschuhen.

„Wenn ich mir in diesen Dingern den Knöchel breche, gebe ich Roux die Schuld", knurrte sie.

Er runzelte die Stirn. „Warum ist immer alles meine Schuld?"

Bene klopfte ihm auf den Rücken. „Weil du der Boss bist, Kumpel."

Roux fuhr sich mit der Hand durch die Haare, aber Delphine richtete es wieder, bevor sie sich an Henriks Seite drängte. „Denkt daran, ihr müsst gut aussehen. Ihr beide."

Das war mein einziger Trost. Ich durfte bei dieser Mission zwar nicht als Minas Begleiter fungieren, aber immerhin musste ich keinen Smoking tragen.

Trotzdem musste ich bei den hautfarbenen Teilen von Minas Kleid zweimal hinschauen und ich fand es nicht gut, dass sie so viel Haut – oder Pseudohaut – zeigte, schon gar nicht vor einem Vampir.

„Verdammt, dieses Ding rutscht mir in die Poritze", murrte Mina und zupfte an der Rückseite ihres Kleides herum.

Bene hob die Augenbrauen. „Soll ich helfen?"

„Auf gar keinen Fall, Freundchen."

Dann warf sie mir einen Blick zu und wandte sich ebenso schnell wieder ab. Trotzdem schmerzte meine Leiste sehnsüchtig.

„Also gut. Es ist Zeit für unsere letzte Besprechung, um sicherzustellen, dass jeder über die genauen Details informiert ist." Roux drückte seine Hände auf den mit Papieren übersäten Tisch und begann mit seiner letzten Einsatzbesprechung.

Es fiel mir schwer, mich zu konzentrieren, aber als ich mich daran erinnerte, dass Minas Leben auf dem Spiel stehen könnte... Nun, dann war ich ganz Ohr.

Kapitel 22

MINA

„Jetzt ist nicht die Zeit für Zweifel", zischte Henrik und beugte sich über die Limousinentür. Hinter ihm funkelten die Lichter der Party und die Gäste unterhielten sich.

Ich umklammerte meine lächerlich überteuerte Handtasche und hatte nicht nur einen Zweifel, sondern drei oder vier oder fünf. Nicht, dass ich jetzt noch eine Wahl gehabt hätte.

Ich gab mein Bestes, um aus der Limousine zu schlüpfen, ohne zu stolpern – ein Wagen, der uns an einem teuren Hotel abgeholt hatte, nicht von unserer Basis auf der *Finca*, um unsere Spuren besser zu verwischen. Henrik beugte sich zu mir hinunter und half mir mit seiner kalten, klammen Vampirhand aus dem Auto.

Ich bekam eine Gänsehaut, zwang mich aber, meinen Arm bei ihm einzuhaken.

Für Dad, sagte ich mir. *Für alle Kunstliebhaber der Welt.*

Ich schwankte auf meinen Stöckelschuhen und verzog das Gesicht. Plan B – rennend zu flüchten – kam definitiv nicht infrage.

Ich setzte ein Lächeln auf, hob den Saum meines Kleides und folgte Henrik die Treppe zu der imposanten Villa hinauf.

Die Vorsicht gebot mir, mich auf die Marmortreppe zu konzentrieren, denn *Tod durch Stöckelschuhe* war eine reale Möglichkeit. Aber die Villa war praktisch ein Palast mit ihren Glasflächen und schlanken Linien, und ich konnte nicht anders, als den atemberaubenden Anblick auf diesen Klippen zu bewundern. Die untergehende Sonne warf glitzernd orangerote Streifen über das Mittelmeer. Die klaren, puren Töne eines

Streichquartetts schwebten himmelwärts und hießen die Gäste zur Party willkommen.

Es hätte wunderschön sein müssen, aber ich hatte ein ungutes Gefühl.

Henrik murmelte aus dem Mundwinkel: „Konzentriere dich. Es ist Showtime."

Showtime war richtig, denn alle waren gekleidet, als kämen sie direkt von den Oscars – einschließlich derjenigen, die mit einem Hubschrauber angekommen waren, der auf einem Landeplatz am anderen Ende des Grundstücks stand.

Ihr Killer-Look, mahnte ich mich selbst. Laut Roux standen Waffenhändler, Mafiabosse und korrupte Politiker auf der Gästeliste.

„Willkommen, willkommen", begrüßte der Mann oben auf der Treppe das Pärchen vor uns.

Ronald Baumann, vermutete ich. Roux' Fotos waren etwas veraltet, aber ansonsten zutreffend.

Hugh Grants teuflisches Stuntdouble, hatte Bene gescherzt, und er hatte recht. Die Gesichtszüge stimmten eins zu eins überein, nur ohne den albernen Charme.

Die Frau vor mir machte einen Knicks und ich geriet in Panik. Sollte ich auch einen Knicks machen? Wie zum Teufel machte man überhaupt einen Knicks, besonders in Stöckelschuhen? Ich konnte auf diesen verdammten Dingern nur gerade so mein Gleichgewicht halten, wenn ich aufrechtstand.

Henrik fletschte leicht die Zähne und verstärkte seinen Griff um meinen Arm. „Keine Sorge. Ich hab dich, Liebling."

Ich stieß meinen Ellbogen in seine Rippen. „Und ich habe Holzpflöcke unter meinen beiden Ärmeln, *Liebling*."

Das Pärchen betrat das Haus und der Gastgeber wandte sich mit einem Lächeln an uns.

„Ronald Baumann", sagte er und schüttelte Henrik die Hand.

„Henrik van Hoerde", antwortete mein „Begleiter" geschmeidig und deutete dann auf mich. „Miss Maria Orlemann."

Baumanns Augen leuchteten auf, als er mich musterte, so wie man eine Aktstatue in einem Museum ansehen würde – und dabei vorgäbe, nicht interessiert zu sein, während man innerlich lüstern war. Dazu gehörte auch ein langer, intensiver Blick auf das Tuch an meinem Hals – eine Lastminute-Ergänzung meiner Stylistin Delphine.

Du gibst dich als die Begleiterin eines Vampirs aus, hatte sie ganz sachlich erklärt. *Und Begleiterinnen von Vampiren haben Markierungen am Hals. Also...*

Es lief mir kalt den Rücken hinunter.

Wir konnten nicht sicher sein, dass Baumann Henrik überhaupt als Vampir erkennen würde, zumal er sich mit teurem Rasierwasser eingenebelt hatte. Aber ich musste so aussehen, nur für den Fall, dass Henriks Tarnung aufflog.

Baumann griff nach meiner Hand – er nahm sie sich einfach, bevor ich sie überhaupt anbieten konnte – und streifte meine Fingerknöchel mit seinen Lippen.

„Ist sie nicht reizend?“, murmelte er Henrik zu.

Mein aufgesetztes Lächeln drohte zu verfliegen, aber es gelang mir, es aufrechtzuerhalten. Hauptsächlich, weil die Alternative – ihm in die Eier zu treten – uns unserem Ziel nicht näherbringen würde.

Außerdem würde ich die Treppe hinunterstürzen, wenn ich versuchte, jemanden zu treten, während ich auf selbstmörderischen Stöckelschuhen stand.

Ich nahm einen Hauch von *Hund* an Baumann war.

Ein Wolfsgestaltwandler, hatte Bene gesagt. *Ein ziemlich fieser.*

Baumanns Blick wanderte wieder an meinem Körper hinauf und als er mir in die Augen sah...

Bumm! Wie aus dem Nichts wurde ich in einen *vom Mondlicht gestreift*-Moment gerissen, der eine Tür zu seiner Seele öffnete. Und verdammt. Hätte ich noch Bedenken bezüglich dieser Mission gehabt, verschwanden sie dann, denn alles, was ich sehen konnte, war Böses und Gier.

Ich fragte mich kurz, von welchen meiner Vorfahren diese Fähigkeit wohl stammte, und was sie sonst noch konnten. Überwiegend klammerte ich mich jedoch an Henriks Arm. Selbst ein Vampir war besser als Baumann.

„Genießen Sie die Party“, sagte unser Gastgeber und wandte sich seinen nächsten Gästen zu.

Und einfach so waren wir drin. Aber verdammt, war ich nervös.

„Was jetzt?“, flüsterte ich Henrik zu. „Wie verschaffen wir uns eine Einladung an den Ort, an dem sich die Kunst befindet?“

Henrik grinste. „Geduld, *ma Belle*. Geduld.“

Er schaute sich um und versprühte altmodische Manierismen und... nun ja, *Charme* wäre übertrieben, aber seine unnahbare Haltung hatte einen gewissen Reiz. Frauen musterten ihn bereits, als wäre er ein Adliger. *Herzog* dies, *Prinz* das oder gar *Ihre Hoheit*. Verdammt, vielleicht war er das auch.

„Champagner für Sie, Señor? Señora?“

Fast hätte ich gejubelt, als ich die vertraute Stimme hörte. Bene!

Henriks Nähe war ungefähr so beruhigend wie die eines Waffenhändlers, aber Bene hierzuhaben half. Marius wäre noch besser, aber Bene war ein guter Anfang.

Die Augen des Löwengestaltwandlers funkelten, aber er hielt seinen Gesichtsausdruck neutral und ermahnte mich, dasselbe zu tun.

„Oder möchten Sie lieber Mineralwasser?“ Er hielt mir ein Tablett hin, schaute kurz nach rechts und senkte seine Stimme. „Dobrov ist der kleine Mann in blau auf drei Uhr. Er ist mit drei großen Kisten angekommen, die in der Bibliothek stehen.“ Er schaute kurz in die andere Richtung. „Den Flur hinunter, dritter Raum rechts. Zwei Wachmänner.“

Henrik nickte knapp, nahm zwei Champagnergläser und reichte mir eins.

Ich runzelte die Stirn und starrte hinein. „Was, wenn ich Wasser wollte?“

Henrik zuckte mit den Schultern, hob sein Glas und nippte daran.

Ich hielt ihm mein Glas vor das Gesicht und schüttelte es leicht. „Ich werde dir das jetzt nicht über den Kopf gießen, aber wer weiß?“ Ich lächelte süß. „Vielleicht bekomme ich im Château noch eine Chance.“

Bene lachte leise. „Pass auf dich auf, Kumpel."

Henrik winkte mit seinem Champagner. „Husch, Kätzchen. Husch."

Bene schlenderte unbeeindruckt davon. Henrik trank einen weiteren Schluck und schaute sich immer noch hochmütig um.

Ich stand an seiner Seite und wartete. Und wartete und wartete...

Schließlich stupste ich Henrik an. „Was nun?"

Ein weiterer desinteressierter Schluck. „Geduld."

Nicht meine Stärke. Ich schaute mich um und schärfte meine Sinne. Die meisten Gäste waren Menschen, mit ein paar vereinzelten übernatürlichen Wesen, die sich alle unauffällig verhielten. Hier ein Wolfsgestaltwandler, dort ein Vampir...

Mein Herz raste. Hätte ich doch nur mehr von den Kräften meiner Vorfahren! Aber selbst wenn, überträfe ich niemals jemanden im Kampf, Fliegen oder in Magie. Ich konnte nur das Beste aus dem machen, was ich hatte, so wie Verstand, Gerissenheit und Kunstwissen. Nicht gerade Marvel-Comic-Superkräfte, aber hey, ich würde jetzt nicht aufgeben.

Ich schaute mich suchend im Raum nach Dobrov um, entdeckte jedoch zuerst Marius. Ein Regenbogen spannte sich über meine Seele und mein Herz machte einen Sprung. Hätte ich nicht äußerste Selbstdisziplin geübt, hätte ich vielleicht angefangen, auf- und abzuhüpfen.

Er lehnte an einer Wand zwischen einem Catering-Tisch und einer deckenhohen Palme und sah in seinem dunklen Anzug wie ein Geheimdienstagent aus. Als sich unsere Blicke begegneten, schoss eine Mischung aus Hitze und Eis durch meine Adern. Hitze, weil Marius Marius war und mein Körper jedes Mal so reagierte. Eis, weil sein Blick so kühl und distanziert wirkte.

Henrik gluckste und ich warf ihm einen genervten Blick zu.

Und, hoppla. Im nächsten Moment lernte ich die erste Lektion über Undercover-Arbeit mit einem Vampir. Dreh dich niemals ohne absolute Wachsamkeit zu ihm um – damit meinte ich stratosphärische Wachsamkeit. Sonst könnte man in einen erstickenden Kuss gezogen werden.

Oder nennen wir es lieber einen *Sekundenkleber*-Kuss, denn es brauchte einige Anstrengung, um mich zu befreien. Ich hob meine Hand, um ihn zu schlagen, aber er griff danach.

„Aber, aber, Liebling", lachte Henrik. „Denk daran, dass du eine Rolle spielen musst."

Der Luftdruck im Raum stieg sprunghaft an und in meinem Kopf dröhnte ein Knurren.

Ich drehte mich um und sah Marius, und verdammt, sah der wütend aus.

Ich werde ihn umbringen, hätte ich schwören können, ihn knurren zu hören.

Ja, gut. Stell dich hinten an, murmelte ich und stieß gegen Henrik. „Hör auf, ihn zu provozieren."

Seine Augen funkelten. „Das ist der Spaß des Jahrhunderts."

Wie durch ein Wunder hatte ich mein Getränk nicht verschüttet und hob es zu einem spöttischen Trinkspruch. „Bis zu dem Tag – der sehr, sehr bald kommen wird, an dem du von Drachenfeuer geröstet oder mit einem Pflock ins Herz getötet wirst. Prost."

Er hatte die Frechheit, zu lachen und sein Glas ein zweites Mal gegen meins zu stoßen. „Prost, *ma Belle*." Aber etwas hinter mir fiel ihm ins Auge und er runzelte die Stirn.

Als ich seinem Blick folgte, entdeckte ich Roux und Delphine auf der anderen Seite des Raums. Der Tiger sah in seinem Smoking wirklich umwerfend aus. Delphine war in ihrem roten Kleid genauso hinreißend – aber sie sah zutiefst verletzt aus.

Henrik schaute sie noch einen Moment lang an, dann wandte er sich ab. Eine kleine, aber unendlich grausame Geste, die mich genauso wütend machte wie der Kuss.

„Du bist ein Drecksack, weißt du das?", zischte ich, weil ich es mir nicht verkneifen konnte. „Wie du sie behandelst..." Sein ausdrucksloser Blick ließ mich schnauben. „Unglaublich."

Er runzelte die Stirn. „Du meinst Delphine?"

„Ja, ich meine Delphine!"

Er winkte mit seinem Glas. „Sieh dich mal um. Siehst du die Caterer? Die Musiker? Das sind alles Bedienstete. Genau das ist Delphine auch. Sie wurde für einen Job angeheuert, genau wie sie. "

„Überhaupt nicht wie sie", murmelte ich.

Seine Augen blitzten auf, und das nicht auf positive Weise. „Delphine ist wegen eines Schecks hier und den wird sie auch bekommen – einen sehr stattlichen sogar. "

„Was, wenn sie nicht nur hinter Geld her ist? "

Er runzelte die Stirn, sichtlich verwirrt. „Was sollte sie sonst wollen? "

Junge, er kapierte es wirklich nicht, nicht wahr?

„Als wir gestern Abend hier ankamen, ist Delphine dir in die Arme gelaufen. Das war keine Show", knurrte ich.

Henrik runzelte die Stirn.

„Jedes Mal, wenn sie dich ansieht, strahlen ihre Augen – und zwar nicht mit Dollarzeichen. Die ganze Zeit, als wir einkaufen waren, fragte sie Dinge wie: ‚Glaubst du, Henrik würde dieses oder jenes gefallen?' Sie konnte es kaum erwarten, dir ihr Kleid zu zeigen. "

„Sie hat allen ihr Kleid gezeigt. "

Ich schüttelte den Kopf. „Sie hat es *dir* gezeigt. Und alles, was du dazu sagen konntest, war ‚hübsch'. " Ich ahmte seine tiefe, gelangweilte Stimme nach.

Dass die beiden zusammenkamen, war offen gesagt das Letzte, was ich wollte. Aber Delphine war wirklich liebenswert und hatte ein paar schwere Schicksalsschläge erlitten. Im Laufe des Tages wurde mir klar, wie grausam ihr Beruf war. Männer begehrten sie – verzweifelt sogar –, aber Gott bewahre, dass sie im „wirklichen Leben" eines Kunden auftauchte. Sie war klug, witzig und interessant, aber alles, was Männer sahen, waren Titten, Arsch – und Blut in Henriks Fall.

„Ich bezahle den Bäcker für meine Baguettes, aber ich danke ihm auch. Aufrichtig", schimpfte ich.

„Du willst, dass ich ihr danke? " Henrik blinzelte verständnislos.

Ich musste mich sehr zusammenreißen, um ihn nicht zu schubsen. „Ich möchte, dass du sie *schätzt*. Dass du sie *siehst*. "

„Ich sehe sie", beharrte er.

„Du siehst sie so, wie du ein Möbelstück siehst. Du bemerkst kaum, dass sie da ist."

Sein Gesicht wurde hart. „Es ist besser so."

„Für dich oder für sie?"

Seine Augen blitzten und zum ersten Mal an diesem Abend war ich nicht nur verärgert. Ich hatte Angst.

„Für alle Beteiligten." Er leerte den Rest seines Getränks, stellte das Glas mit einem dumpfen Schlag ab und richtete seine Krawatte. „Wenn deine Predigt vorbei ist, würde ich gern wieder an die Arbeit gehen."

Er ging mit großen Schritten davon und ließ mich mit offenem Mund zurück. Dann fing ich mich wieder und folgte ihm, wobei ich den Schal an meinem Hals enger zog.

Ich schaute mich um, aber wenn es jemand bemerkt hatte, schauten sie höflich weg. Alle außer einer auffallend kurvenreichen Frau an der Wand, die sich nicht die Mühe machte, ihre Belustigung zu verbergen. Sie bemühte sich auch nicht, ihr Interesse an Henrik zu verstecken.

Ja, er sah gut aus – ganz zu schweigen davon, dass er reich und aristokratisch wirkte. Aber igitt. Der Typ war ein selbstverliebter, kaltherziger Vampir.

Sie war eine dunkelhaarige spanische Schönheit, kurvenreich von den Lippen bis zu ihren Hüften, wie Catherine Zeta-Jones oder Russell Crowes heiße, dem Untergang geweihte Frau im *Gladiator*. Selbst aus dieser Entfernung konnte ich ihr Parfüm riechen – eine Marke, auf die Delphine mich während unseres Einkaufsbummels hingewiesen hatte.

Carolina Herrera „Good Girl", hatte sie gesagt. *Man nennt es „Katzenminze für Männer."*

Ich wollte schnaufen und der Frau sagen: *Er gehört ganz dir, Schätzchen. Ich bin heute Abend nur seine Scheinverabredung.*

Aber das konnte ich nicht. Und was wusste ich schon? Vielleicht war sie genauso selbstverliebt und kaltherzig wie Henrik. Vielleicht passten sie perfekt zusammen.

Die nächsten zehn Minuten blieb ich so nah neben Henrik, wie ich es aushalten konnte, still und mürrisch. Ich dachte mir, dass ich damit durchkommen würde, denn die Begleiterin eines selbstverliebten Mannes hatte das Recht, bisweilen von ihm angewidert zu sein.

Dennoch musste ich zugeben, dass Henrik wusste, wie man sich anbiederte. Zuerst verstand ich nicht, warum er seine Aufmerksamkeit – soweit man davon sprechen konnte – eher den Leuten um Lukas Dobrov herum widmete, als sich direkt an den Kunsthändler zu wenden. Aber genau das tat er und machte beiläufige Bemerkungen über Wohnungen in London, Paris und Dubai sowie über Rennpferde, Weinberge und unzufriedene Mitarbeiter. Selbst ich kaufte ihm seine Rolle als gelangweilter Milliardär ab, bis er ein Château erwähnte, das verdächtig nach meinem klang.

Er warf mir einen Blick zu und das Zucken seiner Mundwinkel war ein Grinsen, das mir galt.

Und Stück für Stück lockte er Dobrov an.

Eine Bemerkung über Golfplätze – Plätze, die Henrik, wie er andeutete, nicht nur bespielte, sondern besaß – und Dobrov drehte den Kopf. Eine Bemerkung über sechzig Jahre alten Scotch-Whisky, gereift in Sherryfässern, ließ den Kunsthändler nähertreten. Als jemand die Einrichtung in Baumanns üppig ausgestatteter Villa erwähnte, seufzte Henrik tief und leidig.

„Ich suche schon seit Monaten nach einem guten Dekorateur."

An der Wand rollte Marius mit den Augen.

Aber verdammt. Es funktionierte, denn Dobrov eilte herbei, um sich Henrik mit einem langen, herzlichen Händedruck vorzustellen. Mich würdigte er kaum eines Blickes, trotz eines Kleides, das jeden anderen Mann im Raum dazu gebracht hatte, mich anzustarren – insbesondere den hautfarbenen Teil, der meine Brust bedeckte. Aber für Dobrov und Henrik war ich einfach nur da, wie der Teppich unter ihren Füßen.

Ich ballte meine Hände zu Fäusten und stellte mir vor, wie ich Dobrov von *meinem* Château, meinem Weinberg und meinem Rennpferd erzählte.

Okay, kein Rennpferd und viele undichte Stellen im Château, aber der Wein vom Weinberg war wirklich ausgezeichnet, wenn ich das einmal selbst sagen durfte.

„Ich konnte nicht verhindern, ihr Gespräch mitzuhören", sagte der schmächtige, kleine Mann. „Ich beschäftige mich selbst ein wenig mit Dekoration. "

Ich unterdrücke ein Schnauben. Ein wenig beschäftigen oder damit handeln – wie mit kostbaren, lang verlorenen Kunstwerken?

Henrik unterdrückte ein Gähnen und wandte sich ab. Das hatte denselben Effekt wie Delphine zu ignorieren: Je mehr Henrik sie mied, desto verzweifelter bemühte sie sich – oder Dobrov – um seine Aufmerksamkeit.

Der Mann klebte an Henrik wie eine Klette, und nickte und lächelte bei allem, was Henrik sagte. Hinter ihm entdeckte ich die kurvige Frau mit ihren vollen Lippen, großen Brüsten und dem tiefen Ausschnitt. Ihr Blick fiel auf jemanden auf der anderen Seite des Raums und ihre Augen leuchteten schelmisch auf.

Ich schaute ihr nach, wie sie davonstolzierte, und war froh, sie los zu sein. Sollte sie heute Abend doch einen anderen Mann verführen.

Dobrov manövrierte sich allmählich vor Henrik und als die Unterhaltung ins Stocken geriet, ergriff er seine Chance.

„Was Ronald wirklich auszeichnet, ist sein Kunstge-schmack", warf Dobrov ein und knüpfte an das an, was er Minuten zuvor gesagt hatte.

Henrik ließ seinen Blick langsam über die Wände schweifen, an denen monochrome Werke moderner Kunst in minimalisti-schen Rahmen hingen.

„Nicht mein Geschmack. "

„Oh nein. Nicht das", sagte Dobrov schnell. „Ich meine, nicht *nur* das. Ronald hat verschiedene Bereiche des Hauses in unterschiedlichen Stilen eingerichtet. "

„Was Sie nicht sagen. " Henrik winkte nach einem weiteren Getränk.

Bene schlenderte herbei und präsentierte sein Tablett mit einer schwungvollen Geste. Offensichtlich war dies nicht sein erster Cateringauftrag.

Ich schnappte mir ein Wasser, während Dobrov zwei Gläser nahm und Henrik eines anbot. Der Vampir nahm es entgegen, ohne sich bei einem der beiden Männer zu bedanken.

„Wonach suchen Sie? Vielleicht kann ich Ihnen helfen", versuchte es Dobrov.

Oh, jede Wette.

Henrik gestikulierte vage. „Etwas weniger... Zeitgenössisches, denke ich."

Ich hätte fast geschnauft. Ja, um etwa 150 Jahre, mehr oder weniger. Oder waren Jahrzehnte in der Weltanschauung eines Vampirs wie Hundejahre?

Dobrov strahlte wie ein Kind zu Weihnachten. „Ich habe Ronald im Laufe der Jahre dabei geholfen, ein paar schöne Stücke zu erwerben. Ich wollte gerade ein paar Freunden eine Auswahl exklusiver Stücke präsentieren. Möchten Sie sich diese ansehen?"

Henrik runzelte die Stirn und schaute auf seine Uhr, als hätte er noch etwas anderes zu tun. Dann seufzte er. „Ich schätze, ich könnte sie mir ansehen. Was meinst du, Liebling?" Er griff nach meiner Hand.

Ich musste mich sehr zusammenreißen, um meine Hand nicht zurückzuziehen. „Natürlich, *Liebling.*"

Mein Puls beschleunigte sich, als wir Dobrov den von Bene erwähnten Flur entlang folgten, wobei sich drei weitere Gäste zu uns gesellten. Ich warf einen Blick zu Marius zurück, um mich zu vergewissern, und...

... wäre fast über meine eigenen Füße gestolpert. Miss Kurven-und-tiefer-Ausschnitt hing praktisch an seinem Arm. Flüsterte ihm ins Ohr. Kicherte.

Als sie ihre Hand mit einer lockeren, vertrauten Geste über seine Brust gleiten ließ, blieb mein Herz stehen. Das war nicht das erste Mal, dass sie Marius berührte. Sie kannte ihn. Auf intime Weise.

Galle stieg in meiner Kehle auf.

„Wer ist das?", fragte ich Henrik.

Er drehte sich mit dem gleichen ausdruckslosen, *Ist mir doch egal*-Blick um und erblasste.

„Celeste." Sein Tonfall klang gefährlich.

„Und sie kennt Marius?"

Er schnaubte. „Oh ja, und wie sie ihn kennt."

Dann fiel der Groschen. Celeste – Marius' Ex.

„Wird sie Ärger machen?", fragte ich, obwohl ich es bereits wusste.

„Diese Frau ist nichts als Ärger", knurrte Henrik.

Endlich – etwas, worüber wir uns einig waren.

Drüben an der gegenüberliegenden Wand sah Roux ebenso erschüttert aus.

„Kennt sie euch? Ich meine, euch alle?", fragte ich.

Henrik verzog das Gesicht. „Ja. Sie arbeitet auch für Gordon."

Ich zog eine Grimasse. „Was hat sie verbrochen?"

Henrik runzelte die Stirn. „Sie muss nicht für Gordon arbeiten. Sie tut es aus freien Stücken."

Mein Magen rebellierte. Es war schon schlimm genug, herauszufinden, dass Gordon mit Waffenhändlern, Vampiren mit zweifelhafter Moral und anderen Kriminellen zu tun hatte. Aber irgendwie machte Celeste es noch schlimmer. Ich wusste nicht viel über sie, aber eines war klar. Diese Frau war ein Krokodil, das durch trübe Gewässer kroch und darauf wartete, ahnungslose Seelen zu verschlingen.

„Kommen Sie, kommen Sie", rief Dobrov.

Henrik warf Celeste einen letzten Blick zu und zog mich dann mit sich.

„Komm mit, Liebling."

Verschwörungstheorien schossen mir durch den Kopf. Was, wenn Henrik mit Celeste unter einer Decke steckte? Was, wenn sie eine Art Verrat planten?

Marius sah wütender aus denn je und seine Augen sandten mir dringende Botschaften. *Halt. Tu es nicht. Gefahr!*

Zwei stämmige Sicherheitsleute traten in den Flur und versperrten mir die Sicht auf ihn.

Henrik warf mir einen eisigen Blick zu, der wiederholte, was er zuvor gesagt hatte. *Jetzt ist nicht die Zeit für Zweifel.*

Ich holte tief Luft, obwohl meine Kehle trocken und angespannt war.

Für Dad, erinnerte ich mich selbst und folgte Dobrov, Henrik und den anderen in die Bibliothek.

In dem Moment, als ich eingetreten war, schlugen die Wachmänner die schweren Eichentüren hinter mir zu.

Kapitel 23

MARIUS

Mina mit Henrik zu beobachten, war eine Qual. Vor allem, weil dieser Drecksack jede Berührung und Geste übertrieben zur Schau stellte.

Wie diesen Kuss, knurrte mein Drache.

Es hatte mich alle Kraft gekostet, nicht zu brüllen, mich zu verwandeln und den Kerl fertigzumachen. Mina sah ebenfalls wütend aus und ich hätte mir gewünscht, dass sie ihm eine reinhaut. Auch wenn es unsere Tarnung auffliegen lassen hätte, wäre es das wert gewesen.

Schnapp sie dir, knurrte mein Drache. *Bring sie von hier weg. Zur Hölle mit Gordon und seinem verdammten Kunden.*

Aber Mina wollte dieses Gemälde unbedingt und ich musste meine sechs Monate für Gordon beenden, wenn ich jemals ein neues Leben beginnen wollte. Ein besseres Leben.

Ein Leben mit Mina, hauchte mein Drache.

Das war natürlich ein heikles Terrain, aber diese Fantasie wurde immer schwerer zu ignorieren.

Ich musterte den Raum. Baumanns Party war in vollem Gange, die Gäste füllten das riesige Wohnzimmer und eine Terrasse, die groß genug war, um darauf Tennis spielen zu können. Die Glastüren dazwischen waren zurückgeschoben worden, so dass ein riesiger Innen/Außenbereich entstand.

Was die Partyatmosphäre anging, war es fantastisch. Was die Sicherheit anging, war es ein Albtraum.

Was uns natürlich in die Hände spielte – mehrere Ausgänge, keine klare Begrenzung, der Schutz durch Lärm und Dunkelheit, Menschen, die kamen und gingen...

Die Haare an meinem Nacken sträubten sich und ich drehte mich um, als ich das Klappern von Stöckelschuhen auf dem Marmorboden hörte.

„Na, na. Wenn das nicht Marius ist", murmelte eine Frau.

Ich erstarrte. Celeste? Hier? Jetzt? Wie?

Sie kicherte. „Ach wie süß. Du freust dich so sehr, mich zu sehen, dass du sprachlos bist."

Ich konnte nicht sagen, ob sie scherzte. Das war das Problem mit Celeste. Man konnte nie etwas mit Sicherheit sagen und man durfte niemals unvorsichtig mit ihr sein.

„Wer hätte gedacht, dich hier zu sehen", sagte sie fröhlich.

Ich straffte meine Schultern. „Tu so, als hättest du es nicht."

Sie kicherte. „Versuchst du, inkognito zu bleiben?"

Ich schüttelte den Kopf. „Ich versuche, keine Aufmerksamkeit auf mich zu lenken."

„Und jetzt bin ich hier und ziehe deine ganze Aufmerksamkeit auf mich", schnaufte sie praktisch. „Nur zu. Versuche, zu widerstehen. Du weißt, dass du es nicht kannst."

Aber die Sache war, dass ich es konnte. Eine riesige – und willkommene – Überraschung. Nicht einmal ein Mönch könnte diesem Sukkubus widerstehen, wenn sie ihren Charme spielen ließ.

Was Celeste auch tat und das Ganze auf die Spitze trieb. Ich konnte spüren, wie sich ihr verführerischer Schleier um mich legte, kombiniert mit einer Hitze, die versuchte, etwas in mir zu entfachen – aber nichts Vergleichbares zu dem unwiderstehlichen Inferno unserer früheren Begegnungen. Warum?

Mein Drache schnaubte. *Musst du das wirklich fragen?*

Mein Blick wanderte zu Mina und ich ertappte mich dabei, wie ich dem Schicksal zur Abwechslung einmal dankte. Dafür, dass es mir Mina gebracht und mich gegen Celeste gewappnet hatte... Vielleicht waren die Absichten des Schicksals doch gar nicht so schlecht.

Celeste folgte meinem Blick und spottete. „Jetzt sag mir bloß nicht, dass dir diese kleine Maus ins Auge gefallen ist." Sie beugte sich vor, schnüffelte und kicherte dann. „Oh, sie hat mehr getan, als dir nur ins Auge zu fallen, nicht wahr?"

Scheiße, Scheiße, Scheiße. Nicht gut.

Sie kniff die Augen zusammen und musterte Mina noch intensiver. „Das ist doch nicht die Schlampe, um die sich Gordon so gesorgt hat, als Szabo deine bescheidene Unterkunft besucht hat, oder?"

Eine lange Reihe von Warnsignalen tauchte in meinem Kopf auf. Es waren so viele, dass ich kaum wusste, wo ich anfangen sollte.

„Szabo? Was weißt du über Szabo?"

Sobald ich die Frage gestellt hatte, bereute ich es, denn mein Tonfall verriet mich.

Celestes Augen funkelten mit Interesse. „Nun, irgendjemand muss euch vier schließlich im Auge behalten. Vor allem dich. Nur um dich aus Schwierigkeiten herauszuhalten, natürlich."

Ich streckte mein Kinn vor. Gordon hatte es für angebracht gehalten, jemanden zu beauftragen, nach uns zu sehen – nur um Mina kurz darauf besorgt anzurufen? Das ergab keinen Sinn.

Etwas an Celestes selbstgefälliger Miene brachte mich schließlich auf die richtige Spur. Gordon hatte keinen Grund, uns zu kontrollieren, aber Celeste schon – zumindest in ihrer verdrehten, verzerrten Welt. Ich war einer von Dutzenden, vielleicht Hunderten Männern, die ihr verfallen waren, aber ich war auch der erste – und einzige –, der sich aus ihrem Bann befreit hatte. Und nicht nur das, ich hatte auch Bene und Roux vor ihr gewarnt.

Keine Wut ist so gnadenlos wie die einer verschmähten Frau, hieß es, und das galt doppelt für einen sexhungrigen Sukkubus. Hatte sie Szabo geschickt, um uns zu überprüfen – und Mina dabei fast umgebracht?

Ein Knurren stieg in meiner Kehle auf, aber Celeste schüttelte nur den Kopf. „Meine Güte. Da ist aber jemand ganz schön aufgewühlt wegen einer unbedeutenden, menschlichen Frau?"

Sie ist weder ein Mensch noch unbedeutend, wollte ich knurren. Aber ich hielt ausnahmsweise einmal meinen Mund.

„Oh, das arme Mädchen. Szabo hat ihr einen richtigen Schrecken eingejagt, nicht wahr?", stichelte Celeste und beobachtete Mina aufmerksam. „Sie muss so ein schweres Leben haben. Du weißt schon – ihr eigenes Château zu erben und so. "

Offensichtlich hatte Celeste nicht allzu genau nachgeforscht. Hätte sie es getan, hätte sie gewusst, welch finanzielles Fass ohne Boden dieser Ort war.

Und wie hart Mina arbeitete, um ihn zu retten, fügte mein Drache heftig hinzu.

„Und nicht nur das, sie muss auch noch damit leben, dass Gordon sie dafür bezahlt, eine ganze Mannschaft stämmiger junger Männer als Gesellschaft zu unterhalten. " Celestes Stimme triefte vor Sarkasmus und wurde dann grausam. „Hat sie alle vier ihrer Gäste gefickt oder nur dich? " Mein Knurren brachte sie nur noch mehr zum Kichern. „Aha, ich verstehe. Nur dich. " Dann schnaubte sie leise. „Amateurin. "

Mein Blut kochte und ich schimpfte zum hundertsten Mal mit mir selbst. Wie hatte ich mich nur jemals auf Celeste einlassen können? Aber ich war unachtsam gewesen und einer so starken Magie wie der ihren konnte man nur schwer widerstehen.

Trotzdem machte es mich krank. Genauso krank wie ihr plötzliches Interesse an Mina.

„Was hat unsere kleine Maus denn jetzt vor? " Celeste schnalzte mit der Zunge, als Dobrov Mina und Henrik in Richtung Bibliothek führte. Baumanns private Sicherheitsleute hatten die zusätzlichen Helfer – wie mich – nicht in die Nähe des Raumes gelassen, aber ich hatte gesehen, wie die Kisten zuvor hineingetragen worden waren.

Mina und Henrik Zugang zu verschaffen, war von Anfang an der Plan gewesen, aber jetzt schlugen in meinem Kopf die Alarmglocken. Mina aus den Augen zu lassen, besonders in Henriks Nähe, war schon schlimm genug. Sie mit Henrik und einem zwielichtigen Kunsthändler in einen verschlossenen Raum gehen zu lassen, war noch schlimmer. Jetzt war auch noch Celeste aufgetaucht. War sie hier, um Gordon Bericht zu erstatten, oder verfolgte sie ein anderes Ziel?

Mina drehte sich um und unsere Blicke trafen sich.

Halt. Vergiss es. Hier ist etwas faul, versuchte ich mit meinem Blick zu vermitteln.

Ihre Lippen bebten, aber sie drückte die Schultern durch und verschwand stur den Flur hinunter.

„Na, na. Wo wollen die beiden wohl hin, frage ich mich?" Celeste kicherte verschmitzt.

Ich trat zur Seite und versperrte ihr die Sicht. „Ich versuche, hier zu arbeiten. Solltest du nicht dasselbe tun?"

Sie lachte und ließ ihre Finger über meine Brust hinuntertanzen. Früher hatte mich das erregt. Jetzt lief es mir kalt den Rücken hinunter.

„Armer Marius. Was ist mit dir passiert? Früher warst du viel draufgängerischer."

Nein, früher war ich viel dümmer. Das behielt ich jedoch für mich.

Celeste entfernte sich mit einem dramatischen Seufzer. „Ich glaube, du hast recht. Ich muss zurück an die Arbeit. Sehen wir uns später?"

Ich biss die Zähne zusammen. Gott, ich hoffte es nicht.

Als sie davonstolzierte, sah ich mich bewusst langsam im Raum um – überall, wo sie nicht wahr –, obwohl meine Gedanken die ganze Zeit kreisten. Celeste arbeitete für Gordon, was sie auf unsere Seite stellte. Technisch gesehen. Aber Celeste hatte eigentlich immer nur für eine Seite gespielt – ihre eigene – und sie war zu allem fähig. Vor allem Eifersucht.

Keine Wut ist so gnadenlos... erinnerte mich mein Drache.

Wenn Celeste einen Mann wollte, dann wollte sie ihn. Selbst die Männer, die sie durchgekaut und wieder ausgespuckt hatte, blieben auf ihrem Radar. Sie sollten für den Rest ihres Lebens nach ihr schmachten, ganz einsam, erbärmlich und elend.

Ich war nicht ganz so tief gesunken, aber es hatte nicht viel gefehlt. Bis Mina kam.

Ich schwenkte meinen Blick zur Bibliothek, bis ich mich fing und ihn wieder abwandte. Als Sicherheitsmann sollte ich kein Interesse an Mina zeigen – und auch nicht an Celeste.

Ich zwang mich zu einem ausdruckslosen Gesichtsausdruck. Aber innerlich kochte ich vor Wut – und wurde unruhig –, während die Zeit verging.

Irgendwann ertönte ein Lachen im Trubel der Party. Als ich hinüberschaute, sah ich Celeste an Baumanns Arm hängen.

Lachend. Flirtend. Berechnend, wie sie die Situation zu ih-rem Vorteil manipulieren könnte, murmelte mein Drache.

Und Baumann genoss es. Er war ganz offensichtlich einer dieser Männer, die nur ihre eigene Macht und ihre Ambitionen im Blick hatten. Er erkannte vielleicht potenzielle Bedrohungen durch andere Männer, aber Frauen waren für ihn bloße Objekte und definitiv keine Rivalinnen.

Er hätte jedoch auf der Hut sein sollen, und zwar nicht nur vor Celestes verführerischem Charme. Jede ihrer Bewegungen, jedes ihrer Worte war kalkuliert. Aber was war ihr Ziel?

Ich schaute zum zehnten Mal auf meine Uhr. Mina und Henrik waren immer noch nicht wieder zu sehen, und auch von Roux fehlte jede Spur. Ich zupfte an meinem Kragen und starrte in den Flur, in dem Mina verschwunden war. Warum dauerte das so lange, verdammt noch mal?

Kapitel 24

MINA

Als wir die Bibliothek betraten, tauschten wir die luftigen, betriebssamen Empfangsräume gegen einen stillen, stickigen Bereich. Ich schaute mich nervös um. Abgesehen von einem schmalen hinteren Flur, der zu einer Toilette und einem Büro führte, gab es keinen Weg, durch den man fliehen konnte. Nicht einmal ein Fenster, zumindest nicht in diesem Raum.

Ich bin nicht hier, um wegzulaufen, ermahnte ich mich selbst. *Es ist Zeit, dieses Gemälde zu finden.*

Zuerst musste ich hier jedoch überprüfen, ob unsere Informationen stimmten – bis zum Speisenaufzug in der Ecke des angrenzenden Büros. Ein Blick in den Verbindungsflur bestätigte es mir, *bingo.*

Ich wandte den Blick schnell ab.

Dobrov machte eine ausladende Geste. „Entschuldigen Sie. Ich habe bisher nur die kleineren Stücke ausgepackt... "

Ich starrte. War das eine Olmekenmaske? Und diese Jadeschnitzerei...

„Qing Dynastie", sagte Dobrov, als einer seiner potenziellen Käufer sie begutachtete.

„Hübsch", murmelte der Mann, während ein anderer in eine Kiste griff und ein langes, dünnes Objekt herausholte.

„Seien Sie vorsichtig, Rodrigo", scherzte Dobrov, als der Mann es vorsichtig auspackte.

Der Mann pfiff. „Ist es, was ich denke? "

Dobrov nickte selbstgefällig. „Ein osmanischer Krummsäbel aus dem 16. Jahrhundert mit juwelenbesetzter Scheide. "

Der war beeindruckend und wahrscheinlich ein Vermögen wert, wenn er echt war. Verdammt, selbst eine moderne Nachbildung würde schon eine Stange Geld kosten.

Henrik wandte sich wieder der Tür zu. „Nicht das, was ich suche."

Vielleicht nicht, aber ich war auf jeden Fall fasziniert.

Dobrov sprang vor Henrik und deutete nach links. „Erlauben Sie mir, Sie hier hinüberzuführen. Könnte ein Monet Sie interessieren?"

Ich hätte mir fast ein Schleudertrauma zugezogen. Monet?

Henrik folgte ihm widerwillig wie ein Mann, der zu höflich war, um eine Einladung zum Drittklässler-Schulkonzert des Kindes eines Freundes abzulehnen. Nur dass Henrik nicht höflich war und keine Freunde hatte. Zumindest nicht, soweit ich das beurteilen konnte.

„Entspricht das eher Ihrem Geschmack?", fragte Dobrov.

Henrik neigte den Kopf, ohne sonderlich begeistert auszusehen. „Vielleicht."

Mir fielen fast die Augen aus dem Kopf. Das Gemälde, das dort auf einem Tisch an die Wand gelehnt stand, sah verdammt nach *Tauwetter* aus, eines der Kunstwerke auf der Liste der verlorenen Meisterwerke meines Vaters.

„Und die Provenienz?", fragte Henrik, ohne das Gemälde auch nur anzusehen.

Ich war ganz Ohr. Ohne Provenienz – den Nachweis der Herkunft eines Kunstwerks und seiner rechtmäßigen Übertragung von Besitzer zu Besitzer im Laufe der Jahre – konnte ein Kunstwerk nicht als echt angesehen werden. Wie dieser Monet, entschied ich schnell. Die Signatur sah zwar gut aus, aber sie befand sich in der linken Ecke statt in der von Monet bevorzugten rechten, und die Pinselstriche waren etwas zu verwischt, um von Monets Hand zu stammen. Meiner Meinung nach wahrscheinlich eine Fälschung.

Dobrov zeigte auf die Signatur und zog dann einen Umschlag hinter dem Rahmen hervor. „Das sind die vollständigen Unterlagen."

Ich verbarg meine Skepsis, denn auch Unterlagen konnten gefälscht werden.

Die anderen Gemälde, die auf dem Tisch standen, waren ein hässliches Stillleben von Kirchner und eine trostlose Landschaft, die schrie: *Edvard Munch hatte einen schlechten Tag.*

Henrik ging schnurstracks auf dieses zu.

„Ich sehe Liebe, Hoffnung und Möglichkeiten", murmelte ich, um ihn zu testen.

Er seufzte glücklich. „Ich sehe Dunkelheit, Tod und Verzweiflung."

Aha. Genau das Richtige für seine Wohnung in Paris – wenn er denn eine hätte.

Dabei fragte ich mich etwas. Wenn Henrik tatsächlich mit seinem eigenen Geld Kunst kaufen würde, würde ich ihm dann sagen, dass mich das übermäßig leuchtende Rot in dem Munch-Gemälde dazu veranlasste, es als weitere Fälschung einzustufen?

Nö. Das bewies nur, wie sehr meine Moral bereits gelitten hatte.

Ich deutete auf die Kiste neben dem Tisch, in der weitere Gemälde wie gerahmte Poster bei Walmart seitlich gestapelt waren. Das war geradezu blasphemisch – wenn sie echt waren. Ein weiterer Grund, an ihnen zu zweifeln?

„Darf ich?", fragte ich Dobrov.

Der Kunsthändler wandte sich mir zu, obwohl sein Blick eher auf mein Dekolleté als auf mein Gesicht gerichtet war. „Nur zu, Schätzchen. Vor allem, wenn Sie Ihren Begleiter davon überzeugen können, eins zu kaufen."

Ich knirschte mit den Zähnen. Gott, ich hasste es, als Blickfang benutzt zu werden.

Ich legte meine Handtasche auf den Tisch und fing an, die Gemälde durchzublättern.

„Lukas? Ich würde gern mehr über dieses Werk erfahren", rief einer der anderen Gäste.

Dobrov eilte davon und Henrik trat zur Seite, so dass er ihnen die Sicht auf mich versperrte.

„Etwas gefunden?", flüsterte er.

Alles Mögliche wäre vielleicht die beste Antwort gewesen, wenn man die Werke in dieser Kiste betrachtete. Ein Canaletto. Ein farbenfroher, abstrakter Paul Klee. Ein lebhaftes Porträt von Caravaggio aus dem 16. Jahrhundert, wenn man dem Schildchen Glauben schenken durfte.

Nach meiner amateurhaften Einschätzung schien etwa die Hälfte der Werke echt zu sein, obwohl ihre Herkunft oder ihre Besitzer wahrscheinlich zwielichtig waren. Warum sonst sollte das Werk eines großen Meisters in einem Hinterzimmergeschäft wie diesem gehandelt werden? Einem sehr vornehmen Hinterzimmer, aber dennoch. Entweder waren die Gemälde mit schmutzigen Geldern gekauft worden oder sie waren im Zweiten Weltkrieg von der einen oder anderen Armee verschleppt oder als Kollateralschäden verbucht worden, obwohl sie tatsächlich in Privatsammlungen gelandet waren.

Ich dachte kurz an Clement. Was würde er davon halten, dass ich hier war? Und, scheiße. Hatte er nicht für eine Spezialeinheit gearbeitet, die Verbrechersyndikate in Marseille zerschlagen hatte? War mein Gastgeber, Ronald Baumann, oder Dobrov in einem seiner Fälle aufgetaucht? Oder Gordon?

Verdammt noch mal. Ich befahl mir, meine Aufmerksamkeit auf die Gemälde zu richten. *Konzentriere dich.*

Die andere Hälfte der Werke in der Kiste schien Fälschungen zu sein, so wie der Monet. Sehr gute Fälschungen, aber dennoch. Einige waren so gut, dass ich sie fast den Originalen vorzog – wie das entzückende Einhorn, das ich von Franz Marc entdeckte. Mein Lieblingskünstler hatte viele Pferde in allen Farben des Regenbogens gemalt, aber niemals ein Einhorn. Eine verdammte Schande.

Dieses Gemälde war groß genug, um über die anderen hinauszuragen. Das nächste war kleiner. Ich drehte es um und holte scharf Luft.

Henrik hustete in seine Hand. *Pass auf.*

Leichter gesagt als getan, besonders wenn man über einen längst verloren geglaubten Van Gogh stolperte.

Ich blies meine Wangen auf. Was hätte mein Vater dafür gegeben, jetzt an meiner Stelle zu sein.

„Du bist hier, um es zu beurteilen, nicht um es zu bewundern", zischte Henrik.

Richtig. Beurteilen. War *Der Maler auf dem Weg nach Tarascon* das Original?

Erfahrene Kunstkritikveteranen beurteilten Gemälde anhand von Details, aber auch anhand ihrer Intuition, oft auf der Grundlage eines ersten blitzschnellen Eindrucks.

Ich war kein Veteran, aber verdammt, meine Intuition schrie: *Das ist das Original!*

Ich beugte mich vor und versuchte, wissenschaftlich vorzugehen. Pinselstriche… Farbe… die Leinwand… Alles stimmte mit anderen Werken von Van Gogh überein. Auch die Komposition war wie das Original, das auf einem Foto aus den 1930er-Jahren festgehalten war. Meine Schwester und ich stritten uns früher über zwei Blätter auf der linken Seite des Bildes. Fielen sie herunter oder waren sie nur einfach nicht klar mit dem Baum verbunden? So oder so, die Blätter in diesem Gemälde waren genauso, wie ich sie in Erinnerung hatte, bis zu der Art und Weise, wie sie auf die Leinwand getupft worden waren.

Dann drehte ich es um und da war es – das letzte Beweisstück. Ein Stempel in gotischer Schrift mit der Aufschrift *Kaiser-Friedrich Museum.*

Mein Herz setzte mehrere Schläge aus. Museumsstempel konnten zwar auch gefälscht werden, aber alles deutete darauf hin, dass dieser echt war.

Neben mir erstarrte Henrik. Also ja. Vielleicht hatte der Vampir ja doch ein Herz. Zumindest für großartige Kunstwerke.

Aber als ich zu ihm aufschaute, starrte er quer durch den Raum – in dem Maße, wie Vampire alles anstarrten, was nicht warmblütig war. Sein Atem kam kurz, so wie meiner, und seine Augen blitzten rot auf, als er etwas Schockierendes entdeckte.

Ich folgte seinem Blick. Was war so interessant an dieser zigarrenförmigen Schachtel auf der anderen Seite?

Als ich ihn mit dem Ellbogen anstupste, drehte er sich ruckartig um und sah ausgesprochen schuldig aus.

Was er sicherlich auch war – schuldig an hundert abscheulichen Verbrechen, wie ich annahm. Aber ich hätte das *Bemerken einer harmlosen Schachtel* nicht dazugezählt.

Es sei denn, diese Schachtel war nicht so harmlos.

„Was?", knurrte er und errötete ein wenig.

Und ein *wenig* war bei einem Vampir schon eine ganze Menge. Ich hatte ihn nur bei der Aussicht auf frisches Blut jemals so lebhaft gesehen. Ich warf einen weiteren Blick auf die Schachtel. Was war da drin? Und, verdammt. Wollte ich das überhaupt wissen?

Die Büchse der Pandora, sagte mir meine Fantasie. *Öffne sie und die Welt wird von Streit, Krankheit und Gier überschwemmt werden.*

Ich seufzte und dachte an aktuelle Schlagzeilen. Das würde *noch mehr* Streit, Krankheit und Gier bedeuten.

Andererseits war auch die *Hoffnung* aus der Büchse der Pandora herausgeflattert. Aber ich bezweifelte, dass es das war, was Henrik so aufgeregt hatte.

„Es ist echt", flüsterte ich und versuchte, seine Aufmerksamkeit wieder auf den Van Gogh zu lenken. „Ich bin mir zu neunundneunzig Prozent sicher."

Er rieb sich die Wange, um seine verstohlenen Blicke auf die Schachtel zu verbergen.

„Gut. In Ordnung." Er richtete seine ohnehin schon perfekte Krawatte und schaute dann auf seine Uhr. „Noch sieben Minuten."

Wir verbrachten die nächsten fünf Minuten damit, uns eine zweite Kiste mit Werken abstrakter Maler anzuschauen – Rothko, Mondrian, Klein, um nur einige atemberaubende Namen zu nennen. Dann schlenderten wir zu den anderen Gästen hinüber, die immer noch das juwelenbesetzte Schwert bewunderten. Ich schaute auf meine Uhr und zählte die Sekunden herunter.

„Etwas gefunden?", fragte Dobrov.

Henrik zuckte mit den Schultern. „Möglicherweise."

Definitiv, dachte ich und warf einen Blick auf die Schachtel, für die er sich so interessiert hatte. Jetzt, da wir näher waren, konnte ich sehen, dass der Deckel mit Elfenbein und exotischem Holz eingelegt war.

Die Lichter flackerten.

„Oh!", kreischte ich und packte Dobrovs Arm. „Was war das?"

Tatsächlich wusste ich genau, was das war – Roux schaltete den Strom ab.

Die Lichter gingen komplett aus und wir wurden in völlige Dunkelheit gehüllt. Ich schrie, um es glaubhaft zu machen.

Die Lichter gingen wieder an und alle sahen erschrocken aus – alle außer Henrik, der unbehaglich in das plötzlich grelle Licht blinzelte.

„Meine Damen und Herren, wir müssen Sie bitten, den Raum zu verlassen. Nur für ein paar Minuten", sagte einer der Sicherheitsleute. Der andere hatte bereits die Tür geöffnet und ging hinaus, während er eine Hand an seinen Ohrstöpsel drückte.

„Natürlich." Dobrov führte uns hinaus und bildete die Nachhut. Ich trödelte und blieb ihm nur einen halben Schritt voraus, während das Geschwätz und die Schreie einer nervösen Menschenmenge am anderen Ende des Flurs immer lauter wurden.

Die Lichter flackerten erneut und ich zeichnete eine mentale Karte des Raums. Dann ging das Licht ein zweites Mal aus und tauchte die gesamte Villa in völlige Dunkelheit.

Es gab noch mehr Schreie und Rufe, aber meine gehörten nicht dazu. Ich war zu sehr damit beschäftigt, Dobrov auszuweichen und mich zurück zu der Kiste mit dem Van Gogh zu schleichen.

Mein ganzes Leben lang hatte ich mir echte übernatürliche Kräfte gewünscht. Jetzt war ich dankbar für die wenigen, die mir zuteilgeworden waren, wie zum Beispiel meine ungewöhnlich scharfen Sinne. Ich konnte nicht gut sehen, aber mein sechster Sinn umriss jedes Möbelstück, jede Kiste, um die ich herummanövrieren musste.

„Weitergehen, alle miteinander. Weitergehen", rief der Wachmann eindringlich.

Oh, ich würde weitergehen, das war sicher. Ich fuhr mit meiner Hand an einem Tisch entlang, machte dann drei vorsichtige Schritte durch die Dunkelheit und streckte die Hand aus. Nichts. Mein Herz schlug heftig, als ich mich weiterstreckte. Dann, *uff*. Meine Hand berührte die Kante eines anderen Tisches.

Ich tastete mich daran entlang, fand meine Handtasche und holte eine winzige Lasertaschenlampe heraus. Ich hielt sie mit den Zähnen fest, ohne sie einzuschalten, dann bückte ich mich und tastete mich an den Rahmen in der Kiste entlang. Da. Meine Hände fanden das größte Bild und ich griff nach dem kleineren Bild dahinter. Erst dann schaltete ich die Taschenlampe ein.

Bingo. Der Van Gogh. *Dads Van Gogh*, wie ich ihn inzwischen zu nennen pflegte.

Ich schaltete das Licht aus, zog das Gemälde heraus und schlich durch den Raum. Das wäre der schwierige Teil.

„Ist noch jemand hier hinten?", rief jemand.

Ich duckte mich und hielt still, während ich dachte: *Niemand außer uns Kunstdieben.*

Mein Herz hämmerte. Ich schärfte meine Sinne und entdeckte die Silhouette einer Person an der Tür. Sie wartete, lauschte, schaute.

Ich holte tief Luft und bereitete mich darauf vor, meinen Notfallplan umzusetzen. Den, von dem ich den anderen nichts erzählt hatte.

Schattenwandeln. Da sein, aber nicht da sein, so wie in jener Nacht, als Henrik mich vom Dachboden aus verfolgt hatte.

Hätte ich mehr Übung – oder stärkere Nerven –, hätte ich vielleicht von vornherein versucht, in diesem Raum zu Schattenwandeln. Dann hätte ich keine Einladung von Dobrov gebraucht. Aber ich hatte diesen Trick nur ein paarmal zu Hause probiert und noch nie in einer mir unbekannten Umgebung.

Also war Schattenwandel nur eine Notlösung so wie jetzt, wo der Wachmann direkt in die Dunkelheit zu mir hinüberschaute.

Er drehte sich um und schloss die Tür hinter sich.

Uff. Gute Nachrichten, aber wo zum Teufel war Henrik? Er sollte mir doch helfen, verdammt.

Also gut. Ich tastete mich weiter vor, hielt dann inne und griff nach einem zweiten Gemälde – *Tauwetter* von einem Monet-Nachahmer. Ja, es war eine Fälschung, aber eine gute, und plötzlich kam mir der Gedanke, dass sie nützlich sein könnte. Ich tastete mich vorwärts und griff dann panisch nachdem, was ich gerade umgestoßen hatte.

Klong! Ein Kelch fiel auf den Boden und rollte gegen meinen Fuß.

Ich erstarrte und schaute zur Tür.

Nach ein paar atemlosen Augenblicken atmete ich aus, stellte den Kelch vorsichtig auf den Tisch und ging langsam weiter durch den Raum. Zu langsam?

Ich warf einen Blick auf die Tür und eilte dann weiter zum Speisenaufzug im Nebenbüro. Ich musste die Gemälde nur dort hineinlegen und dreimal klopfen. Bene würde die Vorrichtung ins Erdgeschoss hinunterfahren und die Gemälde in einem Fahrzeug verstauen, das er und Marius zuvor auf einem angrenzenden Grundstück geparkt hatten. Falls es Probleme geben sollte, war der Notfallplan, dass er die Gemälde zwischen Cateringvorräten verstecken würde.

Ich erreichte die Schwelle des Nebenbüros und...

Das Licht ging an.

Ich zuckte zurück und fluchte. Roux hatte uns vier oder fünf Minuten versprochen. Das waren kaum drei gewesen.

Ich hörte Schritte im Flur und mein Magen zog sich zusammen.

Ich schaute auf die Gemälde, dann auf den Speisenaufzug. Ich hatte nicht genug Zeit, um ihn zu erreichen. Ich schob beide Gemälde auf eine Reihe Bücher in einem der Bücherregale und eilte zurück zu der Stelle, an der ich meine Handtasche liegengelassen hatte. Ich war zu hastig, denn dabei stieß ich den trostlosen Munch um. Er kippte und ich griff danach.

Deshalb hielt ich eine Taschenlampe in der einen Hand und ein Gemälde in anderen, als der Wachmann zurück in den Raum stürmte.

„Halt", schrie er und zog eine Waffe.

Ich streckte beide Hände hoch, die Taschenlampe in der einen, das Gemälde in der anderen. „Nicht schießen!"

Jemand rannte hinter ihm her. Er rannte mit voller Geschwindigkeit und griff ihn dann an. Beide flogen durch die Luft und die Waffe rutschte über den Fußboden.

Ich sprang zurück und drückte das Gemälde an meine Brust, während sie miteinander rangen. Der eine schlug den Kopf des anderen gegen den Boden und dieser wurde schlaff. Der Angreifer richtete sich zu seiner vollen Größe auf und wandte sich mir zu.

Ich schreckte zurück und sprang dann fast vor Freude in die Luft. „Marius!“

Er griff nach meinem Arm. „Geht es dir gut?“

Schmetterlinge flatterten in meinem Bauch, denn welches Mädchen schätzte es nicht, wenn ihr Liebster ihr zu Hilfe eilte, wenn sie ihn wirklich brauchte?

Es hätte ein wunderschöner Moment sein können (abgesehen von dem bewusstlosen Sicherheitsmann), wären nicht vier Männer mit gezogenen Waffen in den Raum gestürmt und hätten „Keine Bewegung!“ gerufen.

Ein guter Zeitpunkt, um mich in die Freiheit zu schattenwandeln – wenn ich diese Kunst beherrscht hätte. Tat ich aber nicht.

Ich hob die Hände und hielt den Munch so, dass ihn alle sehen konnten, auch die Leute, die hinter den Bewaffneten hereinstürmten.

„Was zum…?“, begann Dobrov.

„Ich habe dir doch gesagt, dass sie nichts Gutes im Schilde führt“, schnauzte eine Frau.

„Unglaublich“, stimmte jemand anderes grimmig zu.

Marius knurrte und ich berührte seinen Arm. Drachenfeuer in den Raum zu speien, war keine gute Option. Nicht, dass mir eine bessere eingefallen wäre.

Die Bewaffneten traten beiseite und Baumann stolzierte vor.

„Was genau ist hier los?“ Er ließ seine Eckzähne aufblitzen.

„Ich bin nur zurückgekommen, um meine Handtasche zu holen“, versuchte ich zu lügen.

Die Frau grinste höhnisch. „Mit einer Taschenlampe in einer Hand und einem Gemälde in der anderen?“

Okay, das sah nicht gut aus.

„Es ist umgefallen. Ich habe es nur aufgefangen.“

Ironischerweise war dieser Teil zu hundert Prozent wahr.

Aber die Frau schnaufte nur. Was für eine Schlampe.

Doppelt Schlampe, entschied ich einen Moment später, als ich Celeste erkannte, Marius' Ex.

Er knurrte und machte einen Schritt auf sie zu.

Die Läufe von vier Waffen schwenkten in seine Richtung und der Mann, den er zu Boden gestoßen hatte, regte sich und stöhnte.

„Wie können Sie es wagen?", schimpfte Dobrov bitter mit mir.

Das war ziemlich dreist von einem Mann, der seinen Lebensunterhalt mit illegalen Kunstgeschäften verdiente.

„Diebstahl – und noch dazu ein Munch!", fuhr er fort.

Ein hässlicher, gefälschter Munch? Das soll doch wohl ein Witz sein, hätte ich fast herausgeplatzt. Ich war vielleicht dumm genug, mich einer Bande von Männern anzuschließen, die ich kaum kannte, um einen längst verschollenen Van Gogh zu stehlen, aber einen gefälschten Munch? Das verletzte definitiv meinen Stolz.

Einer der bewaffneten Männer lauschte in sein Headset und nickte Baumann dann zu. „Sie haben den Kerl."

Scheiße. Meinte er Roux oder Bene? Und wo zum Teufel war...

„Henrik", knurrte Marius, als der Vampir hinter den anderen auftauchte.

Zum ersten – und wahrscheinlich letzten – Mal in meinem Leben war ich froh, den Vampir zu sehen. Wenn uns jemand aus dieser Misere herausreden konnte, dann war es Henrik.

Aber er schüttelte nur seinen Kopf und murmelte: „Unglaublich." Er drückte eine Hand auf sein Herz und wandte sich an Baumann. „Ich übernehme die volle Verantwortung. Ich lasse meine Leute alle meine Eskorts prüfen, aber offensichtlich haben sie etwas übersehen."

Diese Aussage war in so vielerlei Hinsicht beleidigend, dass ich nicht wusste, wo ich anfangen sollte.

„Eskort?", stammelte ich schließlich.

Nutzlose Schlampe, sagte sein Blick. Er verdrehte die Augen und wandte sich an Baumann. „Sie reden sich alle ein, dass es Liebe ist, nicht wahr?"

Baumann klopfte ihm auf die Schulter, als hätte er das gleiche Problem gehabt. „Es kommt vor. Machen Sie sich keine Vorwürfe. "

Aber *mir* gaben sie die Schuld und taten es mit kühler Berechnung.

„Ich kann Ihnen versichern, dass wir uns um sie kümmern werden. " Henrik trat auf mich zu.

Ich wich zurück, zu verängstigt, um zu sagen: *Und was ist mit dir, du Verräter?*

Marius stellte sich vor Henrik. So sehr ich es auch zu schätzen wusste, gefiel es mir nicht, zwischen einem wütenden Drachen und einem hinterhältigen Vampir eingeklemmt zu sein. Es sei denn, Henrik täuschte dies nur vor, um die Operation zu retten.

Aber dafür hätte er Loyalität und Teamgeist gebraucht. Also nein. Ich bezweifelte es sehr.

Ein Zeitlupenfilm meines Lebens flackerte vor meinen Augen und eine tragische Melodie spielte in meinem Kopf, als ich an Clement dachte. Er hatte nie so starke Gefühle in mir geweckt wie Marius, aber er wäre bestimmt die sichere Wahl gewesen. Wir hätten ruhig (wenn auch nicht glücklich) bis ans Ende unserer Tage in der französischen Provinz leben können, mit zwei Kindern, einem Hund und einem bescheidenen Haus, das ich mit dem Geld gekauft hätte, das mir das Château eingebracht hätte. Das Gebäude selbst würde langsam verfallen, und wenn meine Enkelkinder mich jemals fragen würden, warum ich das Familienerbe aufgegeben hatte, würde ich zugeben, dass ich nicht den nötigen Mut gehabt hatte, zu versuchen, es zu retten.

Bitterkeit stieg in mir auf. War das wirklich mein Wunsch?

Ich drückte die Schultern durch. Nein, war es nicht. Und ich würde nicht aufgeben, verdammt noch mal. Nicht einmal jetzt, wo die Lage noch düsterer aussah als die trostlose Landschaft des Munchs.

Ich umklammerte das Gemälde fester und überlegte, wen ich zuerst damit schlagen und in welche Richtung ich fliehen sollte. Henrik war ein gutes Ziel, so abgelenkt wie er war. Sein Blick huschte immer wieder zu der Intarsien-Schachtel. Hatte er uns dafür hintergangen?

Ich hob den Munch, bereit, ihn zu schlagen, und dann den nächsten Wachmann.

Aber Marius kam zur Besinnung und wich zurück. Er knurrte in meine Gedanken, dasselbe zu tun.

Mir gefällt deine Idee, aber nein. Wir warten auf eine bessere Gelegenheit.

Ich blinzelte, überrascht davon, wie deutlich seine Gedanken mich erreichten.

Schicksalsgefährten, erinnerte ich mich an das Seufzen meiner Großmutter. *Du kannst jedes Wort hören. Es hat seine Vor- und Nachteile.*

„Offensichtlich stecken sie unter einer Decke", verkündete Celeste.

Ich fletschte die Zähne, obwohl sie vollkommen recht hatte. Marius und ich steckten unter einer Decke – aber Henrik auch, verdammt. Wie kam er so leicht davon?

Die Luft im Raum wurde stickig und Henriks Augen funkelten rot.

„Was für eine Schande", murmelte Henrik und meinte mich. „Sie hat mich getäuscht. Und jetzt hat sie auch noch diesen wunderschönen Abend ruiniert."

Verdammter Vampir, fluchte Marius in meinen Gedanken. *Er bezirzt sie.*

„Seien Sie nicht so hart zu sich selbst", beruhigte ihn Baumann. „Meine Männer werden sich um diese Problematik kümmern."

Ich funkelte ihn wütend an. Eine verstopfte Toilette war eine *Problematik*. Er spielte hier mit meinem Leben, verdammt!

„Aber es gibt keinen Grund, eine wunderschöne Party zu ruinieren", schloss Baumann selbstgefällig.

Celeste schmiegte sich an ihn und warf Marius einen triumphierenden Blick zu.

„Sie sind zu großzügig", versicherte Henrik ihm. „Ich kann Sie nur darum bitten, sie mir zu überlassen, damit ich mich später um sie kümmern kann."

Baumann gluckste. „Oh, ich bin mir sicher, das werden Sie."

Ich schluckte und versuchte, mir nicht vorzustellen, wie Henrik sich über mich beugte. Um zu beißen. Zu saugen. Mich bis zum letzten Tropfen leerzutrinken, um meinen leblosen Körper dann zu entsorgen. Vielleicht von einer Klippe? In einem alten Brunnen?

Sie drehten sich um und kehrten zur Party zurück, während die bewaffneten Männer Marius und mich umzingelten.

„Du Drecksack", zischte ich Henrik hinterher.

Wenn er es gehört hatte, ließ er sich nichts anmerken. Er schlenderte einfach davon und überließ uns unserem Schicksal.

Kapitel 25

MARIUS

Ich wählte eine Flasche Wein, prüfte das Etikett und schleuderte sie dann. Das Glas zerbrach und der Wein spritzte gegen die Steinwand und hinterließ einen blutroten Fleck. Ich griff nach der nächsten Flasche.

In meinem Inneren wütete mein Drache.

Bald – sehr bald – würde ich Henrik in Stücke reißen. Celeste auch und Baumann. Sie würden es bereuen, und zwar gewaltig.

Aber für den Moment... Ich wählte eine weitere Flasche und schleuderte sie.

„Du hilfst nicht", murmelte Roux.

Ja, Roux, der kurz nach Mina und mir in diese provisorische Zelle gestoßen worden war.

„Es hilft meiner Laune", grunzte ich. „Verdammter Henrik... "

Krach! Flasche Nummer zwei zerbrach.

Wir waren in einer Nische mit meterdicken Steinwänden in einem sehr, sehr alten Keller des Gebäudes eingesperrt. Die Gewölbedecke war so niedrig, dass weder Roux noch ich aufrechtstehen konnten. Es war kalt, feucht und winzige Stalaktiten hingen von der Decke herab. Stahlstangen trennten uns vom einzigen Ausgang.

Etwas Positives daran war, dass der Überschuss von Baumanns Weinsammlung ebenfalls in dieser Nische gelagert wurde, so dass ich meine Frustration daran auslassen konnte.

„Das war ein einwandfreier Châteauneuf", murmelte Roux.

„Du klingst wie Henrik." Ich schleuderte eine dritte Flasche.

Krach!

Fühlte ich mich dadurch besser? Nein, aber es war besser, als mich selbst fertigzumachen. Warum hatte ich Mina erlaubt, sich in eine so riskante Angelegenheit zu verstricken?

Ich hob eine weitere Flasche, hielt aber inne, als sie meine Schulter berührte.

„Ich bin auch bereit, Henrik umzubringen, aber diese Flaschen werden das nicht bewirken." Die Wärme ihrer Berührung beruhigte mein inneres Biest ein wenig. „Außerdem fangen die Dämpfe an, mich leicht zu berauschen." Sie lächelte knapp. „Verstehst du? Rausch. Rauschende Wut..."

Ich verzog meine Lippen zu einem kleinen Lächeln, aber Roux stöhnte. „Sehr witzig. Außerdem ist Henrik vielleicht gar kein Verräter. Vielleicht hat er sich nur zurückgehalten, bis er einen Plan B ausarbeiten konnte."

Mina schnaufte. „Dafür müsste er Verantwortungsbewusstsein haben."

„Denk doch mal darüber nach. Er kann sich das Scheitern dieser Mission genauso wenig leisten wie wir."

„Vielleicht hat er einen Deal mit Celeste gemacht", murmelte ich. „Vielleicht hintergehen sie uns gemeinsam."

Wir alle verstummten und grübelten. Mina ging zu den Gitterstäben unserer improvisierten Zelle und spähte hinaus. Der Raum lag einer Steinmauer gegenüber, so dass man nicht viel sehen konnte, es sei denn, man schaute schräg nach links oder rechts. Das einzige Licht kam von einer schwachen, nackten Glühbirne, die von der Decke hing. Gelegentlich drangen Stimmen aus der Richtung des Ausgangs herein, aber jetzt schien alles ruhig zu sein. Zu unserer Rechten befanden sich weitere Nischen, gefolgt von einer Sackgasse.

Mein Verstand blieb am Wort *Sackgasse* hängen und ich löschte es sofort wieder.

Mina schaute in beide Richtungen und wandte sich dann wieder an uns.

„Was ist mit Delphine? Glaubt ihr, sie haben sie geschnappt?", flüsterte sie.

Typisch Mina, dass sie sich um jemand anderen sorgte, obwohl sie selbst in einem Keller eingesperrt war.

Roux verzog das Gesicht. „Wahrscheinlich nicht, da sie nicht mit uns hier eingesperrt wurde. Aber es gibt mit Sicherheit Überwachungsaufnahmen von ihr mit mir, also ist es nur eine Frage der Zeit.“

„Entweder das oder Henrik wird sie verraten“, murmelte ich.

Mina schüttelte traurig den Kopf. „Ich kann nicht glauben, dass er sich gegen uns gewandt hat. Aber vielleicht sollte mich das nicht überraschen.“

Ich ballte meine Fäuste so fest, dass meine Knöchel knackten. Wenn ich diesen Vampir in die Finger bekam...

„Also... wie kommen wir hier raus...“ Mina packte die Gitterstäbe unserer Zelle und rüttelte daran.

Sie bewegten sich nicht. Nicht einmal ein Klappern.

„Ich nehme an, du kannst die nicht aufbrechen, oder?“, erkundigte sie sich.

Ich fand es toll, dass sie es für möglich hielt, aber leider...

Ich schüttelte den Kopf. „Vielleicht in Drachengestalt, aber ich habe hier nicht genug Platz, um mich zu verwandeln.“

Mina schob ihre Hand zwischen zwei Gitterstäben hindurch und maß den Abstand. „Reicht der Platz, damit ein Tiger hindurchschlüpfen könnte?“

Roux schnaubte. „Vielleicht ein Jungtier. Aber nicht ich.“

Mina rüttelte erneut an den Gitterstäben. „Ich würde lieber ausbrechen, als darauf zu warten, dass Baumann oder Henrik uns erwischen.“

Ich auch, aber wie?

Mina musterte das Schloss, welches mit einem dieser altmodischen Skelettschlüssel geöffnet werden konnte. Einer von Baumanns privaten Sicherheitsleuten hatte uns eingesperrt und war dann mit dem Schlüssel verschwunden.

„Ich sage es nur ungern, aber ich glaube, Bene ist gegenwärtig unsere beste Hoffnung“, sagte Roux.

Ich schnaufte. „*Bene*, *beste* und *Hoffnung* passen nicht zusammen in einen Satz.“

Mina rollte mit den Augen. „Ihr zwei seid genauso schlimm wie ein paar meiner Fünftklässler.“

„Nun, Bene ist nicht vollkommen nutzlos. Er kann Anweisungen befolgen", versuchte Roux es erneut.

Ich warf ihm einen Blick zu und er korrigierte sich.

„Okay, er kann *überwiegend* Anweisungen befolgen. Aber wenn er selbst improvisieren soll...", sagte er grimmig.

„Vielleicht unterschätzt du ihn." Mina verschränkte entschlossen die Arme.

Roux seufzte. „Das ist bei Bene auf jeden Fall sicherer."

„Außerdem ist es nur eine Frage der Zeit, bis Henrik ihn auch verrät – wenn er es nicht schon getan hat", fügte ich hinzu.

Die nächsten zehn Minuten lang tauschten wir Ideen aus. Das Schloss aufzubrechen, funktionierte nicht, ebenso wenig wie an den Gitterstäben unserer Zelle zu rütteln. Damit blieb nur noch die Flucht, wenn jemand kam, um uns zu holen – die am schwierigsten zu planende Option. Wie viele Männer würde Baumann schicken? Wäre Henrik darunter? Wann würden sie kommen und wohin würden sie uns bringen?

Wir überlegten gerade, zerbrochene Flaschen als Waffen zu verwenden, als Stimmen zu hören waren. Wir eilten zu den Gitterstäben, lauschten und wichen zurück, als die Haupttür aufsprang.

Ich stellte mich vor Mina. Wer auch immer das war, musste erst an mir vorbei, um zu ihr zu gelangen, verdammt.

Licht strömte herein und beleuchtete einen großen Mann, der in der Tür stehen blieb. Er fluchte und schritt dann vorwärts.

„Henrik?", rief Roux.

„Henrik", knurrten Mina und ich gleichzeitig.

Der Vampir winkte jemanden hinter sich herbei. „Beeil dich."

Ich hatte den gleichen kalten, harten Mann wie immer erwartet, aber Henrik schien sichtlich nervös zu sein. Seit wann beeilten sich Vampire?

Er kam näher, aber eine zweite Person überholte ihn. Das Licht fiel auf sein blondes Haar und...

Mina jubelte. „Bene!"

„Hey, Mina." Er grinste und rümpfte dann die Nase wegen des Weingeruchs. „Wow. Habt ihr hier gefeiert, oder was?"

Sie deutete ungeduldig auf das Schloss. „Schlüssel?"

Er hielt einen Skelettschlüssel hoch und bückte sich, um ihn ins Schloss zu stecken. „Alles in Ordnung?"

„Bestens, danke der Nachfrage", sagte sie und warf Henrik einen bösen Blick zu. „Ich habe nur jede Menge Fragen."

Henrik riss die Hände hoch. „Ich musste schnell denken. Das war das Beste, was mir eingefallen ist."

Sie schnaufte. „Uns alle einzusperren, war das Beste, was dir eingefallen ist?"

„Nein, ein großes persönliches Risiko einzugehen, indem ich Bene hierher mitbringe, ist es", antwortete Henrik kühl.

Bene schaute kurz auf und nickte. „Es ist die Wahrheit. Er hat euch nicht verraten. Wir haben eine Weile gebraucht, um herauszufinden, wohin sie euch gebracht haben."

Das Schloss klickte auf und ich sprang mit ausgefahrenen Krallen heraus. Aber Bene hinderte mich daran, Henrik zu erwürgen.

„Hör auf damit. Er steht auf unserer Seite."

„Tut er das? Denn ich weiß nur, dass er draußen war, während wir eingesperrt wurden."

„Hätte ich meine Tarnung zu früh aufgegeben, wäre keiner von uns hier herausgekommen", sagte Henrik.

„Ich glaube dir kein Wort, du verdammter Mist...", begann ich, aber Roux packte mich am T-Shirt.

„Später. Wir müssen uns beeilen. Willst du Mina hier herausholen oder nicht?"

Beeilen drang nicht zu mir durch, aber *Mina hier herausholen* schon. Ich unterdrückte meine Wut und zwang mich, mich zu konzentrieren.

„Raus ist gut", stimmte sie zu. „Aber nicht ohne das Gemälde."

Oh, nein, das wirst du nicht tun, lag mir auf der Zunge, aber Bene führte sie bereits in Richtung Ausgang. Er schaute in beide Richtungen und trat dann um drei herumliegende Körper.

Mina erstarrte. „Oh mein Gott. Du hast doch nicht..."

Bene schnaubte. „Keine Sorge. Mr. Nachtgespenst hier wollte sie umbringen, aber dann hat er sich damit begnügt, sie nur bewusstlos zu schlagen.“

Henrik warf uns einen hochmütigen Blick zu, der sagte: *Seht ihr? Bin ich nicht ein Weichling?*

Ich ließ mich nicht täuschen, aber ich sparte mir meine schlagkräftige Antwort für später auf.

Wir sammelten uns und eilten den dunklen Flur entlang. Bene und Henrik vorneweg, Mina und ich in der Mitte, und Roux als Schlusslicht. Dieser Ort war ein verdammtes Labyrinth, aber Bene führte uns, ohne zu zögern. Nach mehreren Wendungen stieß er eine gewölbte Tür auf, spähte hinaus und winkte uns weiter.

„Die Luft ist rein.“

Wir schlichen auf Zehenspitzen hinaus und hielten uns im Schatten an der Seite des Gebäudes. Die hellen Lichter des Dienstboteneingangs der Villa waren nicht weit entfernt, aber Cateringtransporter versperrten die Sicht auf uns.

„Okay, alle zusammen. Geht in diese Richtung.“ Bene zeigte mit dem Finger. „Roux weiß, wo das Fahrzeug steht. Ich gebe euch zehn Minuten Vorsprung, während ich Delphine suche, und dann auch von hier verschwinde.“

Henrik ging zurück in Richtung Keller und ich packte ihn am Kragen. „Wo zum Teufel willst du hin?“

Er ließ die Reißzähne aufblitzen. „Ich muss zurück zur Party. Sonst werden sie mich verdächtigen. Geht nur.“

„Nicht ohne das Gemälde“, beharrte Mina.

Bene schaute mich an. „Wirst du ihr Vernunft beibringen?“

Ich öffnete den Mund, schloss ihn dann aber wieder. Er hatte recht, aber alles, was ich sagen würde, würde sie nur noch wütender machen.

„Wir brechen diese Mission ab“, bellte Roux in seinem besten *Ich habe hier das sagen*-Tonfall.

Ausnahmsweise stellte ich ihn einmal nicht infrage. Aber Mina blieb hartnäckig.

„Ich werde nicht ohne das Gemälde gehen.“

„Sie hat recht“, sagte Henrik und überraschte damit alle. „Wir müssen zurück.“

Ich runzelte die Stirn. Seit wann interessierte er sich für Kunst?

Roux schaute ihn an und schien das Gleiche zu denken.

Henrik brauchte lange, um zu antworten, was mein Misstrauen nur noch vergrößerte.

„Gordon wird sauer sein, wenn wir nicht liefern", sagte er schließlich.

Ja, das wäre er, aber mit diesem Scheiß konnten wir uns später befassen. Ich zog Mina an der Hand, aber sie blieb stehen und starrte Henrik an.

„Du riskierst das nicht für Gordon oder das Gemälde." Ihre Worte waren eine Feststellung, keine Frage.

Henrik runzelte die Stirn und seine Augen blitzten vor Wut auf. „Das würdest du nicht verstehen."

„Versuch es mal", knurrte sie.

Er tat es nicht, also fuhr sie fort. „Es geht um diese Schachtel, nicht wahr?"

Roux schaute mich an und dachte etwas wie: *Schachtel? Welche Schachtel?*

Ich hatte keine Ahnung und die Zeit lief.

„Wir haben jetzt keine Zeit." Ich zog noch eindringlicher an ihr.

Mina riss ihre Hand los und drehte sich zuerst wütend, dann flehend zu mir um. „Ich weiß, das klingt verrückt, aber ich kann ohne dieses Gemälde nicht gehen – oder zumindest nicht ohne es zu versuchen. Bitte."

Ich hatte hier zwei Möglichkeiten: Mina gegen ihren Willen hier wegzubringen, ihr Leben zu retten, aber für immer ihren Respekt zu verlieren, oder ihr nachzugeben – und ihr Leben zu gefährden, nur damit ich vielleicht, nur vielleicht, eines Tages eine Chance bei ihr haben könnte.

Ich holte tief Luft und veränderte meinen Gedankengang. Mina war stark, intelligent und unabhängig. Es stand mir nicht zu, Entscheidungen für sie zu treffen oder ihr nachzugeben. Ich sollte sie unterstützen – oder mich respektvoll zurückziehen. Und da ich mich auf keinen Fall ohne sie zurückziehen würde…

„Okay", sagte ich, obwohl es mich alle Kraft kostete. „Beeil dich nur."

Die Zeit würde zeigen, ob es die richtige Antwort war, aber die Wärme in Minas Augen versprach mir, dass es so war.

Verdammt, ich hoffte es.

Jeder Muskel in meinem Körper spannte sich an, als sie und Henrik sich ein paar Schritte entfernten, um leise zu sprechen.

„Ich schlage dir einen Deal vor", begann sie.

Scheiße. Kein guter Anfang.

Der Rest ihres Gesprächs war zu leise, um es zu hören, was wohl auch beabsichtigt war, wie ich annahm. Trotzdem tat es weh, ausgeschlossen zu sein.

„Das gefällt mir nicht", beschwerte sich Roux.

„Was gefällt dir schon?" Bene schaute auf seine Uhr und flüsterte dann zu Mina. „Leute werden misstrauisch werden, wenn Henrik und ich nicht bald zurück sind."

Mina hob die Hand, um ihm zu signalisieren, dass er warten sollte, und flüsterte dann weiter.

„Sie ist ziemlich herrisch, nicht wahr?", lachte Bene leise. „Wie meine Lehrerin in der sechsten Klasse."

Fünfte Klasse, hätte ich fast geflüstert.

Endlich waren sie und Henrik fertig und er ging mit grimmigem Blick in Richtung Keller.

„Behalte Celeste im Auge", sagte Roux zu ihm. „Pass auf, dass sie uns nicht verrät."

Henrik verzog das Gesicht und nickte dann. „Verstanden."

Mina rief noch einmal, bevor er im Haus verschwand. „Zehn Minuten. Mach dich bereit."

„Zehn Minuten." Henrik nickte, nicht ganz zufrieden.

Damit waren wir schon zwei, verdammt.

„Was passiert in zehn Minuten?", fragte Bene, nachdem Henrik gegangen war.

Wir drängten uns alle um Mina und warteten auf Anweisungen – sogar Roux. Er war vielleicht der Anführer, aber Mina konnte eine verdammte Generalin sein, wenn sie es sich in den Kopf setzte.

„In zehn Minuten sind wir hier raus – mit dem Gemälde", sagte sie und erklärte dann einen Plan, der eine Ablenkung, einen Speisenaufzug und ein paar körperliche Verrenkungen beinhaltete.

„Klingt ein wenig wie der ursprüngliche Plan", bemerkte Bene, als sie fertig war. „Du weißt schon, der, bei dem du erwischt wurdest?"

„Dieser Plan ist besser. Einfacher", beharrte sie.

„Riskanter", warf Roux ein.

Sie zuckte mit den Schultern. „Wann war Risiko jemals kein Teil davon?"

Ich rieb mir das Kinn. Damit hatte sie recht.

Als Nächstes schickte sie Bene und Roux mit letzten leisen Anweisungen weg. Sie gingen und ließen nur sie und mich zurück.

Sie nahm meine Hände in ihre. Sie fühlten sich jetzt zerbrechlicher und kleiner an als je zuvor.

Aber Größe und Kraft waren nicht die einzigen Waffen, die ein Soldat einsetzen konnte, und Mina machte es mit ihrem Verstand und ihrem Mut mehr als wett.

„Was ist meine Aufgabe?", fragte ich.

Sie lächelte und berührte meine Wange. „Du bist der Beste. Weißt du das?"

Ich schnaubte, aber ich konnte nicht anders, als meine Brust ein wenig aufzuplustern. Niemand hatte mich jemals als den *Besten* in irgendetwas bezeichnet. Wenn überhaupt, hatte ich im Laufe der Jahre oft das Gegenteil gehört. Aber es von Mina zu hören...

„Vielleicht nur waghalsig", flüsterte ich und wiederholte, was sie einmal gesagt hatte.

Sie schüttelte den Kopf. „Der Beste." Dann holte sie tief Luft und kehrte in ihren Generalsmodus zurück. „Deine Aufgabe ist es, für eine Ablenkung zu sorgen."

Dummkopf, der ich war, nickte ich. Mina wollte eine Ablenkung? Die würde sie bekommen. Die beste verdammte Ablenkung aller Zeiten.

Sie beugte sich vor, um mich zu küssen – das sah einer Generalin nicht sehr ähnlich, und Gott sei Dank dafür. Als sich unsere Lippen berührten, erfüllte Frieden meine Seele. Was in einem Moment wie diesem überhaupt keinen Sinn ergab, aber egal. Vielleicht mussten Vertrauen... Hoffnung... und sogar Liebe keinen Sinn ergeben.

Wir lösten uns langsam voneinander und Mina schaute auf die Uhr. „Bist du bereit?“

Bereit, für sie durch die Hölle zu gehen, wurde mir klar.

„Bereit.“ Ich nickte.

Unsere Blicke trafen sich ein letztes Mal in einem stillen Austausch. Dann machten wir uns auf den Weg und schlichen uns an der Wand entlang. Nach ein paar Schritten bog Mina nach links ab, während ich weiter in Richtung Cateringbereich ging. Ich schaute zweimal zurück. Beim ersten Mal war sie noch da, aber beim nächsten Mal war sie verschwunden.

Ich ging weiter, weil ich keine andere Wahl hatte. Der Plan war in Bewegung und die Uhr tickte.

Kapitel 26

MINA

Roux hielt die Tür zum Speisenaufzug auf, obwohl er skeptisch aussah. „Bist du dir sicher?"

Nein, aber mangels eines besseren Plans...

Ich zog meine Stöckelschuhe aus und begann damit, mich in den Speisenaufzug zu zwängen. „Pass bitte auf die Tür auf."

Wir befanden uns in einem Lagerraum im ursprünglichen Teil der Villa, bevor die Überbauten modernisiert und erweitert worden waren. Der Speisenaufzug war genauso alt – ein Vintage-Modell aus Holz, das mit einem Flaschenzugsystem funktionierte. In dem Moment, als ich mein Gewicht in den winzigen Aufzug verlagerte, knarrte er. Ich erstarrte, fuhr dann aber langsamer fort und zog erst das eine Bein, dann das andere hinein. Roux hatte das Regal in der Mitte des Abteils herausgeschlagen, aber es war trotzdem immer noch eng.

Plötzlich hatte ich Zweifel. Es war schon schlimm genug, dass ich mich für diese Nacht als Söldnerin und Diebin betätigte. Jetzt kam auch noch *Schlangenmensch* dazu. Wie um alles in der Welt hatte ich mich da nur hineingeritten?

„Konzentriere dich einfach", murmelte ich vor mich hin.

Roux warf mir einen bösen Blick zu, der sagte: *Ich bin immer konzentriert. Ich kenne keinen anderen Zustand.*

Daran zweifelte ich nicht und sagte ihm das auch. „Ich meinte mich selbst. Wie dem auch sei, ich bin bereit. Bitte schick mich hoch. Und lausche auf mein Signal."

Er sah nicht überzeugt aus. „Lass es mich noch mal hören."

Ich klopfte mit den Fingerknöcheln gegen die Innenverkleidung – einmal, zweimal, dann zwei schnellere Schläge hintereinander.

Er nickte, machte aber keine Anstalten, sich zu bewegen. Er stand nur da und strahlte Pessimismus aus.

„Kein Wort", warnte ich ihn.

Wenn er seine Stirn noch tiefer runzelte, würde er sich verletzen.

„Ich verstehe ja, dass dir das wichtig ist… ", begann er.

„Das sind Worte. Viele Worte", brummte ich.

Er fuhr trotzdem fort. „Aber ich wäge deine Wünsche gegen den Schmerz ab, den Marius mir zufügen wird, wenn du erwischt wirst."

„Schick mich einfach hoch, verdammt!" Ich versuchte, meine Worte mit einer Geste zu unterstreichen, stieß mir dabei aber nur den Ellbogen.

Roux drückte mein rechtes Knie nach innen und nahm die Spannung aus dem Seil, mit dem der Speisenaufzug hinauf- und hinabgefahren wurde.

„Okay. Halte dich fest", sagte er leise.

Mein Atem stockte, als sich der Speisenaufzug ruckartig in Bewegung setzte, und ich musste mich so zusammenreißen, um nicht *Halt! Vergiss es!* zu schreien.

„Pass auf dein Kleid auf, und auf dein Knie", zischte er genervt. Als wäre *er* derjenige, der in diesem verdammten Ding steckte.

Ich zog am Stoff und tat, was ich in meinem Bewegungsradius von zwei Zentimetern tun konnte. Roux zog weiter am Seil, Hand über Hand, und der Lagerraum begann, unter mir zu versinken. Ich schaute nach oben und zählte die Sekunden.

Ich stellte fest, dass schicke Villen von innen längst nicht so schick waren. Offenes Mauerwerk und Kabel glitten an mir vorbei und ich hielt mein Kleid noch fester umklammert. Das gedämpfte Licht aus dem Lagerraum wurde immer schwächer, je weiter es ging, so dass der Raum immer kleiner zu werden schien. Die Wände schlossen sich allmählich um mich herum wie ein zu kleiner Sarg.

Es war so dunkel, dass ich mein Gesicht berührte, um zu überprüfen, ob meine Augen noch offen waren. Schließlich erschien oben ein Lichtstreifen, der sich ausbreitete.

Dann, *rums!* Der Speisenaufzug stieß an die obere Decke und schwankte. Ich zuckte zusammen und betete, dass er nicht in den Schacht darunter stürzen würde. Würde mich dieser Sturz töten oder wäre ich stundenlang darin gefangen, bevor ich qualvoll sterben würde?

Hier wird nicht gestorben, schrie ich mich selbst an. Jedenfalls nicht heute Abend.

Ich lauschte einen Moment lang und drückte dann gegen die Doppeltüren, die von schwachen Lichtstreifen umrandet waren. Nichts.

Ich drückte fester. Immer noch nichts.

Ich rutschte herum, um meinen Fuß zu heben und fester zu drücken. Mist. War die Tür von der Büroseite aus verschlossen?

Ich drückte erneut dagegen, dann trat ich und dann...

Mit einem Schrei und einem Krachen stürzte ich auf Teppichboden. Ich erstarrte, überzeugt davon, dass ich meine Augen öffnen und mich von bewaffneten Männern umringt sehen würde.

Aber, *uff.* Niemand war da.

Ich ging auf alle Viere und schaute mich um. Doppelt *uff.* Ich war in dem verlassenen Büro neben der Bibliothek gelandet. Die beiden raumhohen Fenster an der Nordwand waren mit Fensterläden verschlossen, aber ein wenig Licht drang aus dem angrenzenden Ladebereich herein.

Ich schlich auf Zehenspitzen zur Bibliothekstür und lauschte. Dort war nichts zu hören, aber draußen gab es eine Art Gerangel, gefolgt von einem dumpfen Schlag. Ich erstarrte erneut und lauschte.

Zuerst passierte nichts. Dann, *wusch!* Feuer flackerte auf, erhellte die Nacht und warf tanzende Schatten an die Wände.

Dann, *bumm!* Etwas explodierte.

Ich duckte mich, als die Fenster klapperten. Nicht weit entfernt zerbrach Glas. Die entfernten Geräusche der Party verstummten, unterbrochen von Schreien.

„Beeil dich!", hallte Roux' gedämpfte Warnung aus dem Speisenaufzugschacht.

Ich starrte auf die Fenster und eilte dann zum Speisenaufzug. „Was war das?"

Dort klang seine Stimme deutlicher – deutlich genug, dass ich sein Seufzen hören konnte. „Marius' Vorstellung einer Ablenkung."

Ich starrte auf die Flammen vor den Fenstern. Das Feuer war irgendwo weiter entfernt im Gebäude, aber trotzdem noch zu nah, um es zu ignorieren.

„Beeile dich!", drängte mich Roux.

Ich lauschte kurz, dann öffnete ich vorsichtig die Tür zur Bibliothek.

Ich erstarrte, als ich dort eine Gestalt entdeckte. Ein einziger Wachmann war übrig geblieben, um den Raum zu bewachen, nachdem unser Raubversuch fehlgeschlagen war.

Scheiße, Scheiße, Scheiße.

Er stand ganz hinten an der Tür und sprach in sein Headset. Also, *uff*. Er hatte mich nicht bemerkt. Ich schlich mich zurück ins Büro und blieb regungslos stehen. Mein Herz klopfte.

Was nun? Der Van Gogh war nicht weit entfernt, aber ich konnte nicht einfach vor den Augen des Wachmanns hineingehen und ihn unbemerkt mitnehmen.

Es sei denn...

Mir stockte der Atem, als mir der kühnste – verrückteste? – Plan meines Lebens in den Sinn kam.

Schattenwandeln.

Ich verwarf den Gedanken sofort. Schattenwandeln in einem Paillettenkleid? Viel Glück. Außerdem erforderte Schattenwandeln, dass ich an einem Ort ein falsches Bild von mir aufrechterhielt, während ich mich an einen anderen schlich. Mit anderen Worten: Ich musste die Aufmerksamkeit ablenken, so wie es ein Amateurzauberer tun würde. Der Schlüssel war, dem Publikum ein falsches Ziel zu geben, auf das es sich konzentrieren würde, aber ich durfte mich dem Wachmann nicht zeigen.

Ich lehnte mich gegen die Wand und dachte nach. Könnte ich Roux hier hochholen, um den Kerl außer Gefecht zu setzen?

Nein, denn Roux würde nicht in den Speisenaufzug passen.

Und, oh je. Die Tatsache, dass das mein Hauptgrund war, war wirklich sehr beunruhigend. Ich war definitiv auf dem Weg zur dunklen Seite.

Damit blieben zwei Optionen. Aufgeben und Schattenwandeln.

Aufgeben, bellten neunundneunzig Prozent meines Verstandes sofort.

Aber ein Prozent hielt dagegen. Es könnte funktionieren... theoretisch.

„Mina!", rief Roux durch den Speisenaufzug.

Ich schloss die Türen zu dem Kasten, aus Angst, der Wachposten könnte ihn hören. Dann schlich ich mich auf Zehenspitzen zurück zur Tür und spähte durch das Schlüsselloch.

Das Regal, auf dem ich die Gemälde zurückgelassen hatte, war kaum zwei Schritte entfernt. So nah und doch so fern.

Ich hielt den Atem an und öffnete vorsichtig die Tür zur Bibliothek. Der Raum war dunkel – zu dunkel für menschliche Augen – außer an der Haupttür, wo der Wachposten stand. Aber für meine Augen...

Ich konnte ihn leicht erkennen. Er hatte die Tür zum anderen Ende einen Spalt breit geöffnet, um in den Flur zum Empfangsbereich zu spähen, genau wie ich ihn von hinten beobachtete. Ich konnte die Kommunikation über sein Headset nicht hören, aber ich hörte ihn murmeln.

„Feuer? Jetzt brennt es auch noch, verdammt noch mal?"

Ha. Ja, dank Marius.

„Ich halte die Stellung", sagte er grimmig.

Ich beäugte das Regal, wo ich die Gemälde abgelegt hatte, starrte dann auf den Wachposten, der sich auf den Tumult im Hauptteil des Gebäudes konzentrierte. Währenddessen loderte draußen das Feuer und beleuchtete die Fenster. Ich konnte spüren, wie Roux versuchte, mich in Gedanken zu erreichen: *Beeile dich!*

Also tat ich das. Ich ignorierte jede paranoide Zelle in meinem Körper und begann, den Raum um mich herum zu rekonstruieren. Den weichen Teppich unter meinen Füßen. Die etwas wärmere Luft, die meinen Körper umgab, und den leichten Luftzug, der von der Bibliothek zum Büro wehte...

Dann atmete ich tief ein und betrat die Bibliothek. Ich hielt das Bild von mir selbst aufrecht, hinter der Tür zu hocken. Nicht weil der Wachposten es sehen konnte, sondern weil ich so den Blick auf die Flammen abblockte, die durch die Fenster des Büros zu sehen waren.

„Einheit drei, over", antwortete der Wachposten auf einen Ruf über sein Headset. Dann drehte er sich um und schaute in den Raum.

Ich erstarrte, aber sein Blick glitt direkt an mir vorbei.

„Negativ. Hier ist nichts", berichtete er und wandte sich wieder der Tür zu. „Aber das Feuer scheint näherzukommen."

Auf jeden Fall, und der Raum wurde wärmer. Oh Gott. Wie groß war dieses Feuer?

Ich näherte mich langsam dem Regal mit den Gemälden und streckte dann vorsichtig die Hand aus. Mit den Fingern tastete ich über eine Reihe von Büchern und berührte Holz – den Rahmen eines Gemäldes.

„Sie evakuieren das Gebäude?", fragte der Wachmann in sein Headset. „Was ist mit der Kunst?"

Lasst sie zurück, drängte ich ihn und wünschte mir, ich könnte Leute genauso bezirzen, wie Henrik es tat.

„Wir könnten sie zurücklassen", sagte er.

Ich war sprachlos. Zufall oder hatte ich es geschafft?

In jedem Fall musste ich mich beeilen. Ich trat noch näher heran und hob die schweren Gemälde mit beiden Händen. Ich biss mir auf die Lippe, sicher, dass mich das leise Knarren verraten würde. Aber in diesem Moment rief jemand dem Wachposten etwas von draußen zu und übertönte so das leise Kratzen von Holz auf Ledereinbänden.

„Will der Boss, dass das Zeug evakuiert wird, oder nicht?", bellte der Wachposten den Unbekannten an.

Ich drückte beide Gemälde an meinen Körper, eilte zurück ins Büro und schloss die Tür hinter mir. Ich keuchte einen Moment lang. Wow. Ich hatte es geschafft, schattenzuwandeln. Okay, in einem dunklen Raum mit einem abgelenkten Wachmann, aber trotzdem. Ziemlich beeindruckend.

Ich legte den Van Gogh und den gefälschten Monet in den Speisenaufzug und ballte die Faust, um Roux das Zeichen zu geben. Eine Runde für die Gemälde und eine zweite für mich, und dann wären wir hier raus.

„Bereit?", zischte Roux.

So, so bereit.

„Bereit", rief ich.

Das Seil bewegte sich und die Rolle quietschte, als der Speisenaufzug seine Abwärtsfahrt begann. Ich spähte den Schacht hinunter und sah, wie er in der Dunkelheit verschwand. Ich hörte, wie er an seinem Platz rumpelte, dann ein Stoßen und Kratzen, als Roux die Kunstwerke herauszog.

„Was zum...?", murmelte er.

„Schick den Speisenaufzug einfach wieder hoch", rief ich.

Ich warf noch einen Blick auf die Tür der Bibliothek. Aber das wurde mir zum Verhängnis, denn ich erinnerte mich plötzlich an die Intarsien-Schachtel, die Henriks Interesse geweckt hatte – und an die Abmachung, die wir getroffen hatten. Ich hatte versprochen, ihm diese Schachtel zu besorgen, und er hatte geschworen, uns nicht an Baumann zu verraten. Er hatte sogar noch einen draufgesetzt und mich mit einer zweiten Klausel dazu gebracht, zu schwören, sie nicht zu öffnen. Ich ließ mich im Austausch für einen Gefallen, den ich irgendwann in der Zukunft einfordern konnte, darauf ein.

Also, *uff*. Ich war zwar keine Vampirflüsterin, aber ich hatte hart verhandelt. Ich hoffte nur, dass der Vampir sein Wort halten würde.

Auf mein Wort ist Verlass, hatte Henrik mir versichert.

Ich hatte meine Zweifel, aber hey. Es könnte sich als nützliche Rückversicherung herausstellen.

Das Problem war, dass sich die Schachtel in der Bibliothek befand, ebenso wie der Wachposten.

Alarme tönten im ganzen Gebäude. Ein Signal, meine Haut zu retten, oder meine Chance, mich zurückzuschleichen, während der Wachmann abgelenkt war?

Meine Haut retten klang verlockend, aber stattdessen schlich ich mich zurück in die Bibliothek. Vielleicht war es eine Nebenwirkung der Entfesselung einer neuen Kraft, wie ein Flaschengeist, der sich weigerte, sich zurück in die Flasche zu zwängen. Vielleicht war es pure Selbstüberschätzung, wie bei einem Heranwachsenden, der mit seinem frisch erworbenen Führerschein durch die Stadt raste. Oder schlimmer noch – vielleicht hatte Henrik es geschafft, mich zu bezirzen, um sicherzustellen, dass ich seinen Schatz nicht zurückließ.

Wie dem auch sei, ich schlich mich ein zweites Mal in die Bibliothek, und das direkt vor der Nase des Wachmanns. Aber Henriks Schachtel lag auf der anderen Seite des Raums und nicht nur ein oder zwei Schritte entfernt in einer Ecke. Mein Herz klopfte laut, als ich mich leise darauf zubewegte. In meinem Kopf pochte es ebenfalls, denn es kostete mich enorme mentale Anstrengungen, die Illusion eines zweiten Ichs aufrechtzuerhalten, selbst wenn ich mich außerhalb des Blickfelds im Büro befand.

„Einheit drei, Einheit drei. Position unhaltbar", rief der beunruhigte Wachmann in sein Mikrofon.

Mann, ich konnte ihn gut verstehen.

Ich schlich mich auf Zehenspitzen zu Henriks Schachtel hinüber und hob sie vorsichtig hoch. Sie war so groß wie eine Zigarrenkiste, aber überraschend schwer.

Öffne sie nicht, hatte Henrik immer wieder geknurrt.

Ha. Als wäre ich auch nur im Entferntesten in Versuchung.

Ich schlich mich leise zurück, verlor dann die Nerven und rannte zum Büro. Irgendwie blieb mein Schatten unsichtbar und der Wachposten bemerkte mich nicht.

„Schnell! Holt die Gemälde und die Schnitzereien!", bellte Dobrov von irgendwo aus dem hinteren Teil des Flurs.

Ich schlüpfte durch die Bürotür und schloss sie hinter mir. Dann stand ich zehn schreckensgefüllte Sekunden lang da und lauschte. Und schwitzte auch, so nervös war ich – weil das Feuer draußen nun über die Fenster schlug. Der ganze Raum wurde heiß und stickig.

Ich eilte zum Speisenaufzug. Roux hätte genug Zeit gehabt, die Gemälde herauszunehmen und den Speisenaufzug zurückzuschicken, aber er bewegte sich nicht.

Mein Magen zog sich zusammen. Hatte er die Gemälde genommen und mich zurückgelassen?

„Roux!", rief ich, so laut ich konnte.

Der Speisenaufzug wackelte und Roux rief eindringlich:

„Lass das Seil los."

„Ich halte es nicht fest", flüsterschrie ich zurück.

Die Flammen knisterten und ich drehte mich um und sah, wie sie über das Dach in Richtung Bibliothek züngelten.

„Schnell! Holt die Gemälde!", bellte Dobrov auf der Bibliotheksseite der Tür.

Es gab einen lauten Knall – stürzte ein Teil des Daches ein? – und ein anderer Mann schrie. „Es ist zu gefährlich!"

„Holt sie einfach, verdammt!", befahl Dobrov.

„Roux. . . ", rief ich verzweifelt.

Er murmelte etwas und rüttelte am Seil. „Verdammt. . . "

Ich schluckte, versuchte, ruhig zu bleiben und meine Optionen abzuwägen.

„Beeil dich", schrie ich in den Schacht hinunter und scheiterte in beiden Punkten.

„Ich versuche es ja, verdammt!"

Die Fenster wurden schwarz und die Flammen krochen nicht nur hoch, sondern verschlangen die Decke. Ich hustete ein paarmal und krümmte mich dann mit einem ausgewachsenen Hustenanfall.

„Beeilt euch!", schrie Dobrov seine Männer an.

Ich wünschte mir, Roux würde es tun, verdammt.

Endlich setzte sich der Speisenaufzug ruckartig in Bewegung und stieg weiter auf. Ich drückte mir meinen Schal vor den Mund und blickte zur Decke. Wie lange würde sie noch halten?

Ein Balken knarrte und verschob sich, wodurch eine Lawine von Dachziegeln ausgelöst wurde. Einige rutschten einfach in eine neue Position, andere fielen jedoch herunter und schlugen auf dem Boden auf.

Ich schaute mich panisch um. Das war kein Feuer. Das war ein Inferno.

Der Speisenaufzug knarrte, als er seine Position erreichte. Ich trat zurück, betrachtete ihn und dann die Fenster. Es wäre doch sicher besser, hinauszuspringen?

Die Flammen schlugen höher und knisterten, als wollten sie sagen: *Willst du es versuchen, Süße?*

„Mina!", rief Roux. Und oh je. Sogar er klang panisch.

Okay, also nicht durch die Fenster. Ich schob meinen Oberkörper in den Speisenaufzug und wackelte herum.

„Hey!", schrie ich, als er sich in Bewegung setzte. „Ich bin noch nicht drin."

„Keine Zeit", bellte Roux.

Der Kerl war gnadenlos und meine Schienbeine und Knie stießen vier oder fünfmal an. Der (sehr geringe) Vorteil daran war, dass meine Gliedmaßen dadurch in den winzigen Raum gepresst wurden und ich auf meinem Weg nach unten war.

Auf dem Weg, aber ich erstickte. Ich rang nach Luft, aber das Feuer verschlang sie. Henriks Schachtel drückte sich in meinen Bauch und ließ mir noch weniger Platz zum Atmen. Mir wurde schwindlig und meine Augen wurden feucht. Oder waren das Tränen?

Wahrscheinlich beides. Tränen für mich selbst, Tränen für die Gemälde. Tränen für meinen Vater, den ich enttäuscht hatte, und meine Mutter, die am Boden zerstört sein würde, wenn ich das hier nicht überlebte. Tränen für…

Etwas schloss sich um meinen Fuß und zerrte daran. Ich spürte, wie ich fiel und dann hochgehoben wurde. Henriks Schachtel wurde mir aus der Hand gerissen und eine entfernte Stimme rief mir etwas zu.

Lag ich im Sterben oder wurde ich gerettet? Im ersten Fall hoffte ich, dass ich wenigstens meinen Vater sehen würde. Im zweiten Fall… nun, ich hoffte, dass mein Kleid nicht über meinen Hintern gerutscht war und alles enthüllte.

Wie sich herausstellte, wurde ich gerettet und – ein großer Bonus – mein Kleid war nicht über meinen Hintern gerutscht. Ich wurde allerdings heftig durchgeschüttelt und hing kopfüber in einem Feuerwehreinsatztragegriff. Allmählich ging ich von Husten über das Strampeln zu kläglichen Protesten über, die mein Retter ignorierte.

Dann gab es ein Brüllen und ich wurde aus den Armen von Retter eins gerissen und in die Arme von Retter zwei gezogen. Und einfach so hörte alles auf. Das Rütteln. Das Husten. Der Drang, dutzende Fragen zu stellen. Ich versank in einer warmen, flauschigen Wolke und fühlte mich vollkommen, absolut friedlich.

„Mmm", murmelte ich und schmiegte mich an meinen Retter.

Wäre es Roux oder Bene gewesen, wäre mir das sehr peinlich. Wäre es Henrik gewesen, hätte ich ein regelrechtes Trauma davongetragen.

Aber, *uff*. Es war Marius. Und auch wenn wir noch nicht herausgefunden hatten, wohin die unbestreitbare Anziehungskraft zwischen uns beiden führen würde, wusste ich eins: Ich hatte mich noch nie so sicher und geerdet gefühlt wie in seiner Nähe.

„Geht es dir gut?", fragte er mit besorgtem Blick aus seinen obsidianfarbenen Augen.

Ich nickte. Mit übermenschlicher Anstrengung widerstand ich dem Drang, ihn zu küssen, und senkte meine Füße in Richtung Boden. Er setzte mich sanft ab und hielt mich an den Schultern fest, nur für den Fall, dass ich umkippen würde.

Das tat ich nicht, obwohl ich schwankte.

„Es geht mir gut", sagte ich und verfiel in einen erneuten Hustenanfall.

Schließlich ließ der unsichtbare Schraubstock meine Lunge los und ich wischte mir die Tränen aus den Augen.

„Wirklich okay?", fragte Roux, der von rechts zu mir schaute.

Retter eins, wurde mir klar.

„Ja. Danke." Ich schaute mich um und packte Roux am Arm. „Die Gemälde... "

Er hielt sie missmutig hoch. „Ich habe sie hier. Alle beide. Und dieses Ding." Er zeigte mir die Schachtel, sichtlich genervt.

„Verdammt, Mina", knurrte Marius. „Was hast du dir dabei gedacht?"

Eine Bemerkung, die ich vielleicht als Beleidigung aufgefasst hätte, aber seine Hände und seine Stimme zitterten.

Ich drückte seine Hand auf meine Brust. „Ich habe an das Gemälde gedacht und darüber, wie wir hier alle herauskommen können. Aber du hast recht", fügte ich hinzu, bevor der wütende Funke in seinen Augen zu einem Inferno wurde, wie das, das hinter uns tobte. „Es war gefährlich, und es tut mir leid. Und ich bin dankbar." Ich wandte mich an Roux. „Danke."

Roux murmelte widerwillig: „Gern geschehen."

Marius zog mich an seine Brust. „Schwöre mir, dass du das nie wieder tust."

Ha. Das leichteste Versprechen aller Zeiten.

„Ich schwöre es", murmelte ich an seiner Brust. Und, hoppla. Eine vollkommen unangebrachte Welle der Begierde überkam mich.

Marius' Knurren verwandelte sich in ein lustvolles Summen, und wer weiß, was wir getan hätten, hätte Roux sich nicht geräuspert und hinter uns gezeigt.

„Darf ich vorschlagen, dass wir uns erst mal zurückziehen und unsere unsterbliche Zuneigung später zum Ausdruck bringen?"

Kein schlechter Plan. Marius und ich lösten uns voneinander, aber seine Augen glänzten mit einem Versprechen.

Vielleicht nicht jetzt, aber bald...

Mein Herz schlug höher und ich gab mein eigenes Versprechen. Aber Roux hatte recht. Wir waren noch nicht aus dem Schneider.

Kapitel 27

MINA

Marius, Roux und ich starrten auf das Feuer. Fünfzig Meter entfernt tanzten die Flammen über die Villa. Das Personal beeilte sich, Transporter und Ausrüstung vom Hintereingang – der Seite, der wir zugewandt waren – wegzuschaffen, und zwei Frauen gaben ihr Bestes mit Gartenschläuchen. Ein aussichtsloser, aber tapferer Versuch.

„¡Aquí! ¡Aquí!" *Hier drüben,* wies sie jemand an, sich zur Vorderseite des Gebäudes zu begeben.

Ja, dort drüben, stimmte ich zu. *So weit wie möglich von der Bibliothek weg.* Je schneller dieser Bereich abbrannte, desto besser.

Die Partygäste drängten sich in sicherer Entfernung vor dem Gebäude zusammen. Einige starrten voller Ehrfurcht ins Feuer, während andere in ihre Handys plapperten. Ein Idiot filmte die Katastrophe sogar.

„Hast du Delphine gesehen? Und was ist mit Bene?", fragte ich, plötzlich von Angst erfasst.

Roux zeigte in eine Richtung. „Delphine ist dort, und ich habe Bene auf dem Weg nach draußen gesehen."

Ich atmete auf. „Und Henrik?"

Marius schnaubte. „Wahrscheinlich der Erste, der draußen war. Selbsterhaltung ist sein größter Instinkt. Genau wie Celestes." Mann, klang seine Stimme bitter.

„Ich nehme an, sie hat es auch geschafft?", wagte ich zu fragen.

„Leider ja", sagte Marius, ohne die geringste Spur von Reue. „Aber Henrik wird dafür sorgen, dass sie nicht redet."

Ein Schrei ertönte, als ein Teil des Gebäudes einstürzte.

„Wow." Ich starrte auf das Ausmaß des Feuers.

„Ja. Wow." Roux warf Marius einen bösen Blick zu.

Marius zeigte auf mich. „Sie wollte eine Ablenkung."

„Das stimmt", sagte ich schnell. „Und es hat definitiv funktioniert. Es ist nur... nur... " Ich schaute Roux hilfesuchend an.

Er verschränkte die Arme und blieb stumm.

„Nur was?", fragte Marius stirnrunzelnd.

„Etwas groß", beendete ich meinen Satz mit einer kühnen Untertreibung.

Er schaute auf die brennende Villa und zuckte dann mit den Schultern. „Ich habe wohl die brennbaren Vorräte im Catering-Lkw nicht berücksichtigt."

Ich zuckte zusammen. Nun, das erklärte die schnelle Ausbreitung des Feuers.

„Vermutlich nicht", sagte ich und wählte meine Worte sorgfältig.

Roux verdrehte die Augen.

„Nicht, dass ich nicht dankbar wäre", fügte ich hinzu, bevor Marius sich aufregte. „Aber könntest du das nächste Mal vielleicht... ähm... "

Er warf mir einen finsteren Blick zu und wartete.

Ich dachte an eine ähnliche Unterhaltung an dem Abend zurück, als er auf der Suche nach dem Eindringling im Château einen Waldstreifen in Brand gesteckt hatte, und an alles, was seitdem passiert war. Immer wieder hatte Marius mir geholfen. Wie konnte ich ihm nicht dankbar sein? Und wenn sein Stil eher dem eines *Bulldozers* als dem eines *Meißels* glich, nun, das war eben der Drache in ihm.

Ich schlang meine Arme um ihn. „Vergiss es. Danke."

„Gern geschehen", sagte er schroff und legte seine Arme um mich.

„Ich war derjenige, der sie aus dem Feuer gezogen hat. Mit den Gemälden", murmelte Roux.

Ich löste mich von Marius, um Roux kurz zu umarmen – ganz kurz, damit nicht wieder Streit ausbrach. „Vielen Dank. Nochmals. Ich weiß es wirklich sehr zu schätzen."

So. Reichte das, um seinem Tigerego zu schmeicheln? Ich wandte mich wieder der Villa zu und flüsterte: „Ich hoffe nur, dass es alle herausgeschafft haben.“

Marius schnaufte. „Sogar Baumann und Dobrov?“

Meine Antwort hätte ein empörtes *Sogar sie* sein sollen, aber es war einer dieser Momente, in denen mir Mitgefühl schwerfiel.

„Sogar sie“, sagte ich schließlich. „Gordon wird uns sicher Fragen zu diesem Brand stellen. Wenn die beiden auch noch darin gestorben wären... nun ja, je weniger Fragen wir später beantworten müssen, desto besser.“

„Du meinst, je weniger Fragen *wir* beantworten müssen.“ Roux deutete zwischen sich und Marius hin und her. „Du warst nie hier.“

Richtig. Natürlich. Ich nickte schnell, obwohl ich einen Anflug von Enttäuschung spürte. Ich hatte meine erste supergeheime Mission mehr oder weniger mit Bravour gemeistert...

Weniger, murrte mein Hinterkopf, wenn man an all die Beinahefehlschläge dachte.

... aber ich könnte die Lorbeeren für das Gute, das daraus entstehen würde, wie die Wiederbeschaffung des Van Goghs, nicht einheimsen.

Dann tadelte ich mich selbst. Mein Vater hatte nicht nach großartigen Kunstwerken gesucht, um Anerkennung zu erlangen. Er wollte ein Unrecht wiedergutmachen und der Öffentlichkeit Zugang zu unschätzbaren Meisterwerken verschaffen. Sollte ich ihm nicht nacheifern?

Schon komisch, dass ich mich daran erinnern musste, dass dies eine einmalige Sache war. Es war ja nicht so, als würde ich mich öfter auf die Suche nach verlorenen Meisterwerken begeben.

„Nun, Mission erfüllt“, sagte Roux erschöpft. „Lasst uns von hier verschwinden... und hoffen, dass Gordon das Feuer als Bonus betrachtet.“

Gott, ich hoffte es nicht. Wenn er das tat, hatte ich meinen Patenonkel wirklich, wirklich falsch eingeschätzt.

Ich blieb zurück. „Was ist mit Delphine?“

„Sie kennt den Treffpunkt", versicherte Roux mir und machte sich auf den Weg.

Was ein Leichtes für ihn in seinen Lackschuhen war. Nicht jedoch in diesen gruseligen Stöckelschuhen, an die er sich irgendwie für mich erinnert hatte.

Und Mann, das sagte viel über Roux aus. Stöckelschuhe waren das Letzte, was ich bei der Flucht aus einem Feuer mitnehmen würde.

Auch auf die Gefahr hin, undankbar zu wirken, zog ich die Stöckelschuhe aus und begann, mich über das unwegsame Gelände zu bewegen. Es würde meine Strümpfe ruinieren, aber die würde ich genauso wenig vermissen wie die Schuhe.

Dennoch kamen wir viel zu langsam voran. Die Polizei würde jeden Moment auftauchen.

„Hier." Marius bedeutete mir, ihm die Schuhe zu reichen. Ich gab sie ihm und er brach die Absätze ab. „Besser?"

Ich schlüpfte in den einen, dann in den anderen. Nicht meine bewährten Wanderschuhe, aber besser als barfuß.

„Viel besser. Danke."

Wir bahnten uns einen Weg durch das umliegende Gebüsch, schlüpften in einen eingezäunten Olivenhain und gelangten schließlich zu einem schmalen Pfad. Nicht weit entfernt glitzerten die Rücklichter eines Geländewagens.

„Delphine!" Ich stürmte los, als ich sie neben Bene beim Auto entdeckte.

Wir umarmten uns erleichtert und traten dann auseinander.

„Oh, dein armes Kleid", sagte ich mitleidig und schaute auf sie herab.

Zu meiner Überraschung bemerkte sie es kaum. Sie starrte nur weiter auf das Feuer auf dem Hügel. „Henrik..."

Marius, Bene und ich warfen uns besorgte Blicke zu.

„Er kommt schon zurecht", versicherte Roux ihr. „Er wird mit dem Auto wegfahren, mit dem er gekommen ist, aber er muss eine Weile warten, um keinen Verdacht zu erregen."

Ha. Verdacht war so ziemlich das Einzige, was Henrik in mir erregte. Marius hingegen...

Er berührte meine Hand und meine Körpertemperatur stieg an.

Aber Roux, verdammt noch mal, wandte sich mit einem Befehl an Marius. „Ich möchte, dass du dich verwandelst und ein Auge auf alles behältst. Bene, du auch. Wir treffen uns wieder auf der *Finca.*"

Marius verzog das Gesicht, widersprach jedoch nicht. Er küsste meine Fingerknöchel, trat zurück und zog an seiner Krawatte. „Tut mir leid, aber..."

Ich zwang mich, zu nicken, und streckte meine Hände nach seinen Kleidern aus. „Sei einfach vorsichtig, okay?"

„Du auch", flüsterte er.

Sekunden später flatterten die Kleider in meinen Armen, als er sich in Drachengestalt in die Lüfte erhob. Ich starrte auf seine riesigen Flügel, den langen, spitz zulaufenden Schwanz und seinen stromlinienförmigen Körper. Dann seufzte ich. Ich könnte hundert Jahre alt werden und mich nie an diesem grandiosen Anblick sattsehen.

„Hey, Mina. Kannst du meine auch nehmen?", fragte Bene und ruinierte damit den Moment.

Ich warf ihm einen finsteren Blick zu und achtete darauf, meinen Blick auf Augenhöhe zu halten.

„Klar", murmelte ich und ließ ihn seine Kleidung auf die von Marius legen. Dann schaute ich nach oben und schluckte schwer. Marius war nur noch ein Schatten vor dem Nachthimmel. Für meinen Geschmack viel zu weit weg.

Vor nicht allzu langer Zeit hätte ich das Gegenteil gesagt. Wie sich die Dinge geändert hatten.

Zum Besseren, versicherte mir eine kleine Stimme.

„Mach dich auf den Weg, Bene", befahl Roux.

Ich schaute gerade noch rechtzeitig hinüber, um einen gelbbraunen Körper im Gebüsch verschwinden zu sehen. Roux half Delphine ins Fahrzeug und rief mich dann leise.

„Mina..."

Ich warf einen letzten sehnsüchtigen Blick nach oben und setzte mich dann auf den Rücksitz.

Roux fuhr, während Delphine ganz still auf dem Beifahrersitz saß. Ich lehnte mich gegen das Fenster und suchte den Himmel nach einer Spur von Marius ab.

Wir holperten über einen steinigen Weg, bogen dann auf die Hauptstraße ab und streckten unsere Hälse, um das Feuer zu sehen. Auf der Gegenfahrbahn blinkten Lichter auf und Rettungsfahrzeuge rasten an uns vorbei.

Vierzig Minuten später waren wir zurück auf der *Finca*. Bene erschien eine gute Stunde später und Marius...

„Er wird bald hier sein", versicherte Roux mir.

„Hmm... ", murmelte ich und behielt mein Gesicht weiter in Richtung Himmel gewandt.

Eine Ewigkeit später kam ein Windstoß auf und ein Schatten tauchte über uns auf. Ich huschte zurück, als er näher... näher... näher kam.

Mein Haar peitschte mir ins Gesicht und die Bäume raschelten, als Marius zur Landung ansetzte.

„Sag ihm, dass wir uns in zehn Minuten zur Nachbesprechung treffen", rief Roux mir zu.

„Nachbesprechung um zehn Uhr morgens? Perfekt." Bene schlenderte zu seiner Hütte.

„Nein, ich sagte... ", begann Roux, aber seine Worte verstummten mit einem frustrierten Knurren.

„Um neun Uhr morgens", schlug ich vor.

Seine Tigeraugen blitzten, aber schließlich gab er nach – mehr oder weniger. „Acht. "

Ich nickte und lief bereits los, um Marius am Ende der Straße zu treffen. Dann blieb ich stehen, plötzlich vorsichtig. Vielleicht sollte man nicht einfach auf einen Drachen zustürzen. Vielleicht brauchten sie ein paar Minuten, um aus ihrem *Tödliche Bestie*-Modus herauszukommen. Vielleicht...

Zwei riesige Augen glühten in der Dunkelheit, fast zwei Meter über meiner Augenhöhe. Darunter leuchteten kleinere Lichtpunkte – die letzten Überreste des Feuers, das in seinen Nasenlöchern flackerte. Ein langer, dicker Schwanz peitschte bedrohlich hin und her.

Mein Herz setzte einen Schlag aus. Oh-oh.

Er faltete seine Flügel in einer überraschend zarten Bewegung zusammen und kroch mit gesenktem Kopf vorwärts.

Meine Knie bebten.

„Schön, dich zu sehen", piepste ich.

Das Feuer in seinen Augen flammte auf und wurde dann schwächer. Es wechselte von *Alarmstufe Rot* zu *warm und einladend*.

Es ist auch schön, dich zu sehen, dröhnte seine Stimme in meinem Kopf.

Ich hob meine Hände und versuchte, nicht zu zittern, als er seinen Kopf nach vorn streckte. Raue, ledrige Haut wurde gegen meine Handflächen gedrückt und das Licht in seinen Augen wirbelte.

Wow. Ich stand von Angesicht zu Angesicht mit einem Drachen. Ich umfasste sogar seine Schnauze, oder zumindest so viel davon, wie hineinpasste.

Schnauze? brummte er.

Ich schluckte und tastete vorsichtig herum. „Ähm, Nase?"

Ich zeige dir eine Nase, murmelte er und verwandelte sich vor meinen Augen.

Ich konnte nicht sagen, ob es in Superzeitlupe oder im Superzeitraffer geschah, denn das meiste davon verschwamm und ich nahm nur wenige Details wahr. Riesige Brustplatten verdichteten sich und seine Klauen verwandelten sich langsam in Füße mit Zehen, die sich in einem ähnlichen Winkel auf der Kiesauffahrt krümmten.

Ich streichelte seine Schultern und berührte dann sein Gesicht.

„Siehst du?", sagte er mit rauer Stimme, als wären seine Stimmbänder noch mitten in der Verwandlung. „Nase."

Ich gluckste und streichelte sie. „Nase. Wangen… Lippen…"

Seine Augen leuchteten in einem sanfteren Farbton und seine Lippen bewegten sich. Mein Fokus wanderte dorthin und alles andere in meinem Kopf verschwamm. Und verschwamm und verschwamm, bis nichts mehr existierte außer meinen Lippen und seinen, und nichts anderes mehr getan werden musste, als sie in einem Kuss zu vereinen. Und noch einem und noch einem…

Ich war mir kaum bewusst, dass wir zur Hütte gingen, ich mich auszog oder mit Marius ins Bett kletterte. Aber ich war mir jedes Kusses, jeder Liebkosung, jeder perfekt getimten Bewegung bewusst, während sich unsere Körper miteinander verbanden.

„Oh... Ja... ", stöhnte ich und krallte mich am Bettlaken fest, während er sich über mir bewegte. In mir. Mit mir.

Seine Augen glühten und seine glänzende Haut spannte sich über seine Muskeln. Als ich mich um ihn zusammenzog, stockte sein Atem. Dann fand er seinen Rhythmus mit aller Macht wieder und trieb uns beide höher und höher...

Ich erschauderte und schrie, als ich mit ihm den Höhepunkt einer sehr steilen Kurve erreichte. Wir klammerten uns so lange wie möglich daran fest und sanken dann langsam in die Arme des anderen zurück.

Ich schloss die Augen und hielt ihn fest. Gott, was für eine Nacht. Was für ein paar Wochen. Wochen, die mein Leben auf eine ebenso aufregende wie beängstigende Weise auf den Kopf gestellt hatten.

Also, verdammt. Was würden die kommenden Wochen bringen?

Den ganzen Sommer lang war mein Leben nur von einem Thema bestimmt gewesen – *Reparaturen und Erneuerung* – des Châteaus, und in gewisser Weise auch meiner selbst. Seit Marius in mein Leben getreten war, hatte sich das Thema zu *Wahrheit oder Lüge* verschoben – in der Kunst, in der Liebe, im Leben – und all den Grauzonen dazwischen.

So wie unser Kunstdiebstahl. Mein Vater wäre stolz auf das Ergebnis, aber nicht auf die Mittel.

Genauso wie die Leidenschaft, die zwischen Marius und mir entflammt war. Er war ein guter Mann und er war sehr, sehr gut zu mir. Aber war er gut *für* mich? Waren wir wirklich füreinander bestimmt?

Dann war da noch Gordon, der sich stets um meine Familie und mich gekümmert hatte. Aber seine Geschäfte waren nicht so legal, wie wir immer angenommen hatten.

Jedes dieser Dinge war wie ein Felsbrocken, der am Rande einer Klippe lag, die sich vor mir auftürmte. Es war nur eine Frage der Zeit, bis einer – oder alle – herunterstürzen würden.

„Schlaf ein wenig", flüsterte Marius und kuschelte sich näher an mich.

Ich versuchte es, aber meine Augen wanderten immer wieder durch den Raum. Das Mondlicht reichte gerade aus, um die Umrisse unserer Kleidung und dreier Formen dahinter zu erkennen. Henriks kurze, gedrungene Schachtel, die auf dem Fensterbrett lag, und die beiden Rahmen, die ich zuvor an die Wand gelehnt hatte.

Einer war Monets *Tauwetter*, allerdings eine Fälschung. Der andere war *Der Maler auf dem Weg nach Tarascon* und ich war mir verdammt sicher, dass es sich um das Original handelte.

Marius legte seinen starken Arm um mich und ich streichelte sanft seine Haut, während ich nachdachte. Der Van Gogh war echt... Was war mit meinen Gefühlen für Marius?

„Gute Nacht", murmelte er und küsste meine Schulter.

Ich küsste seine Hand. „Gute Nacht."

Es dauerte nicht lange, bis sich sein Atem im langsamen, friedlichen Rhythmus des Schlafes einpendelte. Aber was mich betraf...

So müde ich auch war, schloss ich meine Augen eine lange Zeit nicht. Ich lag einfach nur da und dachte nach.

Kapitel 28

MARIUS

Am nächsten Morgen folgte mir der Dampf aus der Dusche. Ich wickelte mir ein Handtuch um die Hüften und schlenderte ins Schlafzimmer, wo ich Mina auf der Bettkante sitzen sah, wie sie auf die an die Wand gelehnten Gemälde starrte.

„Hast du Angst, dass sie weglaufen?“, scherzte ich.

Sie schüttelte den Kopf, zu sehr in Gedanken versunken, um zu lachen. „Ich bin nur so fasziniert von dem, was ich sehe.“ Sie deutete auf das Gemälde auf der rechten Seite. „Ich kann die Vorstellung kaum fassen, dass das einmal in Vincent van Goghs Händen lag, und jetzt liegt es in meinen. Nun ja, sozusagen.“

Ich ging hinüber, nahm das Gemälde und hielt es ihr hin. „*Jetzt* liegt es in deinen Händen.“

„Vorsicht!“, mahnte sie mich und hielt es wie... wie ein unbezahlbares Gemälde, nahm ich an.

Sie zu beobachten, ließ mich grinsen, denn ihre Ehrfurcht und ihr Staunen waren eine Freude.

Dann wurde mein Grinsen noch breiter, denn sie drehte sich um und schaute mich auf die gleiche Weise an.

Sieh her – etwas Unbezahlbares, und es gehört ganz mir, sagten ihre glühenden Augen.

Gestaltwandleraugen, flüsterte mein Drache.

Vielleicht sogar Drachenaugen, wurde mir klar. Eines Tages würde ich den Mut aufbringen, sie zu fragen.

Vielleicht sogar schon bald, denn eine Nacht, in der ich Mina in meinem Arm gehalten hatte, hatte mir eines ganz klar gemacht. Ich konnte sie auf keinen Fall verlassen. Nicht jetzt. Niemals.

Mir brannte jedoch eine Frage unter den Nägeln, die nicht warten konnte. Ich hoffte nur, dass sie diesen schönen Morgen nicht ruinieren würde.

„Wenn ich dir erlaube, mich alles zu fragen, würdest du mir dann auch eine Frage beantworten?", wagte ich mich vor und dachte, dies wäre ein fairer Tausch.

Sie schaute mich an und wurde still. Ich wappnete mich für eine Antwort wie: *Kommt auf die Frage an.*

Nach einiger ernsthafter – und ernsthaft beängstigender – Überlegung leckte sie sich über die Lippen und sagte: „Erinnerst du dich, als du gesagt hast, dass du es nicht zu etwas Bedeutsamem machen willst?"

Ich schluckte schwer. War ich wirklich so dumm gewesen, das zu sagen?

Aber ich hatte es gesagt, also nickte ich.

„Ich möchte, dass es bedeutsam ist", flüsterte sie und schaute dabei auf meine Hände, nicht in meine Augen. „Ich möchte uns zumindest eine Chance geben."

Meine Kehle wurde trocken, aber ich brachte die Wahrheit heraus: „Das möchte ich auch."

Sie riss den Blick zu mir hoch, voller Hoffnung – und Angst. Dann nickte sie. „Das freut mich. Ich bin wirklich froh." Sie lächelte schüchtern, wurde dann jedoch wieder ernst. „Aber wenn das der Fall ist, sollten wir keinen Tauschhandel zwischen uns brauchen. Frag mich einfach und ich werde antworten."

Meine Wange zuckte, denn sie bot mir ihr Vertrauen an, unverfälscht und ohne Vorbehalte. Vertrauen, das ich erwidern müsste. Beide Seiten dieser Gleichung machten mir Angst.

Es erschreckte sie auch. Das konnte ich sehen. Doch hatte sie genügend Vertrauen in mich, um mir ihres wie einen kleinen, wehrlosen Vogel anzubieten. Etwas, das ich leicht zerbrechen könnte.

Ich schluckte schwer und nickte dann. „Ich wollte dich fragen, wie du in die Bibliothek gelangt bist. Ich meine, das zweite Mal. Bene sagte, er habe dort einen Wachmann gesehen."

Sie spielte nervös mit ihren Händen. „Da war einer."

„Wie bist du an ihm vorbeigekommen?"

Sie dachte weiter nach und gab mir schließlich eine nervöse Antwort. „Auf die gleiche Weise, wie ich Henrik entkommen bin, als er auf meinem Dachboden war."

Ich wartete, denn das war mir immer noch ein Rätsel.

Sie legte das Gemälde beiseite und bedeutete mir, mich neben sie zu setzen.

„Hast du schon einmal von Schattenwandeln gehört?"

Als ich nickte, sagte sie nichts. Sie schaute mich nur an und wartete.

Dann fiel der Groschen. „Moment. Du kannst Schattenwandeln?"

Sie nickte langsam. „Manchmal. Außerdem war er abgelenkt. Und es war dunkel. Und. . . "

„Du kannst Schattenwandeln?", wiederholte ich dümmlich.

Ich wusste nicht viel über Magie, aber mir war klar, dass Schattenwandeln eine seltene Fähigkeit war. Selten, wie eine von einer Million.

„Ja, aber. . . " Sie versuchte, es herunterzuspielen, aber ich glaubte ihr nicht.

„Und du bist damals auch schattengewandelt, um Henrik zu entkommen?"

Sie nickte und sah unglücklich aus. „Meine Großmutter hat es mir beigebracht. Ich bin allerdings nicht sonderlich gut darin. Ich habe es nur ein paar Mal getan und. . . "

Ich nahm ihre Hand. „Warum entschuldigst du dich? Das ist fantastisch."

Sie schnaubte. „Ich habe nur einen winzigen Hauch Magie geerbt und sie kommt und geht. Ich habe nicht wirklich Kontrolle darüber."

„Vielleicht brauchst du einfach nur mehr Übung."

Sie atmete unsicher aus. „Ich bin mir nicht sicher, ob ich das will."

Ein paar Sekunden vergingen in Stille, die ich schließlich brach: „Nun, ich finde dich großartig, und das nicht nur wegen deiner Fähigkeit, schattenzuwandeln." Sie öffnete den Mund, aber ich hob sanft einen Finger davor. „Danke, dass du geantwortet hast. Ich werde es niemandem erzählen, falls du dir darüber Sorgen machst."

Sie wollte protestieren, aber ich wusste, dass ich einen wunden Punkt getroffen hatte.

Bene rief von draußen: „Aufgestanden, meine Damen und Drachen. Unser furchtloser Anführer hat eine ONB angesetzt, die sofort beginnt."

Ich stöhnte. Mina neigte den Kopf. „ONB?"

„Offizielle Nachbesprechung", murmelte ich. Roux *liebte* es, sich an die Vorschriften zu halten.

„Wir kommen", rief Mina zurück. Dann wandte sie sich mir mit einem schiefen Grinsen zu, offensichtlich bereit für einen Themenwechsel. „Nun, ich schätze, es war gut, dass wir nicht zusammen geduscht haben. Getrennt ging es schneller."

Ich verzog das Gesicht. „Schneller, aber mit weniger Spaß."

Ihr Lächeln erhellte den Raum und ihre Augen strahlten.

„Was?" Ich neigte den Kopf.

Sie errötete. „Vielleicht verderbe ich dich. *Spaß* schien nicht ganz oben auf deiner Prioritätenliste zu stehen, als wir uns kennenlernten."

Ich schnaubte. „Wenn hier jemand einen anderen verdirbt, dann bin ich es." Dann wurde ich ernster. „Was den Spaß angeht, so habe ich ihn vielleicht zeitweilig vergessen. Aber dank dir erinnere ich mich jetzt wieder daran."

Spaß. Stolz. Ehre. Die Liste der Dinge, an die Mina mich erinnerte, war endlos.

Ich küsste ihre Fingerknöchel, weil ich ihre Augen so besser sehen konnte. Wunderschöne, himmelblaue Augen voller Freude, Hoffnung und anderen gefährlichen Dingen.

Dann holte sie besonders tief Luft – ihr Reset-Knopf, wie ich langsam lernte – und stand auf. „Wir sollten uns besser fertig machen. Je schneller wir das hinter uns bringen, desto besser, oder?"

Ich griff nach einer Hose und einem T-Shirt und hoffte, dass es so einfach wäre.

∞∞∞∞

Das war es nicht. Besprechungen mit Roux waren es nie, und Bene und Henrik dabei zu haben, machte die Dinge immer kompliziert.

Nur dass Henrik nicht da und Delphine außer sich war.

Der Esstisch stand in der Morgensonne, warm und einladend. Ein Berg von Essen stapelte sich auf einem schattigen Beistelltisch. Aber ja, Speck, Obst, frischer Saft... Es wäre himmlisch gewesen, hätte Delphine nicht ihre persönliche Hölle erlebt.

„Sollte er nicht schon längst zurück sein?" Sie pirschte auf und ab.

Bene stellte einen mit Essen beladenen Teller ab und ließ sich auf den Stuhl neben Roux sinken. „Ich bin sicher, es geht ihm gut."

Ein ungutes Gefühl breitete sich in meinem Magen aus – ein Gefühl, das sich bestätigte, als ein Wagen in der Einfahrt vorfuhr und Henrik herausstolperte. Er sah aus wie ein Mann, der längst vom *Betrunkenen* zum *Katerleidenden* geworden war. Und da Vampire sich an Blut berauschten, nicht an Alkohol...

Roux, Bene und ich warfen uns düstere Blicke zu.

„Henrik!", rief Delphine.

Sie rannte hinüber und warf sich ihm an den Hals. Dann wich sie zurück, um ihn zu mustern. Sein Smoking hing schief und die Krawatte baumelte lustlos an seiner Hand herunter. Sein Einstecktuch war verschwunden, ebenso wie einer seiner Manschettenknöpfe, und sein Haar war zerzaust.

„Oh, Henrik!", rief die arme, ahnungslose Delphine aufgeregt. „Geht es dir gut?"

Die Morgenbrise trug den Duft von Blut, Sex und noch etwas anderem mit sich.

Meine Nasenflügel bebten und ich erblasste.

Bene runzelte die Stirn und flüsterte: „Ich bin mir sicher, dass ich dieses Parfüm kenne..."

Scheiße. Ich auch.

Mina rümpfte die Nase und murmelte: „‚Good Girl' von Carolina Herrera." Dann erstarrte sie völlig.

Celeste, knurrte mein Drache.

Delphine wich von Henrik zurück und ihre Knie zitterten. „Du... du... “

Mina sprang auf, um Delphine zu unterstützen. Mit ihrer freien Hand stieß sie Henrik heftig zur Seite. „Du Stück Scheiße!“

„Dir auch einen guten Morgen“, murmelte er und stolperte zu einem Stuhl im Schatten.

Mina führte Delphine zum Haupthaus.

„Komm, Delphine. Er ist es nicht wert.“

Sie verschwanden im Haus, aber ich konnte Delphine trotzdem heulen hören.

Niemand am Tisch sprach, aber die Luft summte voller wütender Energie. Vor allem meiner, was seltsam war. Ich hasste Celeste. Warum kümmerte es mich, ob sie mit Henrik schlief?

Weil es falsch ist, murrte mein Drache.

Anscheinend entwickelte ich ein Gewissen. Vielleicht färbte Mina wirklich auf mich ab.

„Was zum Teufel hast du dir dabei gedacht?“, platzte Roux schließlich heraus. „Du weißt doch, was Celeste ist.“

Sukkubus. Das Wort schoss mir wie ein Fluch durch den Kopf.

Ich konnte Henrik jedoch nur begrenzt böse sein, denn ich war dem gleichen Zauber erlegen.

Nie wieder, schwor sich mein Drache. *Nie wieder.*

„Du solltest ein Auge auf sie behalten und sie nicht ficken, verdammt noch mal“, schimpfte Roux.

Henrik verzog das Gesicht. „Ich habe Celeste vielleicht unterschätzt. Ihre Kräfte sind... ziemlich überwältigend.“

„Überwältigend? Du bist ein verdammter Vampir!“ Roux schlug mit der Faust auf den Tisch, so dass das Besteck zitterte. Dann schnupperte er. „Verdammte Scheiße. Du hast von ihr getrunken, nicht wahr?“

Henrik warf ihm einen kalten Blick zu. „Und wenn schon?“

Roux schäumte vor Wut. „Idiot. Sukkubusblut... “

Henrik senkte die Augenlider, als er in Erinnerungen schwelgte. „Köstlich. Ablenkend und ziemlich potent, das muss ich zugeben.“

„Du hast Glück, dass du nicht mit einem Pflock im Herzen aufgewacht bist", murrte ich.

„Technisch gesehen, wäre er dann nicht aufgewacht", warf Bene fröhlich ein.

Kein Verlust für die Welt, dachte ich unwillkürlich.

Henrik runzelte die Stirn. „Glück? Nein. Sie hat es versucht. Ich konnte sie nur gerade noch rechtzeitig aufhalten."

Schade, wäre mir fast herausgeplatzt.

„Und dann? Sag mir nicht, dass du sie gehen lassen hast", forderte Roux.

Henrik winkte ab. „Es schien ein fairer Tausch zu sein."

Bene schnaubte. „Lass mich raten. Du warst zu träge, um sie aufzuhalten."

„Das ist möglich", gab Henrik zu, schloss die Augen und lehnte sich zurück.

Mina tauchte allein wieder auf und warf Henrik einen vernichtenden Blick zu.

„Verdammt. Celeste könnte inzwischen schon mit einem vollständigen Bericht auf dem Weg zu Gordon sein", murmelte Roux.

Henrik schüttelte den Kopf. „Celeste wird nichts verraten. Dafür habe ich gesorgt."

„Wie?", fragte Roux.

Mina verzog das Gesicht. „Wollen wir das wirklich wissen?"

„Ganz einfach", sagte Henrik. „Ich habe ihr klargemacht, wie die Lage ist."

Ich schnaubte. „Wie das? Dass unser ursprünglicher Plan gescheitert ist? Dass Mina mit uns nach Mallorca gekommen ist?"

Henrik schüttelte den Kopf. „Unser Plan hat funktioniert. Es war Celeste, die den Auftrag fast vermasselt hätte. Sie ist diejenige, die sich Sorgen machen muss, dass *wir* mit Gordon sprechen, und das habe ich ihr ganz deutlich klargemacht."

Bene schnaubte. „Bevor oder nachdem du mit ihr ins Bett gesprungen bist?"

Henrik warf ihm einen eisigen Blick zu. „Sowohl als auch, wenn du es unbedingt wissen musst."

Roux runzelte die Stirn. „Er hat recht. Celeste wird die Details der letzten Nacht genauso wenig wie wir mit Gordon besprechen wollen."

Ich knurrte angewidert, aber der Tiger hatte recht.

„Sie wird nicht reden", sagte Henrik mit aller Selbstgefälligkeit, die er aufbringen konnte. „Also letztlich eine Win-Win-Situation."

„Außer für Delphine", knurrte Mina.

Henrik tat so, als hätte er das nicht gehört. Was für ein Arsch.

Mina ging weiter auf und ab. „Was ist mit Baumann und Dobrov? Habt ihr keine Angst, dass sie uns verfolgen oder eine Untersuchung verlangen werden?"

„Nein. Soweit sie es wissen, seid ihr drei bei dem Brand ums Leben gekommen", sagte Bene fröhlich.

Mein Drache knurrte bösartig.

Roux schien diese Bemerkung nicht zu beleidigen. „Sie werden annehmen, dass die Gemälde im Feuer verbrannt sind. Und Baumann wird keine detaillierte polizeiliche Untersuchung anregen, schließlich kann er nicht zugeben, dass er jemanden eingesperrt oder einen illegalen Kunsthändler zu seiner Party eingeladen hat. Das würde seinen Ruf ruinieren."

Mina schnaufte. „Ruf? Er ist der schlimmste Verbrecher, den es gibt."

„Nun, so funktioniert die Welt eben", sagte Bene und ließ sich seine Eier und seinen Toast schmecken.

Wir nahmen diese fröhliche Bemerkung mit düsterer Stille entgegen, aber die Vögel sangen in den Bäumen und der Wind flüsterte durch den Olivenhain. Die Sonne wärmte mein Gesicht, genau wie Minas Anwesenheit es tat. Vielleicht war die Welt also doch nicht so beschissen, wie es manchmal schien. Zumindest nicht ganz. Es gab auch Frieden und Schönheit in ihr. Vielleicht sogar Liebe.

Als Mina das nächste Mal an mir vorbeiging, griff ich nach ihrer Hand und hielt sie fest.

Sie lächelte mich kurz an und umfasste meine Hand mit beiden Händen.

„Wie dem auch sei, genieße das Gemälde, solange du kannst", murmelte Bene Mina zu, während er weiterkaute. „Wir werden es bald Gordon übergeben müssen."

Sie schaute zur Hütte und murmelte: „Vielleicht auch nicht."

Oh-oh. Was nun?

Roux warf ihr einen leidenden Blick zu. „Ich weiß, dass es dir wichtig ist, aber..."

Sie ging einfach weg. „Ich bin gleich zurück."

Sobald sie außer Sichtweite war, stöhnte Roux. „Gott, sie macht mich fertig."

Ha. Ich könnte dasselbe sagen, aber im positiven Sinne.

Bene lachte. „Sie ist zäh, klug und unberechenbar. Was soll man daran nicht lieben?" Er schob sich eine weitere Gabel voll Essen in den Mund. „Außerdem ist das Leben mit ihr viel unterhaltsamer geworden. Ich finde, wir sollten sie dauerhaft ins Team aufnehmen."

„Auf keinen Fall", bellten Roux, Henrik und ich gleichzeitig.

Zumindest waren wir uns über das *Was* einig, wenn auch nicht über das *Warum*.

Bene warnte: „Vorsicht. Sie kommt zurück."

Roux stöhnte. „Ihr klingt wie Viertklässler, wenn ein Vertretungslehrer da ist."

„Fünftklässler", knurrte ich. Wann würden sie das endlich kapieren?

„Fang", sagte Mina und warf Henrik die kleine Holzschachtel zu, die sie aus dem Feuer gerettet hatte.

Er schnappte sie aus der Luft und hielt sie wie ein kostbares Artefakt in den Händen.

„Und denk an unsere Abmachung." Mina schaute ihn streng an.

Abmachung? Das gefiel mir nicht.

Henrik schob die Schachtel unter sein Jackett und murmelte: „Ich werde daran denken."

„Was ist...", begann Bene.

Mina schüttelte den Kopf. „Frag nicht."

Dann hielt sie zwei Gemälde hoch – den verschwommenen Van Gogh und was immer das andere war – und stellte sie beide auf die Fensterbank.

„Van Goghs *Der Maler auf dem Weg nach Tarascon*. Das Original, da bin ich mir ziemlich sicher." Dann zeigte sie auf das andere Gemälde, eine winterliche Landschaft. „Monets *Tauwetter*. Nicht das Original, aber eine gute Kopie."

Alle warteten. Und warteten…

„Und worauf willst du hinaus…?", fragte Roux schließlich.

Mina ließ diesen Gesichtsausdruck aufblitzen, den sie so gut beherrschte: *Ihr bringt mich mit eurer Dummheit noch um.*

„Gordon und sein Kunde werden wissen, dass die meisten Kunstwerke von Dobrov bei dem Brand zerstört worden sind", sagte sie. „Aber sie wissen nicht, *welche* Kunstwerke zerstört wurden."

Roux runzelte die Stirn. „Worauf willst du hinaus?"

Sie zeigte auf den Van Gogh und dann auf den Monet. „Sagt ihm, dass ihr euer Bestes getan habt, aber aufgrund eines unglücklichen Brandes, mit dem ihr absolut nichts zu tun hattet…" Sie warf mir einen strengen Blick zu, „… ist der Van Gogh zerstört worden. Aber der Monet konnte dank deiner Tapferkeit gerettet werden – und seiner und seiner." Sie zeigte auf Bene und mich.

„Und meiner", murmelte Henrik.

Roux starrte nur. „Du meinst, wir sollen Gordons Kunden ein anderes Gemälde geben? Nicht das, um das er gebeten hat?"

Mina nickte.

„Was, wenn er es nicht will?", fragte Roux.

Mina spottete. „Wie könnte jemand einen Monet nicht wollen?"

Ich warf einen Blick auf das düstere Gemälde. Nun, ich zum Beispiel.

Bene rieb sich das Kinn. „Es könnte funktionieren… es sei denn, sie bemerken, dass es eine Fälschung ist."

„Das ist ja das Schöne an dieser Situation." Mina gluckste. „Das wäre Dobrovs Schuld, nicht eure. Ihr habt nur Befehle befolgt."

„Abgesehen davon, dass uns gesagt wurde, wir sollten dieses Gemälde besorgen." Roux zeigte auf den Van Gogh.

„Gemälde? Welches Gemälde?", frohlockte Bene. „Oh, du meinst das, das beim Brand zerstört worden ist, als wir tapfer ein viel wertvolleres Monet-Gemälde gerettet haben?"

„Genau", grinste Mina.

„All das, damit du den Van Gogh behalten kannst?", fragte Henrik.

Mina schüttelte vehement den Kopf. „Nein. Nun ja, doch, aber nur für ein paar Monate. Lange genug, damit niemand eine Verbindung zu diesen Ereignissen herstellt. Dann werde ich die Kontakte meines Vaters nutzen, um eine anonyme Spende an ein Museum zu tätigen, das den Van Gogh für die Öffentlichkeit zugänglich macht."

Henrik starrte sie an. „Du sagst, du würdest ihn verschenken?"

Mina nickte.

„Wie überaus edel." Henriks Stimme triefte vor Sarkasmus.

Mina schüttelte den Kopf. „Ich versuche nicht, edel zu sein. Ich versuche nur, das Richtige zu tun."

Vor einigen Monaten hätte ich diese Einstellung vielleicht belächelt. Jetzt brannten sich ihre Worte in mein Gedächtnis.

Roux unterbrach sie und kam wieder zum Punkt. „Wenn du sehen kannst, dass der Monet eine Fälschung ist, könnte Gordons Kunde es auch. Was dann?"

Mina zuckte mit den Schultern. „Wie bereits gesagt, das ist nicht eure Schuld, sondern Dobrovs – und es deutet auch an, dass der Van Gogh ebenfalls eine Fälschung war. Niemand wird es widerlegen können, weil Dobrov die beiden Werke nie von einem Experten begutachten ließ."

Roux dachte darüber nach und schüttelte dann den Kopf. „Zu viele unberechenbare Variablen."

Das stimmte. Aber verdammt. Das galt für alles in unserem Geschäft. Und wenn wir es durchziehen würden... Nur noch ein paar Monate, in denen ich Gordons Befehle ausführen musste, und ich wäre ein freier Mann.

„Ich bin dabei", sagte ich entschlossen.

Mina strahlte mich mit warmen Augen an.

Henrik seufzte. „Ich bin dabei."

„Ich bin dabei", sagte Bene und stieß Henrik mit dem Ellbogen an. „Reich mir das Salz."

Roux fuhr sich mit beiden Händen durch die Haare, so dass sie zu Berge standen. Eine gute Alternative zum Herausreißen, was er fast getan hätte.

„Meint ihr das ernst?"

Bene, Henrik, Mina und ich nickten alle.

Roux knirschte mit den Zähnen, seufzte dann und griff nach seinem Handy.

∞∞∞∞

Marseille. Zwei Tage später...

„Der Vertrag war für einen Van Gogh", murrte Gordon.

Bene schwankte von einem Fuß auf den anderen und warf mir einen Blick zu.

„Ein Van Gogh. Kein Monet, kein Manet und auch kein Picasso. Ein Van Gogh", betonte Gordon. „Ich erwarte ja nicht, dass Sie den Kunstgeschmack meiner Patentochter teilen, aber das ist wirklich zu viel."

Bene murmelte in meine Gedanken: *Was würde er wohl über den Männergeschmack seiner Patentochter denken?*

Ich warf ihm einen vernichtenden Blick zu.

„Ja, Sir", stimmte Roux zu. „Aber leider – ich würde sogar sagen, tragischerweise – wurde der Van Gogh bei dem Brand zerstört. Wir hatten Glück, dass wir mit diesem Gemälde davongekommen sind."

„Das war kein Glück. Es war mutig", fügte Bene hinzu und legte noch einmal nach. „Roux bestand darauf, dass wir zurückgehen, um es zu holen, selbst als das Dach einzustürzen begann." Er klopfte dem Tigergestaltwandler auf den Rücken.

Interessanterweise schien Gordon das Feuer nicht zu stören. Er sagte es nicht, aber es war offensichtlich, dass zwischen ihm und Baumann böses Blut herrschte. Er murmelte sogar: *Der Arsch hat bekommen, was er verdient.*

Also mussten wir das Feuer nicht erklären. Aber wir mussten ihn von diesem Monet überzeugen.

„Sir, wenn ich darf..." Henrik deutete auf das Gemälde. „Dieses Kunstwerk hat viel mehr Subtilität und Tiefe als der Van Gogh. Ihr Kunde wird das sicherlich zu schätzen wissen."

Ich war mir hinsichtlich der Tiefe nicht so sicher, da für mich beide Bilder gleichermaßen verschwommen wirkten. Aber was wusste ich schon über Kunst?

Gordon ging auf und ab und betrachtete das Gemälde aus verschiedenen Blickwinkeln. Schließlich schaute er Roux mit einem schmerzverzerrten Gesichtsausdruck an. „Monet, sagen Sie?"

„Ja, Sir. Monet."

Es wurde sehr, sehr still im Raum, als Gordon uns nacheinander ansah. Ich spürte, dass Roux den Atem anhielt. Verdammt, ich tat es auch.

Schließlich murrte Gordon und deutete zur Tür. „Sie können gehen. Da es sich nicht um das gewünschte Werk handelt, bekommen Sie drei anstatt vier Tage frei. Melden Sie sich am Donnerstag um diese Zeit aus Auberre bei mir für Ihren nächsten Auftrag." Er schaute auf seine Uhr und bedeutete uns dann zu gehen. „Oh, und ich erwarte, dass der nächste Auftrag reibungsloser verläuft als dieser."

„Ja, Sir", sagte Roux ernst.

„Kein Wort zu Mina, verstanden?", fügte Gordon bedrohlich hinzu.

Bene schaute mich an. Ich starrte an die Wand. Eine Ader an Henriks Stirn begann zu pochen.

„Kein Wort, Sir", bellte Roux und versuchte, mit Lautstärke jede Spur der Lüge zu übertönen.

„Gut. Sie können gehen." Gordon deutete auf die Tür.

„Sir, wegen unserer freien Tage. Ich finde wirklich, dass...", begann Bene.

„Kein Wort. Raus", bellte Gordon.

„Ja, Sir", sagte Bene mit düsterer Stimme.

Ich konnte jedoch sehen, dass seine Augen funkelten. Wir hatten es geschafft!

Wir gingen den langen, hallenden Flur von Gordons imposanter Villa entlang, die nur einen Steinwurf vom Palais Longchamp entfernt war, und traten in die Sonne hinaus. Die nächste Metrostation war nur ein paar Häuserblocks entfernt und es gelang uns, fast die ganze Zeit über ernst zu bleiben.

Bene war der Erste, der zu grinsen anfing. „Drei Tage sind zwar keine vier, aber ich werde mich nicht beschweren." Er klopfte Henrik freudig auf den Rücken. „Drei freie Tage ohne euch Jo-Jos. Paris, ich komme!"

Roux murmelte etwas über Toulouse, während Henrik sich wortlos davonstahl. Ich schloss mich den beiden anderen zur Metro an, um zum Hauptbahnhof zu fahren.

„Glaubt ihr, Henrik wird in Marseille bleiben und versuchen, sich mit Delphine zu versöhnen?", fragte Bene, als die Metro aus dem Bahnhof fuhr.

Ich hatte keine Ahnung. Aber eines stand fest. Ich würde direkt zurück zum Château Nocturne fahren.

Kapitel 29

MINA

Vier Tage später...

„Wilhelmina!", rief Madame Martin fröhlich, als ich die *Boulangerie* betrat.

„Bonjour", grüßte ich sie und die einzige andere Kundin.

Madame Fontaine, die pensionierte Lehrerin, erwiderte meinen Gruß und schüttelte dann den Kopf. „Rennen Sie schon wieder? Diese jungen Leute heutzutage... "

„Kein Wunder, dass sie immer noch so dünn ist", beklagte Madame Martin, die Bäckerin, als wäre ich gar nicht da. „Und sie hat immer noch keinen Mann gefunden. "

Ah, aber das hatte ich. Noch dazu einen Drachengestaltwandler. Nicht, dass ich diese Neuigkeit freiwillig preisgeben würde.

„Nun, zumindest hat sie jetzt mehr Farbe", sagte Madame Fontaine. „Das muss an der frischen Luft liegen. "

Meine Wangen wurden rot. Nein, das war eine Nebenwirkung von großartigem Sex, jeden Morgen und jeden Abend. Manchmal sogar zwischendurch.

Marius und die anderen waren voller Sorge zu ihrem Treffen mit Gordon aufgebrochen, da sie wussten, dass alles Mögliche passieren könnte. Deshalb war ich überrascht, erfreut und erleichtert gewesen, als Marius später am selben Abend vor meiner Tür erschien. Auch gerührt. Er war nach Hause gekommen – zu mir. Er wollte seine kostbare Freizeit mit mir verbringen. Ich hatte vor Freude fast gequietscht.

Aber diese drei Tage waren nun vorbei und wir erwarteten die anderen Jungs in wenigen Stunden zurück.

„Was kann ich Ihnen anbieten?“, fragte Monsieur Martin.

„Zwei *Pain au Chocolat*, bitte“, begann ich. „Eins für jetzt, eins für später“, log ich, damit sie nicht dachten, ich würde ein Frühstück für zwei servieren. „Und vier Baguettes.“

„Vier? Erwarten Sie noch mehr Kunden?“, fragte Madame Martin.

Ich unterdrücke einen Seufzer. In Auberre wusste jeder über jeden Bescheid.

„Ja.“ Ich ging demonstrativ zur Kasse. „Wie viel macht das?“

Ich bezahlte und schnappte mir meine Einkäufe, bevor sie weitere Fragen stellen konnten, wie zum Beispiel, wer meine Kunden waren und wie lange sie blieben. Trotzdem begann mein Verstand nachzurechnen. Drei Wochen waren vergangen, seit Marius, Roux, Bene und Henrik angekommen waren. Mein Vertrag mit Gordon lief über drei Monate. Das bedeutete, dass nur noch etwas mehr als zwei Monate übrig waren.

Ich biss mir auf die Lippe. Wie viele weitere Missionen würden sie in dieser Zeit noch erhalten? Was würden die beinhalten und welche schmutzigen Geheimnisse über meinen Patenonkel würden sie dabei aufdecken? Was würde danach passieren – nach ihren drei Monaten bei mir *und* nach ihrer Zeit, für Gordon zu arbeiten?

Vor allem, was würde aus Marius werden? Würde er am Ende dieser Zeit verschwinden oder würde er bleiben... und bleiben... und bleiben?

„Nun, auf Wiedersehen alle zusammen...“ Ich wirbelte schnell herum, um diesen Gedanken und der Bäckerei zu entfliehen. Die Glocke über der Tür klingelte zu spät, als dass ich reagieren konnte, und ich stieß mit dem hereinkommenden Kunden zusammen.

„Désolé.“ *Entschuldigung*, sagte ein Mann aus nächster Nähe.

„Meine Schuld“, begann ich und flüsterte dann: „Clem.“

„Mina“, murmelte er mit leuchtenden Augen.

Für einen Moment trafen sich unsere Blicke und ein ganz anderes Leben zog vor meinem inneren Auge vorbei. Ein schönes, einfaches Leben mit einem guten Mann, der einen guten, festen Job hatte. Ein umwerfend attraktiver Mann, frei von Verbrechen und Verbindungen zur Unterwelt. Ein Mann, der damit zufrieden wäre, an diesem ruhigen Ort mit jemandem wie mir ein ruhiges Leben aufzubauen.

Aber diese Vision war schwarz-weiß und verblasste schnell, ersetzt durch eine andere, farbenprächtige. Eine Vision von einem Leben voller glühender Leidenschaft, und zwar nicht nur im Bett. Das Leben mit Marius war ein Leben am Limit. Aufregend. Unvorhersehbar. Manchmal sogar beängstigend. Aber ach, so unglaublich lebendig.

Vielleicht musste mein Leben kein ständiger Kreislauf aus Semestern und Reparaturen am Haus mehr sein. Ein Leben, das sich nicht an den üblichen Rahmen hielt, mit Ausbildung, Heirat und Kindern, die alle zu bestimmten Zeitpunkten vorprogrammiert waren, gefolgt von den Jahren, in denen man zusah, wie sich dieses Leben auf vorhersehbare Weise entfaltete.

Das sollte nicht heißen, dass ich mich kopfüber in eine Welt voller Gefahren, Intrigen und geheimer Missionen stürzen würde. Ich hoffte nur, dass Marius und ich einen Mittelweg finden könnten.

„*Bonjour*, Clement!", rief Madame Martin. „Sieht Mina nicht gut aus?"

Ich zuckte zusammen.

Seine Augen funkelten. „Das tut sie." Aber dann bebten seine Nasenflügel und ich wappnete mich.

Clement war ein Wolfsgestaltwandler, und Wolfsgestaltwandler hatten gute Nasen. Zu gut, als dass ich den Geruch des Drachen verbergen konnte, ganz egal, wie sehr ich mich abschrubbte oder wie sehr ich beim Laufen geschwitzt hatte.

Seine Augen weiteten sich und sein Gesichtsausdruck wurde hart.

Es folgten zehn unangenehme Sekunden. Keiner von uns sagte ein Wort, aber wir tauschten so viel zwischen uns aus. Erinnerungen an die Vergangenheit, Andeutungen einer Zukunft. Eine ganze Fantasiewelt, die entstand und dann wieder verschwand. Die Mauern einer Freundschaft, einst solide, bröckelten nun wie mein Château. Könnte sie eines Tages wieder repariert werden, so wie Mauern oder ein Dach?

Clements Blick füllte sich mit Wut und Eifersucht, und kurzzeitig machte ich mir Sorgen, was er sagen oder tun könnte. Aber das alles verebbte und wurde durch tiefe Trauer ersetzt.

Schuldgefühle quälten mich, aber was sollte ich sagen?

„Du siehst auch gut aus", sagte ich mit einem Unterton, der hinzufügte: *Und ich bin sicher, dass du bald die richtige Person finden wirst.*

Er trat zurück.

„Schön, dich zu sehen", murmelte er wie ein Märtyrer, der seine letzten Worte flüsterte.

Ich schluckte schwer. Madame Martin hatte recht. Er war ein guter Mann. Nur nicht *mein* Mann.

Es tat mir weh, ihm wehzutun, und Worte würden nicht helfen. Aber oh! Eine neue Liebe könnte es.

„Habe ich erwähnt, dass meine Schwester und meine Cousine bald kommen?", fragte ich. „Gen fragt ständig nach dir."

Das stimmte hundertprozentig, denn meine jüngere Schwester war seit ihrem fünften Lebensjahr in Clement verliebt. Leider war Clem vier Jahre älter und hatte sie kaum beachtet.

Aber Gen – offiziell Geneviève – war damals eine nervige Quasselstrippe gewesen. Heute war sie eine selbstbewusste, redegewandte Fachfrau – und viel, viel hübscher als ich. War ein guter Mann nicht genau das, was sie nach einer Reihe toxischer Beziehungen brauchte?

„Das ist schön", sagte Clem ohne Begeisterung.

Und dann, oh je. Seine Augen begannen zu glühen und er biss die Zähne zusammen. Sein Wolf pirschte direkt unter der Oberfläche auf und ab, und verdammt. Diese Seite war nicht bereit, sich so einfach geschlagen zu geben.

Das ist noch nicht vorbei, sagte dieser entschlossene Blick und vermittelte dann so etwas wie: *Möge der beste Mann gewinnen.*

Mist. Genau das, was ich brauchte – ein Wolfs- und ein Drachengestaltwandler, die um mich kämpften. Schmeichelhaft, aber potenziell tödlich.

Ich konnte es schon sehen und hören. Das ohrenbetäubende Heulen, das besitzergreifende Knurren, die gefletschten Zähne. Marius würde sein Feuer entfesseln, während Clement ein ganzes Wolfsrudel zu Hilfe rufen könnte. Wenn ich keinen Weg fand, die Lage zu deeskalieren, könnten sie das schöne Auberre verwüsten und mein Château niederbrennen.

Nicht gut. Vielleicht könnte Gen eine Woche früher kommen. Verdammt, morgen wäre am besten.

Andererseits würde sich meine Schwester wahrscheinlich stattdessen in Henrik verlieben.

Die Turmuhr schlug die Viertelstunde und trieb mich zum Handeln an.

„Hoppla. Ich muss gehen. *Merci.*" Ich winkte Madame und Monsieur Martin zu, verabschiedete mich höflich von Madame Fontaine mit einem *Au revoir*, und wandte mich dann an Clem.

Meine Lippen bewegten sich zweimal, bevor ich endlich etwas herausbrachte.

„À bientôt." *Bis bald*, sagte ich und eilte zur Tür hinaus.

„À bientôt", flüsterte er.

Vier Augenpaare folgten mir. Eines ganz besonders.

Ich beschleunigte meinen Lauf auf dem Weg zurück zum Château jedes Mal, aber dieses Mal gab ich richtig Gas, verzweifelt, in die sichere Seifenblase meines Heims zurückzukehren.

Eine Seifenblase, die bald etwas weniger sicher wäre, da Henrik auf dem Weg war, aber dennoch. Zu Hause war zu Hause.

Ich rannte durch den Wald und registrierte meine eigenen privaten Orientierungspunkte. Die umgestürzte Eiche... Der angestaute Pool im Bach... Die verbrannte Stelle, die Marius in der Nacht des Eindringlings hinterlassen hatte...

Schließlich kam ich zu meinem verwilderten Garten und joggte über den Rasen.

Tuut! Tuut! Ein Vintage-Citroën 2CV tuckerte die Auffahrt hinauf und der Fahrer winkte aus dem Fenster.

Wir trafen uns vor der Haustür und ein leicht gekrümmter, älterer Herr stieg aus.

„Mina!" Er öffnete seine Arme.

„Sid!" Ich rannte hinüber, um den alten Freund meines Vaters zu umarmen.

Sein Haar war dünner geworden und er war auch schlanker, als ich ihn in Erinnerung hatte. Entweder war ich ein paar Zentimeter gewachsen oder er war geschrumpft. Aber es war immer noch derselbe alte Sid.

Ein Schmerz breitete sich in meiner Brust aus. Ich schloss die Augen und stellte mir vor, meinen Vater zu umarmen. Hätte er so lange wie Sid gelebt, wäre ich dann weise genug gewesen, die Zeichen des Alterns als Denkmal für all die Jahre zu schätzen, die wir gemeinsam verbracht hatten?

Ich lehnte mich zurück und hielt Sids Hände fest.

„Mein Gott. Jedes Mal, wenn ich dich sehe, sehe ich ihn", murmelte Sid und erlebte seinen eigenen *Was hätte sein können*-Moment.

Ich lachte, gerührt und verlegen.

„Vielen Dank, dass du hergekommen bist", sagte ich, um das Gespräch in Gang zu bringen.

Seine Augen funkelten. „Das würde ich mir um nichts in der Welt entgehen lassen. Jetzt zeig mir dieses Gemälde."

∞∞∞∞

Zuerst lernte er jedoch Marius kennen. Dann verzögerte sich die Besichtigung des Gemäldes weiter durch die verfrühte Ankunft von Roux und Bene. Die Heftigkeit ihrer Umarmungen – und wie ich sie erwiderte – war sowohl bewegend als auch überraschend. Es waren nur ein paar Tage vergangen, und ich kannte sie erst seit ein paar Wochen, aber sie kamen mir jetzt wie alte Freunde vor. Ein Effekt dessen, wenn man gemeinsam eine gefährliche Mission überlebte, nahm ich an.

„Es ist so schön, euch zu sehen", sagte ich und meinte jedes Wort ernst.

„Schön, wieder hier zu sein." Bene grinste und Roux ebenfalls.

Henrik tauchte kurze Zeit später auf und kam Gordons Frist um eine gute Stunde zuvor. Also, hmm. Vielleicht hatten diese Männer, so hart und fähig sie auch waren, keinen anderen Ort, an dem sie lieber wären – oder zumindest keinen anderen Ort, an den sie gehen könnten. Vielleicht liebten sie das Château mittlerweile genauso wie ich. Wie ein Zuhause.

Ein trauriger, aber ebenso herzerwärmender Gedanke. Auch ein wenig beunruhigend, zumindest was Henrik betraf.

Keine Umarmung für ihn, obwohl unser Händedruck nicht so gezwungen war, wie er hätte sein können.

„Delphine lässt dich grüßen", sagte er und reichte mir steif eine vornehme Tüte.

Ich verbarg meine Überraschung. Gab es doch noch Hoffnung für den kaltherzigen Vampir?

„Wie süß." Ich warf einen Blick auf die Gebäckschachtel darin.

„Ja, der Meinung bin ich auch", sagte er gleichgültig.

Das hatte ich nicht gemeint, aber es war auf jeden Fall besser, als würde er sich die Lippen lecken und murmeln: *Ja, das ist sie.*

Es folgte ein leichtes Mittagessen, da alle Gäste ihre Reise bereits vor Sonnenaufgang angetreten hatten. Ich stellte Käse, Aufschnitt und Brot bereit und wünschte mir, Claudette wäre da, um mir zu helfen. Gleichzeitig war ich auch dankbar, dass sie nicht zugegen war. Wir saßen alle um den Esstisch herum und tauschten Neuigkeiten aus.

„Vielleicht sollte ich Marius' Beispiel folgen und meine nächsten freien Tage hier verbringen", neckte Bene. „Ihr seht so entspannt aus."

„Das liegt an der frischen Landluft", sagte Sid, der Benes Unterton glücklicherweise nicht bemerkte. „Sie verleiht einem ein gewisses Strahlen."

„Oh ja, sie strahlen definitiv." Bene lachte.

Marius knurrte und ich hoffte, er würde schweigen, als ich errötete. So nah Sid und mein Vater sich auch gestanden hatten, mein Vater hatte nie etwas über übernatürliche Wesen verraten, und ich wollte Drachen, Löwen, Tiger oder Vampire jetzt nicht erklären müssen.

„Wie haben Sie und Minas Vater sich kennengelernt?", fragte Roux und wechselte das Thema.

Also, *uff.* Ich war ihm etwas schuldig.

Sid gluckste. „Möchtest du es erklären, Mina?"

Ich gab mein Bestes, um es taktvoll auszudrücken. „Mein Vater untersuchte eine Reihe von Gemälden, die kurz nacheinander auf dem Kunstmarkt aufgetaucht waren. Das Auktionshaus, das sie erworben hatte, war sich sicher, dass die Werke echt waren, aber mein Vater vermutete einen Fälscher."

„Hat er den Kerl geschnappt?", fragte Bene.

„Ja. Mich." Sid zeigte mit einem schiefen Grinsen auf seine Brust.

Bene machte große Augen. „Und?"

Sid zuckte mit den Schultern. „Der Richter wollte mir fünf Jahre geben, aber Thomas hat ihn auf drei heruntergehandelt und schließlich die Bewährungskommission davon überzeugt, mich nach einem Jahr zu entlassen. Damit ich zu meinen Kindern zurückkehren konnte, versteht ihr..."

Er verstummte traurig und alle wurden still.

„Sid war der Fälscher", erklärte ich, „aber es war ein Mann namens Sutherland, der die ganze Operation leitete. Er gab Werke in Auftrag, fälschte die Herkunft und steckte das Geld in seine eigene Tasche."

„Er hat acht Jahre abgesessen", fügte Sid trocken hinzu.

„Plus weitere sechs, als ein anderer Betrugsfall ans Licht kam", fügte ich hinzu.

Mein Vater verachtete Sutherland, aber mit Sid hatte er sich sofort gut verstanden. Abgesehen davon, dass sie auf unterschiedlichen Seiten des Gesetzes standen, hatten sie ihre Liebe zur Kunst und Kunstgeschichte gemeinsam.

„Was machen Sie heutzutage so?", fragte Bene.

Sid lächelte entschuldigend. „Ich male Porträts im Stil jedes beliebigen Meisters, den sich der Kunde wünscht."

„Er malt auch Haustiere." Ich scrollte durch mein Handy und drehte es dann um, um ein Porträt einer Bulldogge in klassischer Napoleonpose zu zeigen.

Bene gluckste. „Das ist ja urkomisch. Malen Sie auch Löwen?"

Roux trat ihn unter dem Tisch, aber Sid bemerkte es nicht.

„Ich hatte noch keine Gelegenheit dazu, aber man weiß ja nie." Dann schaute er mich an. „Apropos Gemälde..."

Ich stand mit einem knappen Nicken auf. „Ich hole es. Wir treffen uns in ein paar Minuten im Salon."

Alle standen auf und Bene zeigte auf das Gebäck, das Henrik mitgebracht hatte. „Kann ich das mitbringen?"

„Nur, wenn du meine Kaffeemaschine nicht beleidigst", gab ich zurück.

„Ha. Das hat sie sich redlich verdient. Aber..." Er kramte in seiner Tasche herum und holte dann triumphierend eine riesige Kiste heraus. „Meine Damen und Herren, darf ich Ihnen die Breville Barista Pro X380 vorstellen." Er hob die Kiste an seine Wange und streichelte sie.

Marius pfiff. „Das muss dich ein paar Gehaltsschecks gekostet haben."

Plus Ersparnisse, dachte ich, nachdem ich erfahren hatte, dass Gordon ihnen nur einen lächerlichen Betrag zahlte. Ich war empört gewesen, als Marius mir das erzählte, aber er hatte nur mit den Schultern gezuckt.

Die wahre Bezahlung ist, dass unsere Namen reingewaschen werden, wenn unser Vertrag abläuft. Solange Gordon sein Wort hält, ist alles gut.

Ich war mir immer noch nicht ganz sicher, was ich von den dunklen Seiten der Vergangenheit meines Liebhabers halten sollte, aber er hatte seine Treue und sein gutes Herz schon unzählige Male unter Beweis gestellt.

„Jeden Cent wert." Bene drückte einen dicken Schmatzer auf die Schachtel.

„Na dann stell sie auf. Wir sehen uns dort", sagte ich und machte mich auf den Weg.

Marius verschränkte seine Finger in meinen, als wir die Wendeltreppe hinaufgingen. Ich wollte gerade in den oberen Flur treten, als er mich zurückzog.

„Er wird eine Weile brauchen, um die Kaffeemaschine aufzubauen, weißt du..." Er beugte sich vor, um mich zu küssen.

In dem Moment, als sich unsere Lippen berührten, wurde mein Körper heiß und ich sank ganz langsam gegen die Wand hinter mir.

Ich neigte meinen Kopf nach hinten und genoss die Flut von Küssen, die er auf meine Haut drückte.

„Diese Treppe hinauf, richtig?" Sids Stimme drang durch das Treppenhaus.

Wir erstarrten.

„Ja", sagte Henrik mit einem Anflug von Schadenfreude in der Stimme. „Nehmen Sie diese Treppe. Eine Etage hoch, dann nach rechts abbiegen. Der Salon befindet sich über uns."

„Verdammte Vampire", knurrte Marius, als Sids Schritte direkt unter uns zu hören waren.

Ich griff nach Marius' Hand und ging weiter in die Richtung meiner Suite. „Wahrscheinlich ist jetzt nicht der beste Zeitpunkt."

„Nicht der beste Zeitpunkt, um einen Vampir zu töten?", brummte er.

Ich küsste seine Hand. „Oder um zu knutschen. Aber ich verspreche dir, heute Abend... "

„Erst den Vampir töten, dann Sex. Abgemacht", sagte Marius.

Ich lachte. „Nur Sex. Zumindest vorerst."

Fünfzehn Minuten später versammelten sich alle im Salon und schauten zu, wie Sid den Van Gogh begutachtete. Nun, alle außer Bene, der sich mehr für das Zischen und Spritzen der Kaffeemaschine interessierte – die sich, nur für den Fall, auf der anderen Seite des Raums befand.

Sid beugte sich mit einer kleinen Handlupe über das Gemälde und murmelte vor sich hin.

„Und?", fragte Roux ungeduldig.

Sogar Henrik sah neugierig aus.

„Psst", unterbrach ich ihn. „Lass ihn sich konzentrieren."

Marius schnaubte. „Wir wissen doch schon, dass es echt ist. Mina hat es gesagt."

Ich schätzte sein Vertrauen in mich, aber meine Paranoia war in den vergangenen Tagen gewachsen. Was, wenn das

Gemälde eine Fälschung war? Dann würde es heute keine Feier geben, keinen stillen Stolz, wenn die Nachricht in ein paar Monaten in den Zeitungen erscheinen würde. Kein Blick zum Himmel, um zu sagen: *Ich habe es für dich getan, Dad.*

Ein Kloß bildete sich in meinem Hals.

„Interessant", murmelte Sid und wandte sich dann einem anderen Teil des Gemäldes zu.

Bene nippte an seiner ersten Tasse Kaffee und küsste seine Fingerspitzen. „*Magnifique.*" Er tänzelte herüber, setzte sich auf die Couch, lehnte sich zurück und hob die Füße zum Couchtisch.

„Nicht. . . ", begann ich, aber er hatte seine Füße bereits mit einem Grinsen zurückgezogen.

„Verstanden." Er stellte seine Füße auf den Boden, nippte an seinem Kaffee, stöhnte und begann zu sprechen.

„Kein Wort über meine Kaffeemaschine", warnte ich ihn.

Er schnaubte. „Es war eine Maschine, aber ich bin mir nicht sicher, was den Teil mit dem Kaffee angeht." Er hob seine Tasse. „*Das* ist Kaffee."

Roux gluckste. „Jetzt wissen wir, was wir Bene zu Weihnachten schenken können. Edle Bohnen."

Bene zeigte ihm einen Daumen nach oben. „Dunkel gerösteten Akagera-Kaffee aus Ruanda, bitte."

Ich notierte es mental und hielt dann inne. Mein Vertrag mit Gordon lief nur bis Ende November. Wohin würde Bene danach gehen? Wohin würden sie alle gehen?

Mein Blick wanderte zu Marius.

Vor langer Zeit hatte meine Großmutter große, rauschende Weihnachtsfeste mit Livemusik, Feuerzangenbowle, altmodischer Dekoration und unzähligen Gästen veranstaltet. Aber das „größte" Treffen, das es seit ihrem Tod gegeben hatte, war im vergangenen Dezember zu Weihnachten gewesen, als meine Schwester, meine Cousine, meine Mutter, meine Tante und ich uns hier getroffen hatten. Aber mit der kaputten Heizung und den leeren, hallenden Sälen. . . Nun, es war ein wenig düster gewesen.

Ich schaute mich um, musterte die Leute und den Ort und fragte mich, was das kommende Weihnachtsfest bringen würde. Noch wichtiger war, *wen* es bringen würde.

Sid lehnte sich von dem Gemälde zurück und murmelte: „Unglaublich."

Mein Herz setzte einen Schlag aus.

Er drehte sich mit funkelnden Augen um. „Dein Vater wäre so stolz."

Marius drückte meine Hand und sagte mir damit, dass er es auch war.

„Also ist es echt?", fragte Bene.

Sid nickte und ich grinste über beide Ohren.

„Wow. Das muss Millionen wert sein, oder?", fragte Bene.

Ich stöhnte. „Ein Weg, die Stimmung zu ruinieren."

„Stimmung wird ruiniert, wenn deine Mutter während des Vorspiels in dein Zimmer platzt, oder das, was Henrik tut, wenn er einen Raum betritt."

Der Vampir ließ seine Reißzähne aufblitzen, aber Bene ignorierte ihn, und Sid hatte es zum Glück nicht gesehen.

„Es mag Millionen einbringen, aber es ist in anderer Hinsicht unbezahlbar", sagte Sid.

Ich nickte. „Zum Beispiel zu wissen, dass es für die Öffentlichkeit ausgestellt wird."

„Du bist eine Idealistin, weißt du das?", lachte Bene.

Roux sah mich an, dann Marius, und sein Blick verdunkelte sich. Eine dunkle Wolke, die auch andeutete, dass ich vielleicht in Bezug auf den Drachengestaltwandler zu idealistisch war.

Nun, darüber würde ich mir mein eigenes Urteil bilden. Und letztlich würde es die Zeit zeigen, nicht wahr?

„Nun zu diesem Monet. Bist du sicher, dass es eine Fälschung ist?", fragte Sid.

Ich zeigte ihm das Foto, das ich geschossen hatte, bevor die Jungs Gordon das Gemälde übergeben hatten. „Ich bin mir sicher. Schau dir die Signatur und die Pinselstriche an."

Sid hielt seine Lupe über mein Handy, dann besann er sich und lachte. „Ups. Was ist mit der Rückseite des Gemäldes? Gab es dort irgendwelche Hinweise?"

Ich grinste. „Schau dir den Stempel an."

Er scrollte zum nächsten Bild und vergrößerte die Markierung auf der Rückseite der Leinwand. „*Sammlung Flechheim.*"

Ich wartete und forderte ihn dann auf: „Schau noch mal hin."

Er tat es und grinste dann. „*Flechtheim* sollte mit einem T geschrieben werden."

Ich nickte und wir brachen beide in Gelächter aus.

Bene nippte an seinem Kaffee und murmelte: „Kunstfreaks."

„Nun, auch damit hast du recht", sagte Sid. „Habe ich schon gesagt, dass dein Vater stolz auf dich wäre?"

Das hatte er, aber ich würde nie genug davon bekommen, diese Worte zu hören.

„Nur eine Sache", sagte Sid und wurde ernst. „Ich respektiere es, dass du keine Details darüber preisgeben kannst, wie du an dieses Kunstwerk gelangt bist oder wer der Vorbesitzer war. Aber was passiert, wenn er oder sie entdeckt, dass *Der Maler auf dem Weg nach Tarascon* plötzlich wieder in der Kunstwelt aufgetaucht ist?"

„Ich dachte, wenn ich ein paar Monate warte. . . ", sagte ich hoffnungsvoll.

Sid schüttelte den Kopf. „Ein Jahr. Mindestens."

„Ein Jahr?", rief ich.

Das Gemälde für ein paar Monate zu verstecken, war eine Notwendigkeit. Aber es länger zu verstecken, war mit Risiken verbunden. Was, wenn im Schloss ein Feuer ausbrach? Was, wenn Clement aus irgendeinem Grund vorbeikam – und ich war mir sicher, dass er einen Grund finden würde, zum Beispiel, um nach meinen Kunden zu sehen – und er es entdeckte? Was, wenn Bene es mit Kaffee bespritzte oder es versehentlich als Dartscheibe benutzte?

Marius drückte meine Hand. „Es wird schon klappen."

Sid lachte leise. „Du Arme. Du musst ein ganzes Jahr lang mit deinem eigenen Van Gogh leben." Er tätschelte meine Schulter. „Ich sage dir, mach das Beste daraus. *Carpe diem* und all das, wie man so schön sagt."

„Ja. Man sollte im Leben so viele Karpfen wie möglich fangen", witzelte Bene. „Das habe ich jedenfalls vor."

„Darf ich einen Trinkspruch vorschlagen?", sagte Sid.

Roux fand eine Flasche Champagner, während ich Gläser verteilte.

„Auf Vincent?", schlug Bene vor, als alle Gläser gefüllt waren.

Sid schüttelte den Kopf. „Auf eine erfüllte Mission."

Er meinte meinen Vater, aber es traf auch auf das zu, was wir gerade auf Mallorca erlebt hatten.

„Auf erfüllte Missionen", stimmte Roux mit einem Augenzwinkern zu.

„Und zukünftige Missionen", fügte Bene hinzu. „Mögen sie ebenso erfolgreich sein."

Alarmglocken schrillten in meinem Kopf. Zukünftige Missionen? Mit mir?

Gott, ich hoffte es nicht.

Dennoch stimmte ich mit den anderen ein, als sie wiederholten: „Und zukünftige Missionen."

Wir stießen an und tranken, aber Marius hielt sich zurück und wartete auf mich. Er hob sein Glas ein paar extra Zentimeter in meine Richtung und flüsterte über den Rand:

„Auf zukünftige Missionen."

Sneak Peek: *Vom Mondlicht markiert*

Drachen wüten, Vampire lechzen und Diebe gieren nach einem verlorenen Meisterwerk, während eine Frau um ihren Herzenswunsch kämpft.

Minas Welt bricht zusammen. Ihr geheimnisvoller Gestaltwandler-Geliebter ist spurlos verschwunden. Ihr vampirischer Hausgast ist nur eine durstige Nacht von einer Katastrophe entfernt. Und ihr überfürsorglicher und heißer Wolfsgestaltwandler-Kumpel/lokaler Polizeibeamter kommt der Aufdeckung von Geheimnissen immer näher, deren Enthüllung sie sich nicht leist kann.

Just als sie denkt, keine weitere Komplikation mehr verkraften zu können, bietet ihr gütiger, großzügiger und möglicherweise krimineller Patenonkel eine verlockende Ablenkung: eine Reise nach London, um ein längst verloren geglaubtes Meisterwerk zu begutachten. Jedoch zieht das Gemälde nicht nur Kunstsammler an. Skrupellose Rivalen, gefährliche Machtkämpfer und Erzfeinde haben es auf diesen Schatz abgesehen.

Als die Gefahr immer näher rückt, sind Mina – und mit ihr Marius – zwischen Pflicht und Verlangen hin- und hergerissen. Können sie ein unbezahlbares Gemälde schützen und tödliche Feinde überlisten, während sie gleichzeitig zurück zu ihrem Happy End finden? Oder wird die zwielichtige Gestaltwandler-Unterwelt sie für immer auseinanderreißen?

Weitere Titel von Anna Lowe

Château Nocturne

Vom Mondlicht gestreift (Buch 1)

Vom Mondlicht markiert (Buch 2)

Von Magie berührt (Buch 3)

Verzauberte Horizonte

Windflüsterin (Buch 1)

Feuertänzerin (Buch 2)

Traumweberin (Buch 3)

Verführung des Sheriffs (Buch 1)

Verführung des Gesetzlosen (Buch 2)

Verführung des Löwen (Buch 3)

Aloha Shifters - Juwelen des Herzens

Der Ruf des Drachen (Buch 1)

Der Ruf des Wolfes (Buch 2)

Der Ruf des Bären (Buch 3)

Der Ruf des Tigers (Buch 4)

Die Verlockung des Drachen (Buch 5)

Der Ruf des Fuchses (Buch 6)

Aloha Shifters - Perlen des Verlangens

Drachenrebell (Buch 1)

Bärenrebell (Buch 2)

Löwenrebell (Buch 3)

Wolfsrebell (Buch 4)

Rebellenherz (Buch 5)

Alpharebell (Buch 6)

Töchter des Feuers - Billionaires & Bodyguards

Töchter des Feuers: Paris (Buch 1)

Töchter des Feuers: London (Buch 2)

Töchter des Feuers: Rom (Buch 3)

Töchter des Feuers: Portugal (Buch 4)

Töchter des Feuers: Irland (Buch 5)

Töchter des Feuers: Schottland (Buch 6)

Töchter des Feuers: Venedig (Buch 7)

Töchter des Feuers: Griechenland (Buch 8)

Töchter des Feuers: Schweiz (Buch 9)

Die Wölfe der Twin Moon Ranch

Verlockung des Jägers (Buch 1)

Verlockung des Wolfes (Buch 2)

Verlockung des Mondes (Buch $2\frac{1}{2}$ – Vier Kurzgeschichten)

Verlockung des Alphas (Buch 3)

Verlockung der Wölfin (Buch 4)

Verlockung des Herzens (Buch 5)

Weihnachtsverlockung (Buch 6)

Verlockung der Rose (Buch 7)

Verlockung des Rebellen (Buch 8)

Verlockende Begierde (Buch 9)

Verlockung der Nacht (Buch 10)

Die Bären des Blue Moon Saloons

Perfekte Gefährten (die Vorgeschichte)

Verlangen des Bären (Buch 1)

Verlangen des Wolfes (Buch 2)

Verlangen des Alphas (Buch 3)

Verlangen des Gefährten (Buch 4)

Verlangen der Wölfin (Buch 5)

Süßes Verlangen (ein Festtagsschmaus)

Gestaltwandler in Vegas

Wolfspoker

Bärenpoker

Pantherpoker

Drachenpoker

Karibische Abenteuerromantik

Funken der Lust

Prickelndes Wagnis

Süße Verstrickung

Verlockende Tiefe

Sinnliche Strömung

www.annalowe.de

Über Anna Lowe

USA Today und Amazon Bestseller Autorin Anna Lowe schreibt fesselnde Romane mit tatkräftigen Heldinnen und unwiderstehlichen Helden in exotischen Umgebung, mit jeder Menge Zündstoff für scharfe Romantik.

Sie liebt Hunde, Sport und Reisen, die auch die Inspiration für Ihre Bücher liefern. Wenn Anna nicht gerade in die Arbeit an ihrem nächsten Buch vertieft ist, kannst Du Sie am Wochenende beim Wandern in den Bergen antreffen. Egal wo und wie – sie wird den Tag mit einem leckeren Stück Zartbitterschokolade ausklingen lassen.

Einfach mal vorbeischauen, auf **www.annalowe.de**.